2636

76.

HISTOIRE

DE

THÉODOSE

LE GRAND,

POUR MONSEIGNEUR

LE DAUPHIN.

HISTOIRE

DE

THÉODOSE

LE GRAND,

POUR MONSEIGNEUR

LE DAUPHIN:

Par Monfieur FLÉCHIER, Abbé de Saint Severin, Aumônier ordinaire de Madame la DAUPHINE.

NOUVELLE EDITION.

A PARIS,

Chez Cl. J. Ch. Durand, rue du Foin-Saint-Jacques.

M. D C C. LXXVI.

Avec Approbation & Privilége du Roi.

AVERTISSEMENT.

IL n'y a jamais eu d'éducation plus digne d'un Prince, que celle de Monſeigneur le DAUPHIN. LE ROI l'a regardée comme un de ſes premiers devoirs, & comme ſa plus importante affaire. Les ſoins qu'il a pris lui-même de l'inſtruire dans les rencontres, & le choix qu'il a fait de perſonnes éclairées, & capables de ſeconder ſes intentions, marquent aſſez le deſir qu'il a eu de ſe former un Fils qui fût un jour, comme lui, auſſi eſtimable par ſa ſageſſe, que redoutable par ſa puiſſance.

Monſieur le Duc de Montau-ſier, que ſa Majeſté a chargé de cet honorable mais difficile em-

ploi, s'en eſt acquitté avec cette
application , cette conſtance , &
cette exaɛte fidélité , dont il a fait
profeſſion toute ſa vie.

Après avoir imprimé dans l'eſprit de Monſeigneur le DAUPHIN
toutes le grandes maximes d'honneur , de probité & de religion ,
il a voulu ajouter les exemples
aux conſeils & aux préceptes , &
lui repréſenter comme des mode-
les , les rois qui , par leurs grandes
qualités , & par leurs vertus héroïques , ſe ſont rendus célebres
dans l'Hiſtoire. Il a engagé pluſieurs perſonnes d'un mérite reconnu à recueillir les aɛtions de
ces grands hommes , dans des ouvrages particuliers où ce jeune
Prince puiſſe voir , avec plaiſir ,

une image des vertus qu'il doit imiter , & de celles qu'il aura pratiquées.

Pour moi, qui n'aurois ofé entreprendre de moi-même un travail qui demande beaucoup de foin & de difcernement , je m'en fuis trouvé chargé prefque fans y penfer. J'ai cru pourtant qu'encore que je ne puffe donner à cette Hiftoire les agrémens que les autres donneront aux leurs , elle ne laifferoit pas d'être utile. La vie de *Théodofe* contient beaucoup de grands exemples qui ne font pas au-deffus de la portée des autres Princes. On peut profiter de fes vertus , qui font toutes imitables , & l'on peut même s'inftruire par fes défauts , parce qu'il a fu les corriger quand on les lui a fait reconnoître, ou les réparer quand il a fallu, par des vertus extraordinaires.

Je n'ai voulu que rendre compte ici de l'engagement & du motif que j'ai eu d'entreprendre cet ouvrage, afin qu'on ne me foupçonnât pas de l'avoir entrepris témérairement. Le Lecteur jugera de tout le refte ; & j'aime mieux lui laiffer la fatisfaction d'excufer, par bonté, les fautes qu'il trouvera dans cette Hiftoire, que de prévenir fon jugement par des juftifications ennuyeufes de ce que j'y trouve moi-même de défectueux.

SOMMAIRE

SOMMAIRE

DU

LIVRE PREMIER.

A

*Valentinien contre les Allemans. Théo-
dose le fils a ordre de le suivre.* XXIV.
Irruption des Quades, & le sujet. XXV.
*Théodose le fils est fait Gouverneur de
Mœsie.* XXVI. *Théodose le pere poursuit
Firme.* XXVII. *Il déclare la guerre aux
Isasliens.* XXVIII. *Combat contre Igmazen, roi des Isasliens.* XXIX. *Igmazen
demande la paix à Théodose.* XXX. *Prison de Firme, sa mort fin des guerres
d'Afrique.* XXXI. *Théodose fait la paix
avec les Isasliens.* XXXII. *Expédition
de l'empereur Valentinien contre les
Quades.* XXXIII. *Ambassade des Quades. Mort de Valentinien.* XXXIV. *Divers raisonnemens sur la mort de Valentinien.* XXXV. *La part qu'eut Valentinien en l'élection de Saint Ambroise.*
XXXVI. *Valentinien le jeune est fait
Empereur.* XXXVII. *Cause de la disgrace des Théodoses.* XXXVIII. *Entre-
prises contre l'Empereur Valens.* XXXIX.
Consultation magique. XL. *Réponse du
sort.* XLI. *Théodose est arrêté & condamné à mort.* XLII. *Persécution faite
aux Philosophes & autres personnes.*
XLIII. *Valens fait mourir plusieurs personnes dont le nom commence par Théod.*
XLIV. *Sujets de jalousie contre Théodose le pere. Il est condamné à la mort.*
XLV. *Exil de Théodose le fils.* XLVI.
Retraite de Théodose en Espagne. XLVII.

HISTOIRE

DE

THÉODOSE

LE GRAND.

LIVRE PREMIER.

A MONSEIGNEUR

LE DAUPHIN.

Monseigneur,

J'entreprends d'écrire la vie de l'em- I.
pereur Théodofe le Grand , que les auteurs payens ont élevé au-deffus des
princes qui l'avoient précédé , & que

les peres de l'églife ont propofé pour exemple aux princes chrétiens qui devoient le fuivre.

Cette hiftoire, MONSEIGNEUR, renferme de grands événemens, & l'on en peut tirer des inftructions très-importantes. Vous y verrez d'un côté des barbares repouffés jufques dans leurs anciennes limites, des rebelles ramenés par la douceur, ou réduits à l'obéiffance par la force ; des tyrans punis de leur cruauté & de leur perfidie, & l'empire trois fois rétabli par la valeur de Théodofe : de l'autre, l'héréfie abattue, l'idolâtrie ruinée, les abus du fiecle réformés, & l'églife, après avoir été opprimée durant plufieurs regnes, remife dans fa premiere liberté par les édits de ce fage & pieux Empereur.

Vous y remarquerez, MONSEIGNEUR, l'efprit & le caractere d'un prince qui tempere fa puiffance par fa bonté ; qui ne fépare jamais les intérêts de la religion de ceux de l'état ; qui fait donner des loix aux hommes, & s'affujettir à celles de Dieu ; qui triomphe de fes ennemis autant par fa foi & par fes prieres, que par fon courage & par fes armes ; & qui allie en fa perfonne la valeur & la piété, la grandeur du fiecle & la modération chrétienne.

Je ne doute pas, MONSEIGNEUR,

que vous n'admiriez les différentes vertus qu'il pratiqua dans les différens états
de fa vie. Il fervit les empereurs, dès
qu'il fut en âge de porter les armes. A
peine eut-il fervi quelque tems dans les
armées, qu'on le trouva capable de les
commander. La réputation qu'il s'acquit
dans les grands emplois, lui attira l'envie
& la difgrace de ceux mêmes qui devoient
le protéger : mais il fupporta la mauvaife
fortune fans foibleffe, comme il jouît
de la bonne fans orgueil. Il parvint à l'empire en un tems où il falloit non-feulement le gouverner, mais encore le
rétablir ; & fes premiers foins furent de
rendre fes fujets heureux. Il aima la paix,
& craignit moins de fouffrir une injuftice, que de la commettre. Il termina
plufieurs guerres par fa valeur, & n'en
entreprit aucune par ambition. Il fut
toujours plus porté à pardonner qu'à
punir ; & s'étant une fois abandonné à
fa colere, il expia par une pénitence publique, la faute qu'il avoit faite par la
perfuafion de fes miniftres, plutôt que
par aucun déréglement de fon cœur.

Cette longue fuite d'actions éclatantes pourroit vous faire croire, MON-
SEIGNEUR, que j'écris l'éloge de cet
Empereur, & non pas fon hiftoire : mais
vous verrez que je n'exagere point fes
vertus, & ne diffimule point fes défauts;

A iv

& que fans fortir des bornes qui me font prefcrites, j'expofe les faits que j'avance comme des vérités fondées fur le témoignage des anciens auteurs, & non pas comme des idées de perfection que j'aie moi-même imaginées.

Il feroit à fouhaiter que la maniere d'écrire répondît à la dignité du fujet. Mais j'efpere, MONSEIGNEUR, que vous excuferez ce qui manque à l'une, & que vous approuverez le choix que j'ai fait de l'autre. Pour moi je ne prétends qu'à la gloire d'avoir apporté dans l'exécution de mon deffein tout le foin & toute l'exactitude dont je fuis capable : heureux fi je puis faire croître en vous, par l'émulation, les vertus qu'un bon naturel y a commencées , qu'une fage & noble éducation y fortifie tous les jours , & que l'âge & les occafions vont faire éclater, foit dans la paix, foit dans la guerre, fous la conduite du plus grand Roi & du meilleur pere du monde.

I I. L'EMPIRE commençoit à déchoir de cet état de grandeur & de puiffance , où Conftantin l'avoit mis par fa piété & par fes armes victorieufes. Conftantius & Conftans deux de fes fils gouvernoient, l'un l'Orient, l'autre l'Occident: mais comme ils n'avoient pas les grandes qualités de leur pere , ils n'étoient ni aimés de leurs sujets , ni craints de leurs ennemis comme lui , & ils avoient peine à soutenir une partie du fardeau qu'il avoit porté lui seul avec tant de gloire.

Ce fut vers la neuviéme année de leur regne que naquit Théodose à Itaque , petite ville d'Espagne , sur les bords du fleuve Bétis. Il étoit d'une maison très-noble , & descendoit de la race de Trajan , à qui il fut toujours bien aise de ressembler. Son pere se nommoit Théodose , & sa mere Termancie , doués l'un & l'autre de toutes les vertus qui convenoient à leur sexe. Il fit d'abord paroître un beau naturel , & il fut élevé avec beaucoup de soin. On lui donna pour précepteur Anatole , homme savant , qui méprisoit les richesses , mais qui n'oublioit rien pour s'avancer dans les honneurs.

Suid. Verb. Anatol.

Ce philosophe lui enseigna les premiers principes des sciences humaines ; & prévoyant qu'on lui enleveroit bientôt son disciple pour le mener à la guerre , il se hâta de lui former l'esprit , & le rendit en peu de tems capable de juger du mérite & des ouvrages des gens de lettres. Il s'appliqua sur-tout à lui inspirer des sentimens honnêtes & généreux , en lui marquant dans l'histoire les exemples qu'il devoit suivre ; & lui

donna ces premieres impreſſions d'hon‑
neur & de probité, qui réglerent depuis
toutes les actions de ſa vie. A peine
Théodoſe fut-il ſorti de l'enfance, que
ſon pere qui, par ſa valeur & par ſa pru‑
dence, étoit parvenu aux principaux
emplois de la guerre, réſolut de l'emme‑
ner avec lui à la premiere expédition
qu'on entreprendroit contre les barbares.

I I I.   Cependant l'empire en peu de tems
avoit changé pluſieurs fois de face. Conſ‑
tans avoit péri miſérablement par la tra‑
hiſon du tyran Magnence. Conſtantius
ſon frere étoit mort dans la Cilicie, en‑
nuyé du mauvais ſuccès des guerres qu'il
avoit mal ſoutenues contre les Perſes.
Julien ſon ſucceſſeur s'étant engagé in‑
conſidérément à la conquête de la Per‑
ſe, y avoit été tué dans un combat ; &
Jovien, prince vaillant & religieux,
après avoir regné huit mois, venoit de
mourir ſubitement dans ſon lit, étouffé
de la vapeur du charbon qu'on avoit
allumé dans ſa chambre pour la ſécher.

I V.   Les troupes qui étoient alors dans la
Bithynie s'avancerent juſqu'à Nicée ; &
ſans donner le loiſir aux prétendans de
faire leurs brigues, l'armée s'aſſembla
pour élire un nouvel empereur. Valen‑
tinien fut propoſé ; & quoiqu'il fût ab‑
ſent, & qu'on eût ſujet de craindre ſon
humeur auſtere & inflexible, il fut élu

tout d'une voix. Il étoit né à Cibale en
Pannonie. Gratien fon pere s'étoit élevé
par fa vertu au-deffus de fa naiffance,
& de fimple foldat étoit devenu général des armées Romaines. On raconte *Aurel.*
qu'il étoit fi fort, que cinq hommes ne *Victor.*
lui pouvoient arracher des mains une
corde qu'il tenoit ferrée, & que ce fut
par-là qu'il fe fit connoître aux empereurs. Quoi qu'il en foit, il tomba auffi
promptement qu'il s'étoit élevé ; & le
même Conftantius qui l'avoit comblé de
biens & d'honneurs, l'en dépouilla :
irrité de ce qu'il avoit reçu dans fa maifon le tyran Magnence.

Valentinien ayant trouvé la fortune
de fon pere ruinée, fut obligé de travailler lui-même à la fienne. Il paffa par
tous les degrés de la milice, & s'acquitta
des emplois qu'il eut, avec tant de cœur
& tant de fageffe, que les gens de guerre
le voyoient profpérer fans envie, &
avoient accoutumé de dire de lui, qu'il
méritoit beaucoup plus qu'on ne lui
donnoit. Jovien l'avoit fait capitaine de
la feconde compagnie de fes gardes, &
l'avoit laiffé à Ancire, capitale de la
Galatie, pour y commander.

Ce fut-là qu'on lui députa, pour lui
donner avis de fon élection. Il partit incontinent, & fe rendit à l'armée le vingt-
quatriéme de féyrier. Il ne voulut point

A vj

paroître le lendemain, parce que c'étoit le jour du biſſexte, qu'une ancienne ſuperſtition faiſoit paſſer pour malheureux parmi les Romains. Le jour d'après, l'armée s'étant aſſemblée dès le matin, il vint dans le camp, & fut conduit en cérémonie au tribunal qu'on lui avoit dreſſé. On lui donna la pourpre & la couronne, & on le proclama empereur dans les formes accoutumées. Après qu'il eut joui quelque tems du plaiſir des acclamations militaires, il voulut haranguer l'armée ; mais à peine eut-il ouvert la bouche, qu'il s'éleva un grand bruit parmi les troupes. Soit que ce fût une cabale de quelques officiers mécontens, ſoit que ce ne fût qu'un caprice des ſoldats, on cria de toutes parts, qu'il falloit lui nommer un collegue. Il ſembloit qu'on ſe repentît du choix qu'on venoit de faire, ou qu'on voulût impoſer des loix à celui qu'on venoit de choiſir pour maître.

Valentinien entendit ce tumulte ſans s'émouvoir ; & regardant d'un côté & d'autre, avec un air ſévere & menaçant, il fit ſigne de la main qu'il vouloit parler. Dès qu'on eut fait ſilence, il ſe tourna vers ceux qui lui avoient paru les plus échauffés ; & après les avoir traités de mutins & de ſéditieux ; *Compagnons*, leur dit-il, *il dépendoit de vous*

Théodoret, l. 4. c. 6.

de me donner l'empire ; mais depuis que je l'ai reçu, c'est à moi de juger des be-
Sozom. l. 6, c. 6.
soins de l'état, & c'est à vous à m'obéir. Il prononça ces paroles avec tant d'affurance, que tout le monde fe tut & demeura dans le respect. Alors fe radouciffant un peu, il remercia l'armée de l'honneur qu'elle lui avoit fait, & l'affura qu'il fe choifiroit un collegue quand il en feroit tems ; mais qu'il ne vouloit rien précipiter dans une affaire de cette importance. Il defcendit de fon tribunal entouré d'aigles & de drapeaux ; & traverfa le camp, marchant fiérement au milieu d'une foule d'officiers qui fe rangeoient autour de lui pour lui faire leur cour.

Quelques jours après, foit qu'il s'accommodât à la néceffité des affaires, ou qu'il eût réfolu de fatisfaire les troupes, foit qu'il voulût adroitement faire agréer le deffein qu'il avoit d'affocier fon frere Valens à l'empire : il affembla les chefs de l'armée, & leur demanda confeil fur le choix qu'il avoit à faire. Degalaïfe, général de la cavalerie, lui répondit avec liberté : *Si vous n'aimez que votre*
Ammian. l. 26.
famille, Seigneur, vous avez un frere ; fi vous aimez l'état, choififfez quelqu'un qui foit capable de le gouverner avec vous. L'Empereur fut piqué de cette réponfe, mais il diffimula fon déplaifir, & réfolut

de faire lui-même par autorité, ce que
les gens de guerre auroient eu peine de
faire par complaisance.

V.   Il partit donc de Nicée en diligence,
& se rendit le premier jour de mars à
Nicomédie, où il fit Valens grand
écuyer, & général des armées de l'empire. Il l'élevoit à ces dignités, afin de
le disposer insensiblement à monter à une
plus grande. Mais étant arrivé à Constantinople, il ne garda plus aucune mesure. Il mena son frere dans un fauxbourg
de la ville ; & sans se mettre en peine
ni du consentement de l'armée, ni des
formes de l'élection, il le fit proclamer
Auguste, sans l'avoir auparavant déclaré
César, ce qui ne s'étoit pas encore pratiqué. Il lui mit le diadême sur le front,
& le revêtit des habits impériaux ; &
pour achever la cérémonie, il le ramena
avec lui dans un même char. Valens
n'avoit aucune qualité qui pût lui attirer
l'estime, ou l'amitié des peuples. Car
outre qu'il avoit le teint noir, les yeux
égarés, & quelque chose de rustique &
de rebutant en toute sa personne, c'étoit
un esprit déréglé, qui joignoit à une
grande présomption, une extrême igno-
rance. Aussi son élection ne fut approuvée que parce qu'on n'osoit s'y opposer. Valentinien lui-même ne lui dissimuloit pas ses défauts, & le tenoit dans

une fi grande dépendance, qu'on eût dit qu'il l'avoit fait fon lieutenant, & non pas fon collegue.

L'empire étoit alors en un état déplo-rable : il fembloit que toutes les nations barbares s'étoient liguées enfemble pour ravager en même tems toutes les pro-vinces de leur voifinage. Les Allemands faifoient le dégât dans les Gaules. Les Sarmates & les Quades étoient entrés dans la Pannonie. Les Pictes & les Sa-xons troubloient le repos de l'Angle-terre. Les Maures faifoient des courfes dans l'Afrique. Les Goths venoient piller la Thrace jufqu'aux environs de Conf-tantinople. Le roi de Perfe renouvelloit fes anciennes prétentions fur l'Arménie, & menaçoit de rompre la paix qu'il ve-noit de conclure avec les Romains. Il étoit à craindre que ces défordres ne continuaffent fous deux empereurs, dont l'un n'avoit pas affez de douceur pour gagner les peuples, l'autre n'avoit ni affez d'habileté, ni affez de réfolution pour venir à bout de fes ennemis.

Les affaires de la religion étoient auffi brouillées que celles de l'empire. Le regne de Conftantius avoit été un tems de perfécution continuelle contre l'égli-fe. Ce Prince n'avoit rien épargné pour abolir la foi du concile de Nicée, & pour établir l'héréfie d'Arius. Julien ne

VI.

Ammian. l. 26

VII.

s'étoit pas contenté de perſécuter l'égliſe, il avoit fait tous ſes efforts pour la détruire ; & après avoir ſolemnellement abjuré la foi de Jeſus-Chriſt , dans laquelle il avoit vécu près de vingt ans, il avoit entrepris de relever les faux Dieux , & de renouveller les ſuperſtitions payennes. Jovien ſon ſucceſſeur, voulant remédier à tous ces déſordres, proteſta aux gens de guerre qui l'éliſoient empereur , qu'il ne pouvoit accepter l'empire qu'à condition qu'ils feroient tous chrétiens comme lui ; & ils s'écrierent tout d'une voix , *qu'ils l'étoient, ou qu'ils avoient deſſein de l'être.* Peu de tems après il rappella les évêques exilés , & favoriſa les catholiques, blâmant les autres, & les remettant pourtant au jugement de leur conſcience , ſans vouloir entrer dans le fond des différends eccléſiaſtiques.

On croyoit que Valentinien porteroit ſa piété plus loin, tant parce qu'il étoit naturellement ardent , & qu'il alloit à ſes fins ſans beaucoup de ménagement, qu'à cauſe qu'il avoit autrefois confeſſé la foi de Jeſus-Chriſt avec beaucoup de zele. La choſe étoit arrivée ainſi. Julien , après ſon apoſtaſie , alloit un jour au temple de la fortune pour y offrir des ſacrifices à ſon ordinaire. Il étoit accompagné d'une foule de cour-

Thodoret, l. 13 , c. 5.

tifans , dont la plupart s'accommodoient Sozom. l. 6, c. 6.
par politique à la religion du Prince.
Valentinien marchoit derriere lui en
qualité de capitaine de fes gardes. Comme ils furent à l'entrée du temple , un
des miniſtres du facrifice , qui les y attendoit , comme pour les purifier , leur jetta
de l'eau qui étoit confacrée aux idoles.
L'empereur & ceux de fa fuite reçurent
avec refpeſt cette cérémonie. Mais Valentinien , ayant fenti quelques gouttes
de cette eau fur fa main gauche , & s'appercevant qu'il en étoit tombé fur fes
habits , frappa rudement , en préfence de
l'empereur , celui qui venoit de la lui
jetter , puis il fecoua fa main , & déchira
la piece de fon manteau qui avoit été
mouillée. Julien , offenfé de l'injure faite
à fes dieux & à lui , le chaffa de fa
cour , & le relégua à Melitine en Arménie. Son frere Valens l'y fuivit , aimant
mieux être dégradé des armes , & renoncer à fa fortune , que de rien faire qui
fût contraire à la foi.

Le fouvenir de cette confeffion fi hardie avoit fait efpérer à plufieurs que les
deux freres alloient rétablir hautement
la religion. Mais on y fut trompé ; car
Valentinien fut plus relâché là-deffus
qu'on n'avoit penfé , & protégea les catholiques fans inquiéter les Ariens. Valens au contraire , s'abandonna telle-

ment aux ariens, qu'il opprima les catholiques.

Telle étoit la difposition de l'empire, lorfque les deux empereurs fe le partagerent. Valentinien choifit pour lui les provinces de l'Occident avec toute l'Illirie, & laiffa celles de l'Orient à fon frere. Ils vinrent enfemble jufqu'à Naïffe, où ils firent le partage des armées, & des principaux officiers qui les commandoient, & fe féparerent enfin à Sirmium, l'un pour fe rendre à Milan, l'autre pour retourner à Conftantinople.

VIII.   Valentinien s'appliqua d'abord à reconnoître l'état des provinces les plus expofées à l'infulte des nations barbares. Il paffa dans les Gaules, & combattit les Allemands qui s'y étoient jettés avec une grande armée. Après les avoir défaits, il partit d'Amiens pour aller à Trêves. Là il efpéroit jouir en repos du fruit de fa derniere victoire, lorfqu'il eut avis de divers endroits que toute l'Angleterre étoit en proie aux ennemis; que les François & les Saxons y étoient entrés du côté des Gaules; que les Pictes & les Ecoffois faifoient le dégât jufques dans le cœur du pays; qu'on avoit tué le gouverneur, furpris le général de l'armée; & que fi l'on n'y mettoit ordre promptement, l'empire alloit perdre une de fes plus belles provinces.

Cette nouvelle étonna l'empereur,
& lui donna de grandes inquiétudes. Il
commanda à Théodofe, pere de celui
dont nous écrivons l'hiftoire, de paffer dans cette ifle, avec les troupes qui
s'étoient avancées de ce côté-là, le jugeant feul capable de remettre en meilleur état une affaire qui paroiffoit dé-
fefpérée. Théodofe partit en diligence, &
mena fon fils avec lui, pour lui apprendre le métier de la guerre. Il affembla
à Bologne l'armée qu'on lui avoit deftinée ; & paffant la mer avec une confiance qui fembloit répondre de l'événement, il s'avança vers Londres, & chercha les ennemis pour les combattre. Il
défit plufieurs de leurs partis, qu'il
trouva errans par la campagne. Il leur
enleva les hommes, le bétail, & tout
le refte du butin qu'ils entraînoient, &
fit publier dans tous les lieux d'alentour, que chacun vînt reconnoître &
reprendre ce qui lui appartenoit, ne réfervant qu'une petite partie du butin
pour les foldats qui avoient eu le plus
de fatigue. Son principal foin fut toujours de foulager le peuple ; & les premieres inftructions qu'il donna à fon
fils, furent des exemples d'humanité &
de juftice : vertus néceffaires, mais prefque inconnues aux gens de guerre. Après
ces premiers fuccès, il entra dans Lon-

I X.

dres, & raffura cette ville, qui le reconnoiffoit déja pour fon libérateur.

Comme il avoit affaire à des ennemis
qui fe difperfoient & fe rallioient à tous
momens pour le furprendre, il réfolut
de les furprendre eux-mêmes, & de les
affoiblir par de petits combats, ne pouvant les engager à une bataille. Il fe mit
donc en campagne, fe faifit des poftes
avantageux, divifa fon armée en plufieurs corps, & tombant inceffamment
fur les uns ou fur les autres de ces barbares qui avoient leurs intérêts féparés,
& qui étoient venus plutôt pour piller
que pour combattre, il les défit entiérement, & rétablit la fûreté dans les
villes & dans les campagnes. En toutes
ces rencontres, il fit paroître autant de
valeur que de prudence ; & l'on dit de
Ammian.
l. 28. lui, qu'il ne commanda jamais rien à fes
foldats, dont il ne leur donnât lui-même
l'exemple.

X. Théodofe fe montra digne fils de ce
grand capitaine, & donna dans ces premieres occafions, des marques de ce qu'il
devoit être un jour. Maxime, Anglois
de nation, qui fe vantoit d'être defcen-
Zoz. l. 4. du de la race de Conftantin, fervoit en
même-tems dans la même armée. Ces
deux jeunes hommes qui devoient un
jour difputer entr'eux l'empire du monde, fe connurent & fe fignalerent à l'en-

vi l'un de l'autre durant cette expédition. Ils étoient presque de même âge, ils avoient également de l'esprit, du courage, & une grande passion de s'avancer par la voie des armes; mais ils étoient bien différens de mœurs. Théodose étoit franc, honnête, généreux ; Maxime étoit artificieux, brutal, jaloux du mérite & de la réputation d'autrui. L'un étoit brave par vertu, l'autre l'étoit par férocité ; l'un ne prétendoit qu'à la gloire de servir les empereurs ; l'autre auroit bien voulu se mettre en leur place.

X I. A peine cette guerre fut-elle achevée qu'on découvrit une conjuration qui n'étoit pas moins dangereuse. On en fit arrêter les chefs, qui furent condamnés à la mort. Mais on ne jugea pas à propos de les faire appliquer à la question, de peur qu'il n'y eût trop de complices à punir, ou que leur désespoir ne fît renaître ces troubles qui venoient d'être appaisés. Après quoi Théodose retourna à la cour de Valentinien, & lui présenta son fils qui avoit été le compagnon de ses travaux. Ce fut-là que ce jeune seigneur se fit connoître au prince Gratien qui, tout enfant qu'il étoit, avoit déja beaucoup d'inclination pour la vertu & pour le mérite.

X I I. La joie qu'on avoit de l'heureux succès des affaires d'Angleterre, fut bientôt

troublée par la nouvelle qu'on reçut du
soulevement d'une partie de l'Afrique.
Firme, un des principaux seigneurs du
pays, étoit le chef de la révolte. On
l'accusoit d'avoir fait assassiner un de
ses freres. Romain, gouverneur de la
province, avoit entrepris de le perdre ;
lui se soutenoit par ses amis & par son
crédit. Ils écrivirent à la cour, l'un ses
accusations & ses plaintes, l'autre ses
justifications. Valentinien étoit d'une
humeur peu traitable ; mais il y avoit des
momens commodes où il se laissoit aisé-
ment prévenir. Dans les plus grandes
nécessités des affaires, il avoit eu soin
de soulager les provinces ; mais il ne
veilloit pas assez sur ceux qui les gouvernoient ; & quoique de son tempérament il fût inexorable pour les moindres fautes, il ne vouloit pas même
écouter les plaintes qu'on lui faisoit des
officiers ; soit qu'il crût blesser son autorité en diminuant la leur, lors même
qu'ils en abusoient ; soit que selon sa
politique, il fallût traiter les peuples
avec une extrême rigueur.

XIII. Ce fut-là l'occasion de la révolte de
Firme. Il apprit qu'on avoit supprimé
ses lettres à la cour ; qu'on avoit fait
valoir celles de son ennemi ; que les
ministres étoient gagnés, & que le prince
étoit prévenu. Comme il se vit sur le

point d'être opprimé, il eut recours aux armes. Il souleva les peuples lassés des violences & des voleries de leur gouverneur, prit le diadême & se fit proclamer roi. Il se mit d'abord en campagne, ravagea tout ce qui lui résistoit, surprit la ville de Céfarée qu'il abandonna à ses troupes pour la mettre à feu & à sang, & grossit son armée d'un grand nombre de Maures, qui vinrent en foule se ranger auprès de lui. Théodose eut ordre de partir incontinent avec son fils, & d'aller s'opposer à ces rebelles. Il s'embarqua avec les troupes qu'on lui avoit données, & descendit sur la côte d'Afrique. Là, ayant rencontré le gouverneur de la province, il apprit de lui l'état des affaires ; & après lui avoir doucement reproché les troubles qu'il avoit causés, il l'envoya pour mettre ordre à la sûreté des places, & pour visiter les garnisons. Cependant, il s'avança jusqu'à le ville de Sitifi, d'où il manda à Firme qu'il eût à poser les armes, & à se remettre en son devoir, & qu'il choisît ou de la paix, ou de la guerre. Attendant sa résolution, il pensoit aux moyens de ménager ses troupes, qui n'étoient pas accoutumées aux chaleurs de ces climats, & de prévenir le tyran qui n'étoit pas moins à craindre par ses artifices, que par ses forces.

Oros. l. 7.

XIV.   Firme fut d'abord incertain du parti qu'il avoit à prendre. Peu de tems après il envoya des députés à Théodofe, pour lui repréfenter qu'il avoit pris les armes par néceffité, & non pas par ambition ; qu'il n'en vouloit point à l'empire, mais à un ennemi particulier qui abufoit de l'autorité de l'empereur ; qu'il n'avoit pas prétendu fe révolter, mais fe défendre ; qu'on lui fît juftice, ou qu'on lui fauvât au moins la vie, & qu'il abandonnoit fes reffentimens, & congédioit fon armée. Théodofe promit de lui faire grace, s'il revenoit de bonne foi, & lui ordonna d'envoyer des ôtages. Cependant, il vifita la côte, fit affembler fes légions, y joignit quelques troupes du pays, & commanda à tous les officiers de faire obferver une exacte difcipline, difant, *que les foldats Romains ne devoient vivre qu'aux dépens de leurs ennemis, & qu'ils ne valoient pas mieux que des rèbelles quand ils incommodoient les citoyens ;* ce qui lui attira l'amitié des peuples. Firme étoit d'une famille nombreufe & puiffante par les terres qu'elle poffédoit, & par l'alliance qu'elle avoit avec les principaux feigneurs d'entre les Maures. Mafcizel & Mazuca fes freres marchoient avec deux grands corps d'armée ; & Cyria fa fœur, dame de grand courage, les affiftoit

toit d'hommes & d'argent, & foulevoit par fes intrigues toute la Mauritanie.

Théodofe, prévoyant qu'il feroit dif- XV.
ficile de réfifter à tant de forces s'il leur
donnoit le tems de fe joindre, s'avança
à grandes journées vers Mafcizel, & lui
préfenta la bataille. Les Maures l'accepterent, & foutinrent d'abord vigoureufement la premiere charge des légions : mais enfin ils furent rompus ;
l'avant-garde fut taillée en pieces, & le
refte fe fauva en défordre. Théodofe fe
rendit maître de la campagne, & prit
quelques places importantes pour fa sûreté, où il fit faire de grandes provifions
de vivres : & comme il alloit entrer plus
avant dans le pays, il eut avis que Mafcizel revenoit fur fes pas avec les Maures qu'il avoit ralliés, & des troupes
fraîches qu'il avoit reçues. Il le joignit
en peu de tems, le combattit, mit toute
fon armée en déroute, & le preffa fi vivement, qu'à peine lui laiffa-t-il le tems
de fe fauver lui-même.

Les rébelles furent étonnés de la perte XVI.
de ces deux batailles ; & Firme, ne fachant à qui s'adreffer, eut récours à
quelques évêques, qu'il fupplia d'aller
voir Théodofe, & d'obtenir de lui le
pardon de fa révolte à quelque condition que ce fût. Ces députés furent reçus
avec honneur ; & fur la réponfe favora-

B

ble qu'ils rapporterent , Firme partit lui-même avec peu d'efcorte, & fe rendit au camp de Théodofe , où ce général l'attendoit hors de fa tente. Les légions étoient fous les armes avec leurs drapeaux déployés , & chaque foldat au premier bruit de l'arrivée du chef des rebelles , avoit redoublé fa fierté.

Firme defcendit de cheval dès qu'il apperçut Théodofe ; & s'approchant de lui avec un profond refpect , fe profterna à fes pieds jufqu'à terre , & lui demanda pardon de fon crime , les larmes aux yeux , accufant tantôt fa témérité , tantôt fon malheur , avec toutes les marques d'un véritable repentir. Théodofe reçut froidement fes foumiffions , & après une longue conférence qu'ils eurent enfemble , l'accommodement fut conclu. Les conditions furent que Firme fourniroit des vivres pour l'armée ; qu'il laifferoit quelques-uns de fes parens pour ôtage ; qu'il remettroit en liberté tous les prifonniers qu'il avoit faits depuis les troubles ; qu'il renverroit dans la ville d'Icofium les enfeignes romaines , & tout ce qu'il avoit pris fur les fujets de l'empire ; qu'après cela il licencieroit fes troupes , & rentreroit en grace auprès de l'empereur.

XVII. Firme s'en retourna fort fatisfait, & accomplit en moins de deux jours la plus grande partie du traité. Théodofe voyant de fi belles difpofitions à la paix, marcha du côté de Céfarée pour réparer les ruines de cette ville qui avoit été brûlée dès le commencement des guerres. Il reçut en chemin une députation des Maziques , peuple afriquain , qui s'étoient ligués mal-à-propos avec les rebelles, & qui demandoient pardon de leur trahifon : mais il ne leur répondit autre chofe , finon *qu'il favoit pardonner à des ennemis ; mais qu'il ne pouvoit fouffrir des traîtres* ; & les renvoya, en les menaçant qu'il iroit bientôt à eux pour les châtier. Il venoit de fortir de Céfarée , où il avoit laiffé la premiere & la feconde légion pour travailler aux fortifications de la place , lorfqu'on vint l'avertir que Firme n'avoit fait que cacher fa perfidie fous des apparences de paix & de foumiffion ; qu'il débauchoit par promeffes & par argent les troupes mêmes de l'empire ; qu'un efcadron d'archers s'étoit jetté dans fon parti ; & qu'un tribun avoit eu l'infolence de mettre fon collier en forme de diadême fur la tête de ce rebelle.

Théodofe réfolut d'ufer de toutes les XVIII. rigueurs de la guerre contre les traîtres. Il marcha avec une diligence incroyable vers Tagavie, où il furprit une partie des archers révoltés , qu'il livra à la

B ij

vengeance des soldats, afin de leur apprendre à craindre eux-mêmes la justice qu'il leur feroit exercer contre les coupables. On fit mourir le tribun, après lui avoir fait couper le poing ; les autres officiers furent décapités, & tout le reste fut puni comme il méritoit. Ce général irrité assiégea, peu de jours après, une forteresse, où les Maures les plus séditieux s'étoient retirés. Il la prît d'assaut, passa toute la garnison au fil de l'épée, & fit raser les murailles jusqu'aux fondemens. Il tourna promptement du côté de Tanger, où les Maziques s'étoient assemblés ; & après les avoir vaincus plusieurs fois, il leur accorda le pardon qu'il leur avoit autrefois refusé.

X I X. Enfin l'ardeur de la guerre l'ayant engagé dans le pays ennemi plus avant qu'il ne pensoit, Cyria, sœur de Firme, souleva tout d'un coup toute la province. Tous les peuples se mirent en campagne, comme si le signal eut été donné, & marcherent contre les Romains. Théodose qui n'avoit alors que peu d'infanterie, avec un corps de trois mille cinq cens chevaux, & qui voyoit cette multitude innombrable d'ennemis, fut quelque tems en suspens, s'il hasarderoit un combat, ou s'il se retireroit. La honte de céder à des ennemis tant de fois vaincus, & la crainte de décréditer les armes de l'empire , le déterminoient à combattre. Mais après avoir confidéré l'état des affaires, il jugea qu'il valoit mieux manquer à gagner une bataille , que de perdre le fruit de tant d'autres qu'il avoit gagnées. Il fe retira , prenant toujours des poftes avantageux , de peur de furprife ; mais les ennemis le pourfuivirent opiniâtrément, lui couperent tous les paffages, & le réduifirent à la néceffité de s'expofer à un combat inégal pour fe fauver.

Le hafard le tira de ce danger ; car les Maziques , qu'il venoit de vaincre, s'étoient obligés à lui fournir des troupes , & ils les lui envoyoient. Quelques efcadrons romains alloient devant eux pour les conduire vers Théodofe , fans favoir l'état où il fe trouvoit alors. Des coureurs maures apperçurent de loin ce fecours, & vinrent à toute bride donner l'alarme à leur camp , comme fi des armées entieres fuffent accourues pour dégager ce général. Ceux qui gardoient les paffages les abandonnerent, & Théodofe profita du moment , & gagnant les défilés , alla camper fous la ville de Taves , où il mit fon armée à couvert au commencement du mois de février ; de-là il obferva les ennemis , & travailla à les défunir par des négociations fecrettes , jufqu'à ce qu'il pût les réduire par la force.

X X.

B iij

XXI. Cependant il dépêcha fon fils à l'empereur Valentinien, pour lui rendre compte de l'état des troubles de l'Afrique, & pour lui demander de nouvelles troupes, afin de ruiner entiérement le parti des rebelles. Le jeune Théodofe fut reçu à la cour avec toute la confidération que méritoient les fervices de fon pere & les fiens. Gratien eut beaucoup de joie de le revoir, & dès ce tems-là il conçut pour lui une eftime qui fut depuis connue de tout le monde.

C'étoit un prince qui entroit à peine dans la treiziéme année de fon âge, qui avoit déja beaucoup de difcernement, & qui faifoit de grands progrès dans l'étude des belles-lettres fous Aufone fon précepteur, un des plus beaux efprits de fon fiecle. Il gagnoit l'amitié des peuples par fon naturel doux & obligeant; l'on jugeoit dès lors qu'il auroit les bonnes qualités de fon pere, fans en avoir les défauts. Il avoit été déclaré Augufte depuis peu de tems dans une conjonéture affez preffante.

XXII.
Ammian.
l. 27.

Valentinien étoit tombé dans une maladie dont on n'efperoit pas qu'il dût relever. Chacun lui deftinoit un fucceffeur felon fon caprice, comme fi l'empire eût été vacant. Les officiers gaulois, accrédités dans l'armée, jettoient les yeux fur Julien, premier fecrétaire d'état, homme cruel & emporté. Les autres firent leur brigue pour Sévere, colonel d'infanterie, qui n'étoit guère plus modéré que Julien. L'empereur étant guéri contre toute apparence, reconnut le danger qu'il avoit couru, & réfolut, pour rompre toutes ces cabales, d'affocier fon fils à l'empire. Il fonda les efprits des gens de guerre ; & comme il fut affuré de leurs intentions, il fit affembler l'armée dans une grande plaine où il fe rendit avec toute fa cour. Il monta fur fon tribunal, menant par la main fon fils qu'il avoit fait venir exprès ; & après qu'il l'eut fait voir aux troupes, il les pria d'agréer la réfolution qu'il avoit prife de partager l'empire avec lui.

Il leur repréfenta qu'il ne prétendoit ufer de fes droits qu'autant que l'armée les jugeroit raifonnables, & qu'il vouloit toujours avoir plus d'égard aux intérêts de l'état, qu'à ceux de fa maifon ; qu'il leur préfentoit fon fils élevé parmi les leurs, & deftiné à faire la guerre avec eux pour la défenfe de l'empire ; qu'à la vérité c'étoit un enfant qui n'avoit encore ni force ni expérience, mais qui paroiffoit fi bien né, qu'on pouvoit croire qu'il ne leur feroit pas déshonneur ; qu'il s'appliquoit déja à l'étude des fciences & à toute forte de nobles exercices, afin qu'il pût leur plaire, & qu'il fût reconnoître le mérite des gens de bien ; qu'il le mettroit bientôt en état de marcher avec eux fous les étendards de l'empire, fans craindre l'incommodité des faifons, ni les fatigues de la guerre ; qu'il lui recommanderoit fur toutes chofes de regarder le bien public comme le fien propre, & d'aimer l'état comme fa famille.

A ces mots, les foldats tranfportés de joie, l'interrompirent, & à l'envi les uns des autres proclamerent Gratien Augufte au bruit des armes, & au fon des trompettes. L'empereur, animé par ces acclamations, revêtit fon fils des habits impériaux, puis il le baifa, & avec une gravité mêlée de joie & de tendreffe, *Vous voila, mon fils, lui dit-il, revêtu de la pourpre des empereurs. J'ai bien voulu vous faire cette grace, & nos compagnons que vous voyez ici préfens y ont confenti. Rendez-vous capable de foulager votre pere & votre oncle, dont vous êtes maintenant le collegue : difpofez-vous à demeurer fous les armes comme le moindre foldat, & à paffer courageufement le Danube & le Rhin glacés, à la tête de l'infanterie : donnez, s'il le faut, votre fang & votre vie pour les peuples que vous gouvernerez : ne croyez rien au-deffous de vous de tout ce qui regarde le falut ou la gloire de l'empire. Ce font les principaux avis que je puis vous donner ici. La plus grande occupation de mon regne fera déformais de vous apprendre à regner.* Après cela fe tournant du côté des troupes : *Pour vous, dit-il, foutenez l'honneur de l'empire par vos armes ; continuez à nous affifter dans nos guerres, & confervez à ce jeune empereur que je remets à vos foins & à votre affection, une fidélité inviolable.*

Là-deffus il s'éleva encore un grand bruit. Eupraxe, fecrétaire d'état, s'écria que Valentinien & fon fils méritoient encore davantage. Toute l'armée renouvella fes acclamations, & chacun fe preffa pour voir de près cet enfant augufte dont les yeux vifs & brillans, le vifage agréable, l'air doux & noble, & une certaine majefté modefte & fans orgueil, attiroient l'amitié & l'admiration de tous ceux qui le regardoient. Ce prince, depuis ce tems-là, étoit les délices des peuples, & fes vertus croiffoient avec l'âge.

Valentinien étoit alors fur le point d'entrer dans l'Allemagne avec une puiffante armée, pour dompter cette nation farouche & inquiete, qui tenoit toujours les frontieres de l'empire en alarme. Il prit fon fils avec lui, & le mena au-delà du Rhin dans le pays ennemi, pour l'ac-

XXIII.

Ammian. l. 27.

B v

coutumer de bonne heure aux fatigues,
& aux périls mêmes de la guerre. Cette
expédition étoit importante, l'empereur
l'entrepenoit de lui-même, & alloit
y commander en perſonne. Auſſi il choiſit ſes meilleures troupes, & tout ce qu'il
y ayoit d'officiers de réputation dans
l'empire. Il ordonna au jeune Théodoſe
de le ſuivre, & reconnut en lui tant de
valeur & de prudence dans les divers
événemens de cette guerre, qu'il le jugea
capable de commander en chef les armées & réſolut de l'employer. L'irruption ſoudaine des Quades lui en fournit
bientôt l'occaſion, au grand contentement de Gratien, qui s'intéreſſoit déja
beaucoup à la fortune de Théodoſe.

L'empereur Valentinien, qui aimoit
la gloire, & qui méditoit toujours quelque grand deſſein qui lui fît honneur,
& qui fût utile au public, entreprit de
faire continuer une chauſſée depuis la
ſource du Rhin juſqu'à ſon embouchure
dans la mer. Il traça lui-même les plans
des forts qu'il vouloit faire élever deçà
ou delà le fleuve, ſelon la diſpoſition
des lieux ; & s'étant apperçu que les
eaux ruinoient inſenſiblement une forte-
reſſe qu'il avoit fait bâtir ſur le Nécre,
il détourna le cours du fleuve par un
canal qu'il fit faire à force de travail &
d'argent. Il voulut fortifier les bords du

Danube comme ceux du Rhin, afin d'oppofer comme deux barrieres aux nations
barbares, & leur rendre l'empire inacceffible. Il envoya ordre à Equitius, qui
commandoit dans l'Illyrie, de paffer
jufques dans le pays des Quades, & d'y
faire bâtir une citadelle, où il pût tenir
une garnifon confidérable.

Les Quades vivoient alors paifiblement fous leur roi dans la Moravie ; &
comme ils n'avoient aucun deffein d'u-
furper les terres de leurs voifins, ils
croyoient n'avoir pas befoin de garder
les leurs. Ç'avoit été autrefois un peuple puiffant & aguerri ; mais il avoit
dégénéré de fa premiere valeur, & lan-
guiffoit depuis quelque tems dans une
oifiveté qui le rendoit prefque mépri-
fable. Equitius s'étant mis en état d'exécuter les ordres de l'empereur, les Quades lui remontrerent doucement le tort
qu'on leur faifoit, & envoyerent des
députés à la cour pour s'en plaindre.
Equitius, attendant la réponfe qu'on
rendroit aux députés, fit ceffer les travaux, de peur d'exciter des troubles :
mais Maximin, homme cruel & remuant,
l'accufa de négligence & de lâcheté, &
fe chargea de la commiffion. Il alla fur
les lieux, & fe mit à faire conftruire les
forts qu'on avoit commencés, fans demander aux barbares leur confente-

XXIV.

B vj

ment, qu'ils euffent fans doute donné, plutôt que de s'attirer la guerre. Gabinius leur roi l'alla trouver, & lui repréfenta modeftement, que c'étoit une infulte qu'on leur faifoit fans raifon; qu'il étoit jufte de laiffer vivre en repos des gens paifibles, qui ne troubloient pas celui des autres; qu'ils n'avoient plus l'ambition de conquérir, mais qu'il leur reftoit encore celle d'être maîtres en leur pays; qu'ils laiffoient la grandeur & la gloire de vaincre le monde à ceux qui s'en piquoient; que pour eux ils s'eftimoient affez heureux, s'ils étoient libres; qu'enfin ils ne demandoient point de grace, mais qu'ils fupplioient qu'on ne leur fît point d'injuftice.

Maximin fit femblant d'être touché des raifons de ce prince; & pour marque d'amitié, le convia avec quelquesuns de fa fuite à un grand feftin, où il le fit affaffiner inhumainement. Ces peuples, après avoir pleuré quelque tems la mort de leur roi, prirent les armes pour la venger. Le défefpoir leur donna du courage; & les Sarmates s'étant joints à eux, ils pafferent enfemble le Danube, & fe répandirent dans la campagne, brûlant les villages, & ravageant tout ce qu'ils rencontroient en leur chemin. La princeffe Conftantie, fille de l'empereur Conftantius, qui avoit été

Ammian,
l. 27.

accordée à Gratien, venoit alors de la cour d'orient à celle d'occident, & prenoit un peu de repos dans une maifon de campagne. Son train fut pillé, quelques-uns de fes gens furent pris ; elle alloit tomber elle-même entre les mains de ces barbares, fi Meffala, qui avoit été envoyé pour la recevoir, ne l'eût mife promptement dans un chariot de rencontre, & ne l'eût menée à toute bride dans Sirmium. Probe, préfet du prétoire, homme timide, & peu accoutumé à la guerre, étoit dans la ville, & faifoit préparer fes chevaux pour s'enfuir pendant la nuit. On tâcha de lui faire entendre que le danger n'étoit pas fi grand qu'il penfoit ; que fa fuite abattroit le courage des citoyens, & qu'il répondroit de tous les accidens qui pouvoient arriver à la princeffe. Enfin, il fe remit un peu de fa frayeur, & donna ordre qu'on réparât promptement les fortifications, & qu'on fît venir quelques compagnies d'archers des garnifons voifines, pour défendre la place, en cas de fiége.

Les ennemis fe contenterent de tenir la campagne. On envoya contre eux deux des meilleures légions de l'empire qui les auroient fans doute défaits : mais elles fe brouillerent fur des prétentions & des difputes de préféance ; & les Sarmates les ayant forcées séparément dans leurs quartiers , les taillerent en pieces l'une après l'autre. Le jeune Théodose fut envoyé pour arrêter le cours de ces désordres ; & afin qu'il pût agir avec plus d'autorité , on lui donna le gouvernement de la Mœsie , & le commandement des troupes de cette province.

XXV.   Il partit incontinent ; & après avoir reconnu l'état des affaires , il assembla un corps d'armée considérable. Sa premiere occupation fut d'établir dans les troupes une exacte discipline , & de chasser de tout le pays un reste de barbares errans & débandés , qui le pilloient impunément. Il en fit mourir plusieurs , & se contenta d'avoir poussé les autres hors des limites de l'empire. Après quoi , ayant appris que les Sarmates paroissoient sur la frontiere , & que leur armée étoit grossie d'une foule de peuples ligués avec eux , il résolut non-seulement de s'opposer à leur passage , mais encore de les attirer au combat. Les ennemis qui se confioient en leur nombre , se diviserent en plusieurs corps pour faire des irruptions par divers endroits ; mais Théodose les battit en toute rencontre ; & après les avoir obligés à se réunir , il alla les attaquer jusques dans leur camp. Quelque résistance qu'ils fissent d'abord , il les força , & en fit un si grand

carnage, qu'ils lui demanderent la paix
à telle condition qu'il voudroit, &
n'oferent la rompre tant qu'il demeura
dans cette province.

Pendant que Théodofe le fils fervoit XXVI.
fi utilement l'empire dans la Mœfie, le
pere étoit occupé à réduire les Maures
révoltés en Afrique. Il en avoit déja
détaché un grand nombre des intérêts de
Firme, les uns par menaces, les autres
par promeffes & par argent. Firme, qui
s'apperçut de quelque changement, craignant d'un côté d'être abandonné, &
de l'autre, s'ennuyant d'entretenir tant
de troupes à fes dépens, fortit de fon
camp la nuit, & fe fauva dans les montagnes. Auffi-tôt que Théodofe eut avis
que cette armée fans chef fe divifoit
& fe retiroit en défordre, il fe mit en
campagne, il en défit une partie, &
obligea le refte à quitter les armes.
Cette multitude d'ennemis étant ainfi
diffipée, il mit dans les places des gouverneurs d'une fidélité reconnue, &
pourfuivit Firme dans les montagnes.

Mais à peine y fut-il entré, qu'il ap- XXVII.
prit que le chef des rebelles s'étoit réfugié chez les Ifafliens, qu'il étoit affuré de leur protection. Théodofe tourna
de ce côté-là, après avoir donné quelque relâche à fes troupes, & fit fommer
ces peuples de lui livrer Firme, Ma-

zuca fon frere, & les principaux officiers qui l'accompagnoient. Comme ils
eurent refufé de le faire, il leur déclara
la guerre, & la commença par un combat, où ils furent vaincus, Mazuca bleffé
à mort, & Firme mis en fuite avec tout
ce qui lui refta de troupes. Ce fut alors
qu'Igmazen, roi des Ifafliens, affembla
toutes fes forces, & marcha contre les
Romains, qui étoient entrés déja bien
avant dans fes états. Il alla lui-même
au-devant de Théodofe avec peu d'efcorte, & l'ayant abordé, lui demanda
qui il étoit, & pourquoi il venoit troubler le repos d'un roi, qui ne relevoit
de perfonne, & qui n'avoit à répondre
de fes actions qu'à lui-même. Théodofe
lui repartit, qu'il étoit un des lieutenans
de Valentinien, empereur & maître du
monde ; qu'il venoit pour châtier un
rebelle ; & que fi l'on ne le lui remettoit
entre les mains, il avoit ordre de faire
périr & les rois & les peuples qui feroient affez injuftes pour le protéger.

XXVIII.   Igmazen fe retira piqué de cette réponfe, & le lendemain matin fe préfenta
en bataille à la tête de vingt mille hommes. Il avoit laiffé près de là un corps
de réferve, & caché derriere fes bataillons quelques troupes auxiliaires, qui
devoient fe détacher par pelotons, à
deffein d'enfermer les Romains qui

étoient en petit nombre. Théodofe rangea fes troupes de fon côté , leur remit
devant les yeux leurs victoires paffées ,
& les anima fi bien , qu'elles combattirent un jour entier, fans que les efcadrons ferrés puffent jamais être rompus.
Vers le foir Firme parut fur une hauteur,
couvert d'une riche vefte d'écarlate , &
crioit aux foldats fatigués , qu'ils alloient être accablés par le nombre , &
qu'ils n'attendiffent point de quartier ,
s'ils ne livroient leur général au roi Igmazen. Ce difcours excita les uns à
combattre plus vaillamment , & troubla
fi fort les autres, qu'ils abandonnerent
leurs rangs.

La nuit ayant fait ceffer le combat , XXIX.
Théodofe fe retira avec peu de perte
des fiens , & fit punir très-féverement
tous les foldats que la menace de Firme
avoit ébranlés. Peu de tems après , ayant
renforcé fon armée , il recommença la
guerre , & battit en plufieurs rencontres
les meilleures troupes des Ifafliens. Igmazen, ennuyé d'être fi fouvent vaincu ,
& reconnoiffant qu'il avoit affaire à un
capitaine vigilant & heureux qui le perdroit enfin lui & fes états, ne penfa plus
qu'aux moyens de vivre en paix. Il lui
manda fecrétement qu'il n'avoit rien à
démêler avec l'empire , & qu'il lui abandonnoit Firme & tous les rebelles ; mais

que ſes peuples avoient été gagnés, &
qu'il n'en étoit plus le maître : que le
ſeul moyen de les ranger à leur devoir,
étoit de ne leur donner aucun relâche,
& de les réduire à penſer plûtôt à leur
propre ſûreté, qu'à la défenſe d'un étranger : qu'il falloit que les incommodités
qu'ils recevroient fuſſent plus grandes
que les biens qu'on leur promettoit, &
que Théodoſe ſe fît plus craindre que
Firme ne s'étoit fait aimer.

X X X.   Théodoſe profita de ces avis, & ne
perdit point d'occaſion de fatiguer les
Iſafliens, tantôt leur défaiſant des partis,
tantôt leur enlevant des quartiers, brûlant leurs villes & leurs villages, & ravageant tout leur pays. Igmazen les abandonnoit à leurs mauvais conſeils, & leur
faiſoit paroître leurs pertes plus grandes
qu'elles n'étoient. Ils ſe trouverent enfin
ſi affoiblis & ſi ennuyés, qu'ils commencerent à ſonger à eux. Firme reconnut
qu'il y avoit du refroidiſſement, & ſe
défiant du roi ſur quelques conférences
qu'il avoit eues avec Maſilla, prince des
Maziques, il eut envie de s'enfuir encore une fois dans les montagnes. Alors
Igmazen ſe déclara & le fit arrêter. Ce
rebelle ſe voyant renfermé & gardé à
vûe, réſolut de prévenir ſon ſupplice
par une mort volontaire. Il enivra ſes
gardes la nuit, & comme ils furent en-

dormis, il se leva, & trouvant par ha-
sard sous sa main une corde propre pour
le dessein qu'il avoit, il s'étrangla lui-
même dans un coin de la chambre.

Igmazen qui devoit le faire conduire XXXI.
le lendemain dans le camp de Théodose, eut un sensible déplaisir de cet accident. Il attesta la foi publique, prit
Masilla à témoin de ce malheur, & fit
charger sur un chameau le corps de ce
misérable, qu'il alla présenter lui-même
à Théodose, comme un gage de son
amitié & de l'affection qu'il avoit pour
l'empire. Théodose fit reconnoître ce
corps par des gens du pays, & par quelques prisonniers qui jurerent tous que
c'étoit-là le corps de Firme. Alors il fit
de grandes caresses au roi, & peu de
jours après, il prit le chemin de Sitifi,
& fut reçu en triomphe dans toutes les
villes par où il passa. Il espéroit qu'on le
rappelleroit à la cour après une si longue
& si heureuse expédition; mais il eut
ordre de demeurer en Afrique, & de
rétablir entiérement les affaires de cette
province, que l'avarice des gouverneurs,
& la cruauté des rebelles avoient presque
ruinée.

Cependant l'empereur Valentinien XXXII.
faisoit de grands préparatifs de guerre,
& partoit de Treves au commencement
du printemps, pour aller à grandes jour-

nées dans l'Illyrie. Toutes les nations voisines étoient effrayées, & lui envoyoient des députés sur sa route pour lui demander humblement la paix. Il ne leur répondoit autre chose, sinon qu'il alloit les châtier si elles étoient coupables, & qu'il en jugeroit quand il seroit sur les lieux. Chacun croyoit qu'il venoit punir l'assassinat du roi des Quades, ou les désordres arrivés dans les provinces, dont les gouverneurs étoient alarmés. Il usa pourtant envers eux de sa politique ordinaire, & ne leur fit pas même une réprimande. Il passa presque tout l'été à Carnunte dans la Pannonie, à assembler ses troupes, à remplir ses magasins ; & tout d'un coup ayant fait jetter un pont sur le Danube, il entra dans le pays des Quades avec son armée, résolu de les exterminer à cause de leur derniere irruption.

Quoique cette nation pauvre & timide ne fût pas en état de se défendre, on mit à feu & à sang tout ce qui se rencontra dans les villes, ou dans la campagne, sans aucune distinction d'âge ou de sexe. La plupart s'étoient sauvés dans les montagnes, effrayés de voir chez eux des aigles romaines & un empereur en personne ; & regardant de loin fumer leurs villes, & leurs maisons réduites en cendre ils pleuroient la mort de leurs

proches, & la défolation de leur pays,
Valentinien fe ravifa peu de jours après;
& foit qu'il manquât de vivres, ou que
la faifon fût trop avancée; foit qu'il eût
honte d'infulter à un peuple plus malheureux que coupable, qui ne pouvoit lui réfifter, il repaffa le Danube, & mit fon
armée en quartier d'hiver.

Les Quades revinrent un peu de leur XXXIII.
crainte, & choifirent les plus qualifiés
d'entr'eux pour aller demander pardon
à l'empereur, & lui promettre de le fervir aux conditions qu'il voudroit leur
impofer. Ces députés arriverent à Ber-
gition, petit château dans la Pannonie,
où Valentinien s'étoit retiré. Là, ils
obtinrent enfin une audience, où ils furent introduits par Equitius; & s'étant
jettés aux pieds de l'empereur, ils demeurerent quelque tems fans fe relever faifis de crainte & de refpect; puis,
ils le fupplierent humblement au nom
de toute la nation de leur faire grace,
& de leur accorder la paix. Valentinien,
furpris de la pauvreté & de la mauvaife
mine de ces ambaffadeurs, s'écria qu'il
étoit bien malheureux d'avoir à traiter
avec des gens faits comme ceux-là; &
leur reprocha leur infolence & leur perfidie. Comme ils fe jettoient fur des excufes ennuyeufes, il fe mit en colere,
& leur parla avec tant d'émotion, qu'il

se rompit une veine , & tomba demi mort entre les bras de ses officiers , en jettant le sang par la bouche. Il mourut quelques heures après dans les convulsions , le dix-septiéme jour de novembre , la cinquante-cinquiéme année de son âge , & la douziéme de son regne.

XXXIV.
Ammian.
l. 30.
Zos. l. 4.

Chacun raisonna sur cette mort , suivant son esprit. Les uns observoient qu'une comete avoit paru depuis peu ; que la foudre étoit tombée sur le palais ; qu'un hibou s'étoit perché sur le toit des bains impériaux , d'où l'on n'avoit pû le chasser ; que l'empereur avoit vû en songe l'impératrice en habit de deuil , & qu'étant sorti ce matin-là plus triste qu'à son ordinaire à dessein de monter à cheval , le cheval s'étoit cabré contre sa coutume. Les plus sages , au lieu de ces observations vaines & ridicules , remarquoient qu'il étoit mort comme il avoit vécu , dans le trouble & dans l'agitation ; que ç'avoit été un juge sévere , plutôt qu'un bon maître ; que de tous les empereurs il n'y avoit eû que lui qui eût passé son regne sans signer une seule grace ; qu'on eût dit qu'il punissoit par chagrin , plutôt que par justice ; qu'il entroit un peu d'avarice dans cette sévérité , & que les confiscations suivoient trop ordinairement la condamnation des criminels ; qu'il faisoit la guerre en furieux , & n'alloit jamais combattre les ennemis, qu'il n'eût deffein de les exterminer ; & qu'enfin , par un jufte jugement de Dieu , fa colere qui avoit caufé tant de morts, venoit de lui ôter la vie à lui-même.

Plufieurs difoient en fa faveur , qu'il avoit effayé de vaincre fon tempérament , & qu'il n'avoit pû ; que cette févérité exceffive n'avoit pas été honnête à l'empereur, mais qu'elle avoit été utile à l'empire ; qu'en faifant brûler vif le premier eunuque du palais, pour avoir fait tort à une veuve , il avoit fauvé de l'oppreffion toutes les veuves & les orphelins ; qu'au refte il avoit eu plus de vertus que de défauts ; qu'il avoit épargné le bien du peuple, diminué les tributs , réglé les gens de guerre , dreffé de bons officiers, fortifié les places fron- *Ammian l. 20.* tieres , & gagné des batailles par fes lieutenans & par lui-même ; qu'il avoit mené une vie pure & irréprochable , éloigné de fa cour la corruption & les débauches, tant par fes édits que par fes exemples , & montré dans toute fa conduite de l'efprit , du courage, de la politeffe & de la grandeur.

Les plus zelés pour la religion le blâ- *Zozom. l. 6; c. 6 & 7.* moient d'avoir époufé Juftine , femme arienne, de s'être laiffé furprendre aux profeffions de foi d'Auxence , archevêque de Milan, qui faifoit femblant d'être catholique, & fur-tout d'avoir laiffé à chacun la liberté de vivre felon fa créance, & de n'avoir pas voulu, fous prétexte qu'il étoit laïque, fe mêler des différends de l'églife. Les autres foutenoient au contraire, que cette politique avoit été néceffaire, que Jovien en avoit ufé de même avant lui ; & qu'il valoit mieux attirer les hommes à la vérité par la douceur, que de les y entraîner à vive force. On convenoit pourtant que ce prince avoit toujours retenu la foi de l'églife dans fa pureté ; qu'il s'étoit brouillé là-deffus avec fon frere Valens, jufqu'à lui refufer du fecours contre les barbares, comme à un ennemi de Dieu, qu'il falloit abandonner ; & qu'il avoit prié S. Ambroife de le reprendre, s'il manquoit, ou contre la piété, ou contre la doctrine de l'églife.

XXXV. Il ne fera pas hors de propos de rapporter ici la part que cet empereur avoit eue en l'ordination de cet archevêque dont nous parlerons fi fouvent dans la fuite de cette hiftoire. Auxence arien étant mort, après avoir tenu plufieurs années le fiége de Milan, Valentinien pria les évêques de s'affembler pour élire un nouveau pafteur. Il leur demanda un homme d'un profond favoir, & d'une vie irréprochable, *afin*, difoit-il,

que

Socrat. l. 4, c. 1.

Théodoret. l. 4, c. 31.

que la ville impériale se sanctifiât par *fes infructions & par fes exemples ; & que les empereurs, qui font les maîtres du monde, & qui ne laissent pas d'être grands pécheurs, pussent recevoir ses avis avec confiance, & ses corrections avec respect.* Les évêques le supplierent d'en nommer un lui-même tel qu'il le souhaitoit ; mais il leur répondit que c'étoit une affaire au-dessus de ses forces, & qu'il n'avoit ni assez de sagesse, ni assez de piété pour s'en mêler ; que ce choix leur appartenoit, parce qu'ils avoient une parfaite connoissance des loix de l'église, & qu'ils étoient remplis des lumieres de l'esprit de Dieu.

Théodoret, l. 4, c. 6 & 7.

Les évêques s'assemblerent donc avec le reste du clergé pour procéder à l'élection; & le peuple dont le consentement étoit requis, y fut appellé. Les ariens nommoient un homme de leur secte, les catholiques en vouloient un de leur communion. Les deux partis s'échauferent, & cette dispute alloit devenir une sédition & une guerre ouverte. Ambroise, gouverneur de la province & de la ville, homme d'esprit & de probité, fut averti de ce désordre, & vint à l'église pour l'empêcher. Sa présence fit cesser tous les différends ; & l'assemblée s'étant réunie tout d'un coup, comme par une inspiration divine, demanda

Socrat. l. 4, c. 30.

C

qu'on lui donnât Ambroife pour fon pafteur. Cette penfée lui parut bizarre ;
mais comme on perfiftoit à le demander, il remontra à l'affemblée qu'il avoit
toujours vécu dans des emplois féculiers,
& qu'il n'étoit pas même encore bapti-
fé ; que les loix de l'empire défendoient
à ceux qui exerçoient des charges publiques d'entrer dans le clergé fans la
permiffion des empereurs ; & que le
choix d'un évêque devoit fe faire par
un mouvement du Saint-Efprit, & non
pas par un caprice populaire. Quelque
raifon qu'il alléguât, quelque réfiftance
qu'il fît, le peuple voulut le porter fur
le trône épifcopal, auquel Dieu l'avoit

Paulin. in vitâ Ambrof.

deftiné. On lui donna des gardes, de
peur qu'il ne s'enfuît : & l'on préfenta
une requête à l'empereur pour lui faire
agréer cette élection.

L'empereur y confentit très-volon-
tiers, & donna ordre qu'on le fît baptifer promptement, & qu'on le confa-
crât huit jours après. On rapporte que
ce prince voulut affifter lui-même à fon
facre, & qu'à la fin de la cérémonie levant les yeux & les mains au ciel, il

Théodoret, l. 4, c. 7.

s'écria tranfporté de joie : *Je vous rends
graces, mon Dieu, de ce que vous avez
confirmé mon choix par le vôtre, en com-
mettant la conduite de nos ames à celui
à qui j'avois commis le gouvernement de*

cette province. Le faint archevêque s'appliqua tout entier à l'étude des faintes écritures, & au rétabliffement de la foi & de la difcipline dans fon diocèfe. S'étant apperçu de quelques abus qui fe commettoient par les magiftrats fous l'autorité de l'empereur, il l'alla trouver dans fon palais, & lui remontra le zele qu'il devoit avoir pour le fervice de Dieu, & pour la juftice.

Ce prince lui répondit fagement qu'il recevoit fes avis en bonne part ; qu'il le connoiffoit depuis long-tems pour un homme droit & incapable de diffimulation ou de flatterie ; qu'en l'acceptant pour fon évêque, il avoit bien prévu qu'il fe donnoit à lui-même un juge incorruptible de fa vie ; qu'il n'avoit pas laiffé de confirmer fon élection, jugeant qu'on ne pouvoit donner trop d'autorité à un homme de bien ; qu'il usât donc de fa liberté ordinaire ; qu'il reprimât par une fainte févérité les déréglemens de la cour, & qu'il ne craignît pas de l'avertir lui-même de fes défauts, & d'y apporter les remedes qu'il jugeroit néceffaires felon fa prudence, & felon les regles de la loi de Dieu.

Le faint archevêque, appuyé de l'autorité de l'empereur, travailloit à déraciner les erreurs que fon prédéceffeur Auxence avoit femées dans la ville impériale : toute l'église espéroit beaucoup de cette protection ; mais ce prince mourut peu de tems après, comme nous avons déja dit. Son corps fut porté à Constantinople, & mis dans le sépulcre du grand Constantin avec les solemnités accoutumées.

XXXVI.   Gratien, fils ainé de Valentinien, & de Severa sa premiere femme, avoit été associé à l'empire environ sept ans, auparavant, & se tenoit alors à Treves où son pere l'avoit laissé. Le jeune Valentinien, fils du second lit, âgé de huit à neuf ans, s'étoit avancé avec l'impératrice Justine sa mere ; & comme il n'étoit pas loin de l'armée, les principaux officiers se liguerent ensemble pour le créer empereur. Céréalis son oncle conduisit adroitement toute l'intrigue, & gagna d'abord Méraubode qui commandoit l'infanterie. Ils firent couper les ponts, & garder tous les passages qui menoient au quartier des Gaulois, troupes mutines & mal intentionnées. Tous ceux qui leur étoient suspects eurent ordre de ne point marcher avant qu'ils eussent appris la mort de l'empereur. On éloigna sur-tout le comte Sébastien, homme fidele & paisible, mais trop aimé des gens de guerre en une occasion comme celle-là. Après avoir ainsi disposé toutes choses, Céréalis alla querir son

neveu , & le fit déclarer Augufte fix
jours après la mort de fon pere.

Ceux qui s'étoient mêlés de cette
élection , écrivirent à Gratien que les
ennemis ayant repris courage depuis la
mort de fon pere , l'armée avoit eu befoin de la préfence d'un empereur ; &
qu'ils avoient été contraints d'élire le
prince Valentinien , avant que des efprits remuans euffent pû prendre d'au-
tres mefures ; qu'ils fupplioient Sa Ma-   Zoz. l. 4.
jefté de les excufer s'ils n'avoient pas
attendu fon confentement , & de leur
pardonner une faute qu'ils n'avoient
faite que pour le bien de l'état , & pour
l'intérêt de fa famille. Gratien , offenfé
de leur procédé , fut fur le point d'en
faire punir quelques-uns : néanmoins il
s'appaifa prefque en même tems ; & con-
firmant l'élection de ce jeune prince ,
non-feulement il l'accepta pour fon collegue , mais encore il voulut lui fervir
de pere. Il fe contenta des provinces
qui font au-deçà des Alpes , & lui laiffa
l'Italie , l'Afrique & l'Illyrie à gouverner.

La mort de Théodofe le pere, & la   XXXVII.
difgrace de fon fils , arriverent en ce
tems , par la jaloufie des miniftres de
l'empire , & par les intrigues de l'empereur Valens qui ne pouvoit fouffrir
ceux qu'il croyoit dignes de lui fuccé-

der. Cette haine étoit fondée fur des prédictions , & des horofcopes qu'il croyoit inévitables, & qu'il vouloit pourtant tâcher d'éviter.

C'étoit un prince qui avoit beaucoup de défauts , & dont les bonnes qualités étoient étouffées par les mauvaifes. Il prenoit quelquefois d'affez bonnes réfolutions , mais il manquoit fouvent de force ou de lumiere pour les exécuter. Il arrêtoit l'ambition & l'infolence des grands ; mais c'étoit prefque toujours en les opprimant. On eût pû lui donner la gloire d'être bon ami , s'il eût fu choifir fes amitiés. Il ne chargeoit pas les provinces de fubfides , mais il ruinoit les meilleures maifons de l'empire, & vouloit regagner fur les confifcations des particuliers ce qu'il perdoit en diminuant les impôts publics. Dès qu'on étoit accufé devant lui, il fuffifoit d'être riche pour être coupable ; & fans fe mettre en peine de difcerner le vrai d'avec le faux , il ne manquoit jamais de punir quand il pouvoit le faire à fon profit. Il étoit toujours prêt à donner de longues audiences aux délateurs , & s'ennuyoit dès qu'on commençoit à fe juftifier ; ce qui donnoit lieu aux oppreffions & aux calomnies.

Ammian. l. 31.

XXXVIII. On avoit fait diverfes entreprifes contre lui depuis qu'il regnoit ; ce qui

l'avoit rendu timide & soupçonneux.
Des courtisans corrompus profitoient de
cette foiblesse de l'empereur, & lui per-
suadoient à tous momens qu'il couroit
quelque grand danger ; les uns pour se
faire valoir, & pour se rendre nécessai-   *Zozi. l. 4.*
res ; les autres pour se défaire impuné-
ment de leurs ennemis, en les accusant
de l'être du prince. Toutes les intrigues
de la cour ne rouloient que sur de faux
rapports, & sur des attentats imaginai-
res. La chose en étoit venue à un tel
point, que c'étoit un crime que d'expliquer un présage, ou de parler du
successeur de Valens. Cette facilité à
tout croire & à tout craindre fut cause
de la perte de plusieurs grands hommes,
& particuliérement de celle de l'ancien
Théodose.

Pallade, homme de basse naissance,
& fort adonné à la magie, ayant été
arrêté comme complice de quelques seigneurs de la cour qu'on accusoit d'avoir
volé les finances, on le mit entre les
mains de Modeste, préfet du prétoire.
Il fut interrogé & ne voulut rien révé-
ler. On lui donna la question, qu'il souf-   *Ammian.*
frit d'abord avec assez de constance ;   *l. 29.*
mais lorsqu'il se sentit pressé des tourmens, il s'écria qu'il avoit des choses à
dire plus importantes que celles qu'on
lui demandoit, & qui regardoient la

C iv

perfonne du prince. On lui laiſſa reprendre haleine, & comme on l'eut en-
couragé à parler, il déclara qu'il s'étoit
tenu depuis peu une aſſemblée ſecrette,
où, par des ſortileges & des préſages
déteſtables, on avoit appris la deſtinée
de l'empereur, & le nom de celui qui
devoit lui ſuccéder à l'empire. Il nomma
ceux qui y avoient aſſiſté. Ils furent ar-
rêtés ſur le champ, & n'oſerent déſa-
vouer une choſe dont on ſavoit déja
toutes les circonſtances.

XXXIX.   C'étoit une intrigue de quelques perſonnes de qualité, & de pluſieurs phi-
loſophes payens, qui s'étoient aſſociés
pour ſavoir ce qui devoit arriver après
la mort de l'empereur. L'averſion qu'ils
avoient pour la religion chrétienne, &
le deſir de voir la leur rétablie, leur
donnoient cette curioſité. Ils eſpéroient
que l'oracle leur nommeroit quelqu'un
de leur parti. Ils avoient déja par avance

Sozom. l. 6,
c. 35.
Zoz. l. 4.

jetté les yeux ſur Théodore, un des
ſecretaires de Valens, d'une très-noble
famille des Gaules, eſtimé pour ſa probité, pour ſon eſprit, & pour ſon courage; qui vivoit en grand ſeigneur, &
qui dans une cour tumultueuſe étoit
aimé de tout le monde, encore qu'il
conſervât dans ſes actions & dans ſes diſcours une généreuſe liberté. Ces grandes
qualités l'avoient fait regarder comme un

homme capable de remettre le culte des Dieux, auquel il étoit fort attaché.

Ces philofophes prévenus de cette penfée, s'affemblerent fecretement dans une de leurs maifons. Là, ils firent un trépié de branches de laurier reffemblant à celui de Delphes, & le confacrerent avec des imprécations & des cérémonies extraordinaires. Ils mirent deffus un baffin compofé de différens métaux, autour duquel ils rangerent les vingt-quatre lettres de l'alphabet à diftance égale. Le magicien le plus favant de la compagnie, enveloppé d'un linceul, & portant en fes mains de la verveine s'avança, & commença fes invocations, penchant fa tête tantôt d'un côté, tantôt de l'autre. Enfin il s'arrêta tout court, tenant fur le baffin un anneau fufpendu à un filet. Comme il achevoit de murmurer fes paroles magiques, on rapporte qu'on vit tout-à-coup le trépié fe mouvoir, l'anneau s'ébranler, & s'agiter infenfiblement, & tomber enfin çà & là fur es lettres qu'il fembloit avoir choifies. Ces ettres, ainfi frappées fortoient de leurs places, & s'alloient fucceffivement ranger fur la table ; on eût dit qu'une main nvifible les avoit ainfi affemblées. Elles ompofoient les réponfes en vers héroïques, que tous les affiftans remarquoient attentivement.

Ammian. lib. 29. *Zo͞z. l.* 4.

C v

X L. La premiere chofe que le fort leur apprit, ce fut que leur curiofité leur coûteroit à tous la vie, & que l'empereur périroit peu de tems après à Mima d'un horrible genre de mort. Alors il voulurent favoir le nom de celui qui devoit être fon fucceffeur. L'anneau enchanté recommençant à fauter fur les lettres, affembla ces deux fyllables THE-O, le D. vint s'y joindre enfuite. Sur quoi un des affiftans interrompit le fort, & s'écria que leurs vœux étoient accomplis, & que c'étoit l'ordre du deftin, que Théodore regnât après Valens. Ils n'en demanderent pas davantage; & fans fonger au malheur que l'oracle leur avoit prédit, comme on croit aifément ce qu'on fouhaite, ils attendirent tous l'accompliffement de la deftinée de Théodore.

X L I. Dès que l'affaire eut été ainfi découverte à Antioche, Valens fachant que Théodore étoit à Conftantinople pour des affaires domeftiques, y envoya des gardes avec ordre de le prendre, & de le transférer fûrement: ce qui fut fait. On l'interrogea, & il répondit qu'il n'avoit eu aucune part à cette intrigue; que depuis qu'il l'avoit fûe, il avoit eu deffein de la révéler à l'empereur, mais qu'on l'avoit affuré que ce n'avoit été qu'une curiofité philofophique; que c'é-

toit un crime effroyable de vouloir ufurper l'empire , mais qu'il étoit permis de
l'attendre du deftin , dont les ordres
étoient inévitables ; que pour lui , il
n'avoit rien entrepris , ni rien efpéré
là-deffus. On lui produifit des lettres
par lefquelles il fut convaincu de s'être
flatté de la prédiction , & d'avoir con-
fulté fes amis fur le tems & les moyens
de l'exécuter.

L'empereur lui fit trancher la tête ,   XLII.
& commanda qu'on cherchât tous fes
complices , & qu'on exterminât tous les
philofophes qui , depuis l'empire de Julien faifoient profeffion ouverte de magie. On voulut lui repréfenter que toutes les prifons étoient déja pleines de
gens fufpects , ou convaincus , & qu'il
y auroit quelque grace à faire dans le
nombre : mais il s'offenfa de cette remontrance , & ordonna qu'on fît tout
mourir indifféremment fans aucune forme de procès. Cette cruelle fentence fut
exécutée : les innocens étoient confon-
dus avec les coupables ; les uns périf-
foient par le fer , les autres par le feu ,
plufieurs étoient déchirés dans les tor-
tures ; fur-tout on brûloit les magiciens
avec leurs livres , & perfonne n'ofoit
paroître en manteau dans toute l'Afie ,
de peur que la reffemblance de l'habit ne
les fît prendre pour des philofophes. On

Ammian.
l. 31.

ne voyoit dans Antioche que fang répandu, que maifons ruinées, que feux
allumés ; ce qui rendit l'empereur fi
odieux, qu'on faifoit par toute la ville
cette imprécation publique contre lui,
*Que Valens puiffe un jour être lui-même
brûlé vif.*

Ce qu'il y eut de plus déplorable,
c'eft qu'on jugeoit fouverainement fur
de fimples foupçons, fans vouloir entrer
dans aucune difcuffion. On condamna à
la mort une dame qui fe vantoit de
guérir de la fiévre quarte, en pronon-
çant quelques paroles. On confifqua les
biens d'un grand feigneur, pour avoir
fait tirer l'horofcope d'un de fes enfans.
Un riche bourgeois fut exécuté, parce
qu'on avoit trouvé parmi fes papiers la
figure d'un de fes freres nommé Valens.
On fit mourir un jeune homme qui, fe
trouvant incommodé dans les bains, crut
fe guérir en portant fes doigts l'un après
l'autre à fon eftomac, & nommant autant de fois les voyelles.

Ammian.
l. 29.

XLIII. Comme les grandes paffions font non-
feulement criminelles, mais encore ridicules, Valens s'imagina qu'il pouvoit
perdre ce fatal empereur que l'oracle
venoit de nommer à moitié ; ne fon-
geant pas qu'il y a une providence divine, qui fe joue des prévoyances humaines, & qu'un tyran ne fit jamais mou-

rir fon, fucceffeur. Il entreprit de perdre toutes les perfonnes de qualité dont le nom commençoit par les deux fyllables fufpectes, & les fit rechercher fi exacte- ment, que plufieurs, pour fauver leur vie, furent obligés de quitter leurs noms, & d'en prendre d'autres moins dangereux.

Zozom. l. 6, c. 26.

Les Théodofe s'étoient acquis trop de réputation pour échapper aux pour- fuites d'un prince fi cruel & fi défiant. Théodofe le pere étoit encore en Afri- que, où Valentinien l'avoit jugé né- ceffaire pour le repos de la province. Après avoir éteint le feu de la rébellion, il avoit informé la cour de la mifere des peuples, & s'étoit plaint hautement du comte romain, qui les avoit défolés par fon avarice & par fes inhumanités. Il avoit fait châtier rigoureufement quel- ques-uns de fes complices, & n'avoit pas craint de publier les intelligences de ce gouverneur avec quelques minif- tres intéreffés, qui profitoient de fes concuffions, & qui le protégeoient au- près de l'empereur. Cette fermeté de Théodofe lui avoit attiré la haine de ces perfonnes puiffantes, qui obfédoient le prince après l'avoir abufé; & qui, fe donnant la liberté de faire des injufti- ces, vouloient ôter aux autres celle de les découvrir & de s'en plaindre.

XLIV.

L'empereur Valens s'étoit contenté d'entretenir fous main ces inimitiés, fans ofer rien entreprendre du vivant de Valentinien : mais après fa mort, il ne garda plus de mefure, & prit fur fes neveux le même afcendant que fon frere avoit pris autrefois fur lui. Il gagna les miniftres de Gratien déja préoccupés par leurs jaloufies. Il fe ligua avec l'impératrice Juftine, arienne & emportée comme lui, & fe fervit fi bien de la conjonĉture favorable de ces nouveaux regnes, que mêlant les intérêts de l'état avec ceux de la religion, & les paffions des autres avec les fiennes, il fit faire le procès à Théodofe. On l'arrêta dans Carthage ; & foit qu'on l'eût accufé d'avoir voulu fe rendre maître de l'Afrique, foit qu'on lui eût fuppofé d'autres crimes, on le condamna à mourir dans les lieux mêmes où il venoit de triompher peu de tems auparavant.

XLV.   Théodofe, fe voyant opprimé par l'envie, employa ce qui lui reftoit de tems à penfer à fon falut. Il reçut le baptême, que, felon la mauvaife coutume de ce tems-là, il avoit différé de recevoir, & mourut innocent devant Dieu, comme il avoit vécu fans reproche & avec gloire devant les hommes. Son fils étoit encore dans la Mœfie où il commandoit l'armée, aimé des peuples, &

Orof. l. 7, §. 33.

timé des gens de guerre, & redouté des
ennemis de l'empire. Comme il n'étoit
pas moins à craindre par fes vertus que
fon pere, il alloit éprouver la même
fortune que lui ; mais il quitta tous fes
emplois, & fe fauva promptement en
Efpagne, où il fe mit à couvert de la
perfécution de Valens, qui fur le fujet
de fes défiances n'étoit pas d'humeur à
laiffer un crime imparfait. Quoique l'empereur Gratien fût en âge de s'appliquer
aux affaires, & qu'il sût la difgrace de
Théodofe dont il connoiffoit le mérite,
il le laiffa dans fon exil ; & foit qu'il
craignît de déplaire à fon oncle, foit
qu'il n'eût pas la force de réprimer les
paffions de fes miniftres, foit qu'on lui
eût déguifé les chofes, & qu'il ne voulût pas fe donner la peine de les examiner lui-même, il abandonna les deux
plus grands capitaines de l'empire à l'oppreffion & à la violence de leurs ennemis. C'eft ainfi que les meilleurs princes, par une molle politique, ou par
une pareffe criminelle, deviennent fouvent auffi dangereux que les méchans.

*Ambrof. in
fun. Theod.*

Théodofe paffa quelques années en
Efpagne, prenant cet exil pour un tems
de repos, & vivant obfcurément avec
quelques-uns de fes parens, & de fes
amis, jufqu'à ce que les affaires de l'empire fe brouillerent de telle forte, qu'on

XLVI.

fut réduit à recourir à lui, comme au seul homme capable de les rétablir. Je crois être obligé de rapporter ici un peu au long tous ces troubles, tant pour donner un état de l'empire d'orient, & rendre la suite de cette histoire plus intelligible, que pour faire remarquer les voies dont Dieu se servit pour punir l'empereur Valens, & mettre Théodose en sa place.

XLVII. De tous ces peuples barbares qui sortoient en foule du fond du septentrion, & qui se chassoient les uns les autres jusques sur les bords du Danube & du Rhin, il n'y en eut point de plus redoutables à l'empire romain que les Goths.

Ils habitoient originairement une partie de ces terres sauvages & stériles qui font entre l'océan septentrional & la mer baltique. Ennuyés de vivre dans un pays si inculte, & poussés par leur férocité naturelle, ils descendirent jusqu'aux environs de la Vistule, plus de trois cens ans avant la naissance de Jesus-Christ. Là, s'étant grossis d'une multitude de Vandales qu'ils avoient vaincus, & se trouvant trop resserrés, ils s'étendirent dans les états voisins, & s'avancerent depuis jusqu'aux Palus Méotides sous la conduite du roi Filimer, forçant tout ce qui se rencontroit sur leur passage. La résistance qu'on leur fit en cet endroit les contraignit de tourner d'un autre côté, & de paſſer enfin, après pluſieurs détours, dans les pays des Daces & des Getes, où ils demeurerent quelque tems en repos. Le commerce qu'ils eurent là avec des peuples plus humains & plus polis qu'eux, leur ayant fait perdre un peu de leur groſſiéreté, ils s'impoſerent quelques loix, & ſe partagerent en deux nations ſous des chefs dignes de les gouverner. Ceux qui occupoient les parties les plus orientales ſe nommerent Oſtrogoths ou Goths orientaux, & reconnurent pour leurs rois les princes de la maiſon royale des Amales. Ceux qui habiterent vers l'occident prirent le nom de Viſigoths ou Goths occidentaux, & ſe rangerent ſous les princes de l'ancienne race des Baltes.

Jornand. de reb. Getic.

Ces barbares, qui n'étoient ſéparés alors des provinces de l'empire que par le Danube, ſe jetterent ſouvent dans la Thrace, dans l'Illyrie & dans la Pannonie : toutefois comme ils faiſoient la guerre en déſordre, ils furent preſque toujours battus, & ne firent aucun progrès. Mais après avoir été long-tems ou ennemis ou alliés des empereurs, ils s'accoutumerent à la diſcipline, & en ſervant les Romains ils apprirent à les vaincre.

La diviſion s'étant miſe parmi eux,

Zozom. 16,
c. 37.

sous l'empire de Valens, ils en vinrent à une guerre ouverte. Il se donna une sanglante bataille ; Athanaric, roi des Ostrogoths, demeura vainqueur, & Fritigerne, roi des Visigoths, fut défait. Celui-ci eut recours à la protection de l'empereur, qui lui envoya un secours très-considérable. Il vainquit Athanaric à son tour ; & par reconnoissance pour l'empereur & pour tant de chrétiens qui étoient venus le secourir, il embrassa la religion chrétienne, & voulut que ses sujets en fissent de même. Valens ne perdit pas cette occasion d'avancer la secte des ariens, suivant le vœu qu'il en avoit fait à son baptême. Il envoya d'abord à Fritigerne des gens passionnés pour cette doctrine, qui l'inspirerent au prince & à ses sujets, par la trahison d'Ulphilas leur évêque, premier inventeur des lettres gothiques, & traducteur de l'écriture sainte en sa langue, qu'on avoit gagné dans le tems de ses ambassades à Constantinople.

Théodoret,
l. 4, c. ult.
Oros. l. 7,
c. 32.

XLVIII. Ces deux rois commençoient à se réunir, & ne demandoient plus que du repos après tant de guerres étrangeres & domestiques, lorsqu'ils furent accablés tout-à-coup l'un & l'autre, & chassés avec toute leur nation des terres qu'ils avoient conquises. Un peuple inconnu, & renfermé jusqu'alors entre le fleuve Tanaïs & la mer glaciale, fortit de fon pays, & s'épandit comme un torrent dans toutes les provinces voifines.

C'étoient les Huns, gens fans honnêteté, fans juftice, fans religion ; endurcis au travail dès leur enfance ; nourris de racines fauvages & de chair cruë ; toujours campés & fuyant les maifons comme des tombeaux, errans les jours, & dormant les nuits à cheval, accoutumés à fe brouiller entr'eux, & à fe raccommoder enfuite fans autre raifon que celle de leur légereté naturelle. Leur cavalerie innombrable, & la quantité prodigieufe de chariots qui les fuivoient chargés de leurs femmes & de leurs enfans ; leur maniere de combattre par pelotons, & de fe rallier un moment après leur déroute ; la figure même de ces hommes petits de taille, mais forts & ramaffés ; leurs vifages balafrés, leurs petits yeux, & leurs groffes têtes : tout cela jettoit la frayeur dans l'efprit des peuples qui n'étoient pas fi barbares qu'eux.

Ammian. l. 31.

Zoz. l. 4.

Claudian. in Ruffin. l. 1. Jornad. c. 24.

Ils attaquerent d'abord les Alains qui furent contraints de rechercher leur amitié. Ils pousferent leurs conquêtes jufqu'au-deçà du Borifthene, chaffant, ou maffacrant tout ce qui leur réfiftoit, & s'étendirent vers la Dacie. Au bruit de

XLIX.

cette terrible marche , tous les Goths coururent aux armes. Athanaric qui étoit le plus exposé , ramaffa toutes fes troupes , & s'avança vers les bords du fleuve Danafte pour en difputer le paffage aux ennemis. Il envoya cependant plufieurs partis jufqu'à vingt lieues au-delà pour les reconnoître , & lui en rapporter des nouvelles. Mais quelque précaution qu'il pût prendre , les Huns prévinrent ces partis , & pafferent le fleuve à la faveur de la nuit , partie à gué , partie à la nage. Quoiqu'Athanaric eût à peine le tems de fe mettre en bataille , il foutint leur premiere attaque avec beaucoup de courage : mais comme il fe vit accablé par le nombre , il fe retira avec ce qu'il put fauver de fon armée , & gagna les montagnes , où il fe retrancha , tandis que les ennemis s'amufoient à faire le dégât dans le plat-pays.

Ammian. Ibid.

L.   Cependant les Goths effrayés s'avancerent tous vers les rives du Danube. Videric , roi des Grotungues , encore mineur , vint fe joindre à eux fous la conduite d'Alatée & de Safrax , deux excellens capitaines. Ils étoient trop de monde pour fubfifter dans un fi petit efpace , & trop peu pour réfifter à de fi puiffans ennemis. En cette extrêmité ils envoyerent une ambaffade à l'empereur Valens , pour le fupplier humblement de leur donner quelques terres dans la Thrace , où ils puffent vivre paisiblement fous fa protection , promettant de le fervir dans fes guerres , & de garder eux-mêmes les frontieres de l'empire. L'affaire fut agitée dans le confeil. Ceux qui ne regardoient que le bien public , furent d'avis de rejetter la propofition , & remontrerent à l'empereur qu'il falloit fe défier d'un peuple qui lui avoit fouvent manqué de foi , & qui deviendroit infolent dès qu'il ceflèroit d'être miférable.

Les autres, pour s'accommoder à l'humeur du prince , lui repréfenterent qu'il étoit de fa gloire de donner retraite à des malheureux ; qu'il grofliroit fes armées d'un grand nombre de ces étrangers ; & que déchargeant les provinces des recrues qu'elles étoient obligées de fournir , il pourroit en tirer tous les ans des fommes confidérables en récompenfé. Ces raifons toucherent l'empereur. Il accorda aux Goths ce qu'ils demandoient , & envoya ordre à Lupicin , gouverneur de Thrace, de leur fournir des vivres , & de les recevoir dans fa province , à condition toutefois qu'ils y entreroient fans armes , qu'ils ne fortiroient pas des limites qu'on leur avoit marquées , & qu'ils enverroient leurs enfans mâles en Orient , pour y être

Zoz. l. 4.

élevés dans les exercices de la milice romaine.

L I.   Lupicin alla jufques fur le rivage du Danube , accompagné de Maxime qui commandoit l'infanterie. Ils virent arriver le roi Fritigerne avec fes fujets , & leur firent diftribuer des vivres & quelques terres à cultiver. Le fleuve étoit alors débordé , & cette multitude de barbares fut plufieurs jours & plufieurs nuits à le paffer. Valens , comme s'il eût mis l'empire en fûreté , ne fit plus de cas des vieilles troupes , n'en leva plus de nouvelles , & négligea les recrues qu'il fe fit payer en argent , à raifon de quatre-vingt écus d'or pour chaque foldat. En peu de tems les armées s'affoiblirent , & tous les officiers furent mécontens.

Socrat. l. 4 , c. 34.
Zoz. l. 6 , c. 38.

Les Goths de leur côté commençoient à manquer de vivres , & fe trouvoient réduits par l'avarice du gouverneur à donner leurs biens , & à vendre jufqu'à leurs enfans pour avoir du pain. Ils fouffroient ces extrêmités , jufqu'à ce que le défefpoir les fit murmurer. Lupicin craignant qu'ils ne fe révoltaffent , réfolut pourtant de ne rien relâcher , fe tint fur fes gardes , & fit affembler l'armée de Thrace de ce côté-là. Alatée & Safrax , à qui Valens avoit refufé de donner retraite , cotoyerent alors le Danube , & trouvant des endroits mal gardés , ramafferent des bateaux , & firent paffer tumultuairement leur cavalerie. Pour Athanaric, il n'ofa demander aucune grace à l'empereur qui le haiffoit depuis long-tems , & fe jetta fur un quartier des Sarmates, où il s'établit à force d'armes.

Cependant le roi Fritigerne retenoit la fureur des Goths, & ménageoit adroitement l'efprit des Romains , jufqu'à ce qu'il put faire éclater fon reffentiment. Ayant sû par des efpions qu'Alatée & Safrax avoient paffé le fleuve , & prévoyant qu'il auroit befoin de leur cavalerie , il marcha vers eux à petites journées , & par des chemins détournés, pour ne donner aucun foupçon d'intelligence. Enfin il campa près de Martianopoli , où Lupicin le reçut dans fa maifon , & le traita magnifiquement. Pendant qu'ils étoient à table , quelques Goths s'étant préfentés aux portes de la ville pour faire leurs provifions , les foldats de la garnifon les repoufferent : on s'échauffa de part & d'autre, on en vint aux mains, tous les bourgeois prirent les armes & tout le camp des Goths fe mutina.

Le gouverneur étant averti de ce défordre , ne s'en émut pas beaucoup ; & comme il étoit à demi-ivre, il ordonna tout bas qu'on allât égorger les gens de la fuite du roi qui l'attendoient dans

'Ammian.
b31.

une falle prochaine. Cet ordre ne put être exécuté fi fecretement que Fritigerne ne s'en doutât ; & qu'il n'ouît même les cris de ceux qu'on égorgeoit. Il fe leva de table tout-à-coup , fans donner le tems au gouverneur de prendre aucune réfolution , & fortit de la ville , fous prétexte d'aller fe montrer, & faire punir les féditieux. Auffi-tôt qu'il fut en sûreté, il monta à cheval , & courut de tous côtés animant fes peuples à la vengeance. En peu de tems la nation entiere fe fouleva , & Valens eut pour ennemis ceux qu'il comptoit pour fes hôtes & pour fes alliés.

LII. Ils ravagerent d'abord la campagne , & mirent plufieurs villages à feu & à fang. Fritigerne leur laiffa affouvir leur premiere rage ; après quoi , il les régla comme il put , & les fit marcher fous leurs drapeaux. Lupicin de fon côté affembla fes troupes , & crut qu'il n'avoit qu'à paroître pour diffiper cet orage ; mais il fe laiffa furprendre ; & cette multitude de barbares fans ordre , & prefque fans armes , s'étant jettée fur lui & fur fon armée , il s'enfuit honteufement. Les Goths, après avoir tué la plupart des foldats & des officiers , prirent les habits & les armes des morts, & pillerent

impunément

impunément toute la Thrace. Les efcla- *Ammian. ibid. Zoz. l. 4.*
ves qu'ils avoient vendus pour avoir des
vivres, rompoient leurs chaînes, & ac-
couroient de toutes parts. Une troupe
de mécontens vint fe joindre à eux, &
leur enfeigna les lieux où ils pouvoient
s'enrichir, & ceux où ils pourroient fe
retrancher. En ce même tems un ancien
régiment des Goths qu'on avoit mis en
quartier d'hiver à Andrinople, fut chaffé par les habitans, quoiqu'il n'eût aucune part à la révolte, & qu'il eût toujours été fidele à l'empire.

Ces barbares indignés de ce traite- LIII.
ment, envoyerent demander du fecours
à leurs compagnons, & mirent le fiége
devant Andrinople. Ils y donnerent plufieurs affauts, & furent toujours repouffés. Fritigerne voyant qu'ils fe confumoient inutilement devant cette place, leur fit entendre qu'il falloit faire
la guerre à des hommes, & non pas à
des murailles : qu'il importoit peu de
prendre une ville, quand on pouvoit
gagner plufieurs provinces, où il y avoit
plus de butin à faire, & moins de danger à courir. Ces troupes fuivant le confeil du roi, leverent le fiége, & fe répandirent dans la Thrace, la Mœfie &
la Pannonie.

L'empereur Valens étoit alors à An- LIV.
tioche, où, par le confeil de quelques

D

évêques ariens, & par les foins de l'impératrice, il ne penfoit qu'à perfécuter les catholiques. Il y en avoit qui mouroient dans les tourmens, d'autres étoient précipités dans l'Oronte. On chaffoit de leurs églifes les plus faints prélats, & l'on portoit le fer & le feu jufques dans le fond des folitudes d'Egypte. Les payens même en eurent pitié : & le philofophe Themiftius alla trouver l'empereur, pour lui dire ; *Qu'il perfécutoit fans fujet des gens de bien ; que ce n'étoit pas un crime que de croire & penfer autrement que lui ; qu'il ne falloit pas s'étonner de cette diverfité d'opinions ; que les Gentils étoient beaucoup plus divifés entr'eux que les Chrétiens ; que chacun envifageoit la vérité par quelqu'endroit, & qu'il avoit plu à Dieu de confondre l'orgueil des hommes, & de fe rendre plus vénérable par la difficulté qu'on a de le connoître.* L'empereur fut touché du difcours de ce philofophe, & diminua un peu de ce faux zele de religion qui l'occupoit entiérement. Il reçut prefque en même tems les nouvelles de la révolte de Fritigerne, de la défaite de Lupicin, & de la défolation des provinces. Alors il fe repentit des fautes qu'il avoit faites, & réfolut de fe venger de l'ingratitude des Goths, & de tomber fur eux

Socrat. l. 4, c. 32 Zozom. l. 6, c. 36.

avec toutes les forces de l'empire.

Cette affaire lui donnoit de grandes inquiétudes, parce qu'il avoit déja plufieurs ennemis fur les bras. Les Sarazins étoient les plus redoutables. Ils avoient perdu leur roi, depuis quelque tems ; & la reine Mauvia, fa femme, étoit demeurée régente. Quoiqu'elle fût alliée des Romains, ils commencerent à la troubler, & crurent pouvoir impunément irriter des peuples qui n'étoient gouvernés que par une femme. Elle s'en plaignit, & n'en put tirer aucune raifon. Elle rompit l'alliance que fon mari avoit faite avec l'empereur, fe mit en campagne avec une puiffante armée, & ravagea la Paleftine, la Phœnicie, & cette partie de l'Egypte qui eft entre le Nil & la mer rouge. Le gouverneur de Phœnicie fe préfenta plufieurs fois pour s'oppofer à fes paffages ; mais il fut toujours battu, & perdit la meilleure partie de fes troupes. Il fallut avoir recours au comte Victor, général des armées en orient. Celui-ci s'avança avec un grand corps de cavalerie & d'infanterie, & fe moquant du gouverneur qui venoit le joindre, il lui manda de fe tenir à l'écart, & de lui laiffer tout l'honneur d'une victoire qu'il n'avoit fû remporter luimême. Avec cette confiance, il s'approcha, il donna la bataille, & la perdit ;

LV.

Socrat l. 4, c. 36.
Zozom. l. 6, c. 38.

D ij

toute son armée fut défaite, & il alloit périr lui-même, si le gouverneur ne fût accouru pour le dégager, & pour favoriser sa fuite. Après cette victoire, la reine étoit en état de pousser plus avant ses conquêtes, sans que rien fût capable de l'arrêter.

LVI.

Ammian. l. 30.

En même tems que les Perses demandoient que l'empereur abandonnât l'Arménie, qui étoit un sujet de guerre perpétuelle entre les deux nations, l'empereur soutenoit ses droits ; & après diverses interprétations des derniers traités, & plusieurs ambassades de part & d'autre, on résolut de décider par les armes ce différend, qu'on n'avoit pû terminer par négociation. Le roi Sapor envoya ordre à son lieutenant-général de se rendre maître de quelques places, & se disposoit à marcher lui-même à la tête de l'armée au commencement du printemps.

LVII.

Il n'y avoit pas moins à craindre au-dedans de l'empire qu'au dehors. Les provinces, lassées de la tyrannie des gouverneurs & de la persécution qu'on faisoit aux catholiques, étoient sur le point de se soulever. Valens, qui craignoit d'être accablé, dépêcha des couriers à l'empereur Gratien son neveu, pour lui demander du secours, se hâta de satisfaire les Perses & les Sarasins, afin de n'avoir que les Goths à combattre, & de ne faire qu'un corps de toutes ses troupes.

Il ordonna donc au comte Victor, d'aller trouver la reine Mauvia, & de lui demander la paix, à quelle condition que ce fût. La négociation fut plus heureuse que la guerre; car la reine qui avoit autant de sagesse que de valeur, arrêta le cours de ses victoires, & se contenta d'avoir réduit l'empereur à la craindre. Victor de son côté ménagea si adroitement l'esprit de cette princesse, la louant de ses grandes qualités, & faisant gloire d'avoir été vaincu par elle, qu'en peu de jours elle lui accorda la paix, & lui donna même sa fille en mariage. Toutefois comme elle étoit zélée pour la religion chrétienne qu'elle avoit embrassée depuis peu, elle ne voulut pas signer le traité qu'on ne s'engageât à lui donner pour évêque un de ses sujets appellé Moïse, qui vivoit en réputation de sainteté dans les solitudes d'Egypte. La condition parut fort douce, & le traité fut conclu & exécuté presque en même tems.

Socrat. l. 4, c. 36. Zozom. l. 6, c. 38.

Victor eut ordre de passer de-là en Perse, afin de terminer comme il pourroit les différends entre les deux couronnes, & d'emmener les légions qui étoient dans l'Arménie, dès que la paix feroit conclue. L'empereur relâcha beaucoup de fes prétentions, & confentit à un accommodement qui auroit été honteux, s'il n'eût été néceffaire : il fallut même fouffrir, depuis, quelques infractions du traité dont il n'étoit pas tems de fe plaindre, & diffimuler une affaire qui n'étoit pas alors la plus preffante. Il ne reftoit plus qu'à fatisfaire les peuples ; ce qu'on fit, en rappellant les évêques de leur exil, & laiffant vivre chacun dans l'exercice de fa religion, fans l'inquiéter.

LVIII. Valens croyoit alors fes affaires en bon état, & fe préparoit à partir d'Antioche, lorfqu'il apprit que Trajan, qui commandoit les légions d'Arménie, avoit attaqué les Goths dans la Thrace, qu'il les avoit mis en déroute, & pouffé jufques dans les détroits du Mont Hœmus ; qu'il avoit gagné les défilés fur eux, & les avoit tenus quelque tems renfermés ; mais que la faim & le défefpoir leur ayant fait faire des efforts extraordinaires, il avoit été contraint de fe retirer, & de leur abandonner les paffages. Peu de tems après il fut que Trajan avoit joint Ricomer, prince françois, envoyé d'occident avec quelques troupes auxiliaires ; que ces deux capitaines s'étoient approchés du camp des Goths, à deffein de les forcer dans leurs

retranchemens , s'il étoit poffible , ou
de donner fur l'arriere-garde , s'ils dé-
campoient en défordre comme ils avoient
accoutumé ; qu'après s'être obfervés
long-tems les uns les autres, ils en étoient
venus aux mains ; que le combat avoit
duré depuis le matin jufqu'à la nuit ;
& que le nombre des barbares l'ayant
enfin emporté fur la valeur des Romains , Trajan avoit fait fa retraite en
homme de guerre , & Ricomer étoit
repaffé en occident pour en ramener un
fecours plus confidérable.

L'empereur fut d'autant plus fâché
de cette nouvelle , qu'il fut que beaucoup d'officiers avoient été tués , & que
les Goths alloient impunément faire des
courfes jufqu'aux fauxbourgs de Conftantinople. Il envoya un corps de cavalerie à Trajan , afin qu'il pût tenir la
campagne tout le refte de l'automne.

Cependant Gratien , dans l'impatièn- LIX.
ce où il étoit d'aller fecourir fon oncle ,
avoit fait paffer la plus grande partie de
fon armée vers l'Illyrie , & fe préparoit
à marcher au plus fort de l'hyver , pour
fe trouver en orient à l'ouverture de la
campagne. Il laiffoit Mérobaude , roi
des François , dans les Gaules , pour les
garder ; & connoiffant que le fort des
princes eft entre les mains de Dieu , &
qu'ils doivent attendre la victoire de

leur piété, plutôt que du nombre ou du courage de leurs soldats, il avoit prié saint Ambroise de lui composer un petit traité de la vraie foi, qu'il pût lire durant son voyage.

Ambrof. de fide ad grat.

LX. Mais comme il étoit sur le point de partir, les Allemands, croyant profiter de son absence, passerent le Rhin sur la glace au mois de février, & commencerent à faire le dégât sur les terres de l'empire. Quoiqu'ils fussent plus de quarante mille hommes, ce jeune empereur ne s'étonna point; il fit marcher les troupes qu'il avoit retenues dans les Gaules, & rappella celles qu'il avoit envoyées vers la Pannonie. Il se mit à leur tête, & rencontrant les ennemis aux environs de Strasbourg, il les attaqua si à propos, & avec tant de résolution, qu'il les défit entiérement. Il en demeura trente-cinq mille sur la place, & tous leurs chefs, & leur roi même, furent tués. Gratien poursuivit jusques dans les bois & dans les montagnes ceux qui se sauvoient, & contraignit toute la nation à lui demander humblement la paix, & à lui donner comme en ôtage tout ce qu'il y avoit dans le pays de jeunes gens, dont il renforça son armée. Cela fait, il donna ses ordres, & marcha à grandes journées vers la Pannonie, quoiqu'il fût extrêmement in-

Ammian. l. 31.

commodé d'une fievre intermittente.

　Valens de fon côté alloit fort lente-LXI.
ment à Conftantinople , & donnoit fes
ordres à fes officiers généraux qui fe
rencontroient fur fa route. Trajan vint
au-devant de lui , pour lui rendre compte
de l'état des troupes qu'il commandoit.
Auffi-tôt qu'il parut , l'empereur fe mit
en colere, & le chargeant de la perte du
dernier combat, lui reprocha outrageu-　*Théodoret ;*
fement fon peu de conduite , ou fon l. 4, c. 33.
peu de cœur. Trajan écouta ces reproches fans s'émouvoir ; & comme il avoit
beaucoup de piété , il répondit à l'empereur : *Si nous fommes vaincus , Sei-*
gneur , c'eft que vous nous empêchez de
vaincre. Vous faites la guerre à Dieu
même , & Dieu affifte les barbares qui
vous la font. C'eft lui qui donne la vic-
toire à ceux qui combattent en fon nom ,
& qui l'ôte à ceux qui fe déclarent fes
ennemis. Vous reconnoîtrez que vous l'êtes
fi vous penfez quels font les évêques que
vous avez chaffés de leurs églifes , & ceux
que vous avez mis en leur place. L'empereur , offenfé de ce difcours , alloit
s'emporter ; mais Arinthée & Victor ,
généraux de fon armée , lui firent connoître qu'il avoit piqué très-fenfiblement un homme de cœur ; que le zele
de la religion l'avoit fait parler ; & qu'il
falloit lui pardonner cette remontrance ,

qui n'étoit peut-être que trop bien fondée. Valens s'appaifa un peu, & fe contenta d'ôter à Trajan la charge de colonel de l'infanterie qu'il avoit exercée avec beaucoup de réputation.

LXII.
Socrat. l.
4, c. 38.

Enfin l'empereur arriva à Conftantinople, vers la fin du mois de mai, avec une partie de fon armée. Les Goths continuoient à venir jufqu'aux portes de la ville, & à ravager la campagne comme auparavant. Pour lui, il fe tenoit renfermé, foit qu'il n'osât rien entreprendre qu'il n'eût reçu des nouvelles de Gratien, foit qu'il voulût châtier cette ville par les gens de guerre qui la confumoient au dedans, & par les barbares qui la pilloient au dehors ; car il la haïffoit depuis qu'elle avoit pris contre lui le parti du tyran Procope. Sur cela on commençoit à murmurer, & l'on difoit ouvertement que l'empereur étoit d'intelligence avec les barbares, & qu'il leur livroit fes fujets ; jufques-là qu'un jour qu'il affiftoit à des courfes de chevaux, on entendit crier de tous côtés,

Socrat.
ibid.
Zozom. l.
6. chap. 39.

Qu'on nous donne des armes & nous fortirons en campagne, tandis que l'empereur fe divertira dans le cirque. Il fut piqué de ces paroles féditieufes, & fortit de la ville en colere l'onziéme de juin, menaçant d'y revenir après la guerre, & de la ruiner fans reffource.

Il fe retira à Melanthias, maifon de plaifance des empereurs, à quelques milles de Conftantinople. Là, comme il affembloit fes troupes, il reçut des lettres de Gratien, qui lui donnoit avis de la défaite des Allemands, & l'affuroit qu'il feroit bientôt à lui avec fon armée victorieufe. En effet, il étoit en marche avec fa cavalerie, & venoit attendre à Sirmium fon infanterie & fes équipages. D'autre côté, le comte Sebaftien, qui tenoit la campagne avec deux mille hommes choifis, avoit furpris plufieurs partis, & fait un grand carnage des Goths aux environs d'Andrinople.

Cependant le roi Fritigerne jugeant qu'il en faudroit venir à une bataille, fit ceffer le pillage dans la campagne, & commanda à tous fe gens difperfés de venir joindre le gros de l'armée, tant pour les empêcher de tomber dans les embufcades des Romains, que pour les accoutumer à la difcipline du camp. Il envoya des couriers à Alatée & Safrax, pour les prier de fe rendre en diligence auprès de lui avec leur cavalerie. Il ne campa plus que dans de grandes plaines, & près des villes, de peur d'être furpris, ou de manquer de vivres. Dès qu'il fut que l'empereur s'approchoit, il fe retira comme s'il eût eu deffein de fuir

LXIII.

Ammian.
ibid.

D vj

le combat, & couvrit fi bien fa marche, divifant fon armée en plufieurs corps différens, que les coureurs ennemis n'en purent appercevoir qu'une partie. Il avoit détaché quelques bataillons pour fe faifir des poftes avancés; & il alloit couper les vivres aux Romains, s'il n'eût été prévenu. Enfin il fe conduifoit avec tant de fageffe & de modération, qu'on eût dit que Fritigerne étoit le prince Romain, & que Valens étoit le barbare.

LXIV. Auffi-tôt que l'empereur fut arrivé à Andrinople, ceux qui avoient été envoyés pour reconnoître les Goths, lui rapporterent qu'ils n'étoient guère plus de dix mille hommes; qu'ils s'étoient retirés en défordre, & n'ofoient fe montrer hors leurs retranchemens. Il crut alors que la victoire étoit affurée. En ce même tems Ricomer vint de Sirmium pour l'avertir que Gratien marchoit, & qu'il arriveroit en peu de jours. Ce jeune prince écrivit à fon oncle, & le conjuroit de l'attendre, & de fouffrir qu'il partageât avec lui, finon la gloire, du moins les travaux & les dangers de cette guerre.

Ammian.
Ibid.

Valens affembla le confeil, & mit l'affaire en délibération. Victor, général de la cavalerie, fut d'avis de ne rien précipiter, & repréfenta que les ennemis étoient plus forts qu'on ne penfoit; que

leur armée pouvoit être groffie en peu
de tems d'une infinité de troupes répan-
dues dans la campagne ; qu'ils avoient
un chef vigilant , qui fauroit bien prendre fon parti ; qu'il feroit difficile de
les forcer dans leur camp , ou de les
vaincre en bataille rangée avec les feules
forces d'orient ; mais qu'on pouvoit s'affurer de les battre , & même de les accabler fans reffource , fi l'on attendoit
le fecours des Gaules. Il ajouta que
c'étoit offenfer un empereur qui venoit
en perfonne les fecourir , que de combattre fans néceffité , lorfqu'il étoit fur
le point d'arriver. Les principaux officiers
de l'armée furent de ce même avis.

Sébaftien foutenoit au contraire , qu'il
falloit promptement donner bataille.
C'étoit un grand capitaine , venu depuis Zoʒ. l. 4ʒ
peu des cours d'occident , où il n'avoit
pû s'accommoder avec les miniftres. Il
commandoit l'infanterie depuis la difgrace de Trajan , & cherchoit tous les
moyens de fe fignaler dans fa charge ,
& de s'accréditer dans l'efprit de l'empereur. Tant qu'il vit ce prince étonné
& irréfolu , il lui confeilla de demeurer
aux environs de Conftantinople avec
fon armée ; mais dès qu'il le vit porté à
combattre , il propofa d'attaquer l'ennemi , qu'il repréfentoit affoibli par fes
pertes , effrayé & tremblant dans fon

camp , & hors d'état de raſſembler ſes forces diſperſées. Tous les jeunes gens de la cour & de l'armée prirent ce parti, les uns pour complaire à l'empereur , les autres pour acquérir de la gloire; pluſieurs même , piqués d'une fauſſe émulation , s'écrierent *qu'ils ne ſouffriroient jamais que d'autres vinſſent combattre & vaincre pour eux.* Valens qui croyoit la victoire certaine , & qui d'ailleurs étoit jaloux de la réputation que ſon neveu s'étoit acquiſe , choiſit le conſeil qui flattoit le plus ſa paſſion , & réſolut d'aller droit aux ennemis avant que Gratien fût arrivé.

Ammian. l. 31.

LXV. Fritigerne de ſon côté , ſachant qu'il auroit deux grandes armées & deux empereurs ſur les bras , ſi l'affaire n'étoit bientôt terminée , jugea qu'il falloit s'accommoder avec Valens , ou l'engager promptement à un combat général. C'eſt pourquoi il lui envoya des ambaſſadeurs, & lui fit faire des propoſitions raiſonnables , en des termes très-reſpectueux & très-ſoumis. Il eſpéroit par-là que l'empereur lui accorderoit la paix , ou qu'il prendroit ces ſoumiſſions pour des marques de crainte & de foibleſſe , & qu'il auroit plus d'envie d'en venir aux mains. L'évêque Ulphilas qui avoit le ſecret de l'ambaſſade , ſe rendit en diligence au camp d'Andrinople , où il fut

reçu honorablement , & auffi-tôt conduit à l'audience. Il préfenta publiquement des lettres , par lefquelles le roi
fon maître , au nom de tous fes fujets,
fupplioit l'empereur de laiffer en paix
une nation malheureufe, chaffée de toutes parts , qui n'avoit pris les armes qu'à
l'extrêmité , qui étoit prête à les quitter , & qui ne penferoit qu'à vivre , à
fervir l'empire , & à cultiver en repos
les terres qu'on lui avoit accordées dans
la Thrace.

Ce prélat avoit ordre de demander
une audience fecrete , & de rendre en
main propre à l'empereur une feconde
dépêche , au cas que la premiere n'eût
pas réuffi. Fritigerne écrivoit à Valens,
qu'il étoit réfolu d'être fon ami & fon
allié , & qu'il tâchoit de réduire les
Goths à la raifon ; mais que c'étoient
des barbares , qui ne pouvoient s'imaginer qu'on osât les attaquer ; qu'il n'y
avoit pourtant qu'à leur montrer l'armée, & qu'ils fe foumettroient à tout ,
dés qu'on leur feroit peur du nom & de
la préfence de l'empereur.

Ces ambaffadeurs furent renvoyés fans
réponfe : & Valens eut d'autant plus
d'impatience de donner bataille , qu'il
crut que les Goths avoient envie de l'éviter. Il difpofa tout , & marcha le lendemain , neuviéme d'août , dès la pointe

LXVL

*Ammian.
ibid.
Idat. in fub.*

du jour, laiſſant tous les équipages près d'Andrinople, afin de faire plus de diligence. Il arriva ſur le midi à la vûe des ennemis, & mit ſon armée en bataille, toute fatiguée qu'elle étoit d'une marche de douze milles par des chemins difficiles, & par une chaleur exceſſive.

Le roi des Goths envoya incontinent des députés à l'empereur, pour lui faire de nouvelles propoſitions de paix : car comme il étoit ſage & habile, il craignoit l'événement d'un combat, & vouloit à tout haſard gagner du tems, juſqu'à ce que la cavalerie qu'il attendoit fût arrivée. Cependant il viſita ſon camp, donna ſes ordres aux capitaines, & rangea ſes troupes derriere un retranchement qu'il avoit fait de tous les chariots de l'armée. Il fit allumer de grands feux par toute la campagne, afin que les Romains échauffés, & altérés par la chaleur du jour, venant encore à reſpirer un air brûlant, fuſſent moins en état de combattre. Au même tems il eut avis que l'empereur avoit mépriſé ſes députés, & ne vouloit traiter qu'avec les principaux de la nation. Il lui manda qu'il iroit le trouver lui-même, s'il vouloit envoyer auparavant quelques ſeigneurs de ſa cour en ôtage. Cette négociation fit une eſpece de trève pour quelques heures, pendant leſquelles Ala-

Ammian.
Ibid.

tée & Safrax arriverent avec leur cavalerie, & formerent deux gros efcadrons à la tête du camp des Goths.

La propofition du roi fut acceptée dans LXVII. le confeil de l'empereur, & l'on y avoit déja délibéré fur le choix des ôtages, lorfque les deux partis, fans y penfer, fe trouverent engagés au combat. Car Bacurius, chef des Ibériens, qu'on avoit mis à la pointe de l'aile droite, ayant apperçu vers le camp des ennemis un gros de cavalerie compofé de Huns & d'Alains, fe détacha fans ordre, & courut auffi-tôt pour le charger. Les barbares, fans s'étonner, l'attendirent, & le repoufferent avec grande perte des fiens. Il s'éleva alors un grand bruit de part & d'autre. Quelques efcadrons s'avancerent pour foutenir les Ibériens qui fe retiroient en défordre ; mais Alatée vint incontinent fondre fur eux, & après avoir taillé en pieces tout ce qui eut le courage de lui réfifter, il pouffa le refte fi brufquement, qu'il renverfa cavalerie & infanterie, & mit toute l'aile droite en déroute, fans qu'elle pût jamais fe remettre.

Cependant Fritigerne fortit en bataille avec une partie de fes troupes, & donna tête baiffée fur l'aile gauche où étoient les légions commandées par le comte Sébaftien, & animées par la LXVIII.

préfence de l'empereur. Les uns & les
autres combattirent fort vaillamment :
mais enfin les Goths plierent ; & foit
qu'ils ne puffent foutenir le choc de
l'ennemi, foit qu'ils vouluffent l'attirer
près de leur camp, afin qu'il ne pût leur
échapper, ils reculerent jufqu'au retranchement des chariots. Là, ils firent ferme, comme s'ils euffent repris de nouvelles forces. Les Romains firent auffi
tous leurs efforts pour conferver leur
avantage : mais des compagnies d'archers qui gardoient le camp, tirant fur
eux d'un côté, de l'autre Alatée qui revenoit de pourfuivre la cavalerie, les
chargeant en flanc, & une multitude
innombrable de barbares les environnant
de toutes parts, ils ne penferent plus
qu'à vendre cherement leur vie.

LXIX. Après avoir combattu quelque tems
de loin à coup de fleches, ils en vinrent
aux coups de haches & d'épées. A mefure que l'ennemi gagnoit du terrein,
ils fe ferroient, jufqu'à ce qu'épuifés de
force, & accablés par le nombre, ils
furent la plupart taillés en piece. Le
comte Sébaftien, colonel de l'infanterie,
Valerien, grand-écuyer de l'empire,
Equitius, proche parent de l'empereur,
& grand-maître de fon palais, plus de
trente-cinq tribuns, & une infinité d'autres officiers demeurerent fur la place.

L'empereur voyant ce défordre, ne favoit à quoi fe réfoudre. Deux compagnies de fes gardes le couvroient de
leurs boucliers. Trajan étoit venu fe
ranger auprès de lui avec la plupart des
volontaires , & crioit qu'on amenât
promptement du fecours. Mais tout étoit
épouvanté. Les Bataves , qui compofoient le corps de réferve , avoient pris
la fuite. Victor & Ricomer n'avoient
jamais pû rallier leurs gens. Alors la
nuit étant furvenue , Trajan confeilla
à l'empereur de fe fauver ; & foute-
nant lui feul tout l'effort des ennemis ,
il reçut plufieurs bleffures , & mourut
généreufement pour fa patrie , & pour
un prince qui l'avoit outragé & caffé
peu de tems auparavant.

Valens, pour cacher fa fuite , fe mê-   LXX.
la avec quelques foldats qui fuyoient
comme lui. Il avançoit peu , parce que
la nuit étoit obfcure , & la campagne
couverte de morts ; & pour comble de
malheur , il fut bleffé d'un coup de flé-
che par des barbares errans, qui tiroient
à coups perdus par-tout où ils avoient
oui du bruit. Il tomba de cheval , & fut
porté par quelques-uns de fes domeftiques dans une maifon champêtre qui fe
trouva fur le chemin. On n'eut pas plutôt arrêté fon fang , & mis, comme on
put , le premier appareil à fa plaie ,

qu'une troupe de Goths débandés vint en défordre à deffein de piller la maifon, fans favoir qui étoit dedans. Ils effayerent de forcer les portes ; & comme ils trouvoient de la réfiftance, ils renoncerent à une entreprife où ils craignoient de ne pas réuffir, & dont ils n'efpéroient pas pouvoir profiter. Pour fe venger toutefois de ceux qui leur réfiftoient dans cette maifon, ils y mirent le feu, & pafferent outre.

'Ammian. l. 31.

Ce fut-là que Valens, accablé de douleur, & preffé des remords de fa confcience, fut brûlé tout vif le neuviéme d'août, en la quatorziéme année de fon regne, & la cinquantiéme de fon âge. Les barbares apprirent fa mort par un de fes domeftiques qui s'étoit fauvé de l'embrafement, & furent affligés d'avoir perdu l'occafion de faire un empereur prifonnier, & de profiter de fes dépouilles. Telle fut la fin déplorable de Valens. Il eut le fort des mauvais princes : il fut haï pendant fa vie, & mourut fans être regretté.

'Ammian. ibid.
Zoz. l. 4.
Hieronym. in Chronic.
Orof. l. 7, c. 3?
Chrifoft. ep. ad vid.

LXXI. L'hiftoire rapporte que depuis la bataille de Cannes, les Romains n'avoient point fait de perte plus confidérable. Il demeura fur la place plus de deux tiers de leur armée ; le refte fe difperfa, & fe jetta dans les villes d'un côté & d'autre. Le comte Victor & Ricomer cou-

Ammian. l. 31.

rurent promptement vers l'empereur
Gratien, pour lui donner avis de cette
défaite, & pour empêcher qu'il ne s'engageât trop avant. Cependant les Goths
ne penfoient qu'à recueillir le fruit de
leur victoire, & à ravager des provinces dont ils croyoient être les maîtres.
Gratien, touché de la perte de la bataille, & de la mort de fon oncle, qu'il
apprit en même tems, délibéra s'il con-
tinueroit fa marche, ou s'il retourneroit fur fes pas. Les Goths étoient puiffans; il avoit peu de troupes à leur oppofer; il perdoit l'empire, s'il venoit à
être vaincu. Ces raifons l'obligerent à
fe retirer dans Sirmium, jufqu'à ce qu'il
eût affemblé de plus grandes forces, ou
que dans l'ardeur du pillage la divifion
fe mît parmi les barbares.

Cependant il repaffoit dans fon ef- LXXII.
prit toutes les circonftances de cette
guerre; l'aveuglement de la cour, qui
avoit pris pour défenfeurs de l'état,
ceux qui en étoient les plus dangereux
ennemis; l'imprudence de l'empereur
qui les avoit toujours ou trop craints,
ou trop méprifés; la funefte aventure
de ce prince, qui venoit d'éprouver la
cruauté de ceux dont il avoit corrompu
la foi. Il faifoit réflexion fur ce que
faint Ambroife lui avoit écrit peu de
tems auparavant, *Que le fang de tant de*

Ambrof. l. de fide.

martyrs , & le banniſſement de tant d'é-
vêques perſécutés , étoient la véritable
cauſe des révolutions de l'empire ; que les
princes ne peuvent s'aſſurer de la fidélité
des hommes , quand ils ne ſont pas eux-
mêmes fideles à Dieu ; & que le ſoule-
vement d'une nation arienne contre un
empereur arien , étoit un effet de la juſtice divine , qui puniſſoit l'impiété par
l'impiété même.

LXXIII.

Pour remédier à ces déſordres , &
pour ſe rendre le ciel favorable , il fit
d'abord un édit , par lequel il rappel-
loit les évêques bannis pour la foi catholique , & les rétabliſſoit dans leurs
ſiéges. Il commanda à Sapor , l'un de
ſes lieutenans généraux, d'aller faire exécuter cet ordre dans tout l'orient , de
chaſſer les faux évêques des égliſes qu'ils
avoient uſurpées , & de n'y ſouffrir que
ceux qui ſeroient dans la communion du
pape Damaſe. Toutefois jugeant à propos de ménager pour un tems l'eſprit
des peuples , & joignant la douceur à
la piété , il accorda à chacun le libre
exercice de ſa religion , & n'interdit
les aſſemblées publiques qu'à quelques
ſectes qui lui parurent ou ridicules ou
ſcandaleuſes.

Theodor. l. 5, c. 1 & 2. Socrat. l. 5, c. 2. Zozom l. 7, c. 1.

LXXIV.

Après avoir tiré l'égliſe de l'oppreſ-
ſion où élle étoit , il fallut penſer aux
moyens de ſauver l'état. Valens étoit

mort fans enfans, & le jeune Valentinien qui avoit le titre & la qualité d'empereur, n'étoit pas encore en âge d'en
exercer les fonctions ; ainfi Gratien
fe trouvoit feul chargé de tous les foins
de l'empire. Il voyoit en même tems
les Goths victorieux dans la Thrace,
& d'autres nations barbares prêtes à
faire irruption dans les terres de l'empire. Ne pouvant fuffire lui feul à tout,
ni favoir où fa préfence feroit plus néceffaire, il cherchoit un homme capable
de l'affifter dans fes guerres, & de commander dans l'orient en fon abfence.
Il jetta les yeux fur Théodofe, dont
il connoiffoit la valeur & la fageffe ; &
foit qu'il eût déja réfolu de l'affocier à
l'empire, foit qu'il n'eût deffein que de
lui donner le commandement de l'armée,
il lui écrivit, & lui envoya ordre de
venir promptement à Sirmium.

Théodofe étoit alors en Efpagne où
il s'étoit retiré, comme nous avons dit,
pour éviter la perfécution de Valens &
l'envie des courtifans qui n'avoient pû
fouffrir fa réputation ni fon mérite. Il
vivoit dans fa retraite fans fe plaindre
ni des empereurs ni de fa fortune. Il demeuroit tantôt à la ville parmi fes con-
citoyens, accommodant les différends
des uns, affiftant les autres dans leurs
befoins, obligeant tout le monde, &

LXXV.

Pacat. in
Panegyr.

ne fe préférant à perfonne ; tantôt à la campagne, où il cultivoit lui-même fes jardins, & s'adonnoit avec plaifir à tous les foins de l'agriculture. Profitant ainfi de fa difgrace, il apprit à gagner l'amitié des peuples, & s'accoutuma fi bien à tous les offices de la vie civile, qu'il retint la douceur & la modeftie d'un particulier, lors même qu'il fut élevé à la dignité fouveraine. Il étoit en cet état, lorfqu'il reçut les lettres de Gratien ; il mit ordre à fes affaires domeftiques, & partit peu de jours après.

LXXVI.
Ammian.
L. 31.

Cependant les Goths, après le gain de la bataille, allerent, contre l'avis du roi Fritigerne, mettre le fiége devant Andrinople, où ils avoient fu que Valens avoit renfermé fes tréfors & tout ce qu'il y avoit de plus précieux dans l'empire. Ils firent leurs approches tumultuairement, & donnerent plufieurs affauts ; mais ce fut avec tant de précipitation & de défordre, qu'ils furent toujours repouffés, & perdirent leurs meilleures troupes. Ils avoient gagné quelques foldats de la garnifon, qui devoient leur livrer une porte de la ville: mais l'intelligence fut découverte. Enfin incommodés des pluies qu'il fit durant plufieurs jours, battus des machines des affiégiés, & rebutés de la longueur du fiége, ils pafferent jufqu'aux environs
de

de Perinthe , où ils efperoient faire un grand butin.

Comme ils n'ofoient attaquer cette place , ils ravagerent la campagne , & s'approcherent de Conftantinople, à deffein de l'inveftir & de la prendre d'affaut, ou par famine. L'impératrice Dominica , femme de Valens , ouvrit alors le tréfor public, & anima fi bien par fes difcours & par fes largeffes , les habitans & les foldats , qu'ils fortirent en bataille, & chargerent un gros de barbares , qui s'étoit avancé vers la ville. Le combat fut fanglant, & finit par une action qui furprit les Goths, & jetta la frayeur dans leur armée. LXXVII.

Quelques bataillons Sarafins que la reine Mauvia avoit envoyés au fecours de l'empire , & que Valens avoit laiffés en garnifon à Conftantinople , étoient aux mains avec l'ennemi , & la victoire étoit encore incertaine , lorfqu'on vit tout-à-coup paroître un foldat de cette nation le poignard à la main, & murmurant je ne fais quels mots lugubres. Il fortit des rangs tout nud , & s'élançant fur le premier Goth qu'il rencontra, lui planta le poignard dans le fein, & fe jetta promptement fur lui pour fucer le fang qui couloit de la plaie qu'il venoit de faire. Les Goths, étonnés de cette action brutale , qu'ils prirent pour un prodige , s'enfuirent en défordre , & n'eurent plus Zoz. l. 4.

E

le courage d'attaquer les Saraſins.

LXXVIII. Ils ne furent pas plus heureux devant Theſſalonique. Ils entreprirent pluſieurs fois de ſe rendre maîtres de cette ville, qui n'étoit pas en état de leur réſiſter : mais ſaint Aſcole qui en étoit évêque la défendit par la ſeule force de ſes prieres.

Ambroſ. epiſt. 59. On rapporte qu'une frayeur ſecrette ſaiſiſſoit ces barbares, dès qu'ils en approchoient ; qu'ils perdoient, ſans ſavoir pourquoi, cette férocité naturelle qu'ils avoient ailleurs ; & que les plus ſages d'entr'eux furent d'avis d'abandonner cette entrepriſe, & de laiſſer en repos un peuple que Dieu protégeoit ſi viſiblement par l'interceſſion de ce ſaint prélat.

Ammian. l. 31 Hieronym. epiſt. 3. Zoʒ. l. 4. Enfin, après avoir manqué le pillage de ces trois villes, ils ſe jetterent dans la Macédoine, la Thrace, la Scythie, la Mœſie, & ſe répandirent juſqu'aux Alpes juliennes, qui bornent l'Italie de ce côté-là, ravageant toutes ces provinces, & laiſſant par-tout des marques funeſtes de leur avarice & de leur fureur.

LXXIX. L'orient alloit tomber dans un ſemblable déſordre, ſi l'on n'eût promptement arrêté le cours d'une conſpiration qui s'étoit déja toute formée. Lorſque les Goths furent reçus dans la Thrace, une des conditions qu'on leur impoſa, fut qu'ils donneroient leurs enfans en ôtage, & la néceſſité les obligea d'y consentir. On espéroit par-là s'assurer Zoz. l. 4. de la fidélité des peres, & accoutumer insensiblement les enfans aux loix & à la discipline des Romains, afin de se servir des uns & des autres dans les guerres de l'empire. Jules, qui commandoit en orient, au-delà du mont Taurus, fut chargé de l'éducation de cette jeunesse barbare. Il la dispersa dans les villes de son gouvernement, & la fit instruire selon les ordres qu'il avoit reçus de la cour. Plusieurs étoient déja en âge de porter les armes, & quelque soin qu'on eût pris de leur cacher la victoire de leur nation, ils en avoient appris les nouvelles.

Alors revenant à leur naturel, ils concerterent entr'eux les moyens de se saisir de quelques villes, & d'égorger les garnisons qui ne seroient pas sur leur garde. Ceux qui se trouvoient ensemble, firent avertir secrettement leurs compagnons, & la conspiration devoit bientôt éclater. Jules en eut avis, & résolut de les prévenir. Il visita les places, donna ses ordres aux gouverneurs, & fit publier dans toute l'étendue de son gouvernement, que l'empereur, pour gratifier ces étrangers, & pour les engager plus fortement au service de l'empire, avoit mandé qu'on Ammian. l. 31. Zoz. l. 4. leur distribuât non-seulement de l'argent, mais encore des terres & des maifons, & qu'on les traitât comme fes fujets naturels.

Le jour fut pris pour cette diftribution: Les barbares, efpérant profiter de l'argent & des graces qu'on leur accordoit, & rendre leur rébellion plus facile & plus sûre, s'adoucirent un peu. Ils fe trouverent dans les villes, dont on avoit fous main renforcé les garnifons ; & comme ils furent affemblés dans de grandes places, des troupes qu'on avoit mifes dans les maifons d'alentour, fortirent fur eux l'épée à la main, & en tuerent la plus grande partie : le refte voulant fe fauver par les carrefours, fut affommé par les bourgeois à coups de pierres.

On n'épargna pas même ceux qui n'étoient pas encore en âge de nuire, & par une prudence inhumaine, Jules délivra ces provinces du péril où elles étoient. L'affaire fut conduite avec tant d'adreffe, & les ordres donnés & exécutés fi à propos, que ce maffacre fe fit le même jour par tout l'orient, fans que les Goths en euffent eû le moindre foupçon, & qu'il en pût échapper un feul.

LXXX. Les chofes étoient en cet état, lorfque Théodofe arriva à Sirmium. Gratien le reçut d'autant plus favorablement, qu'il avoit honte de l'avoir banni de fa cour, & qu'il alloit lui confier l'affaire la plus importante de l'empire. Il le fit général de son armée, & l'envoya contre les Goths, avec une partie des troupes qu'il avoit dans l'Illyrie.

Théodose marcha incontinent vers la Thrace, où les ennemis étoient assemblés en très-grand nombre. Il sut que plusieurs compagnies d'Alains, de Huns & de Thaifales, les avoient joints depuis leur derniere victoire, & qu'ils croyoient avoir réduit l'empereur à n'oser plus paroître en campagne. Mais il apprit en même tems que leurs meilleurs soldats s'étoient débandés; que les chefs étoient divisés entr'eux ; que Fritigerne n'en étoit plus maître ; & qu'il n'y avoit ni ordre ni discipline parmi tant de barbares ramassés, qui étoient venus pour leur aider à piller, & non pas à combattre.

Alors il s'avança avec beaucoup de confiance, & ayant rencontré les ennemis, il leur donna bataille, en tua la plus grande partie, obligea le reste à repasser le Danube, & alla porter luimême à la cour la nouvelle de cette défaite. Théodoret raconte que Théodose laissa un si grand nombre de morts sur la place, fit tant de prisonniers, & remporta tant de dépouilles, qu'étant venu avec une extrême diligence donner avis à l'empereur de sa victoire, elle parut d'abord incroyable.

Ses envieux oserent l'accuser d'avoir

LXXXI.

Théodoret, l. 5, c. 5. & 6.

été défait, & de s'être enfui lui-même; & Gratien, étonné, ne favoit ce qu'il en devoit croire. Théodofe le fupplia d'envoyer fur les lieux fes accufateurs, afin qu'ils reconnuffent la vérité, & qu'ils en rendiffent témoignage eux-mêmes. L'émpereur, pour fatisfaire à fes preffantes follicitations, chargea des perfonnes de condition & de créance d'aller promptement s'informer du détail de cette action, & de venir lui en rendre compte.

LXXXII.
Théodoret, ibid.

Le même hiftorien rapporte que ce fut en ce tems que Théodofe vit en fonge un évêque qui lui mettoit la couronne fur la tête, & le revêtoit des ornemens impériaux; & qu'un de fes intimes amis, à qui il communiqua cette vifion, l'affura que c'étoit un préfage certain de la grandeur où Dieu l'appelloit.

On reconnut depuis que ç'avoit été Méléce, évêque d'Antioche, qui lui étoit apparû. Ce faint prélat, en vertu du dernier édit de Gratien, retournoit alors dans fon églife, après un baniffement de plufieurs années. On voyoit par tout l'empire paffer les confeffeurs de Jefus-Chrift, les uns fuivis d'une troupe d'infideles qu'ils avoient convertis, les autres délivrés de leurs chaînes, & portant encore fur leurs corps les glorieufes marques des tourmens qu'ils avoient foufferts. On transféroit

Théodoret, l. 5, c. 9.

même avec honneur les reliques de ceux qui étoient morts dans leur exil.

La plupart furent reçus avec beaucoup de joie des peuples dont ils venoient reprendre la conduite. Mais comme l'empereur, quelque piété qu'il eût, n'avoit pas encore affez d'autorité pour fe faire obéir, il y en eut qui, par les cabales des hérétiques, fouffrirent plus de maux en ce tems de paix, qu'ils n'en avoient enduré pendant la perfécution. Il s'en trouva plufieurs qui, voyant leurs fiéges remplis par des ariens, s'offroient de partager avec eux le gouvernement de leur troupeau, pourvu qu'ils fe réuniffent à la foi & à la communion catholique. Quelques-uns même étoient prêts de céder leur dignité toute entiere pour rétablir la paix & l'unité de l'églife.

Zozom. l. 8, c. 2.

Parmi tant de faints évêques, il fembla que Dieu avoit choifi le plus célebre, pour donner à Théodofe les premieres efpérances de la gloire à laquelle il le deftinoit. On vit bientôt ce préfage accompli. Car Gratien, ayant appris que les peuples qui habitoient le long du Rhin étoient entrés dans les Gaules, & fe trouvant d'ailleurs comme environné du débordement des barbares qui s'étoient répandus dans les provinces de l'orient, réfolut d'affocier Théodofe à l'empire. Il penfa qu'il ne pourroit lui feul réfifter à

LXXXIII.

tant d'ennemis ; qu'un lieutenant ne le déchargeroit que d'une partie de ſes ſoins ; qu'il lui falloit un collegue qui eût ſes guerres à part , & qui défendît l'état comme ſon bien propre ; qu'il y auroit plus de gloire pour lui à donner de bonne grace un de ſes empires , qu'à le retenir avec peine ; & qu'il étoit heureux d'avoir de quoi récompenſer un grand mérite , en établiſſant ſon propre repos.

LXXXIV. L'amitié & l'eſtime qu'il avoit eûes dès ſon enfance pour Théodoſe, le déterminerent encore davantage ; & l'impatience qu'il avoit d'aller ſecourir les Gaules où il avoit été élevé, le preſſoit de déclarer ſon deſſein. Mais il étoit à propos d'attendre la confirmation de la derniere victoire de Théodoſe , afin que ſes envieux fuſſent euxmêmes obligés d'approuver ſon élection , après avoir ſouffert la confuſion que méritoit leur calomnie.

Ce choix fut d'autant plus glorieux à Théodoſe, que de ſa part il ne l'avoit point recherché. Il eut même aſſez de modeſtie pour refuſer cet honneur, lorſque Gratien le lui offrit ; & ce refus fut accompagné de tant de marques de modération & de bonne foi , qu'il fut aiſé de juger que ce n'étoit pas une vaine cérémonie , mais une véritable ſageſſe , qui lui faiſoit regarder comme une charge

Claudian.
Pacat. in
paneg.

difficile & dangereufe, cette dignité où l'on ne cherche ordinairement que le repos & le plaifir de commander.

Ce fut en ce tems qu'Aufone fut nommé conful, quoiqu'il fût abfent, & qu'il n'eût pas brigué cet honneur. Gratien, après avoir profité de fes inftructions, ne perdit aucune occafion de lui témoigner fa reconnoiffance. Il l'éleva à la charge de quefteur, & peu de tems après, à celle de préfet du prétoire; enfin il le déclara conful, & n'oublia rien de ce qu'il put imaginer de plus obligeant & de plus honnête.

LXXXV.

Il lui donna pour collegue Olibrius Gallus, jeune homme d'une très-noble & très-ancienne maifon : & comme on voulut favoir lequel des deux il nommoit le premier; pour favorifer Aufone, fans offenfer l'autre, il répondit qu'il prétendoit régler leur rang; non pas par la naiffance, mais par l'âge, & par l'ancienneté de leur préfecture.

Après cela, il dépêcha promptement un courier à Aufone, pour lui donner avis de fa nomination au confulat, & lui écrivit en ces termes : *Comme je fongeois, il y a quelque tems, à créer des confuls pour cette année, j'invoquai l'affiftance de Dieu, comme vous favez que j'ai accoutumé de faire en tout ce que j'entreprends, & comme je fais que vous defirez*

Aufon. in grat. Act.

E v

que je faſſe. J'ai cru que je devois vous nommer premier conſul, & que Dieu demandoit de moi cette reconnoiſſance, pour les bonnes inſtructions que j'ai reçues de vous. Je vous rends donc ce que je vous dois ; & ſachant qu'on ne peut jamais s'acquitter ni envers ſes peres, ni envers ſes maîtres, je confeſſe que je vous dois encore ce que j'ai tâché de vous rendre. Afin que rien ne manquât à la grace qu'il lui avoit faite, il accompagna cette lettre d'un préſent, & lui envoya une robe fort riche, où étoit en broderie d'or la figure de l'empereur Conſtantius ſon beau-pere. Auſonne de ſon côté employa toute la force & toute la délicateſſe de ſon eſprit pour faire en vers & en proſe l'éloge de ſon auguſte bienfaiteur.

Peu de jours après cette action de Gratien, ceux qu'il avoit envoyés à l'armée arriverent, & rapporterent que la défaite des Goths avoit été très-conſidérable ; que le nombre des morts & des priſonniers, & la quantité des dépouilles alloient encore au-delà de ce que Théodoſe avoit dit. Alors ſes ennemis mêmes furent obligés de louer ſa valeur & ſa modeſtie, & l'empereur crut qu'il étoit tems de partager l'empire avec lui.

Théodoret. l. 5, c. 9.

SOMMAIRE

DU

LIVRE SECOND.

HISTOIRE

DE

THÉODOSE

LE GRAND.

LIVRE SECOND.

L'Armée qui étoit alors en quartier aux environs de Sirmium, eut ordre de s'affembler ; & le feiziéme jour de janvier, Gratien s'y rendit accompagné de Théodofe & des autres feigneurs de fa cour. Il fut conduit au milieu du camp ; & les troupes s'étant rangées autour de lui, il leur expofa le déplorable état de l'empire, la mifere des peuples, l'affoibliffement des armées, l'irruption des Allemands dans les Gaules, & le ravage qu'avoient fait tant de nations barbares dans les provinces de l'orient. Il leur repréfenta qu'un feul homme ne pouvoit foutenir tant de guer-

L'AN
379.
*Auguſt. de
civit. Dei.*

res à la fois, ni remédier à tant de déſordres : que pour lui, il préféroit le plaiſir d'avoir un collegue fidele, à l'ambition de regner ſeul; & que dans le deſſein de faire un choix qui fût avantageux à l'état, & qui pût leur plaire, il avoit jetté les yeux ſur Théodoſe.

A ce nom les troupes l'interrompirent, & témoignerent leur joie par de longs applaudiſſemens. Gratien reprit ſon diſcours, & après avoir fait l'éloge de Théodoſe, il lui donna la pourpre

*Aurel .Vict.
in Theod.*

& la couronne. Alors les ſoldats qui l'avoient autrefois eſtimé digne de l'empire, redoublerent leurs acclamations; & les officiers vinrent en foule ſaluer le nouvel empereur, qui, n'étant âgé que de trente-trois ans, & joignant à la force & à la vigueur de l'âge, une grande expérience & une ſageſſe conſommée, faiſoit eſpérer le rétabliſſement entier des affaires.

Gratien lui donna en partage la Thrace, & toutes les provinces que Valens avoit poſſédées. Il ajouta cette partie orientale de l'Illyrie, dont Theſſalonique étoit la capitale, détachant de l'empire d'occident cette province qui étoit

*Zozom. l. 7,
c. 4.*

expoſée aux courſes des barbares, & que ni lui, à cauſe de ſon éloignement, ni Valentinien ſon frere, à cauſe de ſon bas âge, n'auroit pu défendre. Peu de

jours après cette élection les deux empereurs se séparerent. Gratien prit la
route des Gaules pour aller chasser les
Allemands qui les ravageoient ; & Théodose marcha vers Thessalonique pour y
assembler son armée , & recommencer
la guerre contre une multitude formi-
dable d'Alains , de Goths & de Huns ,
qui depuis sa derniere victoire s'étoient
rejettés dans la Thrace , après avoir couru la Mysie & la Pannonie.

L'AN
379.

Zoʒ. l. 4.

I I.

Le bruit se répandit bientôt que Théodose étoit empereur, & qu'il s'avançoit
avec une partie de l'armée d'occident,
que Gratien lui avoit laissée. Les peuples, que le malheur des dernieres guerres, & la rigueur du regne passé avoient
abattus, commencerent à respirer. Les
troupes que les ennemis tenoient res-
serrées dans leurs garnisons reprirent
courage , & firent des courses dans la
campagne ; & les Officiers qui s'étoient
sauvés de la derniere défaite , & qui
s'étoient jettés dans les places fortes,
étoient prêts de sortir au premier ordre, & de ramasser les restes épars des
légions romaines pour les emmener à
Théodose. Toutes les villes disposoient
leurs députations ; & Constantinople,
que Valens avoit juré de ruiner à son
retour de la guerre, se réjouissoit d'être
sous la domination d'un prince , qui mé-

ritoit d'être aimé, & qui étoit capable de la protéger.

Théodofe arriva cependant à Theffalonique, où fe rendirent incontinent de toutes les provinces de l'empire, ceux que leur rang ou leur devoir appelloient à la cour, & ceux qui venoient rendre compte des affaires publiques, ou folliciter leurs affaires particulieres. Là, il commença à faire toutes les fonctions d'un grand empereur, envoyant fes ordres par-tout, recevant les perfonnes de qualité & de mérite avec honneur, & les autres avec bonté ; donnant fes audiences à toute heure, & rendant la juftice indifféremment à tous fes fujets; ne refufant rien de ce qu'il pouvoit raifonnablement accorder ; ajoutant aux graces qu'il faifoit, la maniere obligeante de les faire, & adouciffant les refus par des marques de bienveillance. Ainfi ceux qui avoient obtenu ce qu'ils demandoient, étoient fatisfaits; & ceux qui n'avoient pu l'obtenir, s'en retournoient au moins confolés.

Zof. l. 4.

III. Le foin qu'il prenoit de la fatisfaction & du repos des peuples, ne l'empêchoit pas de donner tous les ordres néceffaires pour les préparatifs de la guerre. Les principaux officiers s'étoient déja rendus auprès de lui, l'infanterie étoit fortie des garnifons, & toute l'ar-

mée fut affemblée au commencement du
printemps. Quoiqu'elle ne fût pas confidérable par le nombre, elle l'étoit par
le courage, & par la confiance qu'elle
avoit en fon empereur. Théodofe fe
mit donc en campagne, & s'avança vers
la Thrace à grandes journées. Les barbares étoient divifés en plufieurs corps,
& fans s'attacher au fiége d'aucune place, où ils n'avoient jamais réuffi, ils
ravageoient impunément toute la campagne. Ils étoient armés à la romaine
depuis la défaite de Valens : Fritigerne
leur avoit appris à fe rallier, & à obferver quelque difcipline ; leur armée groffiffoit tous les jours d'un nombre infini
de leurs compagnons, que le bruit de
leur victoire, & l'efpérance d'un grand
butin attiroient de tous côtés. Ainfi ils
étoient à craindre. Mais ils n'avoient
prefque point de chefs. Fritigerne à qui
ils avoient refufé d'obéir, les avoit abandonnés. Dès qu'il s'agiffoit de piller ils
n'obfervoient plus aucun ordre, & cette
multitude, qui venoit les joindre, ne faifoit qu'augmenter la confufion, & caufer
des divifions entr'eux pour le partage
des prifes qu'ils avoient faites.

Théodofe entra dans la Thrace. Il
défit d'abord quelques partis des ennemis qui s'étoient éloignés du gros de
l'armée ; & ayant appris des prifonniers

L' A N
379.

I V.

l'endroit où étoit campée la plus grande partie de ces barbares, il crut qu'il les vaincroit aifément, s'il pouvoit les furprendre avant qu'ils fuffent avertis de fa marche. Il commanda à Modaire, prince du fang royal des Scythes, qui s'étoit mis au fervice des empereurs, & qui, par fa fidélité & par fa valeur avoit

Zor. l. 4. mérité les premiers emplois dans leurs armées, de s'avancer avec quelque cavalerie, pour reconnoître les ennemis. Cependant il marchoit lui-même en grande diligence.

Peu de jours après Modaire revint, & rapporta à Théodofe que les ennemis n'étoient pas loin ; qu'ils étoient campés dans des plaines dominées par des hauteurs qu'il ne feroit pas difficile d'occuper ; que leur camp n'étoit fermé que d'un retranchement de quelques chariots mal rangés, qu'on forceroit fans aucune peine ; qu'il y avoit grand nombre d'hommes, mais qu'il y avoit peu de foldats ; qu'apparemment ils ne quitteroient pas un pofte où ils trouvoient toutes fortes de commodités pour fubfifter ; & qu'enfin, ne fe défiant de rien, & croyant l'empereur encore loin d'eux, ils pouvoient être opprimés avant que d'être en état de fe défendre.

L'empereur apprit ces nouvelles avec beaucoup de joie, & renvoya Modaire avec un grand détachement, pour se saisir des postes qu'il jugeroit nécessaires, soit pour empêcher les Goths d'être avertis, soit pour les combattre avec avantage, s'ils étoient disposés à donner bataille. Assez proche du camp, & presque à la vue des ennemis, s'élevoit une colline étendue en long, & qui, vers le milieu de sa pente, laissoit un espace de terrein assez uni, & assez grand pour y loger un nombre raisonnable de troupes. Modaire y mit les siennes pendant la nuit sans avoir été découvert. Il se saisit de tous les passages ; & sachant que les Goths sans crainte & sans précaution étoient endormis dans la plaine, il attendoit avec impatience l'arrivée de l'empereur pour les charger.

A la pointe du jour Théodose étant arrivé, reconnut lui-même les lieux, & se disposa promptement à l'attaque. Il commanda aux soldats de quitter les armes pesantes, & de ne retenir que l'épée & le bouclier. Il donna ordre aux capitaines d'étendre les rangs, pour ne rien laisser derriere eux, & pour faire paroître l'armée plus nombreuse. Il les exhorta tous de combattre avec ardeur, sans trop s'arrêter aux formes accoutumées de la milice, dans une affaire dont l'événement dépendoit autant de la diligence que de l'ordre.

Les Goths cependant étoient dans une grande tranquillité ; les uns rentroient dans le camp chargés du butin qu'ils venoient de faire ; les autres en fortoient pour aller courir la campagne, & recueillir ce qui reftoit du pillage des autres jours. Plufieurs, fatigués des courfes qu'ils avoient faites pendant la nuit, étoient couchés çà & là ; & la plupart, enfevelis dans le vin, dormoient en repos au milieu des provifions qu'ils avoient amaffées. Leurs chefs, gens de peu d'expérience & de peu d'autorité, quelque avis qu'ils euffent reçu qu'il paroiffoit des troupes romaines, n'avoient pû fe perfuader qu'elles vinffent pour les attaquer. Ceux mêmes qui les avoient vûes, ne les prénoient pas pour l'armée entiere, mais pour un parti forti des places voifines, qui ne méritoit pas qu'on prît les armes, & qui fe renfermeroit bientôt dans les garnifons.

Ils étoient en cet état, lorfqu'ils ouirent le bruit des trompettes & les cris des foldats, qui fut le fignal de l'attaque. Modaire defcendit de la colline avec l'infanterie qu'il commandoit, élargiffant fes bataillons à mefure qu'il s'avançoit dans la plaine, & marcha droit à la tête du camp. Promote, un des lieutenans généraux de l'empereur, prit à

gauche avec une partie de la cavalerie ;
& l'empereur avec le refte , côtoyant
la colline à droite, s'approcha des ennemis pour les prendre en flanc. Les Goths
qui virent fondre tout-à-coup fur eux
cette armée que la frayeur leur faifoit
paroître innombrable , jugerent bien que
leur perte étoit affurée. Leurs chefs reconnurent leur faute , lorfqu'il n'étoit
plus tems de la réparer : la terreur &
la confufion fe répandirent par tout le
camp. Ceux-ci , courant aux armes ,
perdoient la vie avant qu'ils fuffent en
état de la difputer : ceux-là, pour éviter
le péril qu'ils voyoient, alloient chercher celui qu'ils ne voyoient pas , &
rencontroient par - tout l'ennemi. Le
nombre des fuyards les empêchoit de
pouvoir fuir. En peu d'heures tous ces
barbares furent ou tués , ou faits prifonniers. On prit leurs femmes & leurs enfans , & quatre mille chariots qui fervoient à les porter dans leurs marches.
Ainfi toute la Thrace fut encore une
fois délivrée de la défolation où ces nations étrangeres l'avoient réduite.

Le bruit de cette défaite s'étant répandu , les Alains & les Goths qui ravageoient les autres provinces , s'arrêterent, & firent des propofitions de paix.
Ils auroient bien voulu venger la mort
de leurs compagnons ; mais comme ils

L' A N
379.

V I.

Zoʒ. l. 7,
c. 4.

furent que l'empereur alloit à eux, ils se foumirent à tout ce qu'il voulut, & fignerent un traité qu'ils n'avoient deffein d'obferver que jufqu'à la premiere occafion de le rompre. Théodofe de fon côté leur accorda plus qu'ils ne demandoient ; car il préféroit une paix honnête à une guerre glorieufe, & ne jugeoit pas à propos d'expofer le peu de troupes qu'il avoit à des combats douteux, contre des ennemis qui vainquoient quelquefois les Romains, & qui ne fe laiffoient pas toujours furprendre.

Tout étant ainfi réglé, Théodofe vifita les places, renforça les garnifons, & donna fes ordres pour la fanté & pour le foulagement des provinces que la guerre avoit ruinées ; puis il reprit le chemin de Theffalonique, pour y paffer l'hiver, & pourvoir de-là aux plus preffantes néceffités de l'état. La joie que lui donnoient ces premiers fuccès de fon regne, fut encore augmentée par les nouvelles qu'il reçut que Gratien n'avoit pas été moins heureux que lui ; qu'ayant joint à fes troupes celles que commandoit Merobaude, roi des François, il avoit attaqué les Allemands, & les avoit vaincus & chaffés des Gaules ; qu'il en avoit taillé en piéces la plus grande partie, & réduit le refte à fe renfermer dans leur pays, d'où

Zoz. ibid.
Socrat. l. 5,
c. 6.
Zoz. l. 4.

d'où ils ne pourroient de long-tems venir troubler le repos des peuples sujets
de l'empire. Théodose fit rendre à Dieu
de solemnelles actions de graces pour
ses victoires, & pour celles d'un prince
dont la gloire le touchoit autant que la
sienne propre.

Aussi-tôt qu'il fut déchargé des soins
de la guerre, il crut qu'il seroit indigne
des graces qu'il avoit reçues du ciel,
& de la protection qu'il en espéroit,
s'il ne s'appliquoit de tout son pouvoir
au rétablissement de la foi & de la religion catholique , dont il avoit fait
profession toute sa vie. Pour cela il résolut d'abattre les ariens, que ses prédécesseurs avoient élevés , & qui rem-
plissoient alors tout l'orient de confusion & de désordre. L'entreprise étoit
difficile , & il falloit pour y réussir , outre une grande piété, beaucoup de fermeté & de sagesse.

Cette secte s'éleva sous le regne du
grand Constantin, & suscita contre l'é-
glise une espece de persécution plus dangereuse que celle des tyrans dont elle
venoit d'être délivrée. Arius en fut
l'auteur. Il étoit né dans cette partie de
la Lybie, qui est voisine de l'Egypte;
& il avoit passé à Alexandrie dans l'espérance de s'y faire connoître , & de se
pousser aux premieres charges de l'église.

F

VII.

VIII.

L'AN
379.

Comme il avoit de l'efprit , du favoir
& de l'éloquence , avec quelque apparence de vertu , les patriarches de cette
ville crurent qu'ils pourroient fe fervir
de lui , & l'éleverent les uns aux ordres , les autres aux miniſteres ecclé-
fiaſtiques. Mais ils reconnurent bientôt
que c'étoit un efprit inquiet , préfomp-
tueux , indocile , prêt à prendre le bon
ou le méchant parti , felon qu'il convenoit à fa fortune ou à fon orgueil.
Dès fes premieres années , il fe jetta
dans le fchifme de Mélece , évêque de
Lycopolis , dans la Thébaïde. Il en fortit , & il y rentra. Enfin il fe réconcilia
avec le patriarche Achillas , & feignit
d'être fon ami , pour devenir fon fucceffeur. Alors , couvrant fon ambition
du voile d'une modeſtie affectée , gagnant les uns par un entretien doux &
flatteur , trompant les autres par un extérieur grave & compofé , il afpiroit
fecretement à l'épifcopat.

Mais fes efpérances furent trompées.
Le fiége vint à vaquer , & le mérite de
faint Alexandre l'emporta fur les intrigues d'Arius. Il en fut piqué ; & l'envie
qui le poffédoit , lui fit regarder comme fon ennemi, celui qu'il devoit ref-
pecter comme fon pere. Il réfolut de
le perdre , & ne pouvant décrier fa vie,
qui étoit très-innocente & très-exem-

plaire, il entreprit d'attaquer sa doctrine, quoiqu'elle fût très-pure & très-saine. Il l'accusa, comme d'un crime, de soutenir *que Jesus-Christ étoit égal à son pere, éternel & immuable comme lui, & qu'ils n'avoient qu'une même essence.* Après lui avoir reproché cette vérité comme une hérésie, il proposa lui-même son hérésie comme une vérité, & commença de publier *que le fils de Dieu n'étoit qu'une créature; que le Verbe avoit été fait & tiré du néant; qu'il étoit muable & changeant de sa nature; qu'il n'étoit fils de Dieu que par adoption, & que s'il étoit appellé Dieu, il ne falloit pas entendre qu'il le fût par nature, mais seulement par participation.*

Comme il étoit savant dans les écritures, & sur-tout habile dialecticien, il recueillit des livres sacrés tout ce qui sembloit favoriser ses opinions, & il enveloppa la question de tant de difficultés, & donna à son erreur tant de vraisemblance, que plusieurs se mirent de son parti. Le patriarche essaya de le ramener par ses avertissemens, par ses raisons, par ses menaces; mais connoissant que ces voies de douceur & d'exhortation ne servoient qu'à lui donner plus de courage & plus de moyens de communiquer son impiété, il l'excommunia dans un concile de cent évêques qu'il avoit convoqués pour cela de l'Egypte & de la Lybie.

Ce coup l'étonna, mais il ne l'abattit pas. Il fe retira dans la Paleftine, d'où il écrivit à l'empereur ; il alla même le trouver, & en peu de tems il acquit quelques protecteurs, & un grand nombre de difciples qui s'attachoient à lui, les uns par le feul amour de la nouveauté, les autres par cette fauffe pitié qu'on a pour un homme qu'on croit opprimé, plufieurs gagnés par fes perfuafions & par fes careffes. Conftantin, averti que les peuples & les évêques commençoient à fe partager, & qu'il s'affembloit des fynodes de part & d'autre, craignit les fuites de cette divifion. Il écrivit de Nicomédie, qui étoit alors le féjour ordinaire des empereurs d'orient, une lettre commune à faint Alexandre & à Arius, pour les exhorter à fe réunir, & à s'accorder fur une matiere qui paroiffoit de peu de conféquence pour la foi, & qui alloit troubler la paix de l'églife. Ofius, évêque de Cordoue en Efpagne, qui fe rencontra par hafard près de l'empereur, eut ordre d'aller en Egypte pour travailler à cet accommodement, & s'acquitta de fa commiffion avec beaucoup de fidélité, mais avec peu de fuccès.

Pour réduire cette fecte opiniâtre,

& régler le point de doctrine contesté, il fallut en venir à un concile universel, qui établît la vérité, & condamnât l'erreur par un jugement décisif. Nicée, une des principales villes de la Bithynie, fut choisie pour le lieu de cette assemblée : les évêques de toutes les parties du monde furent invités de s'y trouver ; ils y arrivèrent dans le tems marqué au nombre de trois cens dix-huit. Constantin s'y rendit lui-même, pour être le témoin, & comme le médiateur de la paix & de la réunion de l'église. Arius & ses partisans y furent appellés ; on les ouit ; on les convainquit, on les condamna. La divinité de Jesus-Christ fut reconnue ; & pour ôter aux ariens tout prétexte de déguiser leur erreur sous des termes équivoques, on les obligea de se servir du mot de *Consubstantiel* dans leur profession de foi, & de signer la consubstantialité du verbe. Cette expression, depuis ce tems-là, fut comme une marque certaine qui distinguoit les catholiques d'avec ceux qui ne l'étoient pas, ou qui l'étoient de mauvaise foi, & les peres du concile l'insérerent dans leur symbole.

Arius, & les évêques qui le protégeoient, après plusieurs difficultés, feignirent de se soumettre aux décisions du concile, & pour éviter les peines

L' A N
379.

dont ils étoient menacés, abjurerent publiquement leur héréfie. Mais ils n'abandonnerent pas leur entreprife, & ils attendirent le tems favorable pour répandre encore au-dehors le venin qu'on les avoit forcés de refferrer dans leur cœur.

Cependant ils attiroient à leur parti ceux qui pouvoient les affifter de leur crédit ou de leur faveur. Ils faifoient valoir à l'empereur leur foumiffion, afin d'abufer plus facilement de fa bonté; & pendant qu'ils révéroient en apparence la foi de Nicée, ils cherchoient à ruiner par des calomnies ceux qui pouvoient en être les défenfeurs. Enfin, par les foins d'Eufebe, évêque de Nicomédie, qui s'étoit rendu chef de leur parti par le crédit de la princeffe Conftancie, fœur de l'empereur, & par des proteftations réitérées de fidélité & d'obéiffance, ils parvinrent à fe faire confidérer comme orthodoxes. Arius lui-même, mené comme en triomphe par fes amis, alloit être reçu à la communion de l'églife dans Conftantinople, s'il n'eût fini fubitement une vie inquiete & criminelle par une mort terrible & honteufe.

Quoique ces hérétiques fuffent pour la plupart des efprits paffionnés & féditieux, ils n'oferent fe foulever, ni rompre ouvertement la paix de l'églife, tant que le grand Conftantin gouverna l'empire. Car encore qu'il eût quelquefois un peu trop de facilité, il avoit beaucoup de zele pour la religion ; & comme il n'étoit pas impoffible de le furprendre, il étoit dangereux qu'il s'apperçût qu'on l'avoit furpris. Ainfi ils furent obligés de fe ménager avec ce prince, qui pouvoit ignorer la vérité, mais qui n'étoit pas capable de fouffrir l'injuftice. Mais lorfqu'ils fe virent fortifiés de l'autorité de Conftantius fon fils & fon fucceffeur, ils ne garderent plus de mefures. Non-feulement ils publierent leur fauffe doctrine, ils opprimerent même ceux qui eurent le courage de s'y oppofer. Leur infolence alla jufqu'à chaffer les plus faints prélats des premiers fiéges de l'orient, à profcrire les papes mêmes, & à ôter la liberté des fuffrages dans les conciles, où l'empereur fe portoit lui-même pour accufateur contre des faints, & difoit hautement que fa volonté devoit tenir lieu de regle & de décifion dans l'églife.

Le regne de Valens ne leur fut pas moins favorable. Ils exercerent en fon nom leurs violences accoutumées. Ils obtinrent de lui des lettres aux gouverneurs des provinces pour tyrannifer les catholiques. Ils allerent jufqu'au fond des déferts de la Thébaïde, pour en

L'AN 379.

Athan. ad Solit. p. 831.

F iv

L' AN
379.

chaffer les folitaires qui menoient une vie toute célefte. La perfécution fut fanglante ; & fous un prince chrétien, il fe fit prefque autant de martyrs que fous les tyrans infideles. Tels furent les commencemens & les progrès de cette héréfie.

I X.   Quoiqu'il fût non-feulement difficile, mais encore dangereux dans un nouveau regne, d'attaquer une fecte puiffante, & accoutumée depuis long-tems à dominer, néanmoins Théodofe, confidérant, que le premier devoir des fouverains eft de faire regner celui par qui ils regnent, & fe défiant avec raifon de la fidélité de ceux qui s'étoient révoltés contre l'églife, forma le deffein de les ramener avec douceur, ou de les réprimer avec autorité. Il alloit faire publier fes premiers édits à Theffalonique. L'impératrice Flaccille fa femme, qu'il aimoit tendrement, Termancie & Serene fes nieces qu'il avoit adoptées depuis la mort de fon frere Honorius, y étoient nouvellement arrivées. On y voyoit tous les jours aborder quelques-uns de fes amis, fur-tout ceux qui l'avoient affifté dans le tems de fa difgrace. Il les avoit invités de venir d'Efpagne en orient, afin de les récompenfer, & de les élever dans les charges. Sa reconnoiffance s'accrut avec fon pouvoir; & dès qu'il

Claudian.
de laud.
Seren.

Aurel. vict.
Théodoret.

fut empereur, il fe fouvint de tous les fervices qu'on lui avoit rendus quand il étoit encore particulier, & n'oublia que les injures qu'on lui avoit faites.

L'AN
379.

La joie qu'il eut de revoir des perfonnes qui lui étoient fi cheres fut bientôt troublée ; car à peine étoit-il arrivé à Theffalonique, qu'il tomba dangereufement malade. Il fe mit d'abord en état de recevoir le baptême, & fe difpofa à mourir chrétiennement. Comme il avoit une grande affeċtion pour la foi orthodoxe de la Trinité, & qu'il craignoit de donner en cette occafion quelque avantage aux hérétiques ; avant que de faire appeller Afcole, évêque de cette ville, il s'informa de fes mœurs, & de la foi qu'il profeffoit. Il apprit que c'étoit un prélat d'une vertu confommée ; qu'il avoit été nourri dès fon enfance dans les monafteres de l'Achaïe ; que fur la réputation de fa fainteté, les peuples de la Macédoine l'avoient tiré de fa folitude pour le faire leur archevêque ; qu'on l'avoit ordonné fort jeune, fans avoir égard aux regles de l'âge ; qu'il avoit toujours été inviolablement attaché à la doċtrine de l'églife ; que faint Bafile l'avoit honoré de fon amitié, & que le pape Damafe avoit pour lui une eftime particuliere.

Socrat. l. 5, c. 6.
Zoz. l. 4, c. 7.

Ambrof. Epift. 28, 22.

Théodofe eut beaucoup de joie de

L'AN
379.

tomber entre les mains d'un fi faint homme. Il le fit appeller ; & ayant encore fu de lui-même qu'il profeffoit la foi apoftolique, confirmée par le concile de Nicée, il lui demanda avec refpect le facrement de la régénération. Auffi-tôt il le reçut avec une piété exemplaire, & s'eftima plus glorieux d'être devenu enfant de l'églife, que d'avoir été fait maître d'une partie du monde.

Auguft. de civit. Dei, l. 5, c. 26.

Alors il fe crut engagé à rétablir la religion dans tout l'empire ; & Dieu, béniffant fes intentions, lui rendit en peu de jours une parfaite fanté. Il conféra plufieurs fois avec Afcole, fur les moyens d'exécuter fon deffein. Il fe fit inftruire des points principaux des doctrines conteftées, de la différence des nouvelles fectes, de la foi des évêques, & de l'état des principales églifes de l'empire d'orient.

X. Après avoir ainfi examiné toutes chofes, il crut qu'il étoit de fa prudence de ramener les efprits peu à peu, & de commencer par des loix qui leur fiffent connoître fes volontés, & craindre fa juftice. Il fit donc un édit daté de Theffalonique, par lequel il ordonne aux peuples de fon obéiffance de fuivre la foi que l'églife romaine avoit reçue de faint Pierre, & qui étoit enfeignée par le pape Damafe, & par Pierre d'Alexan-

drie, prélat d'une fainteté apoftolique,
& leur enjoint de confeffer & de reconnoître une même divinité dans la Trinité des perfonnes du Pere, du Fils &
du Saint-Efprit, fuivant la doctrine de
l'évangile, & l'ancienne tradition de
l'églife. Il déclare enfuite que ceux-là
feulement qui profefferont cette foi, feront tenus pour catholiques ; & que
ceux qui la rejetteront, feront traités
comme des hérétiques infames & infen-
fés, qui, outre les peines qu'ils méri-
rent de la juftice divine, doivent encore attendre de lui des châtimens pro-
portionnés à l'énormité de leur crime.

Il adreffa cet édit au peuple de Conftantinople, afin qu'il fût d'abord exécuté dans cette ville impériale, qui étoit
comme le théatre de l'héréfie, & que
de-là il paffât plus promptement dans
toutes les autres villes de l'empire. Ce
fut en ce même tems que Maxime vint
fe jetter aux pieds de Théodofe, le fuppliant de le maintenir dans le fiége de
Conftantinople qu'il venoit d'ufurper.
Maxime étoit d'Alexandrie, philofophe
cynique de profeffion, d'un favoir médiocre, d'une vie déréglée, & d'une
profonde diffimulation. Ses parens l'a-
voient élevé dans la religion chrétienne,
dont il n'étoit pourtant que légérement
inftruit. Il avoit paffé une partie de fa

L' A N
379.

Cod. Théo.
16, t. 1, 2.

X I.

F vj

jeuneffe à courir de ville en ville, pour
acquérir du bien ou de la réputation, &
il s'étoit décrié par-tout où il avoit
voulu s'établir. Quoiqu'il fût habile à
fe déguifer, il n'avoit pû éviter d'être
furpris en des actions qui le firent relé-
guer dans le défert d'Oafis, où il demeura quatre ans entiers. Se voyant enfin fans honneur & fans reffource, animé par fon ambition & par fa mifere,
il vint à Conftantinople avec le téméraire deffein de s'en faire évêque.

Il publia d'abord qu'il étoit d'une
maifon illuftre par fa nobleffe, & plus
encore par fa piété ; que fon pere étoit
mort pour la défenfe de la foi ; que fes
fœurs étoient l'exemple des vierges
chrétiennes dans Alexandrie. Il fe vantoit d'avoir fouffert lui-même un long
exil pour Jefus-Chrift, fe faifant un
honneur de religion, de ce qui avoit
été la punition de fes crimes. La fable
de ces martyres prétendus, foutenue
de plufieurs circonftances étudiées &
de quelques apparences de piété qu'il
affectoit, lui acquit l'eftime & l'amitié
de tout ce qu'il y avoit de catholiques
dans Conftantinople. Quoiqu'il fût ha-
billé en cynique, & que cet habit ne fût
pas féant aux chrétiens, on lui pardonnoit cet extérieur, tant on étoit prévenu du fond de fon mérite & de fa vertu.

Grégoire de Nazianze avoit le foin de l'églife de Conftantinople. Il y avoit été envoyé un an auparavant par le concile d'Antioche , felon quelques-uns , ou appellé par 'les peuples & par les évêques de Thrace , comme il femble le marquer lui-même. Il exerça d'abord par commiffion les fonctions paftorales dans cette églife , où il fit revivre la foi prefque éteinte , joignant l'exemple de fa vie à la force de fon éloquence, & réuniffant , par fes foins , les reftes d'un troupeau que les tempêtes paffées avoient difperfé. Mais le nombre des catholiques s'étant en peu de tems notablement augmenté , ils l'élurent pour leur pafteur. Pierre, patriarche d'Alexandrie , confirma ce choix par fes lettres & par fon fuffrage , & lui envoya les marques de fa dignité. Encore que Grégoire eût refufé d'accepter cette dignité , proteftant qu'il ne pouvoit être élu que par un concile , ils ne laifferent pas de le regarder comme leur archevêque. Lui-même , touché de l'affection qu'on lui témoignoit, redoubla fon zele, & n'oublia rien de ce qu'il crut capable de rétablir la foi & la ferveur de la religion. Les hérétiques , ne pouvant réfifter à fes raifons , attenterent plufieurs fois contre fa perfonne ; mais comme il les avoit convaincus par fes

L' A N 380.
Greg. Naz;
carm. de
vitâ fuâ.

discours, il les édifia par sa patience.

Il commençoit à jouir du fruit de ses travaux, lorsque Maxime lui fut présenté. Grégoire le reçut non-seulement avec bonté, mais encore avec respect, comme un confesseur de Jesus-Christ. Il écouta la fausse histoire de sa vie, & jugeant d'autrui par lui-même, il la crut. Il le retint en sa maison, lui donna sa table, lui communiqua ses études & ses desseins ; & croyant qu'il étoit honorable & avantageux d'avoir dans une église renaissante un homme reconnu martyr, il le proposa pour exemple, & récita publiquement un discours qu'il avoit fait à sa louange.

Cet imposteur, de son côté, gagnoit de plus en plus les bonnes graces de ce saint prélat, par une flatterie adroite, par des invectives fréquentes contre les ariens, & par un air de piété qui paroissoit sincere. Cependant il menoit secretement son intrigue. Il y engagea un prêtre de Constantinople, à qui l'élévation & le mérite de l'archevêque étoient devenus insupportables. Ils tournerent si bien l'esprit du patriarche d'Alexandrie, par les puissantes correspondances qu'ils avoient auprès de lui, qu'il entra dans les intérêts de Maxime, soit qu'il voulût favoriser son compatriote, soit qu'il craignît de donner lieu

à l'agrandiffement du fiége de Conftantinople, s'il y plaçoit un homme d'une
réputation extraordinaire, foit qu'il crût
que l'élection qu'il avoit approuvée depuis peu, n'avoit pas été faite dans les
formes.

L'A N
380.

Ce fut donc par fes ordres que fept
évêques furent choifis pour aller ap-
puyer le parti de ce philofophe, fous
prétexte de conduire la flotte qui amenoit tous les ans les bleds d'Egypte à
Conftantinople. Dès qu'ils furent arrivés, Maxime les encouragea par fes difcours & par fes préfens. Il gagna un
eccléfiaftique de l'ifle de Thaffe, qui
venoit acheter du marbre pour fon églife, & lui emprunta fon argent pour le
diftribuer à des mariniers dont il avoit
réfolu de fe fervir. Il ne reftoit plus qu'à
prendre le tems pour l'ordination.

Les évêques égyptiens, à leur arrivée, avoient refufé de communiquer
avec les ariens, & s'étoient unis avec
les catholiques. Grégoire les avoit reçus
chez lui avec beaucoup de civilité &
de refpect. Comme l'entrée de l'églife
leur étoit libre à toute heure, ils y vinrent une nuit que ce prélat s'étoit fait
porter malade dans une maifon de campagne auprès de la ville. Ils commencerent la cérémonie de la confécration
de Maxime en préfence d'un grand

*Greg. Naz.
carm. de
vitâ fuâ.*

L'AN
380.

nombre de mariniers , étrangers pour la plupart , qui repréfentoient le peuple. Mais le jour les ayant furpris , & le clérgé étant accouru , tout le quartier s'émeut , le peuple s'affemble , on appelle les magiftrats , & l'on chaffe de l'églife Maxime & tous fes complices , qui fe fauverent en défordre dans la maifon d'un joueur de flûte , où ils acheverent leur facrilége ordination.

L'indignité de cette action , qui fit horreur même aux hérétiques , donna lieu de rechercher la vie de cet impofteur. On fe défabufa du martyre dont il fe vantoit , & l'on découvrit les crimes qu'il avoit eu l'adreffe de cacher jufques-là : ce qui fit qu'on le bannit honteufement de la ville.

XII.   Ce mauvais fuccès ne l'étonna point. Après avoir erré quelque tems dans la Thrace , il fe mit en chemin , accompagné des évêques qui l'avoient facré, pour aller trouver Théodofe , & le prévenir , s'il pouvoit , en fa faveur. Mais

Collat.
Rom. pag.
39, 40.

Afcole, à qui le pape Damafe écrivoit fouvent fur les affaires de l'églife de Conftantinople , étoit déja averti de tout ce qui s'y étoit paffé , & en avoit informé l'empereur. Maxime étant donc arrivé avec fes compagnons , & le fuppliant de le maintenir par fon autorité, ce prince lui répondit avec indignation, qu'il étoit informé de fes cabales; qu'il haïffoit tous ceux qui troubloient la paix de l'églife, & qui empêchoient le progrès de la religion ; & qu'il fauroit les châtier lui & fes partifans, comme ils méritoient, s'ils avoient jamais l'infolence de pourfuivre leur entreprife. Ils voulurent fe juftifier, mais l'empereur les interrompit, & les renvoya, fans vouloir les entendre, ni les voir davantage.

Pendant que Théodofe, encore convalefcent, prenoit tant de foin de l'avancement de la religion, il raffembloit fon armée, & fe préparoit à fe mettre en campagne auffi-tôt qu'il auroit repris fes forces. Les Goths, fur les avis qu'ils avoient reçus de fa maladie par leurs transfuges, par les ôtages qu'ils avoient à fa fuite, s'étoient moqués du dernier traité. Bien loin de fortir des terres de l'empire, comme ils l'avoient promis, ils y appellerent à leur fecours de nouvelles troupes de barbares, & y firent plus de ravage qu'auparavant. Ceux de leur nation qui s'étoient mis en grand nombre à la folde de l'empereur, leur facilitoient fecretement l'entrée dans les provinces. La terreur fe répandit parmi les peuples ; & les gens de guerre ne recevant de la cour que des ordres lents & indéterminés, ne

XIII.

savoient à quoi se résoudre. Ainsi tout demeuroit comme immobile par la maladie du prince, qui ne gouvernoit que par lui-même, & qui n'étoit pas lors en état d'agir.

Au premier bruit de ce renouvellement de guerre, on dépêcha promptement des couriers à l'empereur Gratien, pour lui donner avis du danger où se trouvoit Théodose, & pour le solliciter d'envoyer en diligence un secours considérable vers la Macédoine. Quelques officiers de l'armée avec ce qu'ils avoient pû ramasser de troupes, s'opposoient cependant aux ennemis, & leur disputoient les passages. Mais le nombre de ces barbares croissant toujours, ils se rendoient par-tout les maîtres. Aussi-tôt qu'ils eurent reçu les secours qu'ils attendoient, ils ravagerent les frontieres, & se jetterent dans la Thessalie & la Macédoine. Théodose fit marcher son armée de ce côté-là, & y alla lui-même dès que sa santé le lui put permettre. Après qu'il eut fait reconnoître les ennemis, encore qu'il fût beaucoup inférieur en nombre, il s'avança à dessein de les combattre ; mais il fut prévenu, & quelque précaution qu'il eût prise, il se vit tout d'un coup trahi par les Goths qu'il avoit retenus à son service.

Ce prince, après la conclusion du

traité de l'année précédente , confidérant la foibleffe où étoit l'empire , &
jugeant qu'il ne pouvoit le relever fans
l'affiftance de ces mêmes peuples qui
l'avoient abattu , avoit fait publier dans
leurs camps , qu'il defiroit vivre avec
eux en bonne intelligence , & qu'il recevroit tous ceux qui voudroient prendre parti dans fes armées. Ces barbares
étoient venus en foule s'enrôler au fervice des Romains , & s'étoient obligés
auparavant par des fermens exécrables
de prendre les occafions de leur nuire ,
en faifant femblant de les fervir. Théodofe crut les avoir attachés à lui par fes
careffes & par fes libéralités : néanmoins
craignant qu'ils ne fe prévaluffent de
leur nombre , qui excédoit déja celui
de fes troupes , il en fit plufieurs détachemens. Il en envoya une partie en
Egypte fous la conduite d'Hormifdas ,
Perfan d'origine , fils d'un capitaine du
même nom , qui affifta à la guerre de
Julien contre les Perfes. Il diftribua les
autres dans les places où il y avoit garnifon romaine , avec ordre aux gouverneurs de les obferver. La guerre étant
furvenue , on choifit ceux qui paroif-
foient les plus fideles , & l'on en compofa un corps qu'on fit fervir en campagne. Ceux-ci , réfolus d'accomplir
leur ferment , & s'affectionnant davan-

L' A N
380.

Zoz. l. 48

tage à leurs compatriotes à mesure qu'ils en approchoient, leur donnoient avis de tout ce qui se passoit dans l'armée de l'empereur, & promettoient de se joindre à eux, s'ils venoient l'attaquer dans son camp.

XIV. Les Goths, sur cet avis, se préparerent au combat, & commencerent à marcher. Théodose de son côté étant averti de leur dessein, se retrancha, mit ses gens en bataille, visita les quartiers, sur-tout celui des étrangers, qu'il trouva plus gais que les autres, & plus disposés en apparence à se bien défendre; & après avoir fait allumer des feux par tout le camp, & donné tous les ordres nécessaires, il attendit les ennemis. La nuit s'avançoit, & les barbares, profitant de leur nombre, & se partageant en plusieurs corps, dont chacun étoit presque égal à toute l'armée de l'empire, s'étendirent dans la plaine en assez bon ordre, & vinrent avec des cris effroyables donner de tous côtés, presque en même tems; mais ils trouverent par-tout plus de résistance qu'ils n'avoient pensé, & furent repoussés avec grande perte des leurs. Le fort de l'attaque tomba sur le quartier de l'empereur, qu'ils avoient reconnu ou par le signal que leur avoient donné les traîtres, ou par le grand nombre de feux

qu'eux-mêmes y avoient remarqués. Ils
efpéroient accabler ce prince, ou du
moins l'occuper là pendant qu'on lui
dreffoit un piege d'un autre côté. Ils
vinrent plufieurs fois à la charge, mais
ils perdirent tant de monde, qu'ils furent enfin rebutés.

Théodofe voyoit les chofes en cet
état, lorfqu'il s'éleva un grand bruit
vers le quartier des étrangers, qui lui
fit appréhender quelque défordre. Il apprit au même tems que les Goths de
fon armée s'étoient joints avec les ennemis, & qu'il alloit être enveloppé s'il
n'y prenoit garde. Il détacha d'abord
quelques efcadrons, pour fe faifir des
poftes qui pouvoient affurer fa retraite;
& comme il fut qu'une bonne partie
des légions étoient aux mains avec ces
rebelles, il fit avancer en diligence fa
cavalerie, qui fondit fur eux fi à propos, & en fit un fi grand carnage, qu'il
en refta peu qui ne portaffent la peine
de leur rebellion. Ceux qui le foutenoient eurent prefque le même fort.
Mais enfin les Romains ne pouvoient
faire de fi grands efforts fans beaucoup
de perte; & les Goths, dont le nombre groffiffoit toujours, avoient forcé
par plufieurs endroits les retranchemens.
Théodofe, avant que d'être accablé par
la multitude, rallia fes troupes affoiblies

XV.

qui commençoient la plupart à se relâcher. Il prit lui-même le soin de faire
la retraite, amusant les ennemis par des
détachemens faits à propos, tournant
tête de tems en tems, pour charger ceux
qui le poursuivoient en désordre, jusqu'à ce qu'il eût gagné les hauteurs que
ses gens gardoient, & qu'il eût mis en
sûreté ce qui lui restoit de son armée.

Cette journée pouvoit être entiérement fatale à l'empire, si les Goths eussent su profiter de leur victoire ; mais
ils se débanderent incontinent. Ceux qui
avoient le moins combattu, coururent
les premiers au pillage ; & ceux qui poursuivoient l'ennemi, craignirent de perdre leur part du butin, & retournerent
promptement au camp. Ainsi la retraite
se fit sans beaucoup de peine. La Thessalie & la Macédoine demeurerent pourtant exposées à l'insulte & au pillage
de ces barbares qui ravagerent la campagne, & laisserent les villes en liberté,
parce que l'empereur y avoit jetté des
troupes, & qu'ils espéroient en tirer de
grandes contributions. Après qu'ils eurent ruiné tout ce pays-là, comme si
leur avarice & leur vengeance eussent
été satisfaites, ils commencerent à regretter tant de braves soldats, qu'ils
avoient perdus à la bataille, & leur victoire leur parut moins grande qu'aupa-

ravant. Ils fe trouverent en petit nombre ; & ils croyoient voir à toute heure l'empereur à leurs trouffes pour les charger.

Cependant Théodofe, qui s'étoit retiré vers Theffalonique, y formoit un corps de troupes capable de s'oppofer à leurs progrès. Il avoit reçu en chemin quelques recrues qu'on lui amenoit. Une partie des légions d'Egypte qu'il avoit mandées, venoient de le joindre ; & il étoit en état de fe remettre en campagne en peu de jours, lorfque Ruftice arriva des provinces d'occident, pour lui témoigner la douleur que Gratien & toute fa cour avoient eue de fa maladie, & la joie qu'ils avoient de fa guérifon. Le voyage de cet officier avoit été long, parce qu'il avoit paffé par l'Italie, & qu'il s'étoit arrêté à Rome pour s'y faire baptifer. Là il avoit reçu de nouveaux ordres, & il venoit avec des lettres du pape Damafe & de l'empereur Gratien. Le premier écrivoit à Théodofe, pour le remercier de la protection qu'il donnoit aux catholiques, & pour le prier d'établir dans l'églife de Conftantinople un évêque orthodoxe, avec qui l'on pût garder la paix & la communion. Le fecond lui donnoit avis, qu'il lui envoyoit un fecours confidérable ; qu'il l'auroit conduit lui-même, fi les affaires

XVI.

Epiſt. Dam.

de l'empire l'euffent pû permettre ; mais qu'il lui avoit choifi fes plus belles troupes & fes meilleurs capitaines pour les commander ; qu'ils étoient en marche, & qu'ils avoient ordre de fe rendre promptement fur les confins des deux empires, où ils pourroient favoir la route qu'ils devoient prendre.

Théodofe apprit cette nouvelle avec beaucoup de joie ; & peu de tems après, il fut averti que les troupes auxiliaires étoient arrivées fur la frontiere de l'Illyrie. Baudon & Arbogafte, François d'origine, capitaines de grande réputation, fort affectionnés aux Romains, & fort entendus au métier de la guerre, qui étoient les chefs de cette expédition, envoyerent à la cour deux de leurs principaux officiers, pour demander ce qu'ils avoient à faire. L'empereur leur dépêcha incontinent des perfonnes fidelles & intelligentes, pour les informer de l'état des affaires, & les faire approcher de la Macédoine, où il avoit réfolu de les aller joindre. Ces deux généraux s'avancerent donc à grandes journées, & tomberent heureufement fur quelques partis des ennemis, qu'ils taillerent en pieces. Théodofe au même tems fe mit en marche.

XVII.   Alors l'épouvante fe mit dans l'armée des barbares, qui crurent qu'ils
alloient

alloient être enveloppés , & que toutes les forces de l'orient & de l'occident s'uniffoient enfemble pour les accabler. La préfence de l'empereur , l'approche de deux grands capitaines , la défaite de quelques-uns de leurs gens , tout les étonna. Ils fe raffemblerent , & craignant d'être furpris dans la Theffalie & la Macédoine , où deux armées venoient fondre fur eux , ils s'enfuirent dans la Thrace. Mais ne pouvant y fubfifter à caufe du dégât qu'ils y avoient fait les années précédentes , & ne doutant pas qu'on ne dût les y pourfuivre , ils envoyerent des députés à Théodofe , pour lui demander humblement la paix.

XVIII.

Quoiqu'ils fuffent encore en état de combattre , ils confentoient d'être traités comme vaincus , & ils offroient de fe retirer en leur pays , ou de fervir l'empire , promettant d'accomplir fidélement toutes les conditions qu'on leur prefcriroit. L'affaire fut mife en délibération. Baudon & Arbogafte , qui s'étoient rendus près de l'empereur , furent d'avis qu'il exterminât ces barbares , & lui repréfenterent que c'étoient les ennemis irréconciliables de l'empire ; qu'ils ne demandoient la paix que lorfqu'ils ne pouvoient plus faire la guerre ; que le Danube étoit une barriere qu'ils

G

avoient accoutumé de franchir ; que leur infidélité paffée devoit fervir de précaution pour l'avenir, & qu'il importoit à fon repos & à celui de l'état, de ruiner une nation toujours à craindre aux empereurs, foit qu'elle les fervît, foit qu'elle leur fît la guerre.

Les autres foutenoient au contraire, qu'il falloit préférer une paix affurée à une victoire incertaine ; qu'il n'étoit pas honnête de rejetter les foumiffions des ennemis, ni fûr de s'expofer à leur défefpoir ; que ceux-ci feroient plus tranquilles au-delà du Danube, quand on les auroit forcés de le repaffer ; qu'il étoit difficile dans les conjonctures préfentes de fe paffer du fervice de cette nation, & qu'il feroit aifé de fe garder de fes trahifons ; qu'enfin l'empire étoit un corps affoibli par de longues guerres, & qui ne pouvoit fe remettre que par des intervalles de paix.

XIX. Théodofe loua la réfolution des premiers, & fuivit le confeil des feconds. Il accorda la paix aux barbares. Les conditions furent, qu'ils poferoient les armes, & jureroient de ne les plus reprendre contre l'empire ; qu'ils enverroient les principaux de leurs chefs en ôtage ; qu'ils fortiroient fans remife hors des provinces de l'empire, dont ils défendroient les frontieres contre les

autres peuples ; qu'ils fourniroient certain nombre de troupes choisies, pour
être distribuées dans tous les corps de
l'armée romaine ; & que l'empereur les
protégeroit aussi, & les regarderoit comme ses amis & ses alliés. Les Goths accepterent ces conditions, & commencerent à exécuter le traité de bonne foi.

L'AN
380.

Cependant l'ordonnance de Théodose, en faveur de la foi catholique,
avoit été publiée à Constantinople, où
elle avoit produit des effets bien différens. Ceux qui professoient la foi de
Nicée, reprirent courage, & s'unirent
plus étroitement avec Grégoire de Nazianze, qu'ils regardoient comme leur
pasteur. Ils coururent avec plus de foule
à ses sermons, & le presserent plusieurs
fois de se prévaloir de l'autorité du prince, & de redemander aux ariens les
églises qu'ils leur avoient ôtées. Mais
comme l'édit ne portoit pas expressément
cette restitution, & qu'il n'étoit pas
encore tems de toucher ce point, le Saint
modéroit leur zele, & les exhortoit à
attendre que l'empereur achevât ce qu'il
avoit commencé.

X X.

La plupart des officiers & des magistrats de la ville, qui favorisoient auparavant les hérétiques, crurent qu'ils
devoient s'accommoder au tems, & respecter la religion du prince. Mais les

G ij

L'AN
380.

ariens firent éclater leurs reſſentimens en toutes rencontres. La nouvelle du baptême de Théodoſe les avoit d'abord alarmés. Ils ſe vantoient d'avoir bap-tiſé juſqu'à ce tems-là les empereurs d'orient ; & comme ſi c'eût été un droit de preſcription pour l'avenir , ils ſe plaignoient qu'Aſcole eût adminiſtré à Théodoſe ce ſacrement , qu'Euſebe de Nicomédie avoit adminiſtré au grand Conſtantin , Euzoïus d'Antioche à Conſ-tantius , & Eudoxe de Conſtantinople à Valens. Ils prévirent bien les conſé-quences de cette action.

Mais lorſqu'ils ouïrent enſuite pu-blier une loi qui les flétriſſoit & les con-damnoit , ils devinrent comme furieux. Ils ſe plaignirent hautement qu'on les déshonoroit à tort , & s'en prirent à Grégoire de Nazianze , qui , ſans ſe ſer-vir des avantages du tems & de la pro-tection du prince , n'oppoſoit à leurs vio-lences que les remontrances & les prie-res. Ils en vinrent juſqu'à cet excès de fureur , qu'ils maſſacrerent en plein jour un ſaint vieillard qui revenoit de l'exil , où il avoit été envoyé ſous le regne de Valens , pour la défenſe de la foi. Après quoi ils ne garderent plus de meſures , outrageant les catholiques pour leur ôter toute eſpérance de ſe relever , & ſe ſoulevant contre les magiſtrats , pour

Greg. Naz.
orat. ad
Arian.

intimider l'empereur , & lui faire craindre une révolte générale s'il entreprenoit de ruiner un parti que fes prédéceffeurs avoient fi bien établi.

Théodofe étoit informé de ces défordres , & diffimuloit fagement jufqu'à ce
qu'il fût en état d'y remédier. Il preffoit
les barbares d'exécuter le traité , & de
repaffer au-delà du Danube ; ce qu'ils
firent en peu de tems. Alors il congédia
les troupes auxiliaires , après avoir dif-
tribué des récompenfes aux officiers &
aux foldats , comme s'ils euffent combattu. Il donna tant de marques d'eftime
& de bienveillance aux deux généraux,
qu'ils s'en retournerent avec le feul regret de n'avoir pû expofer leur vie pour
lui. En même tems il envoya une ambaffade à l'empereur Gratien , pour lui
rendre compte des affaires de l'orient,
& pour le remercier des foins qu'il avoit
pris de l'affifter dans cette guerre , &
de lui aider à conferver l'empire qu'il
lui avoit fi généreufement donné.

Tout étant ainfi devenu paifible , ce
prince fit travailler aux fortifications
des places frontieres , donna des quartiers de rafraîchiffement à fon armée ,
dans laquelle il incorpora ces troupes
d'élite que les Goths lui avoient four-
nies ; & après avoir mis les provinces
voifines à couvert des infultes des en-

L'AN
380.

Idat.
Marcell.
Com. in
chron. Soc.
l. 5. Zoz.
l. 4.

nemis, il prit le chemin de Conſtantinople. Comme il prévoyoit qu'il auroit
affaire à des eſprits opiniâtres & ſéditieux, il fit marcher avec lui une partie
de ſes troupes, & le vingt-quatriéme
jour de novembre il fut reçu dans ſa ville
impériale, où l'on lui avoit préparé
non-ſeulement une entrée magnifique,
comme à un nouvel empereur, mais encore un triomphe comme au vainqueur
des barbares. Quelques jours ſe paſſerent
à recevoir les corps différens de la ville
qui vinrent le ſaluer, & à donner ces
ordres preſſés dont on a beſoin dans tous
les nouveaux établiſſemens.

XXII. Comme l'affaire de la religion étoit
la plus importante, & devoit être apparemment une des premieres réglées,
on attendoit quel en ſeroit le ſuccès.
Les deux partis, comme il arrive ordinairement dans les diviſions, obſer-
voient toutes les démarches du prince,
pour en tirer des conjectures ſur leurs
intérêts. Les ariens, voyant paroître
avec tant de grandeur celui dont ils
avoient mépriſé les loix, s'attendoient
d'en être traités comme ils méritoient.
Quoiqu'ils craigniſſent de l'aborder, ils
ne purent néanmoins ſe diſpenſer de
l'aller voir, parce qu'ils compoſoient le
corps du clergé, & que d'ailleurs il leur
importoit de découvrir ce qu'ils ſoup-

çonnoient qu'on avoit réfolu contre eux. L'empereur les reçut avec honneur , & , fans vouloir entrer dans aucune difcuffion de religion , répondit à leurs civilités comme il avoit fait à celles des autres.

Les catholiques , qui auroient voulu les voir humiliés , furent offenfés du bon accueil qu'on leur avoit fait. Quoiqu'ils fuffent affurés des bonnes intentions de Théodofe , ils douterent qu'il eût la force de les exécuter. Ils difoient ouvertement , qu'il n'avoit fait aucune diftinction des catholiques & des ariens ; qu'il donnoit du courage aux hérétiques en les ménageant ; que les maux préfens de l'églife ne pouvoient être guéris que par des remedes violens ; qu'il étoit étrange que les méchans empereurs euffent eû tant d'ardeur à foutenir le menfonge , & que les bons fuffent fi lents & fi circonfpects à foutenir la vérité. Grégoire de Nazianze lui-même fe plaignit de cette conduite ; mais il reconnut enfin que ce prince en ufoit ainfi fort prudemment , parce qu'en matiere de créance la douceur eft le moyen le plus efficace pour ramener les efprits , & que la religion fe perfuade & ne fe commande point.

Greg. Naz. carm. de vitâ fuâ.

Greg. Naz. ibid.

Théodofe , fans fe mettre en peine de ces bruits , attendoit le tems propre à

L'AN
380.

l'éxécution de son deffein. Il jugeoit
que pour rétablir la foi orthodoxe, il
falloit commencer par Conftantinople,
qui étoit le lieu commun de l'orient &
de l'occident , & comme le centre où
les extrêmités du monde fe réuniffoient,
& d'où la foi fe communiqueroit enfuite
aifément dans toutes les parties de l'empire. Mais l'entreprife n'étoit pas fans
difficulté. Cette ville avoit été fondée
par un empereur catholique , & inftruite
en la foi par deux des plus faints évêques de ce fiecle-là. Elle n'avoit pas
joui long-tems des fruits de la paix que
ce prince y avoit maintenue , ni des
inftructions que ces prélats y avoient
données. Les empereurs étant devenus
ariens par la follicitation de leurs pafteurs qui l'étoient déja , & la puiffance
temporelle s'uniffant avec la fpirituelle
pour le renverfement de la foi , il s'y
fit en peu de tems une révolution étrange. Le clergé fuivit la doctrine des archevêques , la cour s'accommoda à la
religion des princes , & le peuple fut
entraîné par l'exemple des uns & des
autres. Ceux qui perfiftoient dans l'ancienne créance fe contentoient de gémir
en fecret , ou furent écartés par les perfécutions qu'on leur fit.

Socrat.
L. 5, c. 8.
    Durant ces troubles , diverfes fectes
s'établirent dans cette capitale de l'em-

pire, où chaque nouveauté trouvoit toujours des partisans. Les Macédoniens y faisoient un corps & une communion séparée. Les Apollinaristes y tenoient paisiblement leurs assemblées. Les Novatiens y avoient publiquement des églises. Les seuls catholiques n'avoient ni les moyens, ni la liberté de s'assembler. Ils firent de tems en tems quelques efforts pour se relever, mais ils furent incontinent opprimés. Cette oppression avoit duré l'espace de quarante ans, lorsque Grégoire de Nazianze y fut envoyé. Comme il étoit sous la protection de Théodose, dont il apportoit un rescrit, on n'osa le chasser ; mais n'ayant pu obtenir une église pour lui & pour les siens, il fit dans la maison de Nicobule, son parent & son ami, une chapelle qu'il appella l'Anastasie, ou la Résurrection, parce que ce fut-là que la foi catholique, qui étoit comme morte dans Constantinople, avoit heureusement commencé à revivre.

Les soins & les travaux de cet homme apostolique avoient eu d'assez grands succès, & le nombre des fideles étoit considérablement multiplié ; mais comparés aux ariens, ils ne faisoient qu'un petit corps, & ils n'avoient pour toute église que l'Anastasie. Démophile, qui s'étoit autrefois signalé par la persécu-

G v

L'AN 380.

Greg. Naz. Orat. 44. Zozom. l. 4, chap. 26. Ruffin. l. 1, c. 23.

Greg. Cam. l. p. 511.

Orat. 26.

tion qu'il avoit faite au pape Libere, & par le zele qu'il témoignoit pour le parti, avoit été transféré du fiége de Berée à celui de Conftantinople. Valens l'y avoit établi, & depuis environ dix ans il gouvernoit cette églife, animant fon peuple à la défenfe de l'héréfie, & lui faifant un point de piété, de la haine qu'il devoit avoir pour les catholiques.

XXIV.

Théodofe, après s'être inftruit foigneufement de toutes ces chofes, jugea qu'il n'avoit plus rien à ménager. Il vint en cérémonie accompagné de toute fa cour, dans l'Anaftafie, où tous les catholiques affemblés le reçureut avec une joie & des acclamations extraordinaires.

Greg. Naz. carm. de vitâ fuâ.

Grégoire s'étant avancé pour le faluer, l'empereur l'embraffa avec beaucoup de tendreffe, & le loua publiquement de fa piété, de fa prudence, & de fon zele infatigable pour le rétabliffement de la religion ; puis fe tournant vers le peuple, il l'exhorta à perfifter dans la foi, & l'affura de fa protection. Il affifta à la célébration des divins myfteres : & lorfqu'ils furent achevés, il eut un affez long entretien avec l'évêque. Il lui communiqua le deffein qu'il avoit d'ufer de fon autorité contre les ariens, & de faire rentrer les catholiques dans leurs anciens droits.

Ce Saint rapporte qu'il lui parla à peu

près en ces termes ; *Dieu se sert de nous,*
mon pere, pour vous établir dans cette
église. C'est une récompense qui est dûe à
votre vertu & à vos travaux. Toute la
ville est émue, & prétend, ou résister à
mes ordres, ou me faire consentir à la
laisser dans sa possession. Mais rien ne
doit étonner un prince qui soutient une
si sainte cause. L'entreprise paroît im-
possible à plusieurs jusqu'à ce que je l'aie
exécutée. J'y vais travailler avec le se-
cours du ciel. Je ne puis faire un meil-
leur usage de ma puissance que de l'em-
ployer au service de Dieu, de qui je la
tiens ; ni rien faire de plus utile pour
une des principales églises du monde,
que de lui donner un pasteur tel que vous.
Grégoire répondit à l'empereur, que
la résolution qu'il avoit prise de maintenir la religion étoit digne de lui ; que
tous les gens de bien s'étoient attendus
à être heureux sous son regne ; qu'il
étoit sans doute destiné à réparer les
fautes de ses prédécesseurs ; que Dieu
béniroit ses desseins, puisqu'il n'en avoit
que de justes ; & qu'après avoir donné
la paix à l'empire, il ne lui restoit plus
qu'à la donner à l'église.

Quant à l'honneur que Théodose lui
vouloit faire, il le remercia en des termes pleins de reconnoissance & d'humilité, lui représentant qu'il ne demandoit

L' A N
380.
Greg. Naz.
ibid.

L'AN 380.

pour toute récompenfe de fes fervices, s'il avoit été affez heureux pour en rendre à l'églife , que d'être renvoyé à fa folitude d'Arianze d'où l'on l'avoit tiré ; qu'il n'étoit pas propre pour le commerce des grands du fiecle ; que quelque tendreffe qu'il eût pour fon troupeau, il le quitteroit déformais fans peine,

Socrat. l. 5, 6 & 7.

puifqu'il le laiffoit fous la protection d'un fi pieux empereur ; qu'il demandoit d'autant plus inftamment la permiffion de fe retirer , qu'il étoit regardé par quelques-uns comme un étranger , qui venoit s'emparer du fiége épifcopal de Conftantinople. Mais quelques raifons qu'il pût alléguer , il ne put obtenir fon congé , & ne fut pas même écouté fur ce point.

XXV.

Socrat, ibid. Zozom. l. 7, c. 4.

Théodofe étant retourné dans fon palais , & fachant l'embarras où étoient les ariens , envoya dès le même jour demander à Démophile , leur évêque, s'il vouloit embraffer la foi de Nicée , & réunir le peuple en un même corps. Cet hérétique répondit , qu'il ne pouvoit changer de créance, ni confentir à aucun accommodement. Alors le prince lui manda que puifqu'il refufoit de fe ranger du parti de la vérité , & qu'il perfiftoit à vouloir entretenir la défunion dans la capitale de l'empire, il lui commandoit d'abandonner fans délai toutes les églifes de la ville , & de les remettre aux catholiques comme ils les avoient poffédées fous le regne du grand Conftantin. Démophile , étonné d'un commandement fi rude & fi imprévu , fut quelque tems fans pouvoir parler ; & ne rendit enfin d'autre réponfe , finon qu'il feroit favoir au peuple la volonté de l'empereur.

L'A N
380.

Il fongeoit cependant aux moyens d'éluder cet ordre, ou par des requêtes artificieufes, ou par des délais affectés, ou par une rébellion ouverte. Mais ayant confidéré qu'il étoit difficile de réfifter aux puiffances, & de tromper un prince éclairé , & réfolu de ne rien relâcher fur ce point, il affembla le peuple dans l'églife , & fe levant au milieu d'eux , il leur expofa le commandement qu'il avoit reçu. Il leur dit enfuite , que ne voulant pas foufcrire aux décifions du concile de Nicée , & ne pouvant s'oppofer aux forces de l'empereur, il étoit réduit à fuivre ce précepte de l'évangile, *lorfqu'ils vous perfécuteront dans une ville , fuyez dans une autre ;* qu'ainfi , cédant à la néceffité , il tiendroit le lendemain fes affemblées hors de la ville. Il en fortit en effet dès le même jour avec Luce , faux patriarche d'Alexandrie , qui s'étoit retiré depuis quelque tems auprès de lui.

Math. 10.

Les hérétiques furent si touchés des paroles de Démophile, qu'ils mirent toute la ville en émotion. Les uns prenant les armes couroient aux églises pour s'en saisir ; les autres alloient en tumulte à la porte du palais pour implorer la clémence de l'empereur ; quelques-uns investirent l'Anastasie, & menaçoient de se venger sur l'évêque des catholiques, de la retraite du leur. Les places & les rues étoient pleines de femmes, d'enfans & de vieillards éplorés. On n'entendoit de toutes parts que gémissemens, que cris, & l'on voyoit dans Constantinople l'image d'une ville prise d'assaut. Théodose, qui avoit prévu ce désordre, avoit envoyé des soldats pour écarter dans les principaux quartiers, les séditieux qui s'y attroupoient, & sur-tout pour se rendre maîtres de l'église cathédrale, & se saisir de toutes ses avenues.

Greg. Naz.
carm. de vi-
tâ suâ.

Il ne lui restoit plus qu'à installer Grégoire de Nazianze, & il voulut être présent à cette action. Il alla le prendre à l'Anastasie, & le mena lui-même comme en triomphe au milieu de ses gardes jusques dans l'église, où l'on rendit graces à Dieu solemnellement.

La priere étant achevée, la plupart des assistans, élevant leurs voix, souhaiterent mille bénédictions à l'empe-

reur, & le fupplierent pour comble de
graces, de leur donner Grégoire pour
évêque. Le Saint, fouffrant impatiem-
ment l'ardeur qui les tranfportoit, &
ne pouvant fe faire entendre à caufe de
fa foibleffe, pria celui qui étoit affis
auprès de lui, de leur dire de fa part
qu'ils ceffaffent de crier ainfi ; qu'ils
étoient affemblés pour adorer la Trinité, & non pas pour élire un évêque ;
& qu'en un jour auffi heureux que celui-là, on ne devoit avoir d'autre affaire que celle de prier & de louer Dieu.

L' A N
380.

Le peuple reçut avec refpect cette
correction, & témoigna par fes applaudiffemens combien il étoit touché de la
modeftie de ce prélat. L'empereur même
lui donna de grands éloges, & le mit
en poffeffion, non feulement des églifes, mais encore de la maifon épifcopale, & de tous les revenus eccléfiaftiques. C'eft ainfi que fe termina cette
grande affaire, par les foins & par la
fermeté de Théodofe. Comme il avoit
très-expreffément commandé aux officiers de fes troupes d'empêcher la fédition, fans faire aucune violence, tout
ce tumulte fut appaifé avec tant d'ordre,
qu'on n'y tira qu'une feule épée contre
quelques ariens des plus emportés. Ce
fut une extrême joie pour l'empereur,
d'avoir ôté aux hérétiques, fans qu'il

Greg. Naz.
ibid.

leur en eût coûté du sang, les églises qu'ils avoient acquises par la mort de tant de saints personnages.

Pendant qu'il affoiblissoit ainsi en orient le parti des ariens, il apprit avec plaisir, que l'impératrice Justine, mere du jeune Valentinien, travailloit vainement à les établir à Milan ; que le siége de Sirmium ayant vaqué, elle avoit fait un voyage exprès pour y aller installer un évêque de sa secte ; mais que saint Ambroise, à qui il appartenoit de présider à cette élection, avoit détourné le coup ; que Gratien, importuné des sollicitations de cette princesse, lui avoit accordé une église des catholiques ; mais qu'après avoir connu la conséquence du don qu'il en avoit fait, il l'avoit restituée à saint Ambroise, qui seul étoit en droit d'en disposer, & qu'il y avoit lieu d'espérer que cette hérésie perdroit beaucoup de son crédit & de son orgueil.

XXVII. Après que Théodose eut si heureusement exécuté ce qu'il avoit entrepris pour le rétablissement de la religion, il s'appliqua soigneusement aux affaires de l'empire. Il commença par des réglemens pour les gens de guerre. Il créa plusieurs lieutenans généraux à qui il donna de grandes pensions ; il multiplia le nombre des officiers dans les com-

pagnies, fachant que rien ne renforce
tant les armées, & ne contribue tant
à la difcipline. Il fit de grands préfens
aux chefs des barbares qui l'avoient fervi, & n'oublia rien de ce qui pouvoit
les gagner, donnant aux uns des emplois qui les attachoient près de fa perfonne, mariant les autres dans les plus
riches familles de la cour ou de la ville,
& les détachant ainfi des intérêts de
leur pays.

L'AN
380.

Zo{. l. 4.

Cette politique le fauva des embu-
ches que lui dreffoient Eriulphe & Fravitas, deux des principaux capitaines
des Goths. Soit qu'ils euffent été choifis
pour ôtages, foit qu'ils commandaffent
ce corps de troupes que leur nation avoit
fourni, foit qu'ils fe, fuffent mis volontairement au fervice de l'empereur, ils
étoient venus dans le deffein de prendre
leur tems, & d'exciter leurs gens à la
révolte. L'empereur les retint dans fa
cour; & les combla de biens & d'honneurs. Fravitas étant devenu amoureux
d'une Romaine, il la lui fit époufer, &
l'engagea fi bien au parti de l'empire
par ce mariage & par fes bienfaits, qu'il
fervit depuis très-fidélement dans toutes
les guerres, & mérita enfin d'être élevé
au confulat fous le regne d'Arcadius.

Eunap.
Legat.
Zo{. l. 4;

Ce capitaine, oubliant fes premieres
réfolutions, & s'attachant par recon-

XXVIII.

L'AN
380.

noiſſance au ſervice de Théodoſe, eſſaya de gagner Eriulphe, & lui repréſenta pluſieurs fois, qu'il étoit de ſon
intérêt & de ſon honneur de ſe donner
entiérement à un prince de qui il avoit
reçu tant de graces, & de qui il en pouvoit encore eſpérer. Mais Eriulphe qui
avoit conçu une haine irréconciliable
contre l'empereur, perſiſtoit toujours
dans ſon deſſein, & ſe défendoit ſur ce
qu'il s'y étoit obligé par ſerment. Il ſe
forma entr'eux ſur ce ſujet une grande
diviſion qui demeura long-tems cachée.
Fravitas eſpérant qu'Eriulphe ſe rendroit
enfin, & jugeant qu'il n'étoit pas honnête de le déférer, d'ailleurs ne voyant
pas qu'il fût encore en état de nuire,
ſe contentoit de l'obſerver, afin de rompre ſes meſures.

Mais l'affaire éclata tout d'un coup;
car un jour ayant été conviés à un de
ces feſtins plus polis que ſompteux,

Aurel. Vict.

que l'empereur faiſoit de tems en tems
à ceux de ſa cour, le vin fit découvrir
ce qui ſe paſſoit. Ils s'échaufferent l'un
& l'autre, & ſe reprocherent mutuelle-
ment leur perfidie. Le reſpect du prince
les empêcha de paſſer plus avant. Mais
Eriulphe étant ſorti pour aller animer
ſes gens, Fravitas le ſuivit incontinent
pour le prévenir, & l'ayant joint aſſez
près du palais, lui paſſa ſon épée au tra-

vers du corps , & le tua. Il ne lui fut
pas difficile de prouver les mauvaises
intentions du mort , parce qu'il en connoissoit les complices ; & il justifia depuis sa fidélité , par toute la conduite
de sa vie.

Théodose ne fut pas moins soigneux
de régler la police de l'empire. Il choisit des gens habiles pour les magistra-
tures , & leur recommanda la probité
& la justice : il fit des loix , & les fit
observer. Il résolut d'abolir le paganisme , autant que la prudence le put permettre , non pas par des persécutions ,
mais par des privations de graces , ex-
cluant des dignités ceux qui en faisoient
profession , & punissant sévérement ce
qu'ils entreprenoient contre la religion,
ou contre l'état.

L'historien Zozime prend de-là occa- XXIX.
sion de décrier son gouvernement , d'a-
voir plus songé à ses plaisirs qu'aux
besoins des peuples ; d'avoir tenu une
table trop délicate & trop somptueuse , Zoz. l. 4.
& d'avoir eû un trop grand nombre
d'officiers pour le servir ; de s'être laissé
gouverner par ses favoris dans la distri-
bution des charges ; d'avoir vendu les
offices , & créé de nouveaux subsides
pour avoir de quoi fournir à ses divertissemens & à ses libéralités indiscrettes :
ce qui seroit sans doute blâmable.

Mais outre qu'on doit tenir pour suſ-pect un hiſtorien viſiblement paſſionné, qui n'appuie ce qu'il dit d'aucune action particuliere, il ſeroit injuſte de préférer le témoignage d'un ſeul, à celui de tant d'auteurs eccléſiaſtiques & payens, qui ont loué la continence, la frugalité & la modération de cet empereur, quoi-que les uns n'euſſent aucun ſujet de ca-cher ſes défauts, & que les autres n'euſ-ſent pas accoutumé de le flatter. Son in-clination pour la paix, ſon zele pour la religion chrétienne, la déférence qu'il eut pour les évêques, & la néceſſité où il ſe trouva ſans doute de mettre quel-ques impôts au commencement de ſon regne, pour ſoutenir la guerre contre les barbares, peuvent avoir ſervi de fondement à ce qu'a écrit cet auteur. Mais il eſt tems de reprendre le cours de l'hiſtoire.

XXX. Les ariens avoient été ébranlés par la perte qu'ils avoient faite de leurs égliſes, mais ils n'étoient pas encore abattus. Démophile demeuroit aux en-virons de Conſtantinople, & ceux de ſa ſecte le reconnoiſſoient toujours pour évêque de cette ville impériale, & l'al-loient trouver pour conférer avec lui, & pour ſe confirmer dans leur erreur. Quelques-uns d'entr'eux, qui rejet-toient toute la cauſe de leur diſgrace sûr la haine que leur portoit Grégoire de Nazianze, résolurent de se défaire de lui. Ils gagnerent un jeune homme séditieux & entreprenant, qui se chargea de l'affassiner dans sa maison épiscopale. Il n'étoit pas difficile de l'aborder, en un tems où l'on venoit en foule le féliciter de l'heureux succès des affaires de la religion. Ce meurtrier s'étant mêlé dans une troupe de bourgeois, fut introduit avec eux dans la chambre de ce prélat, que son indisposition & sa lassitude retenoient au lit. La compagnie se réjouit avec lui de la nouvelle acquisition des églises, & après mille témoignages d'affection & de respect, se retira louant Dieu hautement de leur avoir donné un si sage & si vertueux pasteur.

L'assassin demeura seul, & tout d'un coup effrayé de l'image du crime qu'il étoit sur le point d'exécuter, & pressé du remords de sa conscience, se jetta aux pieds de Grégoire, comme pour implorer sa bonté. La crainte l'avoit tellement interdit, qu'il se tenoit en cette posture sans dire un seul mot. Le Saint, surpris d'un spectacle si inopiné, se pencha pour le relever, & lui demanda plusieurs fois qui il étoit, & ce qu'il souhaitoit de lui ; mais n'ayant tiré pour toute réponse que quelques paroles mal

L' AN
380.

XXXI.

L'AN
381.

Greg. Naz.
carm. de
vitâ suâ.

articulées & entrecoupées de cris & de fanglots, il fut ému de compaffion, & fe mit à pleurer avec lui.

Ses gens accoururent au bruit, & ne pouvant obliger ce miférable à fortir de là, l'emporterent par force dans l'antichambre, où, s'étant un peu remis, il confeffa le deffein qu'il avoit eu, levant les mains au ciel, & donnant toutes les marques d'une profonde douleur. On le ramena devant l'archevêque, à qui l'un de fes domeftiques vint dire tout étonné: *Apprenez, Seigneur, le danger que vous avez couru. Ce jeune homme que vous voyez eft un affaffin qui vouloit vous perdre. Dieu l'a touché, il confeffe fon crime, & les larmes qu'il répand devant vous, marquent le repentir qu'il en a dans le cœur.* Grégoire fit approcher le meurtrier, & l'embraffant avec beaucoup de tendreffe, *Dieu vous conferve, mon fils,* lui dit-il; *puifqu'il m'a fauvé la vie aujourd'hui, il eft jufte que je vous la fauve auffi. Toute la fatisfaction que je vous demande, c'eft que vous renonciez à l'héréfie, & que vous penfiez à votre falut.* Cette action fut admirée même de fes ennemis. Il ne voulut jamais fe fervir contr'eux du crédit qu'il avoit auprès de l'empereur, que pour ce qui regardoit l'églife en général.

XXXII.　Quoiqu'il eût empêché qu'on recherchâtles auteurs & les complices de cette conjuration contre lui, Théodose, connoissant la malignité de ces hérétiques, résolut de les réprimer par de nouvelles ordonnances. Il fit donc un édit, qui portoit défense à tous ses sujets de donner aucune retraite aux hérétiques pour y célébrer leurs mysteres, ni de souffrir qu'ils tinssent publiquement leurs assemblées, de peur que la commodité qu'ils auroient d'exercer leur fausse religion, ne leur fût une occasion d'y persister opiniâtrement. Il cassoit tous les édits contraires qu'on pouvoit avoir obtenus par surprise. Il ordonnoit que par tout son empire, selon la foi du saint concile de Nicée, on reconnût une seule substance indivisible dans la Trinité ; Qu'on eût en horreur les photiniens, les ariens, les eunomiens, & autres semblables monstres, dont on ne devroit pas même savoir les noms ; qu'ils sortissent de toutes les églises, & les remissent incessamment entre les mains des évêques catholiques ; & que s'ils faisoient la moindre difficulté d'obéir, ils fussent chassés des villes & traités comme des rebelles. Cet édit fut publié à Constantinople le dixiéme jour de janvier, & Sapor eut ordre de l'aller faire exécuter dans les provinces.

Théodose travailloit ainsi à dompter

L'AN 381.

Leg. 6, de hæret. cod. Théodos.

Théodoret l. 5, c. 2.

XXXIII.

L'AN
381.

l'orgueil des ennemis de l'empire. Athanaric, roi des Oftrogoths, lui fit demander fa protection, & une retraite
dans fes terres. C'étoit un prince d'une
humeur fiere, nourri dans les armes dès
fa jeuneffe, qui avoit été plufieurs fois
chaffé de fes états, & qui en avoit auffi-
tôt conquis d'autres. Il fe ligua d'abord
avec Procope, pour ôter la couronne
à Valens. Il foutint depuis contre lui
une rude guerre pendant trois ans,
& l'obligea d'acheter la paix. Lorfqu'il
fut queftion de conclure & de figner
le traité, il refufa de paffer au-deçà du
Danube; difant qu'il avoit fait ferment
de ne mettre jamais le pied fur les terres
des Romains, finon fur celles qu'il auroit conquifes. Quoi qu'on pût lui repréfenter de la grandeur & de la majefté de l'empire, il ne voulut point
d'entrevue, fi l'empereur ne le traitoit
d'égal, & s'il ne faifoit autant de chemin que lui fur un pont de bateaux qu'il
fallut faire exprès fur la riviere.

Ammian.
l. 27.

Valens, que d'autres preffantes affaires appelloient ailleurs, fubit cette dure
condition; mais il ne perdit depuis aucune occafion de fe venger d'Athanaric, affiftant ceux qui lui faifoient la
guerre, & lui refufant toute forte de
fecours. Le débordement des Huns étant
furvenu, ce roi, qui fut un des premiers
opprimés,

opprimés, ne voulut pas, dans cette
extrêmité, recourir à l'empereur comme les autres, foit qu'il perfiftât dans le deffein de n'avoir aucun commerce avec l'empire, foit qu'il s'affurât d'être refufé. Il fe jetta fur des quartiers des Sarmates & des Tayfales, où il s'établit avec une partie de fes fujets à force d'armes. Il y demeura paifiblement fans vouloir entrer dans les guerres de fa nation : parce qu'il n'étoit pas encore bien affermi dans le pays, & qu'il ne pouvoit s'accommoder avec le roi Fritigerne, qui commandoit les Vifigoths & les barbares confédérés.

Il avoit appris avec joie la mort de XXXIV. Valens ; & la réputation de Théodofe avoit commencé à le rendre moins animé contre les Romains, lorfqu'il tomba tout d'un coup dans un malheur dont il ne put fe relever. Après la défaite de Valens, les barbares qui n'étoient plus retenus par aucune crainte, vécurent fans ordre & fans difcipline. Comme il étoit difficile de régler fous de mêmes loix ce ramas de tant de peuples différens, Fritigerne d'un côté raffembla une partie de fes Goths ; Alathée & Safrax de l'autre rallierent leurs Grotungues ; & s'étant unis enfemble d'affection & d'intérêts, après avoir fait un très-grand butin, ils fe détacherent de la multi-

H

tude, & marcherent du côté d'occident. Vitalien, qui avoit été envoyé pour commander en Illyrie, n'eut pas le courage de les combattre. Ils se posterent entre le Rhin & le Danube, & après avoir forcé tout ce qui s'opposoit à leur passage, ils s'avancerent vers le Rhin, & firent des courses jusques dans les Gaules.

Gratien en fut inquiété ; & pour éloigner de lui des ennemis si dangereux,

Zos. ibid. il leur fit offrir des terres dans la Pannonie & dans la Mysie supérieure, s'ils vouloient s'y retirer. Ils délibérerent quelque tems ; & jugeant que de-là ils pourroient faire de plus grands progrès sur l'un ou sur l'autre empire, ils accepterent la condition. Ils traverserent le Danube à dessein de s'établir dans la Pannonie, d'entrer ensuite dans l'Epire, & de se rendre maîtres de la Grece. Dans cette pensée, ils firent de grandes provisions, & pour ne laisser derriere eux aucun prince qui leur fît ombrage, ils attaquerent Athanaric, parce qu'il refusoit de se joindre à eux, & qu'il leur étoit suspect à cause de leurs anciennes inimitiés. Ils gagnerent une partie de ses sujets, ils intimiderent le reste, & le chasserent lui-même de ses états.

XXXV.   Ce prince, réduit à cette extrémité,

eut recours à Théodofe, dont la générofité ne lui étoit pas inconnue. Il lui
envoya promptement un de fes capitaines, pour lui demander fa protection,
& lui dire, *Qu'encore qu'il n'eût pas
mérité cette grace, il avoit appris qu'il
fuffifoit d'être malheureux pour être bien
reçu de lui; qu'il ne lui feroit pas moins
honorable d'avoir affifté les Goths dans
les occafions, que de les avoir vaincus;
qu'il importoit à ceux qui étoient les
maîtres du monde, de ne point fouffrir
qu'on y violât les droits de la royauté;
que ceux qui l'avoient chaffé de fes états,
avoient bien d'autres deffeins que celui
d'opprimer un roi comme lui; qu'il avoit
rejetté les confeils de ces efprits remuans
à qui il étoit devenu odieux, par cette
feule confidération qu'il pouvoit leur fervir d'obftacle, & qu'ainfi il devenoit
malheureux, parce que le tems l'avoit
rendu fage; qu'à la vérité, par orgueil,
ou par prévention, il avoit été autrefois
ennemi de l'empire; mais qu'on ne pouvoit l'être quand on le voyoit gouverné
par un empereur auffi jufte que puiffant;
qu'il avoit eû la hardieffe de vouloir être
égal aux autres, mais qu'il fe feroit
gloire de vivre comme fon fujet dans quelque coin de fes états, s'il lui plaifoit de
l'y recevoir.*

Théodofe reçut favorablement la XXXVI.

L'AN
381.

prier e d'Athanaric ; & tant pour fe fatif-faire lui-même, que pour attirer les au-tres princes par le bon accueil qu'il fe-roit à celui-ci, il lui manda, *qu'il com-patiffoit à fon malheur ; qu'il comptoit pour une grande profpérité l'occafion qu'il avoit de le protéger ; que l'empire, tant qu'il en feroit le maître, feroit tou-jours ouvert à des rois comme lui, qui voudroient vivre dans fon amitié ; qu'at-tendant qu'il pût le rétablir dans fon royaume, il le prioit de venir à Conftan-tinople, & de ne prendre que cette cour pour lieu de retraite ; qu'il y feroit hono-ré, comme il devoit l'avoir été dans la fienne propre, & qu'on effaieroit par toute forte de bons traitemens de le confoler, & de lui faire oublier qu'il fût hors de fes états.* Il envoya le recevoir fur la frontiere, avec ordre à tous les gouver-neurs qui fe trouvoient fur fa route, de lui faire les mêmes honneurs qu'on avoit accoutumé de faire aux empereurs en ces rencontres.

Athanaric, furpris de toutes ces hon-nêtetés, fe laiffa perfuader d'aller à la cour avec la plupart des officiers qui l'avoient fuivi dans fa difgrace. Les hon-neurs qu'il reçut par-tout, lui paroif-foient peu convenables à fa fortune pré-fente ; mais il ne laiffa pas d'en être fen-fiblement touché. Théodofe lui fit pré-

parer une entrée magnifique à Conftantinople ; & quoiqu'il ne fît que relever
d'une maladie qui l'avoit prefque réduit
à l'extrêmité , il fortit affez loin hors de
la ville pour aller au-devant de lui, &
le reçut avec une bonté & une magnificence extraordinaires. Il le logea dans
fon palais , & le fit fervir par fes domeftiques avec tant d'ordre & de grandeur ,
que ce roi s'écria plufieurs fois dans
une profonde admiration, que l'empereur
étoit un Dieu fur la terre, & qu'aucun
homme mortel, s'il lui reftoit un peu de
bon fens , ne devoit ofer s'attaquer à lui.

Il ne fut pas moins étonné , lorfqu'il
vifita les endroits les plus remarqua-
bles de Conftantinople , où Théodofe
lui-même le conduifoit au milieu de
toute fa cour. Cette ville , par fa fituation, par fa grandeur, par fes richeffes,
méritoit d'être le fiége de l'empire.
Conftantin l'avoit fait bâtir depuis environ foixante & dix ans , & s'y étoit
établi, foit pour retenir de-là plus commodément les nations barbares qui troubloient le repos de l'orient ; foit pour
laiffer après lui un monument éternel
de fa grandeur; foit pour donner de la
jaloufie à Rome , dont il n'étoit pas fort
content, tant à caufe de la liberté que
le Sénat y confervoit , qu'à caufe de
l'idolâtrie qui y regnoit encore. Auffi

L' A N
38i.

Journand.

XXXVI.

l'avoit-il appellée la nouvelle Rome. Comme c'eſt l'ordinaire de mêler du myſtere dans l'origine des villes & des états, pour les rendre plus célebres, on crut que c'étoit par un ordre ſecret du ciel, que cet empereur avoit entrepris un ſi grand deſſein. On publia que comme il jettoit les fondemens d'une ville auprès de l'ancien Ilion, un aigle avoit enlevé le cordeau des ouvriers, & l'avoit laiſſé tomber près de Biſance, pour lui marquer le lieu qu'il devoit choiſir : & que depuis, meſurant le tour qu'il vouloit donner aux murailles, il avoit été conduit viſiblement par un ange. On rapporta pluſieurs ſemblables prodiges.

Quoi qu'il en ſoit, Conſtantin ayant achevé cette ville qu'il aimoit comme ſon ouvrage, n'épargna rien pour l'orner & pour l'enrichir. Il y bâtit un capitole, un cirque, un amphithéâtre, des places, des portiques, & d'autres édifices publics, ſur la forme de ceux qui étoient dans Rome. Il tira des plus nobles villes d'orient ce qu'il y avoit de précieux & de rare pour l'ornement de celle-ci. Il y fit apporter ce qui reſtoit d'ouvrages entiers des rois d'Egypte, ſur tout l'Obéliſque de Thébes qu'il fit venir avec beaucoup de difficulté. Il compoſa un ſénat à l'imitation de

L'AN
381.

Zonar.
Niceph.
l. 8, c. 4.

celui de Rome. Il attira de tous les endroits du monde des hommes excellens
dans les sciences & dans les arts, pour
qui il avoit fait bâtir des colleges & des
maisons exprès en divers quartiers, &
à qui il avoit assigné de grandes pensions. Il destina des fonds pour la sub-
sistance des citoyens, & pour l'entretien des bâtimens. Il fonda des églises
& des académies, & vint à bout du
dessein qu'il avoit eu de faire une ville
égale, & supérieure même à l'ancienne
Rome.

Les autres empereurs n'avoient pas
eu moins de soin de l'embellissement de
Constantinople. Constantius, outre le
temple célebre de sainte Sophie, dans
lequel il avoit renfermé la basilique de
la paix, fit encore construire des termes qui portoient son nom, & des portiques enrichis de colonnes & de figures
de marbre. Valens, de la démolition
des murailles de Calcédoine, avoit fait
faire des bains & un aqueduc, où toutes
les sources des montagnes d'alentour
étant ramassées, après avoir fait comme
une espece de riviere, se distribuoient
par la ville, ou dans les maisons des
particuliers, ou dans les fontaines; &
des réservoirs publics, qui fournissoient
de l'eau en abondance à tous les quartiers. Les magistrats civils, pour com-

H iv

L'AN
381.

plaire aux empereurs , s'étoient appli-
qués à tenir les citoyens dans l'ordre,
& les édifices publics dans leur beauté;
& le peuple même maintenu dans ses
priviléges, & enrichi par le commerce,
ne contribuoit pas peu, par sa propreté
& par ses fréquentes réjouissances , à
donner un air de grandeur & de poli-
tesse à cette ville impériale.

Athanaric admira toutes ces choses.
Il ne pouvoit se lasser de regarder ce
port rempli de vaisseaux de toutes les
nations du monde, & cette affluence de
peuple retenu par la commodité du séjour , ou attiré par la relation que les
provinces ont à la cour. Les capitaines
Goths qui le suivoient, & qui n'étoient
accoutumés qu'au faste grossier de leur
cour barbare, conçurent une grande idée
de l'empire, & sur-tout de l'empereur,
qui leur faisoit remarquer , avec une
extrême bonté , ce qu'il y avoit de plus
curieux, & leur montroit même les desseins d'agrandir & d'orner la ville, qu'il
exécuta quelques années après , avec une
magnificence qui surpassa celle de ses
prédécesseurs.

Thémist.
Orat. 6.

XXXVIII.   Athanaric commençoit à perdre le
souvenir de ses malheurs, & il y avoit
lieu d'espérer qu'il pourroit embrasser
la religion chrétienne , qu'il avoit autrefois cruellement persécutée. Mais

comme dans un âge avancé il avoit encore les passions vives, la douleur que lui avoit donné son infortune, l'ayant déja fort affoibli, la joie de se voir si honorablement traité le saisit, & fit tant d'impression sur lui, qu'il tomba malade, & mourut quinze jours après son arrivée à Constantinople. L'empereur, qui lui avoit rendu tous les offices d'un ami, fut fort affligé de sa mort, parce qu'il l'aimoit, & qu'il espéroit pouvoir un jour s'en servir, pour réduire toute la nation à une alliance ferme & constante avec l'empire. Il lui fit faire de magnifiques funérailles, selon les anciennes cérémonies des payens, & lui dressa sur sa sépulture un si riche & si superbe monument, que les barbares & les Romains en furent également étonnés.

Cette bonté de Théodose fit plus d'effet qu'il n'avoit espéré sur l'esprit des Goths. Car outre qu'Athanaric en mourant avoit fait venir autour de son lit tous les capitaines qui l'avoient accompagné, & leur avoit recommandé de garder toute leur vie une fidélité inviolable à l'empereur, & de publier dans leur pays, quand ils y seroient retournés, toutes les graces qu'ils en avoient reçues ; ils étoient eux-mêmes extrêmement touchés des caresses qu'on leur avoit faites. Théodose leur offrit des

L' A N
381.

Ammian.
l. 27.
Zoz. l. 4.

XXXIX.

H v

partis très-honorables dans ſes armées; mais ils s'en excuſerent , diſant qu'ils n'en ſeroient pas moins à lui, & qu'ils alloient le ſervir plus utilement dans leur pays : ce qu'ils exécuterent depuis, gardant les paſſages du Danube, & empêchant les Romains d'être attaqués de leur côté. Ainſi la bonté des princes produit ſouvent de plus grands effets que leur puiſſance, & les peuples qu'on a gagnés par amitié, ſont ordinairement plus fermes dans leur devoir , que ceux qu'on a ſoumis par les armes.

XL.   Après un ſi heureux ſuccès, Théodoſe voyant que les loix qu'il avoit faites en faveur de la religion , avoient bien arrêté les déſordres, mais ne réuniſſoient pas les eſprits, réſolut de convoquer un concile univerſel, à l'exemple du grand Conſtantin , dont il faiſoit gloire d'imiter la piété. Dès ſon avénement à l'empire , il avoit eu cette penſée, parce qu'il jugeoit que c'étoit le moyen le plus ſûr & le plus prompt pour terminer avec douceur, comme il ſouhaitoit , les différends eccléſiaſtiques. Mais, pour l'exécuter , il avoit attendu qu'il fût en paix ; & pour rendre cette aſſemblée plus authentique , il avoit projetté de la tenir dans la capitale de ſon empire. Il y vouloit être préſent, afin de porter tous les partis

Théodoret,
l. 5, c. 6.

L'AN
381.

à l'union , & de maintenir par son autorité , ce qui seroit décidé du consentement des peres. Aussi-tôt qu'il eut mis les catholiques en possession des églises de Constantinople , il crut que le concile pourroit s'y assembler avec moins de trouble & avec plus de dignité. Il écrivit donc à tous les évêques d'orient , pour les inviter à se trouver dans cette ville impériale, afin d'y confirmer la foi de Nicée , d'y établir un évêque, & d'y faire les réglemens nécessaires pour l'affermissement de la paix de l'église , & pour la réunion de ses sujets sur les points de la religion.

De tous les hérétiques , il n'appella au concile que les Macédoniens, parce qu'ils étoient réglés dans leurs mœurs, qu'ils s'étoient séparés des ariens , & qu'encore qu'ils fissent un corps & une communion à part , ils ne laissoient pas d'être regardés comme amis des catholiques, & comme gens assez disposés à revenir dans le sein de l'église. Ces raisons avoient fait croire à l'empereur qu'il ne seroit pas difficile de les réduire. Ils vinrent au nombre de trente-six, la plupart évêques de l'Hellespont, dont les chefs étoient Eleuse , évêque de Cyzique , & Marcien, de Lampsaque. Ce prince les exhorta lui-même à se reconnoître , & leur représenta qu'il étoit

XLI.

Socrat. l. 5 7
c. 8.
Greg. Naz.
Orat. 44.

L'AN
381.
Socrat.
ibil.
Zozom. l. 7,
c. 7.

tems de rentrer dans la foi & dans la communion de l'églife ; qu'ils s'y étoient engagés dans la députation qu'ils avoient autrefois envoyée au pape Libere ; & que peu de tems auparavant ils ne faifoient aucune difficulté de communiquer avec les catholiques. Mais ils répondirent opiniâtrement, qu'ils aimoient mieux fe reconcilier & s'unir avec les ariens, qu'avec les orthodoxes. Cette réponfe obligea l'empereur à les chaffer comme indignes de la condefcendance qu'il avoit eue pour eux.

XLII.   Tous les ordres étoient donnés pour la fubfiftance & pour le logement des évêques ; & Théodofe ne fut pas moins magnifique pour ce concile, que Conftantin l'avoit été pour celui de Nicée. Les évêques accoururent de toutes les parties de l'orient, & fe rendirent à Conftantinople au nombre de cent cinquante, dans le tems qui leur avoit été marqué. Comme les derniers regnes avoient été des tems de perfécution, il y avoit beaucoup de ces prélats qui avoient écrit d'excellens ouvrages contre les hérétiques, ou qui avoient fouffert l'exil & les tourmens pour la défenfe de la foi. Jamais l'églife n'a vû plus de faints & de confeffeurs affemblés. Ils étoient venus avec joie donner encore une fois leur fuffrage à la vérité,

fous un empereur qui avoit autant de
zele pour relever la religion , que d'autres en avoient eu pour l'abattre.

L' A N
381.

Greg. Naz.
carm. de
vitâ suâ.
Idem. carm.
de episcop.

Mais il y en avoit aussi plusieurs qui ,
durant le regne passé , étoient entrés
dans les évêchés , ou s'y étoient main-
tenus par la faveur des gouverneurs de
provinces , & des généraux d'armées.
Quelques-uns même , ayant été mis autrefois à la place des saints évêques
qu'on avoit chassés de leurs siéges , en
étoient demeurés paisibles possesseurs
après leur mort. Ceux-ci , réglant leur
foi sur leur ambition & leur intérêt ,
s'accommodoient au tems ; & comme
ils avoient été hérétiques sous Valens ,
ils étoient devenus catholiques sous
Théodose. Ils venoient au concile pour
voir le train que prendroient les affaires ,
& pour y apporter du trouble , s'ils pou·
voient le faire impunément.

Mélece , évêque d'Antioche , devoit
présider à cette assemblée. L'empereur
souhaitoit avec passion de le voir , tant
à cause de la réputation de sainteté que
ce prélat s'étoit acquise dans tout l'o-
rient , qu'à cause qu'il lui avoit autrefois apparu en songe , lui présentant la
pourpre d'une main , & la couronne de
l'autre. Théodose l'avoit toujours honoré depuis ce tems-là , avant même
que de le connoître , & lui avoit en-

XLIII.

voyé plufieurs fois des fommes confidérables , pour affifter les pauvres de
fon diocèfe , & pour achever l'églife
qu'il faifoit bâtir à l'honneur de faint
Babylas , au-delà de la riviere d'Oronte. Dès que les évêques furent arrivés,
ils allerent enfemble faluer l'empereur,
qui , voulant éprouver s'il reconnoîtroit
Mélece parmi les autres , défendit qu'on
le lui montrât. Il lui étoit refté dans l'i-
magination une fi forte idée de fon vifage , qu'auffi-tôt qu'il l'eut apperçu, il
le remarqua de lui-même , & dit que
c'étoit celui-là qu'il avoit autrefois vû
en fonge. Il alla au-devant de lui avec
une impatience pleine de refpect & de

Théodoret,
l. 5, c. 6.

tendreffe. Il l'embraffa étroitement, &
lui baifa les yeux , la tête , la poitrine,
& fur-tout la main qui l'avoit couron-
né par avance , & lui rendit des honneurs dont perfonne ne fut jaloux, parce que chacun l'en eftimoit digne. Il fit
enfuite beaucoup de careffes aux autres
évêques , & les pria comme fes peres
de travailler de tout leur pouvoir aux
affaires qui les avoient fait affembler.

XLIV.   L'ouverture du concile s'étant faite
avec beaucoup de folemnité , on con-
vint de commencer par ce qui regardoit
l'églife de Conftantinople. Quoique cette affaire ne fût pas la plus importante ,
elle parut toutefois la plus preffée , par-

té que Théodofe y prenoit beaucoup de part, & qu'il étoit à propos de remplir d'une perfonne de grand mérite, un fiége dont on prétendoit augmenter les droits & la dignité. Maxime ne s'étoit point défifté de fa prétention ; mais fon ordination étoit fi contraire aux loix & aux formes eccléfiaftiques, que le concile déclara qu'il n'étoit pas évêque, & qu'il n'avoit pû en exercer les fonctions. Ceux qui l'avoient protégé furent blâmés ; & ceux qu'il avoit ordonnés furent dégradés, & jugés indignes de tenir aucun rang dans le clergé.

L'AN 381.

Zozom. l. 4; c. 9.

Grégoire de Nazianze avoit été élu par les fuffrages du peuple, & par l'autorité de l'empereur ; il étoit fans fiége, celui de Conftantinople étoit vacant. Il avoit été chargé du foin de cette églife, & on lui en donnoit le titre. Ainfi cette élection pouvoit paffer pour légitime. Mais Grégoire qui vivoit fans ambition, & qui ne vouloit rien entreprendre contre la difcipline, ne fe croyoit pas engagé à une charge qu'il n'avoit pas acceptée. Il proteftoit qu'un prélat fans titre ne pouvoit prendre poffeffion d'une églife vacante, s'il n'étoit autorifé par un concile, & que cette conduite irréguliere qu'on avoit tenue pour lui, donnoit lieu aux évêques ambitieux de s'emparer des fiéges vacans,

Greg. Naz. Orat. 27.

aux peuples de les établir tumultuairement, & aux Métropolitains de les dé-
posséder par des considérations humaines.

Il n'étoit pas difficile de se déterminer sur deux sujets, dont l'un vouloit
être maintenu dans une dignité qu'il ne
méritoit pas, & l'autre ne demandoit
qu'à y renoncer, quelque droit qu'il y
eût, & quelque digne qu'il en fût. L'empereur qui connoissoit les grandes qualités de Grégoire, le demandoit pour
son évêque. Mélece, qui l'aimoit tendrement, étoit venu principalement pour
l'installer. Tous les peres, d'un commun
accord, en convinrent ; & Grégoire fut
le seul qui eut de la peine à consentir à
son élection. Il se jetta aux pieds de
Théodose pour le supplier de détourner le coup ; mais ce prince lui représenta, *Qu'il étoit juste qu'on donnât la
conduite de cette église à celui qui l'avoit
formée avec tant de soin ; que l'amour
du repos & de la solitude ne devoit pas
lui faire fuir le travail, puisqu'il y étoit
appellé ; que ce consentement du concile
étoit une marque visible de la volonté de
Dieu ; qu'étant évêque de cette ville impériale, il pourroit contribuer au rétablissement de la foi dans tout l'empire ;
& que, se trouvant placé au milieu de
l'orient & de l'occident, il deviendroit*

comme médiateur, & réuniroit peut-être ensemble ces deux moitiés du monde, qui étoient malheureusement divisées sur le sujet de l'église d'Antioche.

L'AN 381.

XLV.

Mélece lui représenta les mêmes choses au nom de toute l'assemblée, & l'obligea, par ses raisons & par ses conseils, à subir le joug qu'on lui imposoit, & à sacrifier son repos aux intérêts & aux besoins de l'église. Ainsi tout conspira à faire violence à sa modestie. On le mit sur le trône épiscopal, où le peuple & le clergé l'avoient porté malgré lui quelque tems auparavant, & où il n'avoit pas voulu depuis prendre sa place. Rien ne manqua à la solemnité de cette action. Mélece fit la cérémonie, l'empereur y assista, tout le peuple y accourut, & plusieurs prélats, entre lesquels étoit Grégoire de Nysse, firent sur ce sujet de très-éloquens discours.

Greg. Naz. carm. de vitâ suâ.

XLVI.

Après qu'on eut ainsi réglé les affaires de cette église, on traita des points de la foi. Comme la plupart des hérésies nouvelles avoient été condamnées dans le concile de Nicée, on en fit lire les décrets, & on les confirma. On produisit ensuite la confession de foi que le pape Damase avoit autrefois envoyée à Antioche ; & à son exemple, on condamna l'erreur d'Appollinaire, qui ruinoit la vérité du mystere de l'incarna-

Ruffin.

tion. On procéda enfin contre les Macédoniens, qui nioient la divinité du Saint-Efprit, & qui avoient refufé depuis peu de communiquer avec les catholiques. Pour cet effet, comme le fymbole de Nicée avoit ajouté à celui des Apôtres, par voie d'explication, ce qui avoit été défini touchant la divinité du Verbe ; le fymbole de Conftantinople ajouta à celui de Nicée ce qui regardoit la perfonne du Saint-Efprit, *Seigneur & Maître vivifiant, qui doit être également adoré & glorifié avec le Pere & le Fils.*

XLVII. De la doctrine de la foi on paffa à des réglemens de difcipline. L'entreprife des fept évêques d'Egypte, venus pour ordonner Maxime à Conftantinople, donna lieu à renouveller cet ancien canon, que l'ordination des évêques de chaque province fe feroit par ceux de la même province, ou par ceux qu'on y voudroit appeller du voifinage. Et parce qu'il étoit arrivé, dans le tems de la perfécution, que quelques prélats avoient paffé dans des provinces étrangeres pour les affaires de l'églife, ce qui pouvoit troubler la paix ; on régla la jurifdiction de chaque Métropolitain, & l'on attribua la décifion des affaires des provinces aux conciles provinciaux. Pour faire honneur à la ville

*Concil. de N:
con. 4, 5, 6.*

impériale, & pour complaire à l'empereur, on déclara que l'évêque de Conftantinople auroit le rang & les préro-
gatives d'honneur après celui de Rome,
parce que Conftantinople étoit la nouvelle ou la feconde Rome. Enfin on dé-
cida plufieurs chofes touchant la forme
juridique des accufations contre les évêques, & l'on effaya de rétablir l'ordre
dans l'églife.

Les peres du concile, après avoir ainfi
arrêté les points de foi & de difcipline
qu'ils avoient jugé néceffaires, les ré-
digerent par articles, & les adrefferent
à Théodofe. Ils lui écrivirent au même
temps une lettre fynodale, par laquelle
d'abord ils rendoient graces à Dieu de
l'avoir mis fur le trône pour la paix
des églifes, & pour l'affermiffement de
la religion. Ils lui expofoient enfuite
qu'ayant été affemblés par fes ordres,
ils avoient d'un commun accord pref-
crit certaines regles eccléfiaftiques, ou
pour condamner les héréfies, ou pour
corriger les abus du tems ; & qu'ils le
prioient de confirmer par fon autorité
ce qu'ils avoient fait, & de joindre fon
fuffrage aux leurs, en faifant fceller de
fon fceau impérial les décifions du concile. Ils finiffoient par des vœux, & fouhaitoient que fon regne fût fondé fur
la paix & fur la juftice ; qu'il durât une

L'AN
381.

Zozom. L. 7.
c. 9.

XLVIII.

L'AN
381.

longue fuite de générations, & qu'il fe terminât enfin par les joies du regne cé-lefte. .... Le concile en ufoit ainfi fort fagement : car outre qu'il avoit befoin du confentement de l'empereur pour faire obferver fes ordonnances, il vou-loit tirer de lui une lettre de confirma-tion, comme un gage public de fa foi, afin de le tenir par-là plus attaché au bon parti, d'ôter aux hérétiques toute efpérance de pouvoir le féduire.

XLIX. Quoique les évêques qui compofoient cette affemblée fuffent bien différens de mœurs & d'inclinations, ils étoient con-venus de tous les points propofés, & tout alloit être terminé paifiblement, lorfqu'un accident imprévu fit naître le défordre & la divifion. Ce fut la mort de Mélece, l'un des deux évêques d'An-tioche, qui avoit été le chef & comme l'ame de ce concile. Toute l'églife d'o-rient le pleura. Théodofe qui l'aimoit comme fon pere, & qui l'honoroit com-me s'il eût tenu l'empire de lui, voulut

Greg. Ny.
Ora. in fun.
Melet.

qu'on lui fît des funérailles qui reffem-blaffent à un triomphe. Il y affifta lui-même, & y donna des marques publi-ques de fa douleur & de fa piété. Le corps de ce faint homme fut mis en dé-pôt dans l'églife des Apôtres, où l'on chantoit des pfeaumes à plufieurs chœurs en diverfes langues, & où le peuple accourant en foule, portoit un nombre infini de cierges & de flambeaux , & rapportoit, comme un précieux tréfor, les linges qu'il avoit fait toucher à fon vifage.

L'AN 381.

Les prélats les plus éloquens de l'af-femblée firent des harangues funébres en fon honneur , & repréfenterent les vertus qu'il avoit pratiquées , & les perfécutions qu'il avoit fouffertes pour la foi. Après qu'on eut achevé de lui rendre tous les devoirs de piété, Théo-dofe ordonna qu'on reportât à Antioche ces précieufes reliques, qu'on les con-duisît par les grands chemins, & qu'on es fît recevoir dans toutes les villes , quoique ce ne fût pas la coutume des Romains. Tout Conftantinople fortit lors des portes, & jamais le nombre des habitans ne parut plus grand. On accourut de toutes parts fur la route pour accompagner ce corps en chantant les pfeaumes , jufqu'à ce qu'on l'eut remis à Antioche auprès de la chaffe du faint martyr Babylas , un des plus célébres archevêques de la même ville.

Philoftrog. l. 5 , c. 4.

Zoz. l. 7 ; c. 10.

Cependant Théodofe répondit au concile ; & pour confirmer ce qu'on y avoit défini, il publia un édit, par le-quel il ordonnoit que la foi de Nicée fût généralement reçue & approuvée dans toute l'étendue de fon empire , &

L. Idem l. 7 ; c. 9.

que toutes les églifes fuffent remifes
entre les mains des catholiques, qui con-
feffoient un Dieu en trois perfonnes
égales en honneur & en puiffance. Pour
éviter les profeffions de foi équivoques,
il déclaroit que ceux-là feulement feroient tenus pour catholiques qui feroient unis de communion avec certains
prélats qu'il marquoit dans chaque province, & dont il connoiffoit la vertu,
ou par le commerce qu'il avoit eu avec
eux, ou par la réputation qu'ils avoient
depuis long-tems de gouverner faintement leurs églifes.

L I.   Il y avoit lieu d'efpérer que ce concile, appuyé de l'autorité du prince,
auroit de grandes fuites pour la religion, & que le fchifme d'Antioche, qui
divifoit l'orient d'avec l'occident, feroit terminé par la mort de Mélece qui
en étoit la caufe innocente : mais quelques efprits factieux s'étant obftinés à
lui vouloir donner un fucceffeur, la difcorde fe ralluma ; & les orientaux eux-
mêmes fe défunirent & s'échaufferent
fur ce fujet.

Chryfoft.
Hom. in S.
Euft.

Ce différend avoit commencé fous
l'empire du grand Conftantin, qui, fur
des calomnies inventées par les ariens,
avoit chaffé d'Antioche Euftache, patriarche de cette ville, & grand défenfeur de la divinité de Jefus-Chrift. Les

ariens s'étant emparés de son siége , &
y ayant mis en sa place cinq ou six évêques de leur secte , successivement , les
catholiques furent opprimés ; les uns cé-
derent à la violence ; les autres demeurerent fermes dans la foi, sous la conduite du prêtre Paulin, & se nommerent
Eustathiens. Mélece étant devenu depuis
patriarche par le crédit des ariens qui
le croyoient de leur communion, & s'é-
tant d'abord ouvertement déclaré contr'eux, se vit tout-à-coup abandonné
des deux partis. Les hérétiques qui l'a-
voient fait élire étoient piqués de son
changement ; les catholiques louoient
son zele , mais ils n'approuvoient pas
son élection.

Comme il avoit néanmoins , outre
une grande piété, une grande douceur,
& un talent merveilleux pour se faire
aimer , il attira en peu de tems beaucoup de peuple à sa communion. Quelques-uns se détacherent de Paulin pour
venir à lui. Plusieurs qui gémissoient *Théodoret*
depuis trente ans sous la tyrannie des *l. 2, c. 27.*
ariens recoururent à lui d'autant plus
volontiers, qu'il avoit eu la même foiblesse qu'eux, & qu'il les recevoit avec
beaucoup de condescendence & de charité. La persécution qu'il souffrit peu
de jours après , ne fit qu'augmenter la
vénération qu'on avoit pour lui ; & le

L'AN
381.

troupeau, qu'il avoit commencé d'affembler, s'accrut & fe forma de lui-même
pendant fon exil. Quoique les catholiques de cette ville fuffent tous unis
dans la doctrine, ils étoient féparés de
communion, & s'affembloient en deux
endroits différens ; les uns dans une
églife que les ariens avoient laiffée à
Paulin, à caufe du refpect qu'ils avoient
pour fon âge, & en confidération de
ce qu'il étoit contraire à Mélece ; les
autres dans une églife du fauxbourg,
qu'on appelloit la Palée, ou l'ancienne
églife.

Ce fchifme fcandalifa tout l'orient.
Lucifer, évêque de Cagliari en Sardai-
gne, revenant de fon exil de la Thébaïde, paffa par Antioche, & fe chargea d'accommoder ce différend ; mais
ayant trouvé les Euftathiens réfolus de
ne point communiquer avec un évêque
établi par les hérétiques, & d'ailleurs
n'étant que trop porté par fon naturel
dur & inflexible à ne rien pardonner
en matiere de religion, il ordonna Paulin de fon autorité privée. Il crut que
le parti de Mélece, qui paroiffoit plus
difpofé à la paix, fe réuniroit aifément
aux Euftathiens, quand il verroit à leur
tête un évêque qui méritoit de l'être,
& qui n'avoit jamais eu aucun commerce avec les ennemis de l'églife. Mais il
fe

fe trompa ; car les amis de Meléce, offenfés du tort qu'on lui faifoit , & de ce qu'on n'avoit pas daigné les confulter , protefterent qu'ils n'auroient que lui pour pafteur, & qu'il n'avoit pû être dépofé par un feul évêque hors de fon détroit , & fans avoir été oui. Ils le folliciterent de venir en diligence , & fe lierent à lui plus étroitement qu'auparavant.

L'AN 381.

Dès que ce prélat fut arrivé d'Arménie , où il avoit été long-tems en exil, ils s'efforcerent de le faire affeoir dans un même trône avec Paulin, & prétendirent même , qu'ayant pour lui le plus grand nombre , il faifoit comme le corps de l'églife, & que c'étoit aux autres communions, qui n'en étoient que les membres & les parties, à s'y réunir. Pour lui , comme il ne defiroit que la paix , il fe contenta de rentrer dans fon églife du fauxbourg. Il alla voir Paulin, & le pria d'agréer qu'ils gardaffent en commun les brebis que le maître du troupeau leur avoit confiées, & qu'ils les raffemblaffent toutes en une feule bergerie. Il propofa , pour ôter entr'eux tout fujet de divifion, *que le faint évangile fût mis fur le fiége épifcopal; qu'ils fuffent affis l'un d'un côté, l'autre de l'autre ; & que celui qui furvivroit à fon collegue demeurât feul & pai-*

Socrat. l. 5 c. 5.

Théodoret l. 5 , c. 3.

I

fible poffeffeur. Paulin refufa la condition, & ne voulut avoir aucune fociété
avec un homme que les ariens avoient
fait évêque.

Cependant cette diffention avoit troublé toute l'églife. Paulin, qui étoit
Italien de naiffance, avoit eu plus de
moyens de prévenir l'églife romaine,
& tout l'occident en fa faveur ; & le
pape Damafe, qui le connoiffoit pour
un homme irréprochable & dans fes
mœurs & dans fa foi, avoit pris fon
parti. Tout l'orient au contraire étoit
affectionné à Melécé, comme à un prélat qui ne cédoit pas à l'autre en vertu ;
& qui de plus avoit été banni trois fois
pour la défenfe de la foi. Il s'étoit mêlé
un peu de pitié à l'eftime qu'on avoit
pour lui, quand on avoit fû qu'il fouf-
froit avec la même patience la perfécution des hérétiques & celle des catholiques, & que, fans fe prévaloir de fes
droits ni de fon crédit, il demandoit la
paix, & ne pouvoit l'obtenir. Mais quoiqu'on trouvât des défauts en leurs élections, on ne laiffoit pas d'honorer leurs
perfonnes, & l'on convenoit de part &
d'autre que Meléce eût été digne du
fiége d'Antioche, s'il n'y avoit été mis
par les ariens ; & que Paulin eût mérité
d'être ordonné évêque, fi ç'eût été d'une
autre églife que de celle d'Antioche.

Les ariens ayant enfin été chaffés de cette ville, en vertu de l'édit de Théodofe, Meléce fut mis en poffeffion de toutes leurs églifes, préférablement à Paulin. Mais on les fit convenir que l'un d'eux venant à mourir, on ne mettroit perfonne en fa place, & que toutes les églifes demeureroient au furvivant. Quelques hiftoriens ajoutent que cette convention fut fignée par fix perfonnes du clergé les plus capables de leur fuccéder, à qui l'on fit faire ferment de ne point faire élire à cet évêché, & de ne le point accepter eux-mêmes, tant que l'un des deux patriarches vivroit.

L'AN 381.

Socrat. l. 5; c. 5.
Zoz. l. 7 i c. 3.

Après toutes ces précautions on pouvoit croire que la mort de Meléce feroit ceffer leur divifion, d'autant plus que ce faint homme en mourant avoit conjuré les évêques de ne lui point donner de fucceffeur, & de laiffer Paulin feul en poffeffion de fon églife. Mais comme on vint à parler de cette affaire, les efprits furent partagés, felon qu'ils étoient portés à la paix ou à la difcorde. La plupart des anciens prélats repréfenterent à l'affemblée, que ce feroit perpétuer le fchifme que d'élire un nouveau patriarche ; que celui qui reftoit avoit toujours mené une vie fans reproche ; qu'il étoit d'un âge à ne pouvoir vivre que peu de tems ; & que

L I I.

Greg. Naz.

non-feulement il y avoit de la charité à le laiffer mourir en paix, mais encore de la juftice à lui tenir la parole qu'on lui avoit donnée.

Mais les jeunes foutinrent au contraire, qu'il ne falloit pas que la fucceffion de l'épifcopat fût interrompue en un auffi faint homme que Meléce; que Paulin étoit la créature de Damafe; qu'il avoit été ordonné par un évêque d'occident, qui n'en avoit eu ni le droit, ni la commiffion, & qu'ainfi l'églife d'orient ne pouvoit le reconnoître fans fe faire tort.

Grégoire qui préfidoit alors au concile, & qui n'avoit accepté le fiége de Conftantinople que dans la vue de pacifier les troubles de l'églife, fut fenfiblement touché de cette conteftation, dont il prévoyoit les fâcheufes fuites.

Quand ce fut à lui à parler, il s'oppofa fortement à ceux qui propofoient une nouvelle élection, & leur remontra que cette propofition étoit non-feulement contraire à la paix, mais encore à l'honneur & à la bonne foi; qu'ils devoient avoir plus d'égard au bien public, qu'à des prétentions particulieres; que l'épifcopat étoit un, & qu'il ne falloit pas faire une fi grande différence entre les évêques de l'orient & ceux de l'occident; que s'ils avoient tant de paf-

fion d'ordonner un patriarche d'Antioche, la mort de Paulin, confumé d'années & de travaux, leur en donneroit
bientôt l'occafion ; & qu'ainfi ils ne perdoient rien à le laiffer feul en fon fiége,
puifqu'ils jouiroient du droit de lui
donner un fucceffeur après fa mort, &
qu'ils auroient fatisfait à leur confcience
en donnant la paix à l'églife.

L'AN
381.
Greg. Naz.
carm. de vitâ
fuâ.

Quelque fage que fût cet avis, tous
les jeunes évêques le rejetterent, & n'al-
leguerent d'autres raifons, finon qu'ils
n'avoient point eu de part à l'accord
paffé entre les deux évêques d'Antioche;
& que puifque Jefus-Chrift avoit voulu
paroître en orient, il étoit jufte que
l'orient l'emportât fur l'occident. Ils en-
traînerent une partie des anciens, qui
craignoient d'exciter un plus grand fchifme en leur réfiftant. Ils folliciterent puif-
famment Grégoire ; mais l'ayant trouvé
inflexible, ils le regarderent comme par-
tifan des occidentaux, & ne le purent
plus fouffrir. Un procédé fi déraifonna-
ble déplut fi fort à Grégoire, que ne
voulant pas confentir à leur injuftice,
& défefpérant de les ramener à la raifon, il fortit du fynode, & de la maifon épifcopale où l'on s'affembloit, &
réfolut de renoncer à fon évêché, puifqu'il ne pouvoit pas y faire tout le bien
qu'il avoit efpéré.

Greg. Na
ibid.

I iij

Théodose, informé de ce défordre, ne defiroit rien tant que de l'arrêter. Il exhortoit les uns & les autres à s'unir pour l'intérêt commun de la religion.

Il approuvoit le fentiment de Grégoire. Mais la confpiration des autres devint fi générale, qu'il crut qu'il n'étoit pas honnête de leur ôter la liberté des fuffrages, & qu'il ne feroit pas poffible de réduire un fi grand parti. Il n'y avoit plus rien à efpérer, finon que les évêques d'Egypte & de Macédoine, qu'on attendoit chaque jour, apportaffent enfin le calme. L'empereur ne les avoit pas appellés d'abord au concile; les premiers, parce qu'ils favorifoient Maxime; les feconds, parce qu'ils étoient dépendans de l'églife d'occident. Mais pour l'affaire d'Antioche, il croyoit qu'ils pourroient fervir les uns & les autres à maintenir les droits de Paulin; ceux d'Egypte, parce que le concile d'Alexandrie avoit approuvé fon ordination; ceux de Macédoine, parce qu'il étoit lié de communion avec le pape Damafe. Mais quand ils arriverent, ils ne penferent qu'à faire caffer l'élection de l'archevêque de Conftantinople.

LIV.   Timothée, patriarche d'Alexandrie, proteftoit qu'elle n'étoit pas légitime, puifqu'il n'y étoit point intervenu. Ceux qu'il avoit amenés, piqués de ce qu'on ne les avoit pas attendus, se liguerent avec lui. Encore qu'ils fiffent profeffion d'honorer Grégoire chacun en particulier, & qu'ils n'euffent aucune perfonne déterminée qu'ils vouluffent mettre à fa place, ils ne laifferent pas de s'en prendre à lui, en haine de ceux qui l'avoient élû. Pour couvrir néanmoins leur paffion de quelque apparence de juftice, ils alléguerent que, contre les canons, il avoit paffé de l'évêché de Safime à celui de Nazianze, & de ce dernier à celui de Conftantinople. Quoiqu'un mauvais ufage eût alors affez autorifé contre les loix anciennes ces fréquentes tranflations, ce reproche ne convenoit point à Grégoire, quoi qu'en aient écrit quelques auteurs eccléfiaftiques. Car deux Métropolitains ayant au même tems pourvû à l'évêché de Safime, il l'avoit cédé pour le bien de la paix, & n'y avoit jamais fait les fonctions ; & fon pere l'ayant appellé depuis à Nazianze, pour en être affifté dans le gouvernement de cette églife, il y travailla comme coadjuteur, & non pas comme titulaire. Ainfi, il ne lui étoit pas difficile de fe juftifier là-deffus, & de défendre fa promotion.

Les évêques qui l'avoient élû, & qui en étoient mal fatisfaits, l'auroient vo-

L'AN
381.
Greg. Naz.
carm. de vitâ
fuâ.

Idem de
epifc.

Hieronyme
de fcrip.
Ruffin. l. 2,
c. 9.
Socrat. l. 5,
c. 7.

Greg. Naz.
epift. 42 &
46.

LV.

L'AN
381.
*Greg. Naz.
carm. de vitâ
ſuâ.*

lontiers abandonné ; mais par bienſéance ils ſoutenoient ce qu'ils avoient fait.
Grégoire , ennuyé d'être le jouet des
paſſions des hommes qui l'accuſoient ou
le défendoient par caprice , ſe ſervit de
cette occaſion pour exécuter le deſſein
qu'il avoit depuis long-tems de ſe retirer. Il entra dans le concile , & dit
aux évêques, *qu'il les ſupplioit de laiſſer là ce qui le regardoit, & de ne penſer qu'à la paix & à l'union de l'égliſe ;
que puiſqu'il étoit la cauſe de la tempê-
te , il vouloit bien comme un autre Jo-
nas être jetté dans la mer ; qu'il avoit
reçu l'épiſcopat contre ſon gré , & qu'il
le rendoit avec joie comme un dépôt qu'on
lui avoit confié ; qu'auſſi-bien ſon âge
& ſes infirmités lui devoient faire ſou-
haiter , après tant d'agitations , un in-
tervalle de ſolitude & de repos , pour ſe
diſpoſer à bien mourir.* Il leur dit adieu,
les conjurant , puiſqu'il leur ôtoit le
principal ſujet de leur diviſion , de ſe
réunir en tout le reſte, & de lui donner
un ſucceſſeur qui fût zélé pour le bien
de l'égliſe , & pour la défenſe de la
foi.

Ce diſcours ſurprit les évêques , mais
il ne leur déplut pas. Les uns eurent
le plaiſir de voir tomber de ſoi-même,
ce qu'on avoit fait ſans eux ; les autres
furent bien aiſes d'être délivrés de la

peine de foutenir ce qu'ils fe repentoient d'avoir fait. La démiffion de l'archevê- L'AN 381. que fut reçue, & il fortit de l'affemblée fans que perfonne fît aucune inftance pour le retenir. Quelques faints prélats Greg. car. 1. fe boucherent les oreilles, de peur d'entendre fa démiffion, & fortirent avec lui.

Il ne reftoit plus qu'à faire agréer LVI. fon deffein à l'empereur. Il l'alla trouver, & après l'avoir fupplié d'établir la paix dans le concile, & de retenir par fon autorité ceux que la crainte de Dieu n'y retenoit pas, il lui demanda la permiffion de fe retirer. Théodofe, à qui l'on n'avoit pas accoutumé de demander de pareilles graces, fut furpris de cette priere, & tâcha par de fortes confidérations de l'arrêter; il voulut même s'entremettre pour le maintenir dans fa dignité. Mais l'archevêque lui repréfenta qu'il n'étoit pas d'un empereur auffi jufte & auffi pieux qu'il étoit, de préférer les intérêts d'un particulier à ceux de toute l'églife; & que pour lui, il fe croyoit obligé de faire ce facrifice de fon fiége, en un tems où fa vieilleffe & fes maladies ne lui laiffoient prefque plus de force pour affifter fon troupeau que par fes vœux & par fes prieres.

Après s'être affuré du confentement LVII

de l'empereur, il assembla le peuple dans sa cathédrale, & prononça en présence de tous les peres du concile, ce dernier & célebre sermon, où il rendit compte de son administration & de sa conduite. Il représenta l'état de l'église de Constantinople ; comme elle s'y étoit accrue, ce qu'il avoit fait ou souffert pour ce sujet. Il expliqua la doctrine qu'il avoit prêchée ; & se confiant en son innocence, à l'exemple de Samuel & de saint Paul, il prit ses auditeurs à témoin de son désintéressement, & du soin qu'il avoit eu, après leur avoir annoncé l'évangile, de se resserrer en lui-même, & de conserver la pureté de son sacerdoce. Il exposa en peu de mots les principales causes de sa retraite, qui étoient les contestations qu'il voyoit élevées dans l'église, les reproches importuns qu'on lui faisoit de traiter les hérétiques avec trop de douceur, & de n'avoir rien en son train, en sa table, ni en sa personne qui marquât la grandeur de son rang (ce qu'on appelloit mal soutenir sa dignité), & condamner trop ouvertement le luxe & le faste séculier des autres.

Enfin, après avoir exhorté le peuple à retenir la foi qu'il lui avoit enseignée, les hérétiques à se convertir, les courtisans à se corriger, les évêques à se

L' A N
381.
Greg. Naz.
orat. 32.

Idem. orat.
32. & 42.

réunir, & à quitter leurs fiéges comme lui , s'ils pouvoient par-là contribuer à la paix ; après avoir fouhaité pour fuccefleur un homme de bien, qui , fans manquer de charité & de condefcendance , eût le courage de fe faire des ennemis pour la juftice , il prit congé de chacune de fes églifes , & fur-tout de fa chere Anaftafie , puis de toutes les fociétés & de tous les ordres de la ville. Il les pria de fe fouvenir de lui & de fes travaux , dont il ne demandoit autre récompenfe que la permiflion de fe retirer. Au lieu des applaudiffemens accoutumés on n'entendit que plaintes & que fanglots durant ce difcours : chacun fe retira dans fa maifon fondant en larmes ; & l'archevêque attendri , mais pourtant inflexible dans fa réfolution, alla jouir des douceurs de la folitude qu'il avoit toujours tendrement aimée.

L' A N
381.

Théodofe qui regardoit comme une des plus importantes affaires de l'empire, le choix d'un nouvel archevêque de Conftantinople , entra le lendemain dans le concile , & fe plaignit de ces difputes & de ces diffentions continuelles , dont les catholiques étoient fcandalifés , & dont les hérétiques tiroient de grands avantages. Il témoigna aux évêques le déplaifir qu'il avoit eu de voir Grégoire obligé de quitter le fiége

LVIII.

Zozom. l. 7.
c. 7.

I vj

L' A N
381.

de sa ville impériale, où il l'auroit fallu appeller quand on ne l'y auroit pas
trouvé établi : sur-tout après les services qu'il avoit rendus à cette église, &
les dangers qu'il y avoit courus en y
rétablissant la religion. Il leur dit : *Que
quelque peine qu'il eût eue à lui accorder
son congé, en un tems où l'église avoit
tant de besoin de prélats savans, paisibles & saints, il avoit bien voulu à son
instante priere y consentir pour le bien
de la paix, mais qu'il les prioit de lui
chercher un homme qui pût remplir di-
gnement sa place, & de s'accorder si bien
sur ce choix, qu'il n'y eût plus entr'eux
aucune division.*

LIX. Il leur ordonna de faire chacun un
mémoire de ceux qu'ils jugeroient capables de cette charge & de lui présenter

Mem. c. 8.

tous ces noms dans une seule feuille,
afin qu'il pût en choisir un entre tous
les autres. Les évêques, contens d'être
venus à bout de leur dessein, & résolus
d'appaiser Théodose, qui leur paroissoit
mal satisfait de leur conduite passée,
jetterent les yeux sur divers sujets de
leur connoissance. Comme ils étoient
occupés à cette recherche, Nectaire,
né à Tarse en Cilicie, d'une ancienne

Théodoret,
l. 5, c. 8.
Socrat.
l. 5, c. 8.

maison de sénateurs, qui avoit exercé
la charge de gouverneur de Constantinople, étant prêt à s'en retourner en

fon pays , alla voir par hafard Diodore
fon évêque, pour favoir de lui s'il n'a-
voit rien à lui ordonner avant fon départ. Ils s'entretinrent de diverfes affaires ; & comme Diodore avoit l'efprit
rempli de cette nomination , dont il
étoit peut-être embarraffé, il confidéra
plufieurs fois Nectaire ; & trouvant de
la douceur dans fon entretien , & quelque chofe de majeftueux & de vénérable dans fon air & fur fon vifage, il réfolut de le propofer.

L' A N
381.

Sans fe découvrir néanmoins à lui ,
il le pria de l'accompagner chez un évêque de fes amis, à qui il le préfenta
avec beaucoup d'éloge. Il lui recommanda enfuite Nectaire en fecret, & le follicita fortement de lui donner fon fuffrage , & d'écrire fon nom avec les autres. Ce prélat qui étoit apparemment
chargé de dreffer la feuille , & de la
porter à l'empereur , fe moqua de la
priere que lui faifoit Diodore ; mais il
ne laiffa pas de mettre Nectaire au nombre des prétendans , quoiqu'il ne reconnût rien en lui de plus recommandable que fa vieilleffe & fa bonne mine.

L'empereur ayant demandé peu de
jours après le mémoire des évêques,
l'examina attentivement ; & après avoir
lû & relû les noms de ceux qu'on pro-
pofoit pour fuccéder à Grégoire , il s'ar-

LX.

rêta à celui de Nectaire, à qui l'on penfoit le moins Il le nomma à l'archevêché de Conftantinople , foit qu'il le
connût plus que les autres, parce qu'il
étoit de fa cour ; foit qu'il le crût plus
propre à entretenir la paix dans les conjonctures préfentes. Car outre que c'étoit
un efprit doux & accommodant , il n'a-
voit ni d'affez grands talens pour donner de l'ombrage, ni d'affez grandes
vertus pour être à charge à ceux qui
ne voudroient pas l'imiter. Nectaire ,
que Diodore avoit prié de différer fon
voyage jufqu'alors , apprit cette nouvelle , & ne la put croire. La plupart
des peres du concile furent étonnés de
ce choix, & fe demandoient les uns aux
autres, *qui étoit ce Nectaire, d'où il venoit, & quelle étoit fa profeffion.* Mais
lorfqu'ils apprirent qu'il n'avoit pas mené une vie affez pure pour mériter d'être
élevé tout d'un coup au facerdoce, &
que de plus il n'étoit pas encore bap-
tifé , ils crurent que l'empereur avoit
été furpris, & que le feul hafard , comme il arrive quelquefois en ces rencontres, avoit préfidé à cette nomination.

LXI. Ils remontrerent donc humblement à
Théodofe qu'avec tout le refpect &
toute la déférence qu'ils avoient pour
fes volontés , ils ne pouvoient s'empêcher de trouver en Nectaire des défauts

essentiels & canoniques ; que son âge &
les emplois différens qu'il avoit eus sous
les empereurs , lui avoient donné une
grande expérience des choses du monde,
mais qu'il n'avoit jamais passé par aucun degré de cléricature, & que n'ayant
pas reçu le baptême , il n'étoit guère
en état d'être évêque. Quoiqu'il n'y
eût rien de si juste que cette remontrance, l'empereur avoit remarqué tant de
passion & de cabales en ceux qui la faisoient , qu'il crut qu'après avoir chassé
l'autre archevêque , ils vouloient encore
exclure celui-ci, pour essayer de mettre
quelqu'un de leurs partisans en cette
place. Il persista dans son avis , & les
évêques s'y rendirent sans répugnance.

Ainsi Nectaire fut élu par l'autorité
du prince, qui se trouvoit engagé à son
élection, par le consentement du peuple
qui admiroit son honnêteté & sa douceur , & par les suffrages du synode qui
craignoit de déplaire à Theodose. Il fut
baptisé ; & comme il étoit encore revêtu
de sa robe de néophyte , il fut fait évêque, sans avoir apporté autre disposition
à l'épiscopat que celle de ne l'avoir pas
brigué. Comme il n'avoit presque aucune connoissance des matieres ecclésiastiques , on lui laissa Ciriaque , évêque d'Adanes en Cilicie , Evagre de
Pont , que Grégoire de Nysse avoit fait

LXII.

L'AN
381.

diacre, & quelques autres ecclésiastiques de savoir & de piété ; les uns pour le former dans les fonctions épiscopales, les autres pour le garantir des surprises des hérétiques. Sa vie, depuis son ordination, fut exemplaire, & sa foi toujours orthodoxe ; mais il eut tant de facilité & d'indulgence pour tout le monde, & une si grande indifférence pour la discipline, que les ariens s'en seroient notablement prévalus, si l'empereur, pour réparer la faute qu'il avoit faite, ne les eût réprimés, & n'eût pris sur soi la vigilance & la vigueur qui manquoient à cet archevêque.

CXIII. Cette affaire étant ainsi terminée, on ne pensa plus qu'à la conclusion du concile. Ceux qui n'avoient pas assisté aux premieres séances signerent ce qu'on avoit décidé contre les hérésies & contre les abus qu'on avoit condamnés. Nectaire fut marqué au nombre de ces évêques principaux, qui étoient comme les centres de la communion dans leurs provinces. Théodose de son côté renouvella ses édits en faveur de la religion ; & pour fermer le concile par quelque cérémonie d'éclat, il fit transporter à Constantinople le corps de saint Paul, qui en avoit été autrefois évêque, & que les ariens avoient fait mourir inhumainement à Curcuse *, où il avoit

Zozom. l. 7, c. 10.

* Petite ville d'Arménie.

été relégué par Conftantius. Tous les peres allerent au-devant de ces vénérables reliques, bien loin au-delà de Calcédoine, & les conduifirent comme en triomphe dans la ville. L'empereur commanda qu'on les mît dans une églife que Macédonius avoit fait bâtir après s'être emparé du fiége de ce Saint. Par ce moyen le perfécuteur même contribuoit à la gloire du martyr, & Théodofe faifoit connoître par l'honneur qu'il rendoit à la mémoire des prélats qui étoient morts pour la défenfe de la foi, le peu de cas qu'il faifoit de ceux qui la combattoient pendant leur vie.

L' A N 381.

Ainfi fe termina vers la fin du mois de Juillet ce concile, que l'orient reconnut pour œcuménique, & que le pape faint Grégoire mit depuis au nombre des quatre qu'il révéroit comme les quatre évangiles. Les paffions particulieres, & les intérêts perfonnels troublerent le cours de cette affemblée; mais la vérité ne laiffa pas de s'y établir contre l'erreur des Macédoniens. Ainfi Dieu réunit, pour la confirmation de fa foi, les efprits des hommes qu'il abandonne quand il veut à leur préoccupation & à leur fens, & tire des conteftations & des défordres qui naiffent quelquefois dans la religion, les fruits que fa providence a deftiné d'en tirer.

Théodoret, l. 5, c. 9.

L'AN
381.
LXIV.

Les évêques s'étant séparés pour aller chacun dans son église, Théodose partit pour aller joindre son armée, que Promote, un de ses généraux, avoit eu ordre de rassembler à l'entrée de la Mysie. Les Huns, les Scyriens & les Carpodaques, mêlés ensemble, avoient fait irruption de ce côté-là, & avoient

Zoz. l. 4.

jetté une si grande frayeur dans toutes les provinces voisines, que tout le peuple de la campagne avoit abandonné ses moissons, & s'étoit retiré en désordre dans les villes éloignées. L'empereur les rassura par sa présence ; & après avoir fait la revue de son armée, marcha droit aux ennemis, & leur donna bataille peu de jours après. Les historiens ne rapportent d'autres circonstances de cette expédition, sinon qu'il remporta une célébre victoire, & qu'il défit cette armée de barbares, dont la plupart furent tués, & le reste obligé de se retirer dans leur pays, d'où ils n'oserent plus sortir. Depuis cette défaite, les troupes se crurent invincibles sous Théodo-

Zoz. ibid.

se ; & les peuples, persuadés qu'on ne pouvoit les troubler désormais impunément, reprirent le soin & la culture des terres. Alors les pertes passées se réparerent, & l'empire jouit du fruit du gouvernement juste & glorieux de Théodose.

Ce fut environ ce tems que le roi de Perſe réſolut de lui envoyer une ambaſſade ſolemnelle, pour lui demander ſon amitié, & pour conclure avec lui une alliance conſtante. Ces deux nations, preſque toujours armées l'une contre l'autre, ou pour le réglement des limites, ou ſur d'anciennes prétentions, & des différends imprévus qui arrivent ſouvent entre des états également puiſſans & voiſins, entretenoient depuis long-tems une guerre, qui n'étoit interrompue que par quelques intervalles de paix, & par des tréves de quelques années. Conſtantius avoit entrepris pluſieurs fois de paſſer le Tygre ou l'Euphrate, & d'étendre ſes frontieres de ce côté-là; mais il avoit rarement réuſſi; & s'il avoit remporté de tems en tems quelques avantages par ſes généraux, il avoit toujours été vaincu, lorſqu'il y avoit été en perſonne. Mais le malheur n'étoit tombé que ſur l'empereur & ſur ſes troupes; & ſoit que les Perſes n'euſſent voulu que défendre leurs villes, ſoit qu'ils n'euſſent ſû profiter de leur victoire, ils n'avoient pas pris un pouce de terre ſur l'empire.

Julien continua la guerre : mais ayant été tué dans un combat, & l'armée qu'il avoit engagée dans le pays ennemi ſe trouvant ſur le point de périr ou par

L'AN
381.
LXV.

Oroſ. hiſt.

Ammian.
l. 25.

les armes, ou par la famine, les officiers s'assemblerent pour choisir un chef capable de les tirer de la nécessité où ils étoient, & jetterent les yeux sur Jovien, qu'ils élurent empereur du consentement de toute l'armée. Ce prince, qui se trouvoit chargé de réparer la faute que son prédécesseur avoit faite, chercha tous les moyens de combattre, & remporta même quelque avantage sur les ennemis en quelques rencontres. Mais Sapor, roi de Perse, qui savoit que les Romains étoient réduits à manger la chair de leurs chevaux, n'avoit garde d'en venir aux mains avec eux, & vouloit les laisser consumer par la faim. Cependant quoiqu'il les vît en cette extrêmité, & qu'il pût n'en pas laisser échapper un seul, il craignit le désespoir de tant de braves gens, & considéra que ce qu'il acquerroit par un traité seroit plus assuré que ce qu'il pourroit gagner à force d'armes. Il envoya donc le premier leur faire des propositions de paix, comme par une espece de grace.

Cette modération qu'il faisoit paroître ne laissoit pas d'être bien rude : car outre qu'il les tint quatre jours en négociation, en un tems où ils enduroient une faim extrême, il leur imposa des conditions honteuses, que l'extrêmité où ils étoient leur fit accepter. Ces conditions furent : *Que l'empereur céderoit aux Perses cinq provinces sur le Tygre, avec divers châteaux ; qu'il leur remettroit les villes de Nisibe & de Singare ; & surtout qu'il s'engageroit à ne donner aucun secours à Arsace, roi d'Arménie, contre la Perse, quoiqu'il fût un des plus fideles alliés de l'empire.* Jovien fut contraint de signer ces articles ; & quoiqu'on le pressât, quand il fut hors de danger, de rompre cet accord que la seule nécessité lui avoit fait faire ; & que les habitans de Nisibe lui offrissent de se défendre eux-mêmes, & d'arrêter, comme ils avoient fait plusieurs fois toute la puissance du roi de Perse, il ne put consentir à aucune proposition de rupture, & ne voulut point violer la foi que le malheur du tems l'avoit forcé de donner. Ainsi les ôtages furent renvoyés de part & d'autre, & la paix fut conclue entre les deux couronnes pour trente ans.

Ce traité fut depuis une source de division. Les Perses, enflés de cet heureux succès, croyoient pouvoir tout entreprendre, & les Romains ne demandoient qu'une occasion de se relever des pertes qu'ils avoient faites. Comme l'Arménie étoit entre les deux empires, elle pouvoit donner un grand poids aux

L'AN
381.

Ammian,
l. 25.

Ammian.
l. 27.

affaires : aussi on disputoit des deux côtés à qui pourroit s'en rendre maître. Sapor, après s'être tenu quelque temps en repos, résolut de s'emparer de ce royaume. Il sollicitoit la noblesse de se rendre à lui ; il y forçoit le peuple par des courses continuelles qu'il faisoit jusqu'au milieu du pays ; & ayant attiré, par des caresses & des témoignages d'amitié, le roi Arsace, à une entrevue, il l'arrêta, & le fit mourir dans la citadelle d'Agabane.

Para, fils d'Arsace, craignant le même traitement, s'alla jetter, par les conseils de la reine sa mere, entre les bras des Romains. Valens qui avoit succédé à Jovien, le reçut, & l'envoya à Néocésarée, où il le fit traiter & élever en roi. Il commanda quelque tems après à Térence, un de ses lieutenans, de ramener ce jeune prince en Arménie, & de le mettre en possession de ses états qui le redemandoient. Encore que l'empereur eût pris de grandes précautions, & qu'il eût commandé à Térence de ne mener aucunes troupes, & de ne se trouver pas au couronnement du roi, Sapor ne laissa pas de se plaindre qu'on assistoit l'Arménie, & qu'on manquoit à un des principaux articles du dernier traité. Il entra avec une armée dans ce royaume ; &, n'ayant pû se saisir de la perfonne du roi, qui s'étoit fauvé dans des montagnes, où il demeura cinq mois caché, il ravagea le pays, & prit, après un fiége très-difficile, le fort d'Artogeraffe, où la reine mere s'étoit renfermée avec les tréfors du feu roi.

Valens, qui voyoit la perte de l'Arménie inévitable, fi l'on n'y remédioit promptement, envoya ordre au comte Arinthée de marcher vers ce côté-là avec l'armée qu'il commandoit, & de fecourir les Arméniens, fi l'on ne ceffoit de les attaquer. Sapor, qui favoit être humble & fuperbe felon les tems, s'arrêta dès qu'il eût appris que l'armée de l'empire approchoit. Il voulut s'affurer de l'efprit du roi Para, en lui promettant une alliance & une protection inviolables, & l'engagea, par le confeil de quelques courtifans qu'il avoit gagnés, de fe défaire de deux miniftres qui le fervoient très-fidélement. Cependant il envoya des ambaffadeurs à la cour de Conftantinople, pour y repréfenter que l'empereur n'avoit aucun droit d'affifter le roi d'Arménie ; & que s'il continuoit de fe liguer avec lui, & de lui envoyer des armées, c'étoit une infraction, dont le roi de Perfe feroit contraint de fe venger.

Ammian.
l. 27.

Valens ne fit pas grand cas de cette ambaffade, & ne répondit autre chofe,

L'AN
281.

finon, *qu'il ne fe mêloit pas dés diffé-rends des Perfes avec les Arméniens ; qu'il étoit libre aux fouverains d'envoyer fur leurs terres des armées, felon qu'ils le jugeoient à propos pour le bien de leurs affaires ; qu'il ne faifoit aucune ligue au préjudice des traités ; mais qu'il avoit plus de droit de protéger le roi d'Armé-nie, que Sapor n'en avoit de l'opprimer; & que fi l'un étoit contre la foi d'un traité, l'autre étoit contre la juftice & contre tous les droits des gens.* Sur cela

Ammian.
l. 29.

il renvoya les ambaffadeurs. Sapor prit cette réponfe pour une rupture ouverte, leva des troupes, & fit de grands pré-paratifs de guerre pour le printemps. L'empereur, de fon côté, envoya con-tre lui le comte Trajan & Vadomaire, roi des Allemans, avec ordre d'obfer-ver les Perfes, & de ne faire aucun acte d'hoftilité contr'eux qu'à la der-niere extrêmité.

Ces deux généraux marcherent avec les légions vers la frontiere, prenant toujours des poftes commodes pour l'in-fanterie qui faifoit toute la force de leur armée. Là ils fe tenoient ferrés, & reculoient même exprès lorfqu'ils voyoient approcher l'ennemi, de peur qu'on ne les accusât d'avoir été les pre-miers à rompre la tréve. Mais enfin les Perfes étant venus pour les forcer, dans

la

la penfée qu'ils fuyoïent par lâcheté, & non par prudence, il fallut néceffairement en venir aux mains. Le combat fut rude, & Sapor fut contraint de fe retirer à Cteſiphonte, après avoir perdu la bataille, & demandé lui-même une tréve qui lui fut incontinent accordée.

L' A N 381.

Cependant ceux qui veilloient fur les affaires d'Arménie, écrivoient à l'empereur qu'il falloit y envoyer un autre roi ; que tout y étoit en défordre ; que Para traitoit mal fes fujets, & qu'il les obligeroit par fon orgueil à fe jetter entre les bras du roi de Perfe : ce qui feroit d'une grande conféquence pour l'empire. Valens l'ayant fait prier de le venir trouver fous prétexte de conférer avec lui fur les affaires préfentes, le laiffa à Tarfe en Cilicie, fans lui rien dire, & lui donna grand nombre d'officiers, en apparence pour le fervir, mais en effet pour le garder. Ce jeune prince s'étant apperçu de fa prifon, & craignant même pour fa vie, fe fauva un matin avec tant de diligence, qu'encore qu'il fût pourfuivi par des chemins coupés & accourcis, il gagna fes états, fans donner dans les pieges qu'on lui avoit tendus en plufieurs endroits. Il fut reçu de fes peuples avec beaucoup de joie, & diffimu-

K

lant tous les sujets qu'il avoit de se plaindre de l'empereur , il demeuroit dans la fidélité qu'il avoit jurée à l'empire.

Mais ceux qui commandoient dans l'arménie & dans les provinces voisines, craignant qu'il ne livrât son royaume aux Perses , écrivirent contre lui à la cour, & l'accuserent d'entretenir des intelligences secrettes avec les ennemis, d'avoir fait mourir deux de ses ministres affectionnés à son service & aux intérêts de l'empire, & sur-tout de se mêler d'enchantemens & de magie. Plusieurs témoignoient qu'il avoit le secret de transformer les hommes, ou de les consumer par des langueurs incurables. Ceux qui l'avoient poursuivi disoient pour s'excuser de l'avoir manqué, qu'il leur avoit fasciné les yeux. Valens , qui étoit crédule & défiant, & qui n'appréhendoit rien tant que de périr par des maléfices , manda secrettement , que par force ou par artifice on le délivrât d'un homme si dangereux : ce qui fut exécuté peu de tems après dans un festin, où ce jeune prince fut inhumainement assassiné.

Sapor, étonné de la perte de la derniere bataille, & plus encore de la mort du roi d'Arménie , avec qui il espéroit pouvoir prendre des mesures infaillibles contre les Romains, eut recours aux négociations. Il envoya Arface, un des principaux feigneurs de fa cour, pour propofer à l'empereur de terminer leurs différends à l'amiable, & de ruiner de concert l'Arménie qui n'avoit plus de roi, & qui étoit l'unique caufe de leurs divifions & de leurs guerres. Valens rejetta la propofition, & répondit qu'il s'en tenoit aux anciens traités, & qu'il ne vouloit rien innover.

Après plufieurs détours on en vint aux menaces, & peu de tems après on fe prépara des deux côtés à la guerre. Valens fit faire des levées dans le pays des Scythes, & réfolut d'entrer dans la Perfe avec trois corps d'armée au commencement du printemps. Sapor follicita fes alliés de lui envoyer du fecours, & affembla une grande armée. Il prévint même les Romains, & fe jetta fur quelques provinces voifines qu'ils avoient nouvellement acquifes. La révolte des Goths étant arrivée là-deffus, il fallut tout fouffrir des Perfes, & faire la paix avec eux à des conditions peu honorables, mais néceffaires.

Sapor jouiffoit des avantages qu'il avoit tirés des conjonctures des affaires ; & comme il avoit été nourri à la guerre dès fa jeuneffe, il penfoit toujours à de nouvelles entreprifes, & fon ambi-

LXVI.

L' A N
381.

Ammian.
l. 30.

tion dans un âge fort avancé, n'étoit
point diminuée. Mais lorsqu'il fut que
Théodose étoit empereur, & qu'il eut
appris les grandes qualités dont il étoit
doué, & les grandes actions qu'il avoit
faites, il lui envoya une célebre ambaffade ; & foit qu'il fût touché de la réputation de ce prince, foit qu'il craignît de perdre fous lui ce qu'il avoit
acquis fous fes prédécesseurs, il chargea
fes ambassadeurs de lui dire de fa part,
*qu'il fe réjouissoit de fa promotion à l'em-
pire ; qu'après avoir eu guerre avec quatre empereurs, qu'il pouvoit fe vanter
d'avoir vaincus en plusieurs rencontres,
il étoit bien aife d'en trouver un avec
qui il pût vivre dans une parfaite intelligence ; qu'il le prioit de lui accorder
fon amitié, & de vouloir bien qu'il paffât le refte de fes jours en paix dans fon
alliance.* Il lui offroit même de terminer les anciennes contestations des deux
nations, & de régler leurs prétentions
fur l'Arménie & fur l'Ibérie, par un
accommodement raifonnable.

LXVII.   Théodofe, qui favoit combien la paix
étoit nécessaire à l'empire, & combien
coûtent aux peuples les guerres, lors
même qu'elles font glorieufes aux rois
qui les ont entreprifes, entendit ces ou-
vertures de paix avec joie, & répondit
aux ambassadeurs, *qu'il remercioit leur*

roi des offres qu'il lui faiſoit faire , & qu'il l'aſſuroit de ſon amitié ; qu'ayant été appellé à l'empire , il avoit travaillé à terminer les guerres qu'il avoit trouvées , mais qu'il avoit évité de s'en attirer de nouvelles ; que ſes prédéceſſeurs ſans doute avoient eu des ſujets de rompre avec les Perſes ; mais que pour lui , il répondroit toujours aux intentions des princes qui voudroient bien vivre avec lui ; & que leur maître étant dans cette réſolution , ne pouvoit choiſir un ami plus ſincere , ni un plus fidele allié. L'empereur avoit reçu ces ambaſſadeurs avec une magnificence extraordinaire ; & après les avoir retenus quelque tems en ſa cour , pour régler avec eux les principales affaires des deux empires, il les renvoya comblés de riches préſens , & remplis de l'admiration de ſa grandeur & de ſa bonté.

En ce même tems arriverent à Conſtantinople quelques prêtres , députés du concile d'Aquilée, qui venoit de condamner deux évêques d'Illyrie , convaincus d'être ariens. Ils demanderent audience à l'empereur, & lui préſenterent des lettres de cette aſſemblée , dont Ambroiſe de Milan & Valérien d'Aquilée étoient les chefs. Ces prélats , après avoir rendu graces à Théodoſe d'avoir délivré l'égliſe d'orient , de l'oppreſ-

LXVIII.

Théodoret, *l. 5 , c. 9.*

sion des ariens, se plaignoient à lui du dessein qu'on avoit pris à Constantino-ple de donner un successeur à Meléce; ce qu'ils regardoient comme une persé-cution qu'on alloit faire à Paulin, qui avoit toujours été de leur communion. Ils le prioient, pour remédier à ces dé-sordres, de faire assembler à Alexandrie un concile de toute l'église catholique, & de le confirmer par son autorité im-périale. Théodose, qui n'avoit pas de plus grande passion que celle de voir finir tous les différends ecclésiastiques, leur auroit volontiers accordé ce qu'ils demandoient; mais parce qu'il ne vou-loit rien faire sans conseil, & qu'il crai-gnoit d'assembler des esprits déja aigris & difficiles à réunir, il écrivit aux évê-ques d'orient, & les pria de revenir à Constantinople au commencement de l'été prochain, pour y déliberer ensem-ble sur la proposition des occidentaux.

LXIX. Peu de tems après, l'empereur reçut d'autres lettres, par lesquelles les évê-ques d'occident, après lui avoir repré-senté de nouveau la nécessité d'un con-cile universel, pour condamner l'héré-sie d'Apollinaire, pour déterminer ceux avec qui il falloit communiquer, pour examiner l'élection de Flavien, & pour pacifier tous les troubles de l'église, le prioient de convoquer cette assemblée,

& d'agréer qu'elle se tînt , non pas à Alexandrie , mais à Rome. L'empereur Gratien le souhaitoit , & agissoit de concert avec les évêques. Théodose , qui connoissoit la délicatesse des orientaux , piqués d'une fausse émulation contre les autres , & jaloux de certains droits qu'ils s'attribuoient vainement , prévoyoit qu'ils auroient peine à se résoudre d'aller à Rome. Il savoit qu'ils ne souffriroient jamais qu'on touchât à ce qu'ils avoient fait à Constantinople , & qu'ainsi la division s'augmenteroit au lieu de s'appaiser. Il n'étoit pas trop porté lui-même à procurer un nouveau concile , où l'on se proposoit de donner atteinte à celui qu'il avoit fait tenir l'année d'auparavant. C'est pourquoi il ne se pressa pas de répondre ni à Gratien , ni aux évêques , jusqu'à ce qu'il eût reconnu les intentions de ceux qu'il avoit mandés.

L'AN 382.

Cependant Maxime recommença ses intrigues. Chassé de Constantinople , & rebuté par Théodose , il s'étoit retiré dans Alexandrie auprès du patriarche qui l'avoit trop légérement favorisé. Là , songeant aux moyens de troubler encore l'église , il menaçoit ce bon vieillard de le chasser lui-même de son siége , s'il n'achevoit de l'établir dans celui de Grégoire de Nazianze. Peut-être en se-

LXX.

roit-il venu à bout , fi le gouverneur d'Egypte , connoiffant combien cet efprit étoit remuant & dangereux , ne lui eut commandé de fortir de la ville. Il fut contraint de vivre à la campagne, où il fe tint en repos malgré lui durant quelque tems. Mais au premier bruit de la convocation d'un concile général à Rome , il partit promptement , & fe rendit en Italie , pour prévenir ceux qui n'étoient pas encore informés de fa vie fcandaleufe , & de fon intrufion à l'épifcopat. Il alla trouver l'empereur Gratien , & connoiffant fon zele pour la religion catholique , il lui préfenta un livre qu'il fe vantoit d'avoir compofé contre les ariens.

Après cela il s'adreffa aux évêques, & leur dit, *Qu'après tant de mauvais traitemens qu'il avoit reçus en orient, il venoit enfin en des lieux où la juftice étoit reconnue , & où les prélats perfécutés avoient toujours trouvé leur afyle ; que fon ordination étoit canonique , faite par plufieurs évêques , autorifée par le patriarche d'Alexandrie , exécutée à la vérité dans une maifon particuliere , mais en un tems où les ariens occupoient malheureufement toutes les églifes ; & que cependant on avoit maintenu Grégoire , & l'on venoit d'élire Nectaire à fon préjudice.* Il leur montra fes lettres de communion avec Pierre d'Alexandrie , & n'oublia rien de ce qui pouvoit les toucher de pitié pour lui , & les animer contre les orientaux, dont il favoit qu'ils avoient fujet d'être mécontens.

L'AN 382.

Par ce difcours artificieux il réveilla les paffions de plufieurs qui étoient déja préoccupés contre l'églife d'orient ; & la fageffe de faint Ambroife ne fut pas à l'épreuve de la diffimulation de cet hypocrite. Ces prélats le reçurent dans leur communion comme un homme de bien qu'on perfécutoit en orient , & qui avoit droit , felon les canons, de demander l'évêché de Conftantinople. Comme ils n'étoient pas pourtant fuffifamment informés de l'affaire , ils en renvoyerent le jugement au concile qui devoit bientôt s'affembler de toutes les parties du monde , & fe contenterent d'écrire à Théodofe , pour le prier d'avoir égard aux intérêts de Maxime, autant que la paix de l'églife le pourroit permettre.

Pendant que ces chofes fe paffoient en occident, les évêques d'orient, convoqués une feconde fois par l'empereur, fe rendoient à Conftantinople.

Append. cod. Théodor. p. 105.

La plupart de ceux qui s'y étoient trouvés l'année d'auparavant, y revinrent , & ceux qui ne purent fortir de leurs provinces, donnerent leur confen-

LXXI.

K v

tement par écrit , & pouvoir d'agir en leur nom. Il n'y eut que Grégoire de Nazianze qui n'y voulut avoir aucune part , & qui s'en excufa fur le peu de fruit qui revenoit ordinairement de ces affemblées tumultueufes, & fur fes infirmités qui ne lui permettoient pas d'entreprendre ce voyage.

Auffi-tôt que ces prélats furent arrivés, Théodofe leur communiqua la propofition que faifoient les évêques d'Italie, & voulut avoir leur avis fur le fynode général qu'on auroit voulu convoquer à Rome. Ils répondirent, *Qu'ils ne refufoient pas de contribuer à l'affermiffement de la foi , & à la réunion de l'églife ; mais qu'ils le prioient de confidérer qu'il n'y avoit point de raifons fi preffantes pour les faire aller fi loin ; que durant que l'occident jouiffoit d'une profonde paix , l'orient avoit été agité de cruelles tempêtes ; & qu'après ces perfécutions, les églifes avoient befoin de la préfence de leurs pafteurs ; qu'au refte ils n'avoient le confentement de leurs confreres , que pour le concile de Conftantinople , & qu'il ne reftoit pas affez de tems pour les confulter fur le fujet de celui de Rome.*

Ils firent la même réponfe à ceux qui les avoient invités à ce concile. Ils ajouterent une profeffion de foi fur la Trinité & fur l'Incarnation ; & après leur

avoir rendu compte de l'élection de
Nectaire & de celle de Flavien, ils les
prierent de vouloir les approuver, & de
quitter leurs affections particulieres, pour
l'intérêt commun de l'églife. Ils députerent même trois évêques de leur corps
vers ceux d'Italie, pour leur témoigner
le defir qu'ils auroient eu de les voir,
& de les affurer de leur amour pour l'u-
nion, & de leur zele pour la foi. L'empereur voyant fous ces démonftrations
d'amitié & de religion beaucoup de froi-
deur & d'indifférence dans leur efprit,
reçut leurs excufes, & crut qu'il falloit
empêcher une affemblée qui feroit com-
pofée de deux partis déja tout formés,
& qui ne produiroit vraifemblablement
que des troubles pareils à ceux qu'il
avoit vûs avec tant de déplaifir à Conftantinople. Il manda donc à l'empereur
Gratien, & aux évêques d'Italie, *Qu'il
avoit fait de férieufes réflexions fur la
demande qu'on faifoit d'un concile œcuménique à Rome, & que les prélats de
fon empire, qu'il avoit confultés là-deffus, lui avoient allégué la difficulté du
voyage en une faifon avancée, & le peu
d'apparence qu'il y avoit qu'ils puffent
abandonner leurs églifes, pour fe trouver
à une affemblée qui n'étoit pas fi néceffaire
depuis celle de Conftantinople; qu'il n'a-
voit pû réfifter à ces raifons, mais qu'il*

les prioit d'être perſuadés qu'il contri-
bueroit à la paix de tout ſon pouvoir,
& qu'il y porteroit tous ceux qui dépen-
doient de lui.

LXXII.   Cependant les Goths de la ſuite d'A-
thanaric étoient arrivés en leur pays.
Comme ils n'en avoient été chaſſés pour
aucun ſujet de haine particuliere qu'on
eût contr'eux, ils y furent reçus ſans
aucune difficulté. La fidélité qu'ils avoient
gardée à leur prince juſqu'à la fin, pa-
roiſſoit louable même aux barbares ; &
Fritigerne, à qui il importoit de faire
valoir un ſi bon exemple les retenoit
volontiers auprès de lui, & les favori-
ſoit en toute rencontre.

Ceux-ci ne ceſſoient de raconter les
grandes choſes qu'ils avoient vues dans
la cour de Conſtantinople, & de louer
ſur-tout la magnificence & la bonté de
Théodoſe. Ils entretenoient le roi &
le peuple des civilités qu'il avoit faites
à Athanaric, & des honneurs qu'il lui
avoit rendus après ſa mort. Ils mon-
troient les préſens qu'il leur avoit faits :
ils rediſoient les paroles obligeantes qu'il
leur avoit dites ; & à force de parler des
grandes qualités de l'empereur, ils ré-
duiſirent toute leur nation, quelque
prévenue qu'elle fût contre lui, à le
craindre & l'eſtimer.

LXXIII.   Fritigerne, qui ſe voyoit avancé en

âge, qui craignoit les révolutions, & qui d'ailleurs, favoit connoître & prifer la vertu, réfolut de rechercher l'alliance & la protection d'un prince qu'on lui repréfentoit fi puiffant & fi généreux. Il propofa fon deffein à l'armée. Les capitaines & les foldats y confentirent; les uns touchés du bon traitement qu'on avoit fait à leurs compagnons; les autres excités par l'efpérance de fervir un empereur libéral & bienfaifant. Le roi follicita les Grotungues qui étoient affociés avec lui depuis plufieurs années, de prendre le même parti : mais ils le refuferent, foit qu'ils fuffent preffés d'aller joindre le gros de leur nation, dont ils s'étoient féparés, foit qu'ils efpéraffent que leur cavalerie pourroit faire encore quelque irruption dans les terres de l'empire, & remporter chez eux quelque butin confidérable.

L' A N 382.

Fritigerne choifit donc les principaux chefs de fon armée, & les envoya à Théodofe pour lui demander fon amitié, & le fupplier d'avoir pour lui & pour tout fon peuple la même bonté qu'il avoit eue pour Athanaric & ceux de fa fuite. Il promettoit d'être inviolablement attaché aux intérêts de l'empire, & de lui rendre, s'il pouvoit, autant de fervice qu'il lui avoit fait autrefois de tort, fous un empereur moins fage & moins généreux que lui.

L' A N
382.

Théodofe reçut cette députation avec tout l'honneur & tous les témoignages d'amitié poffibles. Il promit de traiter les Goths comme fes alliés, & de les aimer comme fes fujets. Quoiqu'ils n'euffent propofé aucune condition, il leur en fit de très-avantageufes, ordonnant qu'on leur fournît des vivres en abondance, & leur affignant des terres dans quelques provinces de l'empire. Les

Zoz. l. 4.
Grof.

Goths, depuis ce tems-là, fervirent toujours l'empereur. Il y en eut près de vingt mille qui prirent parti en divers lieux parmi fes troupes ; le refte fe tint fur les bords du Danube, pour empêcher les autres barbares de courir fur le pays des Romains.

LXXIV. En ce même tems les évêques d'Italie renouvellerent leurs inftances auprès de Gratien, fur la convocation du concile général qu'ils prétendoient tenir à Rome ; mais ce prince les renvoya à Théodofe, pour fe décharger de ce foin, & pour ne point entrer dans les différends des orientaux avec ceux d'occident. Ils écrivirent donc à Théodofe fur ce fujet. Ils y ajouterent des plaintes contre l'élection de Flavien & celle de Nectaire. Ils improuverent même celle de Grégoire de Nazianze, & fe déclarerent en faveur de Maxime, demandant que sa cause fût jugée à Rome, comme celle d'Athanase, de Pierre d'Alexandrie, & de plusieurs autres prélats d'orient, qui avoient eu recours au jugement de l'église romaine.

L'empereur, pour terminer cette affaire, & pour ôter tout sujet de division, leur récrivit fortement; *Que leurs raisons n'étoient pas suffisantes pour assembler un concile universel ; que les élections de Nectaire & de Flavien s'étant faites en orient, elles ne devoient point être jugées hors des lieux où toutes les parties étoient présentes ; que les évêques d'orient avoient quelque sujet de s'offenser de leurs demandes peu raisonnables ; que pour Maxime, il s'étonnoit que des prélats si éclairés eussent eû tant de facilité à croire un imposteur reconnu, qu'il étoit résolu de faire punir s'il osoit approcher de Constantinople.*

Ainsi Théodose prenoit soin dès affaires de l'état & de celles de l'église, & méritoit que Dieu le favorisât de tant de succès surprenans, qui rendirent son regne recommandable.

SOMMAIRE

DU

LIVRE TROISIÉME.

fier aux idoles. XLVII. *Réformation des mœurs.* XLVIII. *Délivrance des prisonniers pour les fêtes de Pâques.* XLIX. *Mort de la princesse Pulcherie.* L. *Mort de l'impératrice Flaccille ; ses vertus.* LI. *Aversion de l'impératrice Justine contre saint Ambroise.* LII. *Edit contre les catholiques. Fermeté de Benevole.* LIII. *Saint Ambroise est provoqué à la dispute devant l'empereur.* LIV. *Saint Ambroise refuse de se trouver à la conférence dans le palais.* LV. *Ordre de livrer les églises des catholiques aux ariens.* LVI. *Le peuple s'enferme dans la cathédrale. Saint Ambroise refuse de l'abandonner.* LVII. *Négociation pour avoir une église dans le fauxbourg.* LVIII. *Vains efforts de l'impératrice pour réduire saint Ambroise.* LIX. *Députation des seigneurs à l'Empereur.* LX. *La persécution cesse.* LXI. *Prétexte de Maxime pour entrer en Italie.* LXII. *Irruption des Grotungues ; leurs efforts pour passer le Danube.* LXIII. *Vigilance & adresse de Promote.* LXIV. *Défaite des Grotungues.* LXV. *Théodose arrive au camp ; donne la liberté à tous les prisonniers.* LXVI. *Grotungues enrôlés au service de l'Empereur.* LXVII. *Action téméraire de Géronce.* LXVIII. *Grotungues tués.* LXIX. *Théodose fait citer Géronte ; le fait arrêter.* LXX. *Théodose écrit à Maxime, & à l'impératrice*

découverte dans l'armée de Théodose.
XCIII. *Valentinien & sa mere s'embarquent.* XCIV. *Théodose surprend Maxime dans la Pannonie.* XCV. *Passage du Save. Victoire de Théodose.* XCVI. *Théodose marche contre Maximin, & gagne une seconde bataille.* XCVII. *Mort de Maxime & d'Andragatius.* XCVIII. *Modération & clémence de Théodose.* XCIX. *Faux bruits répandus par les ariens.* C. *Sédition des ariens.* CI. *Ordonnance de Théodose contre un évêque d'Orient.* CII. *Remontrance de saint Ambroise à l'empereur Théodose.* CIII. *Saint Ambroise reprend publiquement l'Empereur dans un sermon.* CIV. *Théodose révoque l'ordonnance.* CV. *Description de l'autel de la Victoire.* CVI. *Divers états de cet autel sous les empereurs.* CVII. *Les députés du sénat demandent que cet autel soit relevé ; Théodose le refuse.* CVIII. *Théodose va recevoir dans Rome l'honneur du triomphe.* CIX. *Réglemens que Théodose fit dans Rome.* CX. *Simmaque prononce un panégyrique en l'honneur de Théodose. Il est disgracié, & rappellé peu de tems après.* CXI. *Divers réglemens.* CXII. *Nouvelle de la ruine des temples d'Alexandrie.* CXIII. *Conversion de plusieurs payens. Usage qu'on fit des idoles d'or.* CXIV. *Départ de Théodose. Mort de l'impératrice Justine.*

HISTOIRE

DE

THÉODOSE

LE GRAND.

LIVRE TROISIÉME.

THÉODOSE regnoit paisiblement dans l'orient. Ses peuples vivoient dans le repos & dans l'abondance, & ses ennemis étoient devenus ses alliés. Pendant que tout le monde révéroit sa grandeur, ou redoutoit sa puissance, il s'appliquoit à régler ses états, & à rétablir dans sa pureté la religion que ses prédécesseurs avoient opprimée ; & il regardoit la paix dont il jouissoit, comme une récompense de celle qu'il donnoit à l'église.

L'empire d'occident n'eut pas été moins heureux, si la foiblesse, ou la négligence des empereurs n'eut donné

I.

I I.

occafion aux révoltes & aux guerres civiles. Le jeune Valentinien, qui avoit
pour fon partage l'Italie, l'Afrique &
l'Illyrie, n'étoit pas encore en âge de
gouverner, & l'impératrice fa mere abufoit de fon nom & de fon autorité. Elle
étoit arienne, & croyoit que c'étoit
bien fervir fon fils que de le rendre arien
comme elle. Les foins de fa régence n'alloient qu'à faire élire un évêque de fon
parti, ou à ôter une églife aux catholiques. Elle diftribuoit les graces à ceux
qui favorifoient fes paffions, & ne pouvoit s'imaginer que l'état pût avoir d'autres ennemis que ceux qui l'étoient de
fon erreur. Tout étoit à craindre fous
un empereur enfant, à qui on donnoit
de mauvaifes impreffions, & fous une
impératrice hérétique, qui penfoit plutôt à l'avancement de fa fecte, qu'au
repos & au falut de l'empire.

III.   Gratien, qui regnoit au-deçà des Alpes, étoit en la fleur de fon âge, redouté de fes ennemis, fur lefquels il
avoit remporté plufieurs victoires. Il
avoit un grand fond de juftice & de
bonté naturelle, qui lui pouvoient gagner l'amitié des peuples : mais il s'a-
bandonnoit entiérement aux confeils intéreffés de fes miniftres, & n'avoit aucune application aux affaires. C'étoit
un efprit doux, poli, modefte, complai-

L' A N
383.

Ambrof.
orat. in fun.
Valent.

Ammian.
l. 31.

Aurel. vict.
in Gratian.

fant. Il favoit parfaitement les belles lettres ; & foit qu'il fallût parler en public, ou écrire en vers & en profe, il étoit aifé de juger qu'il avoit profité des inftructions d'Aufone, & qu'Aufone avoit trouvé en lui un beau naturel. Pour fes inclinations, elles étoient toutes généreufes, & toutes portées au bien. Il avoit dans l'ardeur de fa jeuneffe la chafteté & la tempérance d'un vieillard. Il étoit non-feulement fidele, mais encore libéral à fes amis. Il aimoit à accorder des graces, & cherchoit à prévenir même les demandes & les defirs. Jamais prince ne fut plus actif, ni plus vigilant dans la guerre : il étoit toujours à la tête des troupes, & marchoit le premier à l'ennemi. Après les combats, il avoit foin des foldats bleffés, qu'il alloit confoler dans leurs tentes, il pourvoyoit lui-même à toutes leurs néceffités, & panfoit quelquefois leurs plaies de fes propres mains.

Tous les auteurs eccléfiaftiques louent fa piété envers Dieu, fon zele très-ardent pour la pureté de la foi. Tant de grandes qualités, jointes à une grace merveilleufe qu'il avoit en toutes fes actions, & à la beauté de fon vifage, fembloient le devoir rendre heureux. Mais il avoit une fi grande averfion pour le travail, & tant de paffion pour la chaf-

L'AN 383.

Aufon. in Panegyr.

Ruffin.
Ambrof.
Auguft. &c.

L'an
383.
Victor. in
Gratiano.
Ammian.
l. 31.

se, & pour les autres exercices du corps, qu'il passoit les jours entiers à lancer le javelot, & à tirer des bêtes dans un parc. Ceux qui le gouvernoient, l'entretenoient dans cette oisiveté, au lieu de l'en corriger ; & tandis que ce jeune prince se faisoit une occupation d'un amusement, & qu'il mettoit toute sa gloire en une adresse inutile, ils étoient maîtres des affaires, & pensoient à leurs intérêts particuliers.

I V.
Victor. in
Gratiano.
Ammian.
l. 31.
Sulpit.
Sever. l. 2,
c. 62.

Les choses étoient en cet état, lorsque Maxime, général de l'armée romaine en Angleterre, se fit proclamer empereur. Outre que son ambition le portoit depuis long-tems à tout entreprendre pour regner, & que descendant de la maison d'Hélene, mere du grand Constantin, il regardoit l'empire comme un bien qui lui devoit appartenir, il n'avoit pû souffrir que Gratien lui eût préféré Théodose. Piqué contre l'un, & jaloux de l'autre, il gagna d'abord les principaux officiers de l'armée. Il attira la plu-

Socrat. l. 5,
c. 11.

part des seigneurs d'Angleterre à son parti, & se servit ensuite de toutes les conjectures favorables pour inspirer la révolte dans les Gaules & dans l'Italie.

Gratien avoit entrepris de ruiner la religion des payens, que son pere, par politique, avoit toujours épargnée. Il l'avoit déja fort affoiblie, en retranchant

chant aux prêtres les revenus dont ils jouiſſoient , & les ſommes qui étoient couchées ſur l'état pour l'entretien des ſacrifices. Il avoit donné au préfet de Rome l'autorité de juger de tous les différends qui regardoient l'idolâtrie. Il n'avoit pas même voulu de titre qui reſſentît la ſuperſtition, refuſant le nom & l'habit de ſouverain Pontife, que ſes prédéceſſeurs par des raiſons d'état , avoient retenus juſqu'alors. Un zele ſi généreux irrita les payens , & ſur-tout quelques ſénateurs romains qui en étoient les chefs.

L' A N
383.
Symmach.
l. 5 , epiſt. 11.

Zoz. l. 4.

Maxime les trouvant diſpoſés à favoriſer ſa révolte , leur fit eſpérer qu'il rendroit à leurs dieux l'honneur qu'on venoit de leur ôter, & qu'il rétabliroit leurs autels , leurs prêtres & leurs ſacrifices. Quoiqu'il fût chrétien, il leur parut ſi porté à remettre le culte de leurs idoles , qu'ils le regarderent comme leur libérateur , & commencerent à le louer hautement , comme ſi Gratien eût été le tyran, & Maxime le prince légitime. Ainſi les uns trahiſſoient l'empereur par une préoccupation de religion ; l'autre trahiſſoit ſa religion par la paſſion qu'il avoit de devenir empereur.

V.

Il débaucha l'armée auſſi facilement qu'il avoit débauché le ſénat. Gratien n'avoit pas aſſez ménagé les officiers des

V I.

L

troupes romaines. Il leur préféroit ordinairement des foldats Alains, & d'autres barbares qu'il honoroit de fa confidence & de fes faveurs; & foit qu'il les trouvât plus commodes pour fes divertiffemens, foit qu'il efpérât par-là attirer à fon fervice toute leur nation, il les tenoit auprès de lui, & prenoit même

Zoz. l. 4.

plaifir de s'habiller à leur mode. Cette conduite le rendit odieux aux légions qui l'avoient fervi fi utilement; & pour gagner l'amitié des étrangers, il perdit celle de fes foldats. Maxime fe fervit de cette occafion. Il fit folliciter fous main ces troupes, qui n'étoient déja que trop fenfibles au mépris qu'on avoit pour

Pacat. in paneg.

elles. Quelques-uns ajoutent qu'il leur fit entendre qu'il avoit des liaifons fecrettes avec Théodofe, & qu'il agiffoit de concert avec lui.

Un empire ne fuffifoit pas à l'ambition de ce rebelle. Il crut qu'après avoir ruiné Gratien, il viendroit aifément à bout de Valentinien & de fa mere Juftine : l'âge de l'un, la foibleffe de l'autre, & la haine de tous les gens de bien, qu'il s'étoit attirée en perfécutant les catholiques, lui faifoient efpérer qu'il fe rendroit maître des deux empires, qu'il feroit au moins redoutable à Théodofe, & qu'il jouiroit en repos du fruit de fes crimes.

Sur cette espérance il se met en mer, & vient descendre avec son armée vers l'embouchure du Rhin. Les troupes qui étoient en quartier vers l'Allemagne, le reconnurent d'abord pour leur empereur, & toutes les garnisons le reçurent. Gratien, étonné de ce changement, assembla cette partie de l'armée qu'il avoit retenue près de lui, & s'avança vers les rebelles, résolu de les combattre. Les deux armées furent environ cinq jours en présence, sans que Maxime en voulût venir à un combat décisif. Alors les légions mal satisfaites de Gratien, parurent ébranlées. Toute la cavalerie maure se détacha pour aller joindre les rebelles ; le gros de l'armée suivit leur exemple ; les peuples qui aiment la nouveauté, & qui sont toujours du parti le plus fort, se déclarerent bientôt après ; & Maxime regna dans les Gaules presque aussi-tôt qu'il y fut descendu.

Gratien, au premier bruit de cette révolte, avoit appellé les Huns & les Alains à son secours ; mais ils n'arriverent pas à tems. Il ne lui restoit près de sa personne que peu de troupes, dont la fidélité lui étoit suspecte. Alors, abandonné des siens, refusé des villes par où il passoit, n'ayant presque personne pour le défendre, non pas même pour l'ac-

L'AN
383.
VII.
Zoz. l. 4.

VIII.

L ij

L'AN
383.
Zoz. l. 4.

compagner, il erroit dans son propre
empire. Enfin il courut vers les Alpes,
suivi de trois cens chevaux qu'il avoit
à peine assemblés pour l'assister dans sa
fuite : mais il trouva tous les passages
gardés par des gens dont il avoit sujet

Socrat. l. 5,
c. 11.

Zozom. l. 7,
c. 13.

de se défier. Il retourna sur ses pas, incertain de la route qu'il devoit prendre
pour se sauver. Comme il arrivoit à
Lyon, il eut avis de plusieurs endroits
que l'impératrice, sa femme, venoit le
chercher, pour le suivre dans sa mauvaise fortune.

I X.   Ce prince, oubliant pour un tems le
danger où il étoit, plus touché des malheurs de cette princesse que des siens
propres, rappella dans son cœur toute
sa tendresse, & passa le Rhône pour aller au-devant d'elle. Dès qu'il fut sur
le rivage, il apperçut une litiere entou-
rée de gardes. Il y courut : mais il vit
sortir, au lieu de sa femme, le comte
Andragatius, général de la cavalerie,
que Maxime avoit dépêché en diligence
après lui. Ce traître l'ayant fait tomber
dans les piéges qu'il lui avoit tendus,

Ammian.
l. 27.

le saisit & le massacra inhumainement
le vingt-quatriéme de Septembre, en la
vingt-huitiéme année de son âge, & la
seiziéme de son empire.

Telle fut la fin de cet empereur. Il
souffrit la mort avec constance ; & tout

le regret qu'il eut fut de n'avoir pas
faint Ambroife auprès de lui, pour le
difpofer à mourir faintement. L'églife
qu'il avoit toujours défendue, pleura
fa perte ; & ceux qui regnent après lui
peuvent en tirer cette inftruction, qu'il
importe à leur réputation , à leur repos, & même à leur fûreté, de gouverner par eux-mêmes les états dont
ils font chargés.

L'AN
383.
De Amb.
in orat. de
obitu Grat.

Maxime, enflé de tant de fuccès, étoit
près de paffer en Italie, & de furprendre
Valentinien, jeune prince fans expérience & fans force. Mais outre qu'il
falloit donner quelques ordres dans les
provinces nouvellement conquifes , il
jugea à propos, avant que de paffer les
Alpes, de fonder les intentions de Théodofe. Il lui envoya des ambaffadeurs ,
avec ordre de lui offrir de fa part fon
amitié s'il vouloit l'affocier à l'empire,
ou de lui déclarer la guerre, s'il le refufoit. Théodofe, fenfiblement touché
de la mort de Gratien, fon ami & fon
bienfaiteur, avoit déja réfolu de la venger ; mais comme il ne s'étoit réfervé
que peu de troupes depuis la paix générale par tout l'orient, il craignoit
qu'on n'opprimât Valentinien avant qu'il
fût en état de le défendre. Il diffimula
fon deffein, & répondit aux ambaffadeurs, qu'il acceptoit les offres de Ma-

X.

Zoz. l. 4.

xime ; qu'il ne s'oppofoit pas à ce que l'armée avoit fait pour lui ; & que, puif-qu'il avoit la place de Gratien, il le re-gardoit comme fon fucceffeur à l'empire. La néceffité des affaires l'obligea de le traiter ainfi de collegue, jufqu'à ce qu'il pût fe déclarer fon ennemi.

XI. Mais pendant qu'il entroit en négo-ciation avec lui, l'impératrice Juftine croyoit toujours que Maxime alloit fon-dre fur l'Italie. Elle n'avoit ni armée à lui oppofer, ni fecours à efpérer de fes alliés. Elle réfolut de lui envoyer des ambaffadeurs, pour tâcher de le ga-gner par fes foumiffions, & de l'arrêter au-delà des Alpes. Mais elle ne trou-voit perfonne en fa cour qui pût ou qui voulût fe charger d'une négociation fi difficile : de forte qu'elle fut contrainte d'avoir recours à faint Ambroife. Elle fufpendit pour un tems la haine qu'elle avoit conçue contre lui, & le conjura de la part de l'empereur fon fils, d'en-treprendre cette ambaffade. Le faint évêque accepta volontiers cet emploi, & partit en diligence, réfolu de facri-fier fon repos & fa vie même pour fon prince & pour fa patrie. Il trouva Ma-xime en état de tout entreprendre. Ses conquêtes, au lieu d'affouvir fon am-bition, l'avoient irritée. Il ne comptoit pour rien d'être maître des Gaules, de

L'AN 383.

l'Espagne & de l'Angleterre, s'il ne regnoit en Italie : il venoit de répandre le sang d'un empereur, il alloit chasser l'autre de son empire.

XII. Mais ce prélat lui parla avec tant de force, & fit si bien par son éloquence & par son adresse, qu'il lui fit abandonner la résolution qu'il avoit prise de passer les Alpes. Les armes lui tomberent des mains : & soit que le respect & la vénération qu'il avoit pour ce grand homme lui eût inspiré quelque retenue, soit qu'il sentît ses passions rallenties par les discours libres & touchans qu'il lui avoit faits, soit enfin que Dieu, qui est le maître des rois, & qui lâche les tyrans dans sa colere, & les retient quand il lui plaît, eût prescrit ces bornes à celui-ci ; il fit, sans savoir pourquoi, ce que saint Ambroise desira de lui. Contre toute apparence il s'arrêta dans les Gaules, établit à Tréves le siége de sa nouvelle domination, & prit le titre d'Auguste, du consentement des deux empereurs. Il se repentit depuis d'avoir perdu une occasion si favorable, & se plaignit plusieurs fois que l'archevêque de Milan l'avoit enchanté. *Ambros. Epist. 33.*

XIII. Ce fut en ce tems que Théodose, voyant croître son fils Arcadius, résolut de le déclarer Auguste, quoiqu'il ne fût âgé que de sept à huit ans. La cé-

L'AN
383.
Socrat. l. 5,
c. 10.
Zozom. l. 7,
c. 12,

rémonie se fit dans un palais appellé le Tribunal, destiné au couronnement des empereurs, en présence de tous les seigneurs de la cour, & de plusieurs évêques. Chacun témoigna, par ses acclamations, la joie qu'il avoit de voir ce jeune prince revêtu des habits impériaux, & souhaita qu'il eût les vertus de son pere, comme il venoit d'en recevoir la dignité.

XIV. Théodose eut beaucoup de satisfaction d'avoir fait un nouvel empereur de sa famille, & d'avoir eu l'approbation publique. Mais il pensoit plus à son éducation qu'à son établissement, & croyoit que c'étoit peu de lui laisser de grandes provinces, s'il ne lui laissoit la sagesse pour les gouverner. Il avoit long-tems cherché le plus sage & le plus savant homme de l'empire, pour lui confier cet enfant, qui devoit un jour être le maître de tant de peuples. Il en avoit écrit à l'empereur Gratien ; & Gratien avoit prié le pape Damase de faire lui-même un choix si important, & d'envoyer à Constantinople celui qu'il auroit jugé digne de cet emploi. Ce pape qui avoit beaucoup de connoissance des lettres, une grande piété, & beaucoup de discernement, jetta les yeux sur Arsene, diacre de l'église romaine, dont il connoissoit la vertu & la doctrine.

C'étoit un homme d'une famille très-noble, confommé dans les langues grecque & latine, dans les fciences humaines, & dans l'étude des faintes écritures. Quelque digne qu'il fût des plus grands emplois, & des premieres dignités de l'églife, il n'avoit jamais eu d'autres vues que celle de fon falut. Quoique fon inclination l'eût toujours porté à la retraite, & qu'il fût très-auftere pour lui-même, il ne fuyoit pas une honnête fociété, & n'étoit incommode à perfonne. Damafe le propofa comme un efprit fage, qui vivroit dans la cour fans s'y corrompre, & qui donneroit non-feulement de bonnes inftructions au prince, mais encore de bons exemples aux courtifans.

L'empereur reçut Arféne comme un tréfor que le ciel même lui envoyoit, & le pria d'avoir foin de l'éducation d'Arcadius, de le regarder comme fon fils propre, de prendre toute l'autorité de pere fur lui, & d'en faire par fes inftructions un favant & pieux empereur. Il recommanda à ce jeune prince la docilité, l'obéiffance & le refpect, & lui redit plufieurs fois ces paroles : *Souvenez-vous, mon fils, que vous ferez plus obligé à votre précepteur qu'à moi-même. Vous tenez de moi la naiffance & l'empire ; vous apprendrez de lui la fageffe &*

L v

L'AN
383.

X V.

X V I.

Apud Méta-praft. 8.
Maii Sur. 19.
Julii.

la crainte de Dieu ; & déformais il sera plus votre pere que moi. Il n'oublia rien de tout ce qui pouvoit autoriser le maître, & rendre le disciple plus respectueux : car étant un jour entré dans la chambre du prince pour assister à sa leçon, & l'ayant trouvé assis, & Arséne debout devant lui, il se plaignit de l'un & de l'autre.

Arséne voulut s'excuser sur l'honneur qu'il avoit cru être obligé de rendre à un empereur, & sur le respect qu'imprimoit la pourpre dont il le voyoit revêtu. Mais Théodose, sans écouter ses excuses, lui commanda de s'asseoir, & à son fils d'être debout & découvert pendant la leçon : & pour ne laisser aucune raison de bienséance, il ordonna qu'on ôtât au prince toutes les marques de sa dignité lorsqu'il entreroit à l'étude ; ajoutant qu'il le tiendroit indigne de l'empire, s'il ne savoit rendre à chacun ce qui lui est dû, & s'il n'apprenoit avec les sciences la reconnoissance & la piété.

XVII.   Arséne s'appliquoit non-seulement à apprendre les belles-lettres à son disciple, mais encore à l'élever dans la foi, & dans l'exercice des vertus chrétiennes. Il étudioit ses inclinations, & les entretenoit ou les redressoit, selon qu'elles étoient bonnes ou mauvaises.

Ce jeune prince avoit l'esprit vif & ouvert, l'humeur aisée & agréable, les sentimens nobles & généreux, & l'ame naturellement portée à la religion & à la justice. Mais il étoit ennemi du travail, changeant dans ses amitiés, facile & susceptible de toutes sortes d'impressions, & plus porté à croire ceux qui le flattoient dans ses défauts, que ceux qui tâchoient de l'en corriger.

L' A N
383.

Arséne, prévoyant les suites funestes que pouvoient avoir en un empereur ces habitudes vicieuses, après avoir essayé en vain de les détourner par adresse, résolut de les réprimer par une sévérité discrette. Il le reprit plusieurs fois : il se plaignit à l'empereur son pere de son peu de docilité : il joignit enfin le châtiment aux plaintes & aux reprimandes. Arcadius prit la correction pour une injure, & voulut se défaire de son précepteur. Il communiqua son dessein à un de ses officiers en qui il avoit beaucoup de confiance, & lui commanda de le délivrer d'un homme incommode qui le maltraitoit. Cet officier lui promit d'exécuter ses ordres, de peur qu'il n'en chargeât quelqu'autre, & s'en alla secrettement avertir Arséne, qu'il pensât à sa sureté.

Quoiqu'Arséne vît bien que ce n'étoit-là qu'une colere d'enfant, qui ne

XVII.

L vj

L'AN
383.

devoit avoir aucune fuite, toutefois faifant réflexion fur le malheur des princes, qui aiment prefque en naiffant ceux
qui les trompent, & tiennent pour ennemis ceux qui les corrigent, il penfa
férieufement à fortir d'un emploi où il
hafardoit fa vie s'il perfiftoit dans fa fermeté, & fon falut, s'il prenoit une conduite molle & relâchée. Le ciel le détermina prefque en même tems à une
profeffion plus tranquille & plus fainte:
car comme il demandoit à Dieu dans
la ferveur de fa priere ce qu'il devoit
faire pour fe fauver, on rapporte qu'il
entendit une voix qui lui répondoit, *Ar-*
féne, fuis les hommes ; c'eft le moyen de
te fauver.

Ruffin. l. 3.

Peu de jours après il fortit, déguifé,
de Conftantinople, & fe réfugia dans
les déferts d'Egypte, où il paffa plus
de cinquante ans avec les folitaires de
Sceté, fans avoir aucun commerce avec
le monde, ne vivant que de racines,
donnant à peine quelques momens de
fommeil à l'infirmité de la nature, em-
ployant les jours & les nuits à prier &
à pleurer dans fa cellule, & s'attachant
avec une entiere application d'efprit à
fon falut, jufqu'à l'âge de quatre-vingt-
quinze ans.

L'empereur apprit avec un très-fenfible déplaifir la retraite d'Arféne, dont

il ne savoit pas le sujet. Il le fit chercher dans toutes les terres de l'empire, mais Dieu voulut le cacher au monde, après qu'il l'en eut retiré, afin d'en faire un modele parfait d'une vie pénitente & solitaire. Arcadius ne connut pas la perte qu'il venoit de faire : mais les peuples en ressentirent les effets, lorsqu'affermi dans ses passions, gouverné par des femmes & par des eunuques, élevant & détruisant lui-même ses favoris, il donna lieu à ces révolutions qui commencerent à ruiner l'empire romain sans ressource.

L' A N
383.

Théodose, après avoir établi son fils, pensa à régler les affaires de l'église, qui ne lui étoient pas moins considérables que celles de sa famille. Pour satisfaire son zele, & pour ne laisser aucune source de division en orient, quand il seroit en état de marcher contre Maxime, il entreprit de ruiner tout d'un coup toutes les hérésies, & de réunir tous les esprits dans une même créance. Pour cela il fit venir à Constantinople tous les chefs des sectes différentes, pour rendre raison de leur foi, & des motifs qui les avoient séparés des catholiques. Ils s'y rendirent tous, les uns pour essayer de se faire rétablir dans les évêchés qu'ils avoient autrefois usurpés, les autres pour fou-

X I X.

Socrat. l. 5
c. 10.
Zozom. l. 7
c. 12.

tenir leurs opinions dans une difpute réglée.

L'empereur communiqua fon deffein à l'archevêque de Conftantinople, & le confulta fur les moyens qu'il jugeoit les plus propres pour la réunion des religions. Ce prélat, qui avoit vieilli dans la cour fans aucune connoiffance des faintes écritures, ni des regles eccléfiaftiques, & fur-tout fort peu inftruit de l'état des queftions & des controverfes du tems, fe trouvoit dans un extrême embarras. Il craignoit les difputes & les conférences, & connoiffant fon peu de capacité, il eut recours à Agele, évêque des novatiens. Ce prélat le renvoya à Sifinne, qui n'étoit encore que lecteur dans leur églife, & qui ne laiffoit pas d'être très-intelligent en toute forte de doctrine, & très-verfé en la lecture des auteurs eccléfiaftiques. Celui-ci lui confeilla d'empêcher les difputes & les conteftations dans le fynode, difant qu'elles aigriffoient les efprits au lieu de les perfuader ; que le defir de vaincre, ou la honte d'être vaincu, emportoient les plus fages à des extrémités fâcheufes ; & que par cette voie la charité étoit prefque toujours bleffée, & la vérité n'étoit jamais éclaircie.

XX. Il propofa enfuite un moyen abrégé

de terminer ces différends , fans entrer
dans de longues difcuffions de doctrine.
Ce fut de prendre pour juges des controverfes préfentes les anciens docteurs
de l'églife , qui avoient expliqué les
myfteres de la religion chrétienne ; ajoutant que fi les hérétiques s'en tenoient
aux témoignages des faints peres , il
étoit aifé de les convaincre , & que s'ils
refufoient de s'y foumettre , ils fe ren-
droient odieux aux peuples.

L'AN
383.

Nectaire profita de cet avis , & vint
auffi-tôt en conférer avec l'empereur.
Ce prince trouva que c'étoit l'expédient
le plus court , & le plus aifé pour réuffir dans fon deffein ; & ravi d'être dé-
baraffé de toutes les vaines fubtilités
qu'il n'eût point entendues , & de réduire à un point de fait fi facile à prouver toutes les queftions qui divifoient
l'églife , il conduifit l'affaire avec beaucoup de prudence. Un jour que les évêques étoient affemblés , il entra dans le
fynode , leur parla avec beaucoup de
douceur & de gravité ; & après les avoir
exhortés à la paix & à la recherche de
la vérité , il leur demanda quel fentiment ils avoient des faints docteurs qui
avoient traité de la foi & de la doctrine de Jefus-Chrift avant les dernieres
héréfies. Ils répondirent , fans héfiter ,
qu'ils les reconnoiffoient pour leurs maî-

tres , & qu'ils avoient pour eux une profonde vénération. Alors Théodose, *ou condamnez*, leur dit-il, *ceux que vous venez de louer, ou confessez ce qu'ils ont écrit de la divinité de Jesus-Christ.*

XXI. Il dit ces mots d'un ton si ferme & si absolu , que les plus obstinés demeurerent sans replique , confus de s'être trahis eux-mêmes en reconnoissant l'autorité des anciens. L'empereur, qui les vit déconcertés , les pressa de choisir l'un ou l'autre parti: mais comme l'erreur n'est jamais d'accord avec elle-même , ils furent partagés entr'eux. Les demi-ariens, qui croyoient pouvoir expliquer les peres en leur faveur, consentoient qu'on s'en tînt à la doctrine de l'antiquité. Les autres qui ne pouvoient se sauver que par la dispute , demandoient qu'on vînt à la discussion des points contestés. Ils s'échaufferent insensiblement les uns contre les autres, jusqu'à se reprocher leurs dogmes, ou comme contraires au témoignage de l'ancienne église , ou comme insoutenables par la raison.

XXII. L'empereur, profitant du désordre où il les avoit mis, leur déclara qu'il vouloit prendre lui-même le soin de les accorder, & commandant à chaque secte de lui donner sa profession de foi par écrit, il sortit de l'assemblée. Les plus habiles d'entr'eux furent chargés de dresser ces formules, qu'ils concerterent tous ensemble avec une extrême exactitude, pesant tous les mots & toutes les syllabes, & cherchant tous les adouciſſemens qui pouvoient leur concilier l'empereur, ſans préjudicier toutefois à leurs opinions.

Théodoſe les ayant mandés quelques jours après, ils ſe rendirent au palais. Démophile, qui avoit été chaſſé du ſiége de Conſtantinople, déclara par écrit que le fils de Dieu n'étoit qu'une créature; qu'il n'étoit pas né de ſon pere, mais qu'il avoit été créé & tiré du néant. Eunome, originaire de Cappadoce, eſprit remuant & ſéditieux, qui avoit été évêque de Cyzique, & que ceux de ſon parti même n'avoient pû ſouffrir, apporta ſa profeſſion de foi auſſi impie que l'autre, mais conçue en des termes plus magnifiques & plus reſpectueux pour Jeſus-Chriſt. Eleuſe, chef des Macédoniens, préſenta en même tems la ſienne, dans laquelle il s'étendoit ſur les grandeurs & la dignité du fils de Dieu, rejettant pourtant le terme de *conſubſtantiel*, & ajoutant encore quelques blaſphêmes contre le Saint-Eſprit. C'étoit un homme léger & peu ſolide, qui s'étoit relevé deux fois de ſon erreur, qui deux fois y étoit retombé, & qui

L' A N
383.

mourut enfin dans le schisme. Le patriarche Nectaire, & Agele, évêque novatien, donnerent aussi leur confession de foi, dans laquelle ils défendoient la doctrine du concile de Nicée, & soutenoient la *consubstantialité* du Verbe.

XXIII.

Socrat.
l. 5, c. 10.

L'empereur prit ces formules avec beaucoup de douceur, & se retira dans son cabinet. Il les lut, & après avoir fait sa priere pour attirer les bénédictions du ciel sur l'action qu'il alloit faire, il rentra dans la salle où étoient les évêques ariens. Là, déchirant en leur présence leur confession de foi, & ne retenant que celle des catholiques, il leur déclara, *qu'il étoit résolu de ne plus souffrir dans toute l'étendue de ses états d'autre religion que celle qui reconnoissoit le fils de Dieu consubstantiel à son pere; qu'il étoit tems de se réunir, & de recevoir la sainte doctrine de l'église ancienne; qu'il useroit de toute son autorité pour la gloire de Dieu de qui il la tenoit; & que regardant comme ses ennemis ceux qui le seroient de Jesus-Christ, il sauroit bien se faire obéir en un point où il y alloit du salut & du repos de ses sujets.* Après cela il les renvoya sans attendre leur réponse.

XXIV. La majesté du prince, leur division, leur surprise, la ruine prochaine de leurs fectes, la honte d'avoir mal défendu leurs caufes, jetterent le trouble & la confufion dans leurs efprits.

L'AN
383.

Ils fe retirerent de la cour , & fe voyant bientôt abandonnés de la meilleure partie de leurs fectateurs, ils recueillirent enfin les reftes de leurs partis , & furent réduits à leur dire pour toute confolation , que le nombre des élus étoit petit , que la vérité étoit d'ordinaire perfécutée fur la terre , & que leur foi feroit d'autant plus agréable à Dieu , que les hommes avoient plus d'autorité pour l'opprimer. Ce qu'ils n'avoient eu garde de dire , lorfqu'ils opprimoient eux-mêmes toute l'églife par la crainte & par la violence.

Pour achever de ruiner ces héréfies, l'empereur fit auffi-tôt une ordonnance, par laquelle il défendoit aux hérétiques de s'affembler , d'inftruire le peuple dans les villes ni dans la campagne , d'avoir un édifice qui eût aucune forme d'églife , enfin de rien dire ou faire en particulier ou en public qui pût choquer la religion catholique ; permettant à tous les gens de bien de fon empire de s'unir tous pour chaffer de la fociété civile ceux qui oferoient contrevenir à cette ordonnance. Il enjoignoit encore à tous les officiers & magiftrats d'obliger les ariens à fe tenir renfermés dans

XXV.

Cod. Théo.
l. 11 , & 20.
de hæret.

leurs villes & dans leurs provinces, de
peur que par une trop libre communication avec les peuples, ils ne répan-
diffent leur venin aux dehors. Et pour
faire tenir la main à l'exécution de fes
édits, il ordonnoit que les magiftrats
des villes où les ariens auroient fait quelque affemblée feroient punis très-févé-
rement, & que les maifons où ils auroient été furpris feroient confifquées.

XXVI.

Il falloit une autorité comme la fienne
pour réprimer cette fecte fi rebelle, fi
étendue & fi impérieufe. Mais quelque
vigueur qu'il eût, il conferva toujours

Zozom. l.7,
c. 12.

beaucoup de bonté. Il épouvanta les
hérétiques, fans les punir. Il les retint
dans l'obéiffance, fans exiger des con-
verfions forcées ; & laiffant à Dieu à
toucher leurs cœurs par fa grace, il fe
contenta de les abattre par le peu de
cas qu'il faifoit d'eux, ou de les attirer par les graces qu'il fit à tous ceux
qui rentrerent dans fa communion, &
n'en vint jamais aux menaces qu'après
avoir tenté toutes les voies de la douceur.

Cette douceur fit fouvent de la peine
aux catholiques, qui, par un zele pré-
cipité, vouloient toujours qu'on exterminât leurs adverfaires. Elle donna lieu
à une fage remontrance que lui fit Amphiloque, évêque d'Icogne. Théodofe

avoit réfolu, comme nous avons dit, d'a-
bolir la multitude des religions ; & pour
gagner les chefs des partis, ou du moins
pour ne les point effaroucher, il eut plufieurs conférences avec eux, & les invita
par des confidérations très-preffantes à
entendre à la réunion. Les ménagemens
qu'il eut avec eux, & les careffes qu'il
leur fit donnerent de l'inquiétude à plufieurs faints évêques qui ne pénétroient
pas fes deffeins. Ils craignirent qu'il ne
fe laiffât furprendre par ces hommes artificieux, qui favoient déguifer leur ma-
lice, & qui ne manquoient pas d'intrigues & de cabales dans la cour. Ils furent même affligés du refus qu'il avoit
fait de renouveller fes édits contre les
ariens.

Comme ils fe trouvoient obligés d'aller en corps rendre leurs devoirs à ce
prince, & à fon fils Arcadius, créé nouvellement empereur, Amphiloque, prélat vénérable par fon âge, par la pureté
de fa foi, & par l'intelligence des faintes écritures, d'ailleurs très-fimple, &
fans aucune politeffe, fuivit les autres
dans le palais. Dès qu'il fut dans la falle
de l'audience, & qu'il parut devant
Théodofe ; il lui fit fon compliment avec
un très-profond refpect ; & s'approchant
après cela d'Arcadius qui étoit affis à
fon côté, *Dieu te garde, mon fils,* lui

L'AN
383.

XXVII.

Zoz. l. 2
c. 6.

Théodoret.
l. 5, c. 16.
Niceph. l. 12,
c. 9.

dit-il , en souriant froidement , & lui passant la main sur la tête. Toute l'assistance en rougit ; & l'empereur , piqué de cet air méprisant , & de ces caresses injurieuses qu'on venoit de faire à son fils, fit signe aux gardes de faire retirer ce vieillard indiscret. Alors le saint évêque se tournant , lui dit d'une façon libre & sérieuse : *On vous offense , seigneur , lorsqu'on ne rend pas à votre fils l'honneur qu'on vous rend à vous-même. Croyez-vous que le Pere céleste ne ressente pas aussi vivement l'injure que lui font ceux qui refusent d'adorer son Fils , & qui blasphément contre lui ?* L'empereur admira cette sagesse rustique , qui valoit mieux que toute la prudence des enfans du siecle. Il demanda pardon à ce prélat, & après l'avoir remercié de l'instruction qu'il venoit de lui donner , il l'assura qu'il en profiteroit.

XXVIII.   Pendant que les hérétiques déploroient leur ruine en orient , les payens, sous la conduite du sénateur Symmaque, tâchoient de se relever dans Rome. Les conjonctures étoient favorables. Maxime les entretenoit dans ce dessein , & Valentinien craignoit d'irriter Maxime. Il ne leur manquoit qu'une occasion pour demander le rétablissement de leur religion ; ils ne furent pas long-tems à la trouver.

Il y eut cette année une grande difette de vivres dans toute l'Italie , tant à caufe des vents & des féchereffes , qu'à caufe du peu de prévoyance des magiftrats. Rome fe trouva réduite à toutes les ex-trêmités de la famine. Le pain s'y ven-doit un prix exceffif , & ne s'y donnoit que par mefure ; le peuple y étoit con-traint de fe nourrir de gland & de raci-nes ; la néceffité croiffoit tous les jours. Il fallut décharger cette grande ville d'une partie de fes citoyens , & on en chaffa les plus pauvres ; comme s'il eut été permis d'ajouter l'exil à la pauvreté, & de traiter comme étrangers ceux qui avoient plus befoin de fecours.

Symmaque tenoit alors le premier rang dans le fénat. Sa qualité , fon éloquence, les charges qu'il avoit eues, & la répu-tation de fa probité , le rendoient très-confidérable aux empereurs. Mais , foit par une forte prévention pour le culte des faux dieux , foit par une vaine paf-fion de foutenir une religion affoiblie, & de dominer dans le parti , il devint dans les rencontres non-feulement im-portun , mais encore infidele à fes maî-tres. Il les honoroit plus ou moins , felon qu'ils épargnoient, ou qu'ils attaquoient les idoles. Tous les édits contre les payens lui paroiffoient des facriléges ; & toutes les calamités publiques paffoient

L' A N
383.

D. Ambrof.
epift. 31, *l.* 5.
Symmac. l. 2,
epift. 7.

D. Amb.
offic. l. 2 ,
c. 7.

XXIX.

dans fon efprit pour des vengeances du ciel irrité.

Cet homme , toujours prêt à faire de nouvelles intrigues , à fe plaindre, ou à préfenter des requêtes pour le fervice de fes dieux , fuppofant que la famine, & les autres malheurs arrivés dans l'empire, étoient des punitions divines, dreffa une requête éloquente , qu'il envoya à l'empereur Valentinien. Il le fupplioit, en qualité de préfet de la ville , & de la part de tout le fénat, de rétablir la religion de Rome ; d'avoir égard à la coutume , & à l'ancienneté d'une créance

Symmach.
relat. ad
Imp.

raifonnable ; de laiffer à ces peuples, accoutumés à leur liberté , au moins l'ufage de leurs confciences ; de rétablir l'autel de la Victoire , cette déeffe qui n'avoit jamais abandonné les Romains dans leurs expéditions militaires ; d'en retenir le nom , s'il n'en craignoit pas la puiffance ; & de vouloir au moins diffimuler , à l'exemple de quelques-uns de fes prédéceffeurs, ce qu'il avoit réfolu de ne point permettre.

Il introduifoit Rome toute éplorée, qui redemandoit à fes empereurs ce culte dans lequel elle avoit vieilli, fous lequel elle avoit conquis tout le monde. Il remontroit , en paffant, qu'il étoit trop tard pour la corriger ; que fi l'on ne vouloit pas reconnoître fes dieux , on les
laiffât

laiſſât au moins en repos ; qu'il étoit croyable que , reſpirant tous le même air , & étant enveloppés du même ciel , ils adoroient dans le fond la même choſe; qu'il y avoit diverſes philoſophies , & qu'il n'importoit pas par quelle voie on alloit à la vérité , pourvu qu'on y arivât.

Il ajoutoit qu'il étoit étrange que des princes magnifiques réformaſſent ce que des princes avares avoient établi ; que le tréſor royal, au lieu de ſe remplir des dépouilles des ennemis , fût groſſi des penſions retranchées aux prêtres & aux veſtales, qui faiſoient des vœux pour la proſpérité de l'empire ; que la famine & les autres malheurs publics ne venoient ni des influences des aſtres, ni de la rigueur des hivers, ni des ſéchereſſes des étés; mais de la colere des Dieux qui ôtoient à tous les peuples les vivres qu'on avoit ôtés à leurs miniſtres.

Il finiſſoit par les exemples des derniers empereurs ; & il exhortoit Valentinien à laiſſer aux hommes la liberté que ſon pere, d'heureuſe mémoire , leur avoit laiſſée , & à conſidérer que Gratien ſon frere avoit ſuivi le conſeil d'autrui ; & n'avoit pas ſu qu'il déſobligeoit le ſénat , lorſqu'il entreprit ce changement dans la religion. On preſſoit le conſeil de ſe déterminer promptement

M

là-deſſus, comme ſi l'on eut eû des meſures à prendre ſur la réponſe qu'on recevroit, tant pour intimider la cour, que pour ne lui donner pas le tems de conſulter Théodoſe.

Ils jugeoient bien que cet empereur ne leur ſeroit pas favorable ; car on ſavoit qu'il avoit envoyé Cynegius, préfet du prétoire en Egypte, avec ordre de fermer les temples, d'abolir les ſacrifices, d'interdire aux payens l'exercice de leur religion, non-ſeulement dans Alexandrie, mais encore dans tout l'orient : ce que cet officier avoit commencé d'exécuter avec beaucoup d'autorité, ſans faire pourtant aucune violence.

Zoz. l. 4.

X X X. La requête de Symmaque, mêlée de reſpect & de hardieſſe, étonna d'abord le jeune Valentinien. Il craignoit tout, & il avoit encore devant ſes yeux l'image ſanglante de Gratien, aſſaſſiné par ſes propres amis. L'impératrice, qui gouvernoit, penſoit plutôt à ſa ſûreté qu'à la religion ; & la raiſon d'état l'alloit emporter ſur la juſtice & la piété. Saint Ambroiſe en fut averti, & oppoſant ſes exhortations vives & généreuſes aux prieres hardies des Gentils, il écrivit d'abord à Valentinien, & lui repréſenta, *Qu'il n'y avoit qu'un Dieu à qui les empereurs étoient obligés d'obéir comme les moindres de leurs ſujets ; que c'étoit re-*

L' A N
383.
*Ambrof. ep.
30. ad Valen-
tin.*

noncer à fa foi que confentir à des cultes profanes ; que les revenus des prêtres payens ayant été confifqués , ce ne feroit pas leur rendre leur bien , mais leur donner le fien propre ; qu'ils avoient bonne grace de fe plaindre de quelques priviléges retranchés , eux qui n'avoient épargné ni les églifes , ni le fang même des Chrétiens ; qu'il étoit jufte d'avoir égard aux demandes des perfonnes de qualité & de mérite , mais que dans les affaires de la religion il ne falloit regarder que Dieu feul ; que leur zele à foutenir le menfonge étoit un exemple qui devoit l'animer à protéger la vérité ; que ce n'étoit pas entreprendre fur la liberté de Rome , que de fe réferver la liberté de ne point commettre un facrilége ; qu'il y avoit de quoi s'étonner que des gens d'efprit demandaffent à un prince chrétien le rétabliffement des idoles.

Il y avoit deux ans que les payens avoient préfenté une pareille requête au nom de tout le fénat ; mais on avoit découvert enfuite que ce n'étoit qu'une cabale de quelques fénateurs , qui abufoient du nom de leur compagnie , dont la plus grande partie défapprouva cette action , & mit entre les mains du pape Damafe un acte de proteftation contre la requête. Saint Ambroife ne manqua pas de rapporter cet exemple au prince,

L'AN
383.

pour diminuer la crainte qu'il pouvoit avoir du sénat. Il lui fit ensuite appréhender la vigueur & le zele des évêques, lui dit avec sa liberté ordinaire,

D. Ambros.
epist. 30.

Que répondrez-vous à un évêque, qui vous dira, l'église n'a que faire de vos présens, puisque vous en faites aux Dieux des payens ? Allez porter vos offrandes ailleurs, vous qui relevez les autels des idoles. Jesus-Christ n'a que faire de vos hommages, puisque vous en rendez autant à ses ennemis. Ne vous a-t-il pas dit dans son évangile, qu'on ne peut servir à deux maîtres ? Les vierges chrétiennes n'ont aucun privilége, & vous en donnez aux vestales. Et croyez-vous que les prêtres prient pour vous, qui préférez les prieres des gentils aux leurs ? Vous excuserez-vous sur ce que vous êtes encore dans l'enfance ? Tout âge est parfait pour Jesus - Christ , & les enfans mêmes l'ont confessé.

XXXI. Enfin il le conjura de ne rien décider là-dessus, sans savoir le sentiment du grand Théodose, qui lui devoit tenir lieu de pere, & qu'il avoit accoutumé de consulter dans les affaires importantes. Cependant il demanda à Valentinien une copie de cet écrit, & peu de jours après il lui adressa une réponse pleine de réflexions fortes & judicieu-

D. Ambros.
epist. 31.

ses. Il proteste d'abord que dans la né-

ceffité où il fe trouve de prendre fes précautions, & d'éclaircir cette affaire, il
a cherché la folidité du raifonnement,
laiffant à Symmaque toute la gloire de
l'éloquence & de la politeffe, parce que
c'eft le propre des fages payens, d'é-
blouir l'efprit par des couleurs auffi fauffes que leurs idoles, & de dire de grandes chofes, ne pouvant en dire de véri-
tables. Il fait parler Rome, & lui fait
dire, avec beaucoup de grace & de gravité ; *Qu'elle a vaincu le monde par la
valeur de fes guerriers, & non pas par
le culte de fes Dieux ; qu'elle ne rougit
point de changer, puifqu'elle fe corrige ;
qu'elle ne fonde pas la bonté de fa religion fur les années, mais fur les mœurs ;
qu'elle aime mieux entendre la volonté
de Dieu par la parole de Dieu, que par
les entrailles des animaux égorgés ; que
perfonne ne peut mieux parler de Dieu
que Dieu même ; & que les hommes qui
n'ont pas affez de lumiere pour fe connoître, n'en peuvent avoir affez pour connoître celui qui les a créés.*

Il fe moque enfuite de la requête de
Symmaque, & il montre qu'il y a cette
différence entre les gentils & les chrétiens, que les uns prient les empereurs
de donner la paix à leurs Dieux ; & que
les autres prient Jefus-Chrift de donner la paix aux empereurs : que les uns

M iij

ne fauroient fouffrir le moindre retranchement de leurs revenus fans fe plaindre : & que les autres fe dépouillent de
leurs biens , & donnent même leur vie
volontairement : qu'il faut des priviléges & des penfions aux veftales , comme
fi elles ne pouvoient être chaftes gratuitement ; au lieu que les vierges chrétiennes fe contentent d'un voile groffier
qui cache leur vifage , & que, renonçant
pour toujours aux richeffes , auffi-bien
qu'aux plaifirs , elles trouvent tout le
prix de leur vertu dans la vertu même.

Il remontre après cela qu'on avoit tort
d'attribuer au retranchement des penfions
des prêtres & des veftales toutes les mi-
feres de l'état ; que fi leurs Dieux fe
vengent fur tout l'empire , du tort qu'on
a fait à quelques particuliers , ils font
injuftes , & la vengeance eft pire que
le crime ; qu'il y a long-tems qu'on ôte
à leurs temples tous leurs priviléges , &
que jufqu'ici ils ne s'étoient pas avifés
de s'en venger ; qu'on n'avoit rien fait
pour les appaifer , & que cependant les
campagnes étoient couvertes d'une abon-
dante moiffon , & que la fertilité étoit
univerfelle. Enfin il fe rit de l'empref-
fement qu'on témoigne pour l'autel de
la Victoire , qui n'eft qu'un nom & un
fuccès des combats ; & il exhorte Valentinien à confidérer en cette rencon-

tre ce qu'il doit à sa foi, & à la mémoire de son frere.

Cette affaire ayant été examinée dans le conseil de l'empereur, quoique cette cour se conduisît plutôt par des considérations de politique que par les regles de la piété, elle se rendit aux raisons que saint Ambroise avoit alléguées. Le respect qu'on eut toujours pour Théodose, dont on n'ignoroit pas les sentimens, l'emporta sur la crainte qu'on avoit du tyran Maxime, & l'on jugea qu'il valoit mieux affliger un petit nombre de sénateurs, que d'offenser tous les gens de bien de l'empire. De sorte que Symmaque ne remporta que la gloire d'avoir exercé son éloquence, & d'avoir assez bien défendu sa mauvaise cause : ce qui donna lieu à un poëte de ce tems- là de dire, *que la Victoire étoit une déesse bien aveugle, ou bien ingrate, puisqu'elle avoit abandonné son défenseur pour favoriser son ennemi.*

Ennod.

Si le nom seul de Théodose arrêtoit XXXIII. en occident les prétentions hardies des idolâtres, son autorité achevoit de ruiner en orient la secte des ariens, dont il craignoit l'humeur fiere & séditieuse. Grégoire de Nazianze, qui vivoit alors dans la solitude, ne laissoit pas d'avoir des correspondances à Constantinople ; & quoiqu'il eût donné sa démission de

L'AN 384.

l'archevêché de cette ville, il conservoit encore une tendreſſe de pere pour cette égliſe qu'il avoit comme reſſuſcitée. Il fut averti par quelques-uns de ſes amis que ces hérétiques avoient des maiſons de retraite dans Conſtantinople, où ils ſemoient ſecretement leurs erreurs, & où ils eſpéroient, par leurs intrigues, pouvoir éluder la rigueur des édits du prince. Il apprit en même tems que ceux de la ſecte d'Appollinaire avoient la hardieſſe de faire profeſſion publique de leur doctrine, & de tenir ouvertement des aſſemblées, & que ſi l'on n'y mettoit ordre, tout ce qu'on avoit fait juſ-ques-là ne ſerviroit de rien.

XXXIV.

Greg. Naz. ad Nectar.

Ce ſaint homme en écrivit à l'arche-vêque Nectaire avec tout le reſpect qu'il devoit à ſa dignité, mais avec tout le zele qu'il avoit pour la religion ; & il réveilla la piété endormie de ce prélat, qui avoit les intentions bonnes, mais qui n'étoit ni aſſez ferme, ni aſſez agiſ-ſant. L'empereur ayant été informé de ce déſordre, réſolut d'y remédier effi-

Cod. Théod. l. 13, de hære.

cacement, & fit publier un édit ſolem-nel, par lequel il ordonnoit qu'on fît une exacte recherche de tous ceux qui enſeignoient des erreurs, ou qui les pro-feſſoient ; que les maiſons ſuſpectes fuſ-ſent viſitées, & que, ſans avoir égard à la qualité, ni à la protection de personne , on chassât de la ville & de la société des honnêtes gens , ces hommes infames , ensorte que vivant hors de tout commerce , ils ne pussent nuire qu'à eux-mêmes.

L'AN 384.

Il régla presque en même tems un autre désordre qui regardoit la religion. Les Juifs ayant perdu toute espérance de se relever , après les vains efforts que l'empereur Julien avoit faits pour les rétablir , & ne pouvant plus exercer les cruautés qu'ils avoient exercées contre les chrétiens , tâchoient d'en séduire au moins quelques-uns. Pour cela , ils achetoient des esclaves baptisés ; & soit par persuasions , soit par menaces & par violences , ils les obligeoient de renoncer à la foi de Jesus-Christ , & d'embrasser leurs superstitions. Théodose rompit ce commerce , & fit une ordonnance , par laquelle il leur défendit d'avoir aucun esclave ou serviteur chrétien , sauvant ainsi la foi chancelante des foibles de tous les piéges que lui tendoient les ennemis domestiques & étrangers.

XXXV.

Cod Theod. l. 5 , de con-trahend. emp.

Il réformoit ainsi pèndant la paix les désordres de l'empire , lorsque Dieu , pour le récompenser des soins qu'il prenoit pour son église , lui donna un second fils qui fut nommé Honorius. Toute la cour eut une extrême joie de la naissance de ce prince ; & Théodose , voyant

Socrat. l. 5 , c. 12. Zozom. l. 7 , c. 14.

XXXVI.

L'AN
384.

multiplier le nombre de fes enfans, &
jouiffant de la fincere amitié des peuples,
reconnoiffoit que la piété étoit la véritable fource du repos des états & de
la profpérité des familles.

XXXVII.   En ce tems Maxime avoit des ambaffadeurs à Conftantinople ; & quoiqu'il
fût paifible poffeffeur des provinces qu'il
avoit ufurpées, il entretenoit toujours
fa négociation avec Théodofe. Il vouloit conclure un traité avec lui, afin de
faire voir qu'il étoit non-feulement af-
focié à l'empire, mais encore allié avec
les empereurs. L'affaire réuffit comme
il l'avoit fouhaité. Théodofe y fit entrer
Valentinien, & l'alliance fut conclue
entre ces trois princes. Leurs vues étoient
différentes. L'impératrice Juftine, qui
gouvernoit abfolument fon fils, l'enga-
geoit à demander la paix, afin qu'étant
délivrée de toute crainte, elle pût relever l'arianifme abattu, & dompter
l'efprit inflexible de faint Ambroife qui
traverfoit tous fes deffeins. Maxime, qui
penfoit toujours à fe jetter dans l'Italie,
ne vouloit que fe faire honneur d'un
traité qu'il étoit réfolu de rompre à la
premiere occafion ; Théodofe, qui craignoit que Valentinien ne fût opprimé,
& qui étoit lui-même menacé d'une irruption des Grotungues, confentoit à
tout. Ainfi il y avoit apparence qu'ils ne

L' A N
384.

feroient pas long-tems fans fe faire la guerre, puifque l'un n'étoit retenu que par la crainte ; que l'autre ne perdoit rien de fa fierté, ni de fon ambition demefurée ; & que le dernier nourriffoit toujours dans fon cœur le defir d'une jufte vengeance.

Cependant ils gouvernoient leurs états chacun felon fon efprit. Maxime, après s'être rendu maître de l'empire, foit qu'il crût ne pouvoir regner paifiblement que par la mort des principaux amis de Gratien, foit qu'il eût befoin de la confifcation de leurs biens pour fatisfaire des troupes qui n'avoient pas trahi leur prince gratuitement, fit mourir Mérobaude, homme illuftre par fa prudence, par fa probité, & par plufieurs confulats. Il relégua le comte Balion, un des plus grands capitaines de fon tems, avec ordre aux gardes qui le conduifoient de le faire brûler tout vif dans le lieu de fon exil ; ce qui l'obligea de fe tuer luimême en chemin. Il fit arrêter le comte Narfes & Leucadius, un des plus célebres magiftrats des Gaules ; & leur faifant un crime d'état de la fidélité qu'ils avoient gardée à leur empereur, il les deftinoit au dernier fupplice.

Saint Martin, évêque de Tours, partit en diligence pour aller obtenir leur grace. Il fe jetta aux pieds de Maxime,

XXXVIII.

Sulp. Sev. dialog. 3.

*Pacat. in paneg.
D. Ambro.
epift. 27.*

XXXIX.

L' A N
384.
Sulp. Sev. de
vitâ B. Mar-
tini.

& le pria de ne point répandre un sang innocent ; mais il n'en reçut qu'une réponse ambigue. Il redoubla ses instances , & le menaçant des jugemens de Dieu , le pria , comme s'il lui eût commandé ; mais il n'en put tirer aucune promesse positive. Maxime eut pourtant quelque peine à lui refuser ce qu'il demandoit , & perdit pour ce prélat son orgueil & sa brutalité naturelle. Il l'appella plusieurs fois dans son cabinet , & l'entendit parler des choses célestes. Il souffrit ses remontrances & ses actions libres & généreuses. Il le pria de manger à sa table ; & comme le Saint le refusoit , disant qu'il ne vouloit point participer à la table d'un homme qui venoit d'ôter l'empire & la vie à un empereur, il lui répondit, que l'armée l'avoit élevé malgré lui sur le trône ; qu'il s'y étoit maintenu par les armes; que Dieu même sembloit l'y avoir établi par tant de succès merveilleux ; & que s'il en avoit coûté la vie à quelqu'un, c'avoit été le malheur de la guerre, & non pas son crime.

XL.   L'envie de gagner cet évêque, si renommé par ses vertus & ses miracles, le desir d'adoucir le refus qu'il lui faisoit par des caresses extérieures, & surtout la pensée d'attirer, par des apparences de piété, les gens de bien qu'il

avoit effarouchés par fa perfidie , l'obligerent à rechercher avec tant d'empref-
fement la communication du Saint, qu'il
l'obtint enfin après de longues follicitations ; mais quelque vénération qu'il
fît paroître pour fa perfonne , il n'eut
aucun égard à fes remontrances ni à fes
prieres dans l'affaire de Prifcilien , évêque d'Avila , & de quelques-uns de fes
fectateurs.

Ces hérétiques, Efpagnols de nation ,
joignoient aux erreurs de Sabellius, &
aux rêveries des Manichéens , toutes les
impuretés des Gnoftiques , dans les affemblées nocturnes qu'ils tenoient avec
plufieurs femmes qu'ils avoient féduites.
Ils couvroient toutes leurs infamies de
quelques apparences d'humilité , d'une
négligence affectée en leurs habits, &
d'une auftérité de vie furprenante. Comme cette corruption , qu'un Egyptien
avoit femée depuis peu dans l'Efpagne ,
s'y répandoit , quelques évêques s'y op-
poferent ; mais leur zele n'étant pas accompagné de charité , ils perfécuterent
ceux qu'ils auroient peut-être pû ramener par la douceur. On les cita devant
les conciles. On obtint de l'empereur
Gratien un ordre de les chaffer des villes & des églifes où ils étoient, & même
de toutes les terres de l'empire. Mais
ils trouverent moyen de fe rétablir ; &

X L I.

par préfens, ou par intrigues ils gagnerent les miniftres de l'empereur, & chaf-
-ferent à leur tour leurs adverfaires.

XLII.   Ceux-ci, ayant appris que Maxime
alloit paffer dans les Gaules l'y attendirent, l'allerent trouver à Treves, &
lui préfenterent une requête fanglante
contre Prifcillien & fes compagnons. Ils
furent tous renvoyés à un concile qui
fe devoit tenir à Bordeaux. Prifcillien
craignant d'y être dépofé, n'y voulut
pas répondre, & appella au tribunal du
nouvel empereur. Les prélats catholiques, par une lâche complaifance, déférerent à cette appellation, & cette
caufe purement eccléfiaftique devint une
caufe civile. L'accufé fut conduit à la
cour, & les accufateurs l'y fuivirent,
réfolus de le perdre, fans fe mettre en
peine de le convertir.

XLIII.   Saint Martin qui fe trouvoit alors à
Tréves, connoiffant que les paffions particulieres avoient plus de part en cette
affaire que l'amour de la vérité, leur
remontra plufieurs fois, que leur conduite étoit fcandaleufe; qu'ils perdoient
le mérite de leur zele par leurs accufations opiniâtrées; qu'ils renverfoient
tout l'ordre des jugemens eccléfiaftiques; qu'il ne falloit point défendre la
caufe de Dieu par des paffions humaines, & qu'il n'étoit pas féant à des évê-

ques de pourfuivre à mort quelque criminel que ce pût être.

Ceux à qui cette inftruction s'adreffoit, s'en irriterent au lieu d'en profiter. Ils s'emporterent jufqu'à l'accufer d'être protecteur des hérétiques, & d'être hérétique lui-même. Mais le Saint fe moqua de cette calomnie, & continua à prier l'empereur de laiffer vivre ces malheureux, lui repréfentant qu'il falloit s'en tenir à la fentence du concile qui les chaffoit de leurs fiéges ; & qu'il étoit inoui qu'un prince féculier, comme lui, jugeât les caufes eccléfiaftiques. Maxime, touché de fes raifons, promit de leur fauver la vie ; mais on l'aigrit de telle forte, qu'il renvoya l'affaire de Prifcillien au préteur Evode, & le fit condamner à être décapité.

Cette exécution fut la fource de plufieurs défordres : car le fupplice de cet héréfiarque ne fit que fortifier fon héréfie. Ceux de fa fecte lui firent des funérailles magnifiques, & l'honorerent comme martyr ; & ceux qui l'avoient fait condamner, abufant de leur crédit, & de la faveur de la cour, perfécuterent impunément les gens de bien. C'étoit affez pour leur être fufpect, que de jeûner, & d'aimer la retraite ; c'étoit un crime que d'être plus fage & plus réformé qu'eux. Ceux qui leur avoient

L'AN
385.

XLIV.

Sulp. Sev.
de vitâ S.
Mart.

L'AN
385.

Pacat. in
paneg.

déplû étoient d'abord priscillianiftes,
fur-tout quand ils pouvoient être des
victimes agréables à la colére du prince,
ou enfler fon tréfor de leurs dépouilles;
car ils ôtoient la vie & les biens felon
leur caprice, & ils confervoient l'amitié
du tyran par des calomnies, des cruautés, & d'autres actions femblables aux
fiennes.

XLV. Pendant que Maxime entreprenoit fur
les droits de l'églife en occident, Théodofe les rétabliffoit à Conftantinople.
Car quelques évêques, ayant porté une
caufe eccléfiaftique devant un tribunal
féculier, & des perfonnes que leur caractere & leur âge rendoient vénérables,
ayant été citées & appliquées à la queftion, il en fut indigné dès qu'il l'eut ap-

Cod. Thé. l. 3. pris. Il fit incontinent un édit, par lequel il défendoit à tous fes juges ordi-
naires ou extraordinaires, de connoître
des caufes qui regardoient la religion;
voulant que les évêques ou les autres
perfonnes confacrées à Dieu euffent leurs
juges à part, leurs loix & leurs forma-
lités de juftice, & que les affaires eccléfiaftiques fuffent renvoyées aux chefs
des diocèfes où elles feroient arrivées.

XLVI. Il défendit prefque en même tems aux
payens de facrifier à leurs dieux, & de
fouiller l'avenir dans les entrailles des
animaux égorgés; tant pour arrêter l'in-

folence de quelques-uns , qui euffent pû fe prévaloir des correfpondances qu'ils avoient en Italie , que pour leur ôter les occafions de concevoir de vaines efpérances par des préfages & des obfervations fuperftitieufes : ce qui avoit caufé plufieurs fois des troubles & des féditions dans l'empire.

L' A N
385.
Auguf. cp. 48.
Ambrof. in orat. fun.
Theod.

Il travailla même à la réformation des mœurs , & réprima la licence de certaines chanteufes & joueufes d'inftrumens, qui alloient de maifon en maifon , & par des chanfons indécentes , & des airs mols & efféminés , corrompoient l'efprit des jeunes gens.

X L V I I.

Cod. Theod.
l. 10.

Hier. ep. 107
ad Fur.

Après avoir remis ainfi l'ordre & la difcipline dans fes états par des ordonnances féveres , il fit éclater fa douceur & fa piété par une loi de grace & de pardon. Les empereurs avoient accoutumé de délivrer des prifonniers tous les ans vers le tems de pâques , afin de fauver quelques criminels en ce jour où s'étoit achevé le myftere du falut des hommes. Le grand Conftantin l'avoit ainfi pratiqué , fes enfans avoient fuivi fon exemple , & le jeune Valentinien avoit fait une loi de cette coutume. Mais la piété de Théodofe alla plus avant. Car il fit publier une ordonnance , par laquelle il commandoit d'ouvrir les prifons , & de relâcher les criminels , afin

XLVIII.

Append. Cod.
Thé.

Ambrof. ep.
33.

que participant à la fainteté & à la joie des facrés myfteres, au lieu de plaintes & de gémiffemens ils pouffaffent vers le ciel des cris de louanges & d'actions de graces, & que chacun dans ce jour de réjouiffance adreffât en repos fes vœux & fes prieres à Dieu fans être interrompu par la compaffion ou par la trifteffe.

Il ajoutoit ces paroles qu'un empereur payen avoit autrefois dites, & que faint Chryfoftôme eftimoit fi dignes d'un empereur chrétien : *Plut à Dieu que je puffe ouvrir les tombeaux auffi-bien que les prifons, & redonner la vie aux morts comme je la donne aux vivans en leur pardonnant leurs crimes !*

Chryfoft.
hom. 6. ad
pop. Antioch.

Mais de peur qu'une trop grande clémence ne donnât lieu de commettre toute forte de crimes, les empereurs en excepterent quelques efpeces qui tiroient à de grandes conféquences, & qui ne méritoient pas d'être comprifes dans cette grace.

XLIX.
Greg. Nyff.
in fun. Pulch.

Ces foins fi affidus & fi importans que Théodofe prenoit pour régler l'empire, furent interrompus par la douleur qu'il eut de la mort de la princeffe Pulcherie fa fille. Quoiqu'elle ne fût encore que dans les premieres années de l'enfance, il eut un très-fenfible regret de l'avoir perdue. Il voulut qu'on lui fît des obfeques magnifiques, & que Grégoire de

Nyſſe, qui ſe trouvoit alors à Conſtantinople y prononçât un diſcours funebre.
A peine commençoit-il à ſe conſoler de
ce premier malheur, qu'il en ſurvint un
autre qui le rendit inconſolable ; car
l'impératrice Flaccile, ſa femme, mourut aſſez ſubitement dans un village de
la Thrace, où elle étoit allée prendre
des eaux.

Cette princeſſe étoit née en Eſpagne,
de l'ancienne famille des Æliens, dont
l'empereur Adrien étoit deſcendu ; mais
elle s'étoit rendue plus illuſtre par ſes
vertus que par ſa naiſſance. Ses principales occupations étoient la priere, &
le ſoin des pauvres. Elle les viſitoit, les
ſervoit elle-même, & faiſoit gloire de
deſcendre juſqu'aux plus vils miniſteres
de la charité chrétienne. Elle avoit ſoin
de tous les malades dans les hôpitaux
& dans les priſons ; & quelqu'horribles
que fuſſent leurs maux, elle les pan-
ſoit de ſes propres mains. On voulut
pluſieurs fois lui remontrer qu'il y avoit
une dévotion plus conforme à ſa dignité, & qu'il n'étoit pas néceſſaire, ni
même bienſéant, qu'elle s'abaiſſât juſqu'à ces derniers offices de piété, qu'elle
pouvoit confier à quelques-uns de ſes
domeſtiques. Mais elle répondit, *Qu'elle laiſſoit à l'empereur le ſoin de diſtri-
buer des tréſors, & de rendre à l'égliſe*

L'AN
385.

L.

*Théodoret,
l. 5, c. 18.*

*Théodoret,
ibid.*

des services importans, en faisant servir
à la gloire de la religion toute la majesté
de l'empire ; que pour elle, ce lui étoit
assez d'honneur d'offrir à Dieu ses petits
soins, & l'humble service de ses mains ;
& qu'elle ne pouvoit lui témoigner sa reconnoissance, qu'en descendant du trône
où il l'avoit mise, pour le servir en la
personne de ses pauvres.

Cette humilité ne faisoit qu'augmenter l'estime que l'empereur avoit pour
elle, & lui donnoit tous les jours plus
de pouvoir sur l'esprit de ce prince. Elle
ne s'en servoit que pour lui donner des
avis utiles, en lui parlant de la loi divine, dont elle avoit une parfaite connoissance, & lui inspirant pour la religion le zele dont elle étoit embrasée.
Elle lui remettoit souvent devant les
yeux ce qu'il avoit été, de crainte qu'il
n'abusât de ce qu'il étoit. Excitant ainsi
sa reconnoissance par le recit des graces
qu'il avoit reçues de Dieu ; & soutenant
sa piété, que l'embarras des affaires &
l'élévation où il se trouvoit auroient pû
affoiblir, elle avoit plus d'envie de le
voir saint, qu'elle n'avoit de joie de le
voir maître du monde.

Quoiqu'elle eût beaucoup d'esprit,
elle ne voulut jamais savoir en matiere de
religion que ce qui lui étoit nécessaire
pour son salut. Elle détestoit l'impiété

des ariens presque autant que celle des idolâtres, & disoit ordinairement, *Qu'il y avoit peu de différence entre ceux qui adoroient des dieux qui ne l'étoient pas, & ceux qui ne vouloient pas reconnoître que Jesus-Christ le fût.* Aussi ne voulut-elle jamais avoir de commerce avec eux, évitant les piéges qu'ils tendirent plusieurs fois à sa curiosité, & ne voulant d'autre regle de sa foi que les décisions du concile de Nicée. Elle détourna même l'empereur du dessein qu'on lui avoit inspiré d'aller entendre Eunome qui prêchoit à Calcédoine, vis-à-vis de Constantinople, & que les ariens faisoient passer pour le plus bel esprit, & pour le plus éloquent théologien de son siecle. Par ce moyen elle empêcha que ces hérétiques ne donnassent de mauvaises impressions à ce prince, & que l'honneur qu'il leur vouloit faire ne leur servît pour donner plus de réputation à leur orateur, ou pour autoriser leurs assemblées. Théodose perdit cette curiosité dangereuse, & chassa même de son palais quelques-uns de ses domestiques, qui avoient des liaisons secretes avec Eunome.

Toutes ces vertus de l'impératrice en firent regretter la perte. Dès qu'on apprit la nouvelle de sa mort, toute la ville fut en deuil, les pauvres fondoient en

L'AN
385.
Zozom. l. 7;
c. 5.

Zozom. l. 7;
c. 6.

larmes , le peuple couroit en foule vers le lieu où elle étoit morte. Théodofe fit tranfporter fon corps à Conftantinople ; & dans l'accablement où il étoit, il ne put trouver de confolation qu'en rendant à cette princeffe tous les honneurs qu'on lui devoit. Elle laiffa deux enfans vivans , & en retrouva dans le ciel deux autres , que Dieu y avoit appellés peu de tems après leur naiffance. Grégoire de Nyffe fit fon éloge funebre en préfence de l'empereur, où il l'appelle *la colonne de l'églife , le tréfor des pauvres , & l'afyle des malheureux.*

Greg. Nyff. orat. in fun. Flac.

L I. Ce fut en ce tems que l'impératrice Juftine , aigrie contre faint Ambroife, crut qu'elle pouvoit faire éclater fon reffentiment. La mort de Gratien , l'éloignement de Théodofe, la tréve conclue avec Maxime , lui laiffoient la liberté d'agir dans toute l'étendue de fa puiffance. L'évêque catholique , élu à Sirmium malgré elle , l'églife qu'elle avoit obtenue par furprife dans Milan , & qu'elle avoit été obligée de rendre, fon arianifme réduit à fes officiers , & toutes fes entreprifes contre la religion, traverfées , lui revenoient inceffamment dans l'efprit. Elle réfolut de perdre cet archevêque qui lui rompoit toutes fes mefures.

L I I. Elle fit un édit au nom de Valentinien

fón fils, par lequel elle permettoit aux ariens l'exercice public de leur religion, & déclaroit tous ceux qui oseroient s'y oppofer, auteurs de fédition, perturbateurs du repos de l'églife, criminels de leze-Majefté, & dignes du dernier fupplice. Elle fit appeller Bénévole, premier fecrétaire d'état, & lui commanda de dreffer cet édit; mais il s'en excufa, aimant mieux perdre fa charge, que d'autorifer une ordonnance contraire à fa foi. L'impératrice le preffa de lui donner cette fatisfaction, & lui promit de l'élever à de plus grandes charges: mais cet homme, qui s'eftimoit plus honoré du titre de catholique que de toutes les dignités de l'empire, lui répondit généreufement: *Je n'achete pas vos dignités à ce prix, Madame: reprenez celle que je poffede, & laiffez-moi ma confcience & ma religion.* A ces mots, il jetta aux pieds de cette princeffe la ceinture, qui étoit la marque de fa dignité, & fe retira à Breffe, où il paffa le refte de fes jours dans l'exercice des vertus chrétiennes.

Il ne fut pas difficile de trouver un officier pour mettre à fa place, & l'édit fut bientôt figné. Mais il manquoit aux ariens une églife, & ils avoient affaire à un archevêque qui n'étoit pas réfolu de leur en céder. Juftine avoit fait élire

L'AN 385.

Zoz. l. 7; c. 13. Gaudent. in præfat. ferm.

LIIL;

L'AN
384.

D. Ambrof.
orat. in Aux.

évêque un certain Auxence , Scythe de nation, chassé de son pays pour ses crimes , qui n'avoit qu'un esprit très-médiocre ; mais qui faisoit beaucoup de bruit. Elle fut d'avis qu'il provoquât saint Ambroise à une dispute publique dans le palais , espérant le décréditer, s'il refusoit : ou s'il acceptoit , le faire déclarer vaincu par des commissaires gagnés , & le chasser de sa cathédrale. Le tribun Dalmace eut ordre d'en aller faire la proposition à l'archevêque , & de lui marquer le jour que l'empereur avoit pris pour cette conférence , afin qu'il se rendît au palais avec les juges qu'il auroit choisis de son côté.

LIV. Le Saint, surpris de cette proposition, après avoir consulté quelques évêques qui étoient auprès de lui , écrivit à l'empereur, *que la proposition qu'on lui faisoit , étoit contraire aux droits de l'église, à l'usage des siécles précédens, & aux loix du grand Valentinien son pere; qu'il n'étoit pas juste que des laïques , ou des gentils fussent les juges des controverses de la foi ; qu'en matiere de religion, les empereurs doivent être jugés par les évêques, & non pas les évêques par les empereurs ; qu'on pouvoit disposer de sa vie , mais qu'on ne l'obligeroit pas de déshonorer son sacerdoce ; qu'il répondroit à Auxence dans un concile,*

Ambrof.
epift. 31.

qu'il

qu'il traiteroit des sacrés mysteres dans l'église ; mais qu'il ne pouvoit se rendre au palais pour cela , ni reconnoître pour juge de la foi un prince encore fort jeune , & qui n'étoit que cathécumene. Il le supplie de lui pardonner cette liberté, qui n'est ni contre le respect, ni contre l'obéissance qu'il lui doit ; & de l'excuser, s'il ne va pas lui rendre la réponse lui-même , parce que les évêques & le peuple le retiennent, & que ce seroit livrer son église, que de l'abandonner en cette occasion.

L'AN 385.

L'impératrice ne pouvant engager le saint à la dispute , résolut de le faire enlever. Elle corrompit par promesses & par argent un homme qui l'attendit plusieurs jours dans une maison joignant l'église , avec un chariot toujours prêt pour l'y jetter , & l'emmener à toute bride hors de la ville. Mais l'entreprise fut découverte. Il ne restoit plus qu'à opprimer ce prélat qu'on ne pouvoit surprendre. Pour cet effet , Justine fit ordonner à tous les prêtres catholiques de quitter leurs églises. Auxence eut ordre en même tems de prendre avec lui autant de gens de guerre qu'il voudroit , & de s'en mettre en possession.

LV.

Alors le bruit s'étant répandu par la ville qu'on envoyoit des soldats pour se saisir des églises, & pour tuer l'archevêque , s'il faisoit difficulté de les re-

LVI.

N

L'AN
387.
D. Auguft.
confeff. l. 9,
c. 7.
D. Ambrof.
in Aux.n.

mettre entre leurs mains, le peuple courut de toutes parts, & s'enferma dans la
cathédrale, refolu de défendre & l'églife
& le pafteur jufqu'à la derniere goutte
de fon fang. Saint Ambroife confola ce
peuple par fa fermeté, & par des affu-
rances de la protection de Dieu, par
des difcours de piété très-édifians, &
par le chant des pfeaumes qu'il inftitua,
tel qu'on le pratiquoit dans l'orient.

Ils avoient paffé quelques jours & quelques nuits en cet état, lorfque les tribuns firent inveftir l'églife par leurs foldats, & fommerent l'archevêque, en
vertu du dernier édit, de la leur abandonner, lui offrant comme une grace,
la liberté de fe retirer avec ceux qui le
voudroient fuivre. Le faint prélat leur
répondit, *qu'on pouvoit l'opprimer dans
fon églife, mais qu'il n'en fortiroit jamais
volontairement ; que s'il étoit queftion
de fes revenus, ou même des fonds de
l'églife, il fouffriroit cette violence; mais
que pour l'héritage de Jefus-Chrift, il le
conferveroit aux dépens de fa propre vie;
qu'à la vérité il n'avoit pour toutes armes, que les gémiffemens, les larmes &
la priere ; mais que s'il ne pouvoit réfifter, au moins ne fuiroit-il pas ; qu'il
voyoit bien jufqu'où pouvoit aller la puiffance de l'empereur, mais qu'il favoit
auffi jufqu'où devoit aller la patience &*

la fermeté d'un évêque, à qui il étoit peu important de perdre la vie, pourvu qu'il gardât à Dieu la fidélité qu'il lui devoit.

Les plus fages miniftres remontrerent alors à l'empereur les difficultés de cette affaire, & lui confeillerent d'en fortir par quelque accommodement, puifque la cour y étoit engagée. Le gouverneur de la ville, qui fut chargé de cette négociation, vint le lendemain trouver l'archevêque, & lui dit très-civilement, *qu'il avoit à lui faire des propofitions très-raifonnables ; que l'empereur lui laiffoit fa cathédrale, & fe contentoit d'une églife du fauxbourg, qu'on nommoit la Bafilique Portienne ; que comme le prince fe relâchoit de fon côté, il étoit à propos, pour le bien de la paix, qu'il fe relâchât auffi du fien ; qu'au refte il lui confeilloit en ami de fatisfaire la cour, & fur-tout de le faire promptement.* Le peuple prévint la réponfe, & s'écria tout d'une voix, fuivant les intentions de fon pafteur, *qu'il n'y avoit point d'accommodement là-deffus : qu'on laiffât aux catholiques les églifes qui leur appartenoient.* Le gouverneur n'efpéra plus de réuffir, & s'en alla rendre compte à fon maître du malheureux fuccès de fa négociation.

LVII.

D. Ambrof. epift. 33 *, ad Marcel. foror.*

Ce fut alors que le dépit, la honte & LVIII.

L'AN
387.

la haine de l'impératrice éclaterent. Elle
commanda à tous les officiers des gardes
de marcher avec leurs compagnies, &
de fe rendre maîtres de l'églife portienne. Ils y allerent pour exécuter leurs ordres, le peuple y courut en armes pour
s'y oppofer. C'étoit le matin du diman-
che des Rameaux ; & faint Ambroife,
après avoir prêché, alloit commencer
la meffe, lorfqu'on lui vint annoncer
cette nouvelle. Il ne laiffa pas de célébrer les facrés myfteres ; & ayant appris,
dans le tems de l'oblation qu'un prêtre
arien étoit tombé entre les mains des
bourgeois, & couroit fortune d'être mis
en piéces, il envoya fes prêtres & fes
diacres pour lui fauver la vie. Alors fondant en larmes, il pria Dieu de donner
la paix à fon peuple, & lui offrit plufieurs fois fa vie pour le falut de ceux
qui le perfécutoient.

Cependant toute la ville étoit dans
une effroyable confufion. On ne voyoit
que foldats, que citoyens armés, les
uns pour le prince, les autres pour la
religion. Les magiftrats, pour appaifer
ce tumulte, remplirent les prifons d'un
grand nombre d'artifans, & condamne-
rent à de grands fupplices ceux qui paroiffoient les plus échauffés. Mais ces
punitions, au lieu d'arrêter cette popu-
lace foulevée, ne faifoient que l'irriter,

Ambrof.
ibid.

Des comtes, des capitaines de gardes, & quelques officiers Goths, qui étoient au service de l'empereur, vinrent à saint Ambroise, pour lui dire qu'il retînt le peuple, & qu'il empêchât ce désordre, puisque l'empereur ne lui demandoit qu'une église des fauxbourgs, & qu'il étoit juste qu'il fût le maître dans son empire.

Ce saint archevêque leur répondit, *que l'empereur n'avoit point de droit sur la maison de Dieu ; qu'il étoit prêt à lui abandonner le peu de bien qui lui restoit ; que pour l'église, c'étoit un crime à un évêque de la rendre, & un sacrilege à un prince de s'en saisir ; qu'au reste, bien loin d'exciter le peuple, il le retenoit, & l'exhortoit à ne se défendre que par les larmes & par la priere ; mais que s'il étoit une fois en furie, il n'appartiendroit plus qu'à Dieu de l'appaiser.* Ces officiers n'eurent rien à lui repliquer, & se retirerent très-édifiés de sa conduite. L'archevêque alla visiter une église nommée l'ancienne Basilique ; & après avoir consolé les habitans de ce quartier-là, il se retira chez lui, & ne voulut jamais permettre qu'on l'escortât, ni qu'on le gardât.

Ambros. ibid.

Cependant l'impératrice résolut d'aller le lendemain avec l'empereur prendre elle-même possession de l'ancienne basilique. Elle y envoya des soldats pour s'en faisir, & pour y tendre le dais impérial. On vint avertir le faint prélat en diligence que cette églife étoit perdue, & qu'on entendoit les cris pitoyables de ceux qui étoient dedans, qui imploroient fon affiftance, & qu'il feroit à propos qu'il allât lui-même s'oppofer à cette ufurpation. Mais il répondit, *que Dieu y pourvoiroit ; que pour lui, il ne vouloit pas oppofer la force à la force, ni faire du temple du Seigneur un champ de bataille.* Il réfolut pourtant de fe fervir des armes fpirituelles, & de l'autorité que lui donnoit fon miniftere.

En effet, étant entré dans fa cathédrale, où une infinité de peuple l'attendoit, il excommunia folemnellement tous les foldats qui avoient eu l'infolence de fe faifir des églifes. Ceux qui tenoient la cathédrale inveftie, en ayant été avertis, y entrerent deux à deux, proteftant qu'ils n'entroient pas comme ennemis, mais comme freres ; & qu'ils venoient prier, & non pas combattre. Saint Ambroife les reçut, & commença fon fermon fur le livre de Job qu'on venoit de lire.

Cependant ceux qui s'étoient faifis de l'ancienne bafilique, y furent à peine entrés, que frappés d'un remords intérieur, ils députerent quelques-uns de leurs officiers à l'empereur, pour lui dire qu'ils avoient exécuté fes ordres ; qu'ils l'attendoient à l'églife, pour l'y fervir felon leur charge, s'il communiquoit avec les catholiques ; mais que s'il fe rangeoit du parti des ariens, leur confcience les obligeoit d'aller trouver l'évêque Ambroife. Ce coup imprévu mit l'alarme dans le palais : il fallut détendre le dais, & renoncer à l'entreprife.

L'AN 387.

L'empereur fut encore bien plus furpris, lorfque les premiers officiers de l'empire, & les principaux feigneurs de la cour vinrent en corps, pour le fupplier très-humblement, au nom de toute l'armée, d'aller à l'églife en ces jours confacrés à la paffion de Jefus-Chrift, afin que le peuple, témoin de fa piété, & de la pureté de fa foi, fe raffurât de toutes fes craintes. Cette députation le piqua fi fort, qu'il leur répondit aigrement : *Je vois bien que je ne fuis ici que l'ombre d'un empereur, & que vous êtes gens à me livrer à votre évêque toutes les fois qu'il vous l'ordonnera.* Dans le dépit où il étoit, il envoya fur le champ un de fes fecrétaires vers faint Ambroife, pour lui demander s'il étoit réfolu de réfifter opiniâtrément aux ordres de fon maître, & s'il prétendoit ufurper l'empire comme un tyran, afin qu'on fe préparât à la guerre contre lui. Le faint

LIX.

L'AN
387.

répondit à cela fagement, *qu'il avoit
foutenu les droits de l'églife, fans fortir
du refpect qui étoit dû à l'empereur : qu'il
révéroit fa puiffance ; mais qu'il ne la
lui envioit pas ; qu'on n'avoit qu'à demander à Maxime fi Ambroife étoit le
tyran de l'empereur Valentinien ; que les
évêques n'avoient jamais été tyrans, mais
qu'il leur étoit fouvent arrivé de fouffrir
les perfécutions des tyrans.* L'eunuque
Calligonne, grand chambellan, voulut
fe faire de fête, & pour plaire à fon
maître, il envoya dire à l'archevêque
qu'il ceffât d'être défobéiffant & rebelle,
finon qu'il iroit lui couper la tête lui-
meme dans fa maifon. L'archevêque lui
fit répondre, *qu'il recevroit le coup fans
s'étonner ; qu'ils auroient de quoi être
tous deux contens ; l'un de fouffrir ce
que les évêques ont accoutumé de fouffrir
pour la caufe de Dieu ; l'autre de faire
ce que font ordinairement les eunuques
pour complaire aux hommes.*

Ambrof. ep.
33, ad Mar-
cell.

LX.   Enfin la perfécution ceffa, lorfqu'elle
paroiffoit plus échauffée. Valentinien
commença à connoître qu'on abufoit de
fon autorité. La ville émue, la cour indi-
gnée, l'armée réfolue de vivre dans la
communion de l'archevêque, la protection vifible du ciel fur les catholiques,
les fuites fâcheufes que pouvoit avoir
la paffion de Juftine, fi l'on s'obftinoit

à la fuivre ; toutes ces raifons l'obligerent à remettre les chofes en leur premier état, & à rappeller les foldats qui avoient invefti les églifes. A cette heureufe nouvelle de la paix , toute la ville fut tranfportée de joie. Le peuple quitta les armes. Chacun couroit à l'églife , non plus pour la garder, mais pour y rendre des actions de graces. Les uns alloient baifer les autels qu'ils avoient défendus , les autres chantoient des pfeaumes & des cantiques. Ils fe félicitoient les uns les autres de leur conftance , & fe jettant aux pieds de leur archevêque , lui faifoient une efpece de triomphe religieux par leurs acclamations, & par les vœux qu'ils faifoient pour lui. L'archevêque, pénétré d'une joie toute fpirituelle & toute modefte , renvoyoit à Dieu toutes les louanges qu'on lui donnoit ; & par fes exhortations vives & touchantes, animoit fon peuple à mener une vie conforme à la foi qu'il avoit fi courageufement défendue.

L'impératrice feule demeura endurcie, & fe fervit des voies les plus noires & les plus exécrables pour fe défaire du faint , montrant par-là jufqu'où vont les emportemens d'une femme puiffante & irritée, jaloufe de fon autorité & de fa religion. Mais la crainte arrêta fa fureur, & la néceffité des affaires l'obli-

Paulin. in vitâ Ambrof.

L'AN
387.

LXI.
Théodoret,
l. 5, c. 14.

gea bientôt à recourir à ce même prélat qu'elle avoit si cruellement persécuté.

Maxime qui se préparoit sourdement à passer en Italie, & qui ne cherchoit qu'un prétexte pour justifier son irruption, écrivit une lettre à Valentinien, pour l'exhorter à demeurer dans la religion catholique, & à faire cesser la persécution qu'on faisoit à saint Ambroise, & à ceux qui tenoient dans Milan le parti de la vérité. Il faisoit même entendre qu'il alloit se déclarer le protecteur de cet archevêque. Il envoya ordre en même tems aux ambassadeurs qu'il tenoit à la cour de Constantinople, de s'y plaindre de l'impératrice Justine, & de faire agréer qu'il s'approchât dans l'Italie pour y maintenir la religion.

LXII.

Théodose qui ne pouvoit souffrir les violences de Justine, & qui voyoit que Maxime, sous ce prétexte, alloit s'emparer des états de Valentinien, voulut s'avancer lui-même vers les Alpes, pour retenir les uns & les autres dans le devoir. Mais la Thrace étoit menacée d'une nouvelle inondation de barbares, & il n'osa s'en éloigner. Les Grotungues, peuple inquiet & farouche, étoient sortis du fond de la Scythie, à dessein d'entrer de gré ou de force dans les terres de l'empire. Ils étoient en très-grand nombre, tous armés, & bien aguerris. Alatée & Safrax, capitaines de leur nation, qui avoient affifté à la défaite de Valens, les avoient engagés à cette entreprife, & leur roi Odétée les y conduifoit comme à une conquête facile. On leur donna paffage en quelques endroits ; il fe le firent eux-mêmes en d'autres. Après avoir forcé tout ce qui leur réfiftoit, & ramaffé tout ce qui voulut fe joindre à eux, ils arriverent au bord du Danube, & demanderent qu'on leur permît de le paffer. Quelque proteftation qu'ils fiffent de vivre en paix, l'exemple des Goths étoit trop récent, & Théodofe n'avoit pas la même facilité que Valens.

Comme ils fe virent rebutés, ils réfolurent de paffer malgré les Romains. Ils eurent fait en peu de jours trois mille barques, & tenterent le paffage en divers endroits. Promote, qui commandoit l'armée de Thrace, & qui avoit étendu fes quartiers le long du fleuve, les arrêta par-tout avec grande perte des leurs. Mais comme il avoit ordre de ménager les troupes, & que d'ailleurs il craignoit les furprifes, ou les efforts de cette multitude, il joignit l'adreffe à la force. Il trouva dans fon armée quelques foldats d'une fidélité reconnue, qui favoient la langue de ces barbares, & les envoya dans leur camp, pour découvrir leurs deffeins, & l'en avertir. Ceux-

L'AN 387.

LXIII.

Claud. de 1. Conful. Honor.

N vj

L'AN
387.
Zo{. l. 4.

ci , feignant d'être transfuges & mécontens , fe firent préfenter au roi & aux
principaux officiers, & s'offrirent de leur
livrer l'armée & le général des Romains:
mais ils demanderent des récompenfes
fi exceffives , que les barbares avouerent
qu'ils n'avoient pas de quoi payer un fi
grand fervice. Après plufieurs propofitions faites de part & d'autre , on con-
vint enfin d'une fomme confidérable,
dont une partie fut payée par avance,
& l'autre fut affurée pour le jour d'après
l'exécution. On prit l'heure de l'embarquement, on concerta le fignal qu'on
devoit donner , on marqua l'endroit du
trajet , & l'on prépara tout pour la nuit
du lendemain.

LXIV.   Il fut réfolu que ce qu'ils avoient de
meilleures troupes pafferoit d'abord pour
attaquer les Romains, qu'on fuppofoit
devoir être endormis ; qu'elles feroient
foutenues par le refte de l'armée, & que
les femmes & les enfans viendroient enfuite fans difficulté & fans danger dans
les barques qu'on leur avoit deftinées,
Promote, averti du deffein des Grotungues, & de l'ordre qu'ils devoient tenir,
pourvut à tout de fon côté. Il fit attacher trois à trois les plus légers de fes
navires, & les étendant environ l'efpace
de vingt ftades tout le long du fleuve,
il en fit comme une chaîne, afin d'em-

pêcher la defcente fur le rivage. Il deftina les gros navires à tenir le fleuve,
& à tomber avec impétuofité fur les ennemis dans le tems de leur paffage. Les
troupes furent difpofées conformément
à fes deffeins. La lune ne paroiffoit point,
& la nuit, au grand contentement des
deux partis, étoit très-obfcure. Odéthée
s'embarqua fans bruit avec l'élite de fes
gens, & ne crut point être découvert.
Mais à peine furent-ils arrivés à la portée du trait, vers les bords du fleuve,
qu'ils furent chargés par les troupes romaines qui gardoient le rivage. Alors ils
commencerent à connoître qu'ils étoient
trahis, & demeurerent en fufpens, n'o-
fant avancer, & ne pouvant plus reculer.

Comme ils étoient dans ce défordre,
les Romains qui montoient les gros navires, s'abandonnant au courant de l'eau,
voguerent à force de rames, vinrent les
prendre en flanc, & les choquerent fi
rudement, que les renverfant les uns fur
les autres avec leurs barques, ils en
noyerent la plus grande partie. Ceux
qui reftoient allerent donner contre la
chaîne des navires, & furent tous, ou
affommés, ou faits prifonniers. Après la
défaite des plus braves, il ne fut pas
difficile de venir à bout des autres, que
la mort de leur roi & de leurs compa-

L'AN
387.

gnons avoit effrayés, & qui étoient encore dans la confusion de l'embarquement. Quoiqu'ils se rendissent à discrétion, le soldat échauffé alloit tout passer au fil de l'épée ; mais Promote fit cesser le carnage, & empêcha même qu'on ne pillât leur camp, afin que l'empereur, qui devoit bientôt arriver à l'armée, fût lui-même le témoin de cette victoire, & qu'il en connût la conséquence par la quantité du butin, & par le nombre des morts & des prisonniers.

LXV. Jamais combat naval ne fut plus funeste aux ennemis de l'empire. Le fleuve étoit couvert des débris de tant de barques rompues & renversées. On voyoit des tas de corps des barbares, que les flots avoient rejettés sur l'un & sur l'au-

Zoz. l. 4.

tre bord. Leurs armes mêmes étoient d'une telle sorte, qu'encore qu'elles fussent assez pesantes, elles ne laissoient pas de remonter sur l'eau. Théodose vint assez à tems pour avoir sa part de ce spectacle. Il fit d'abord mettre en liberté tous les prisonniers, qui, se trouvant sans chef, & hors d'espérance de regagner leur pays, se donnerent à lui volontairement, & le servirent depuis dans ses guerres. Il ordonna qu'on partageât le butin aux soldats ; & après avoir loué la prudence & la valeur de Promote, il lui confia le dessein qu'il avoit de déclarer la guerre à Maxime, & lui deftina le commandement de l'armée.

De tous ces Grotungues qui prirent parti dans fes troupes, il en choifit les plus vaillans & les mieux faits ; & pour les attacher plus fortement à fon fervice, il leur promit double paye, leur fit préfent d'un collier d'or à chacun, & leur donna des quartiers dans la petite Scythie, aux environs de la ville de Tomes. Comme ils avoient accoutumé de vivre fans beaucoup de difcipline, ils couroient licencieufement la campagne, & ils incommodoient même la ville. Géronce, qui en étoit gouverneur, leur en défendit l'entrée, & les menaça de fortir avec toute fa garnifon, & de faire main baffe fur eux ; mais ils mépriferent fes menaces. Alors cet homme, hardi & impatient, affembla fes officiers & fes plus anciens foldats, & leur communiqua le deffein qu'il avoit d'aller charger ces étrangers ; mais ils refuferent tous de le fuivre, les uns par prudence, les autres par lâcheté.

Comme il fe vit ainfi abandonné, il prend fes armes, remonte à cheval, accompagné de quelques-uns de fes gens, & va défier cette multitude. Les barbares fe moquerent de fa témérité, & fe contenterent de détacher quelques-uns des leurs contre lui. Géronce courut,

L'AN
387.
LXVI.

LXVII.

l'épée à la main, fur le premier qui s'avança. Il se fit entr'eux un combat opiniâtre ; & comme, après s'être porté plusieurs coups inutilement, ils en furent venus aux prises, un des Romains, étant accouru pour dégager son capitaine, déchargea un si rude coup sur le Grotungue, qu'il lui emporta l'épaule, & le jetta à bas de son cheval roide mort. Les barbares admirerent la force de cet homme, & furent étonnés du coup qu'il venoit de faire. Géronce, après s'être défait de l'un en attaquoit d'autres, & ceux de sa suite combattoient avec la même vigueur que lui. Mais quelqu'effort qu'ils fissent, ils ne pouvoient longtems résister au grand nombre, & leur audace alloit être punie, si quelques officiers de la garnison, qui étoient montés sur les murailles de la ville, & qui voyoient leur commandant dans le péril, n'eussent couru promptement à son secours.

LXVIII. Ceux-ci ayant animé les autres par leur exemple, ils ne regarderent plus dans l'entreprise du gouverneur l'emportement & la passion d'un particulier, mais la gloire du nom romain, & l'intérêt commun de leur nation. Habitans & soldats sortirent ensemble, & chargerent si vaillamment ces barbares, qu'il n'en resta qu'un très-petit nombre qui s'étoit réfugié dans une église.

Géronce crut qu'il avoit ce jour-là sauvé la Scythie, & se hâta de donner avis à l'empereur de l'action qu'il avoit faite, comme si c'eût été une victoire qu'il eût remportée, dont il eût dû attendre des louanges & des récompenses; mais Théodose en fut extrêmement irrité. Outre la perte qu'il venoit de faire de tant de braves soldats, qu'il avoit gagnés par ses bienfaits & par ses caresses, il craignoit encore que les autres barbares qui étoient à sa solde, ne fussent rebutés du service de l'empire, ou ne vengeassent la mort de leurs compagnons, quand ils en trouveroient l'occasion.

L' A N
387.

Comme on étoit sur le point d'entreprendre une grande guerre, & que rien n'étoit si dangereux que d'affoiblir l'armée de l'empire, & d'aliéner les esprits des alliés, Géronce eut ordre de venir à la cour, pour y rendre compte de sa conduite. Il alléguoit que les Grotungues avoient vécu sans ordre dans la Scythie; qu'après avoir ruiné la campagne, ils avoient voulu se rendre maîtres de la ville de Tomes; qu'il les avoit menacés plusieurs fois, & qu'enfin il avoit été contraint de les traiter comme ennemis & comme rebelles. On l'accusoit pourtant, non-seulement d'avoir attaqué sans ordre des troupes sur lesquelles il n'avoit aucun pouvoir, mais encore

LXIX.

d'avoir profité de leurs dépouilles, & fur-tout des préfens que l'empereur leur avoit faits.

Sur cette accufation, Théodofe l'ayant fait arrêter, commanda qu'on examinât rigoureufement cette affaire ; & quoique dans la fuite Géronce fe juftifiât, & qu'on fût bien-aife de ne pas perdre un homme de cœur, capable des premiers emplois de la guerre, on ne laiffa pas de le retenir en prifon, & de le mena-cer du dernier fupplice, tant pour ap-prendre aux autres gouverneurs la mo-dération, que pour fatisfaire les nations barbares qui s'étoient plaintes de l'em-portement de celui-ci.

LXX. Bien que Théodofe crût avoir mis l'empire à couvert des infultes de Ma-xime ; pour lui ôter néanmoins le pré-texte de religion dont il fe fervoit, il lui dépêcha des couriers, pour l'affurer qu'il n'étoit pas moins offenfé que lui, de la perfécution que Valentinien faifoit à l'archevêque de Milan, & à tous les catholiques ; qu'il emploieroit fon crédit auprès de ce jeune empereur, pour l'af-fermir dans la foi de fes peres, & qu'il efpéroit y pouvoir réuffir. Il écrivit auffi à l'impératrice Juftine, pour lui remon-trer qu'elle prît garde au danger où elle expofoit les états de fon fils, fi elle con-tinuoit à troubler le repos de l'églife ;

qu'encore que les desseins de Maxime
fussent injustes, le motif en paroîtroit
bon, & qu'il seroit difficile de soutenir
contre lui une guerre que les peuples
croiroient entreprise pour la défense de
la religion. Ces remontrances auroient
produit sans doute tout le fruit que
Théodose en attendoit ; mais elles arriverent trop tard, & l'affaire avoit déja
changé de face.

On apprit en ce même tems que Maxime faisoit de grands préparatifs de
guerre, & qu'il étoit sur le point de pas-
fer les Alpes. Justine & l'empereur son
fils jetterent les yeux sur saint Ambroise,
& le supplierent d'oublier le passé, &
d'entreprendre une seconde ambassade
vers Maxime. L'heureux succès de la premiere leur faisoit bien espérer de celle-
ci. Le dessein étoit de découvrir les intentions de ce prince, de le divertir de
son entreprise, de maintenir la tréve,
& de faire, s'il en étoit besoin, l'ouverture de quelque nouveau traité de
paix, afin de l'amuser, & de donner le
tems à Valentinien de pourvoir à sa défense, & à Théodose de le secourir. Le
prétexte de l'ambassade fut de redemander le corps de Gratien, pour lui rendre les derniers honneurs.

L'archevêque préférant l'intérêt public, & le service de l'empereur à son

L'AN
387.

D. Ambrof.
ep. 27.

repos, fans confidérer ni les injures qu'on lui avoit faites, ni celles qu'il pouvoit recevoir de Maxime, qui n'étoit pas content de lui, fe rendit en peu de jours à Tréves. Le lendemain de fon arrivée il fut au palais pour demander une audience. Un eunuque, Gaulois de nation, grand chambellan de l'empereur, fut envoyé pour lui demander s'il avoit fes lettres de créance, & pour lui dire qu'on ne pouvoit l'entendre qu'en plein confeil. Il repliqua, *que ce n'étoit pas la coutume d'en ufer ainfi avec un évêque; qu'il avoit des chofes très-particulieres à dire au prince, & qu'il demandoit une audience fecrette.* L'eunuque rentra; & foit qu'il eût reparlé à fon maître, foit qu'il sût déja fes intentions, il revint lui faire la même réponfe qu'auparavant.

LXXII. L'archevêque fut obligé de fe retirer. Il revint le jour d'après, & fut introduit dans le confeil. Dès qu'il fut entré, Maxime fe levant de fon trône, fe pencha vers lui pour lui donner le baifer. Le faint s'arrêta; & comme on lui faifoit figne de tous côtés de s'avancer, & que l'empereur même l'y convioit, il lui répondit, *qu'il ne croyoit pas qu'il voulût baifer un homme à qui il refufoit une audience particuliere, & une féance conforme au rang qu'il tenoit dans l'églife, & à la dignité du prince qui l'envoyoit.*

Maxime fe jetta fur les plaintes, & lui reprocha fa premiere ambaffade & fes belles paroles qui l'avoient empéché de paffer alors en Italie. Mais le faint prélat lui répondit généreufement, *qu'il avoit eu foin des intérêts d'un prince pupille ; qu'il en faifoit gloire, comme d'une action digne d'un évêque ; mais qu'il n'avoit fermé l'entrée des Alpes à perfonne ; qu'il n'avoit oppofé ni armées, ni retranchemens, ni rochers, ni fauffes promeffes.*

L'AN 387.

Après avoir juftifié fa propre conduite, il juftifia celle de Valentinien, qui avoit congédié les Huns & les Alains, de peur de lui donner de l'ombrage ; qui avoit toujours reçu fes ambaffadeurs avec honneur, & qui lui avoit renvoyé fon frere qu'il auroit pû faire mourir par repréfailles. Enfin, il lui expofa fa commiffion, & lui demanda de la part de fon maître la confirmation des traités paffés, & le corps de l'empereur Gratien, dont il avoit fans doute commandé le meurtre, puifqu'il lui refufoit la fépulture. Maxime, preffé des remords de fa confcience, & des raifons de l'archevêque, n'eut rien à lui répondre, finon qu'il traiteroit volontiers avec Valentinien, & le remit à une autre audience. Quelques jours après, ayant appris qu'il refufoit de communiquer avec lui & avec les prélats de

L'AN
387.

LXXIII.

fa cour qui étoient du fchifme d'Itace, il fe fervit de ce prétexte pour lui commander de fortir de fes états.

Saint Ambroife envoya d'abord un courier à Valentinien, pour lui rendre compte du mauvais fuccès de fa légation, & pour l'avertir de ne fe fier point aux belles paroles du tyran, qui , fous des apparences de paix , cachoit un deffein formé de lui faire la guerre. Valentinien, qui n'avoit encore aucune expérience , jugea de cette ambaffade par l'événement , & envoya Domnin , l'un de fes principaux miniftres , afin qu'il renouât la négociation, & qu'il raccommodât par fon adreffe ce qu'il croyoit que l'archevêque avoit gâté par fon zele indifcret, ou par fon peu d'habileté. Maxime reçut ce nouvel ambaffadeur avec toute la civilité poffible, accepta toutes fes propofitions, & l'engagea même adroitement à mener quelques-unes de fes troupes à Valentinien, pour l'affifter contre des barbares qui troubloient la Pannonie. Ce miniftre , glorieux des honneurs qu'il avoit reçus, & du fervice qu'il croyoit avoir rendu, prit le chemin des Alpes , conduifant comme en triomphe , la moitié d'une armée ennemie, fous le nom de troupes auxiliaires.

Zoz. l. 4.

LXXIV. Maxime le fuivit de fi près , qu'il entra prefque auffi-tôt que lui dans l'Italie avec toute fon armée, & marcha droit à Aquilée où il croyoit furprendre Valentinien. La confternation fut fi grande, que perfonne ne fe mit en état de lui réfifter. Valentinien qui l'avoit cru fon allié, le voyant venir comme ennemi, ne penfa plus qu'à fa fûreté. Il fe retira promptement vers la mer adriatique, où il s'embarqua avec l'impératrice fa mere, & fit voile du côté de Theffalonique, pour aller implorer le fecours de Théodofe. Maxime, fâché de n'avoir pu fe faifir de la perfonne de l'empereur, fe répandit comme un torrent furieux, ruinant Plaifance, Modene, Rhége & Bologne de fond en comble, & défolant toutes les villes qui fe trouvoient fur fon paffage à droite & à gauche. Il n'y eut cruauté, pillage, violence, infamie ou facrilége qui ne fuffent exercés par fes troupes. On paffoit une partie des citoyens au fil de l'épée : ceux que le fer avoit épargnés languiffoient dans une dure captivité. Il n'y eut que Milan qui fe fauva de ces calamités publiques ; & quelque haine qu'on eût contre l'archevêque de cette ville, on lui laiffa prêcher en paix la pénitence à fon peuple : tant la fainteté eft vénérable aux tyrans mêmes.

Alors Maxime, voyant que tout cédoit à fa fortune, s'arrêta & commanda aux officiers de fon armée de faire vivre

L' A N
387.

*Pacat in pa-
neg. Theod.*

LXXV.

L'AN
387.

les troupes dans l'ordre , afin de gagner l'amitié de ces peuples dont il connoiſſoit la foibleſſe. La premiere choſe qu'il fit, fut d'envoyer des ambaſſadeurs à Conſtantinople , pour prévenir Théodoſe , & lui remontrer qu'il n'étoit point entré dans l'Italie pour uſurper l'empire, mais pour y établir la religion catholique qu'on y vouloit ruiner. Il écrivit la même choſe au pape Sirice , & lui manda qu'il vouloit abſolument qu'on conſervât la pureté de la foi, ſans ſouffrir aucune héréſie.

Ambroſ. ep.
69,

Pour gagner les gentils, il remit les ſacrifices que Gratien avoit abolis, & leur permit de redreſſer l'autel de la Victoire dans le capitole. Il ménagea même les Juifs , en faiſant rebâtir à Rome leurs ſynagogues. Ainſi cet uſurpateur politique accommodoit ſa conſcience à ſes deſſeins & à ſes intérêts.

LXXVI. Cependant Valentinien , après avoir couru pluſieurs dangers ſur la mer, arriva ſur les côtes d'orient : delà il envoya un de ſes domeſtiques à Théodoſe, pour lui donner avis de ſa fuite & de l'irruption de Maxime, & pour le ſupplier de prendre ſous ſa protection un prince errant qui avoit l'honneur d'être ſon collegue, ſon ami & ſon allié. Théodoſe fut très-ſenſiblement touché du malheureux état où ce jeune prince étoit réduit , & donna promptement tous les ordres néceſſaires pour la guerre.

Après quoi il partit avec une partie de
sa cour, & s'avança jusqu'à Thessalonique, où il trouva cet empereur fugitif,
& la princesse Galla, que l'impératrice
Justine avoit emmenée avec elle. Il traita
cette famille affligée avec toute la civilité & toute la tendresse qu'il devoit
à la maison du grand Valentinien.

L' AN
387.

August. l. 5.
de civit. Dei.
c. 26.

Après les avoir consolés, il leur parla
en pere & en empereur très-chrétien,
& dit à ce jeune prince, *que pour se re-*
lever de son malheur, il en falloit ôter
la cause ; que la guerre qu'il avoit faite
à Jesus-Christ lui avoit attiré celle de
Maxime ; que s'il n'avoit Dieu de son
côté, toutes les forces de l'empire ne ser-
viroient qu'à rendre sa perte plus écla-
tante ; qu'il falloit plus se confier en la
justice de sa cause, qu'au nombre & à la
valeur de ses soldats ; que la victoire avoit
toujours suivi le grand Valentinien son
pere, parce qu'il avoit confessé la foi, &
que Dieu l'avoit protégé ; que son oncle
Valens, au contraire, après avoir sou-
tenu l'erreur, chassé les évêques, massa-
cré les saints, avoit été défait, & brûlé
plutôt par son impiété que par ses enne-
mis ; qu'il se remît bien avec Dieu, &
qu'il reprît la foi qu'il avoit abandonnée,
s'il vouloit que les secours qu'on lui pré-
paroit eussent tout le succès qu'on en pou-
voit espérer.

Suida verbo
Valentinian.

O

L'AN
387.
LXXVII.

Cette remontrance toucha l'esprit de ce jeune empereur, que ses malheurs avoient déja fait rentrer en lui-même, & l'attacha inviolablement à la créance de l'église catholique. Justine, à qui cet avertissement s'adressoit plus qu'à son fils, dissimuloit son déplaisir, & faisant semblant de renoncer à son héréfie, animoit Théodose à la guerre par ses larmes & par ses prieres. Cet empereur s'y détermina ; & pour lui donner un gage assuré de sa protection, il épousa, peu de tems après, la princesse Galla sa fille.

Zoz. l. 4.

LXXVIII.

Comme il eut résolu de se mettre en campagne au commencement du printems avec une puissante armée, il fut obligé d'imposer un nouveau tribut, pour fournir aux frais de la guerre. Soit que les peuples le trouvassent excessif, soit que les officiers qui avoient la commission de le lever, l'exigeassant avec trop de rigueur, quelques villes en murmurerent, mais les habitans d'Antioche passerent du murmure à la sédition. Ils méprisent les ordres qu'ils avoient reçus de l'empereur ; & renversant ses statues & celles de l'impératrice Flaccide sa premiere femme, ils les traînerent par toutes les rues de la ville. Une action si indigne fut accompagnée des paroles les plus piquantes & les plus outrageuses que la fureur leur put inspirer. Quel-

Zoz. l. 4.
Théodoret,
l. 5, c. 19.

ques hiftoriens rapportent que la nuit d'auparavant on apperçut un fpectre horrible, qui, s'élevant jufqu'au-deffus de la ville, & frappant l'air avec un fouet épouvantable, fembloit exciter les efprits à la fédition.

Dès que l'empereur eut appris ces nouvelles, fon indignation fut d'autant plus grande qu'elle étoit jufte. Outre qu'il étoit d'un naturel prompt & fenfible, l'ingratitude de ce peuple qu'il avoit toujours favorifé, & les fuites fâcheufes que pouvoit avoir cet exemple au commencement d'une guerre, l'irritoient encore davantage. Mais ce qui le touchа plus vivement, ce fut l'injure qu'on avoit faite à la mémoire de l'impératrice Flaccille, qu'il avoit tendrement aimée, qui étoit morte depuis deux ans en odeur de fainteté, & dont le nom lui étoit en finguliere vénération.

Pour punir un fi grand outrage, il réfolut d'abord de confifquer tous les biens des citoyens d'Antioche, d'en brûler toutes les maifons avec tous ceux qui les habitoient, de la démolir jufques dans les fondemens, d'en tranfporter ailleurs jufqu'aux dernieres pierres, & d'y faire enfuite paffer la charue, afin qu'il ne reftât plus même aucune marque de cette ville royale, qui étoit la capitale de tout l'orient. Quoiqu'il fût à

L' A N
387.

Aurel. Vict. in Theod. Chryfoft. Hom. 20, ad popul. Antioch.

LXXIX.

Zoz. l. 4. Chryfoft. Hom. 17, ad popul. Antioch.

O ij

l' a n
388.

propos de punir l'infolence de ce peuple, il y avoit pourtant de l'excès dans la colere de ce prince, qui enveloppoit dans une même condamnation les innocens & les coupables. Auffi n'en vint-il pas jufqu'à cette extrêmité. Il fe contenta d'envoyer à Antioche deux commiffaires, Elebéque, général de fes armées, & Céfaire, préfet du prétoire, pour découvrir les auteurs & les complices de la fédition, & pour en faire une punition exemplaire.

LXXX.

Chryfoft. in
Homil. ad
popul. An-
tioch.

Cependant cette ville étoit dans une défolation extrême. Les remords, la crainte, & le défefpoir avoient fuccédé à la fureur. Plufieurs de fes habitans, effrayés de leur crime & des menaces de l'empereur, abandonnoient leurs maifons qu'ils croyoient qu'on alloit donner au pillage. Ceux qui étoient demeurés avoient toujours l'image de la mort devant les yeux, & n'attendoient que l'heure de leur fupplice. Ils n'avoient d'autre réfuge que l'églife, ni d'autre confolation que celle qu'ils recevoient des exhortations éloquentes de faint Chryfoftôme, ni d'autre efpérance que celle que leur donnoit Flavien, leur archevêque, qui s'étoit chargé d'aller trouver l'empereur à Conftantinople, & d'intercéder pour eux.

Les commiffaires trouverent les chofes en cet état à leur arrivée. Ils défendirent d'abord à tous les citoyens le théatre & le cirque, & leur interdirent les bains publics. Ils priverent la ville du titre de métropole de la Syrie & de l'orient, & le donnerent à Laodicée, commençant ainfi à punir ce peuple fi adonné aux fpectacles, & fi jaloux de fa gloire, par le retranchement de fes plaifirs & de fes priviléges. Ils firent enfuite une très-exacte recherche des féditieux, & remplirent les prifons de ceux qui étoient coupables, & de ceux même qui n'en étoient que foupçonnés. On confifqua les biens de la plupart des perfonnes de qualité qui avoient commis ou favorifé le crime. Chacun craignoit pour fes proches, & pour foi-même; & les juges mêmes ne pouvoient voir fans pitié une fi grande défolation. Cependant ils exécutoient les ordres du prince, & tenoient des foldats armés près du palais & des prifons, de peur que le défefpoir n'excitât encore la fédition.

Ce fut alors que les folitaires qui vivoient dans le voifinage d'Antioche, defcendirent de leurs montagnes pour venir confoler cette ville affligée. Ils infpiroient aux uns le détachement du monde, & le mépris de la mort; ils affuroient les autres de la protection de Dieu, &

L' AN 388.
Chryfoft. Homil. 1?, *ad popul. Antioch.*

Chryfoft. Hom. 17, *ad popul. Antioch.*

LXXXI.

Idem. Hom. 17, *ad popul. Antioch.*
Théodoret, *l.* 5, 6, 19.

de la clémence du prince : ils protef-
toient à tous qu'ils étoient venus pour
obtenir leur grace, ou pour mourir avec
eux. Après avoir demeuré les jours entiers à l'entrée du palais, pour folliciter
les juges, ils couchoient les nuits à la
porte des prifons, prêts à donner leur
vie & leur liberté pour fauver celles de
leurs freres. Tantôt ils embraffoient les
genoux des magiftrats, tantôt ils leur
parloient avec autorité de la part de
Dieu.

Un d'entr'eux, nommé Macédoine,
homme fimple & fans aucune expérience
du monde, mais d'une éminente piété,
rencontrant deux des Juges dans le milieu de la ville, leur commande de def-
cendre de cheval. Ces officiers qui ne
voyoient rien en fes habits ni en fa perfonne qui pût lui donner cette autorité,
fe mirent d'abord en colere contre lui :
mais quand ils eurent appris quelle étoit
la fainteté de ce folitaire, ils defcendirent de cheval, l'embrafferent, & lui
demanderent pardon. Alors ce vieillard,
rempli d'une fageffe divine, élevant fa
voix, leur dit : *Allez, mes amis, faire
de ma part cette remontrance à l'empereu:
Vous êtes empereur, mais vous êtes homme. Vous commandez à des hommes qui
font les images de Dieu. Craignez la colere du Créateur, fi vous détruifez la créa-*

ture. Vous êtes si offensé qu'on ait abattu vos images. Dieu le sera-t-il moins quand vous aurez brisé les siennes ? Les vôtres sont insensibles, les siennes sont vivantes & raisonnables. Vos statues de bronze sont déja refaites & redressées ; mais quand vous aurez fait mourir des hommes, comment réparerez-vous votre faute ? Les ressusciterez-vous quand ils seront morts ?

L'AN
388.

Chrysost.
Hom. 17,
ad popul.
Antioch.

Ces paroles animées de zele & de charité, firent impression sur l'esprit de ces officiers, & l'empereur même en fut touché, lorsqu'on les lui rapporta : de sorte qu'au lieu des menaces qu'il avoit faites aux habitans d'Antioche, il se justifia lui-même ; & découvrant la cause de sa colere, *Si j'avois manqué*, dit-il, *il ne falloit pas en faire porter la peine à une princesse dont la vertu ne mérite que des louanges. Ceux qui se sentoient offensés devoient armer toute leur colere contre moi.*

Théodoret,
ibid.

Les autres solitaires n'eurent pas moins de courage. Ils allerent trouver les magistrats, & les prierent de prononcer un jugement favorable, & d'absoudre les criminels. Comme ils n'en pouvoient tirer d'autres réponses, sinon qu'ils n'étoient pas maîtres de l'affaire ; qu'il étoit dangereux de laisser un crime d'état impuni, & qu'ils suivroient dans leurs jugemens les regles du devoir & de la

L'AN
388.

justice : ils s'écrierent, *Nous avons un prince qui aime Dieu, qui est fidele, & qui vit dans la piété. Ne trempez pas votre épée dans le sang. Quelque grande qu'ait été l'insolence de cette ville, elle n'est pas plus grande que la clémence de l'empereur.* Enfin ils entrerent dans le palais, comme on alloit prononcer l'arrêt de condamnation contre ceux qui avoient été convaincus du crime. Ils conjurerent les juges de leur accorder quelques jours de délai, & d'attendre de nouveaux ordres de la cour. Ils s'offrirent d'aller trouver le prince, & de l'appaiser par leurs larmes & par leurs prieres, & firent tant qu'ils obtinrent ce qu'ils demandoient.

Les commissaires que l'empereur avoit envoyés, touchés des sentimens généreux de ces solitaires, les prierent de donner leurs remontrances par écrit, & promirent de les porter eux-mêmes à leur maître ; ce qu'ils firent peu de jours après. L'affaire étant en cet état, ces hommes admirables retournerent promptement dans leurs grottes & dans leurs cellules, & la même charité qui les en avoit fait sortir, les y renferma.

LXXXII.
*Chrysost.
Hom.* 20,
*ad popul.
Antioch.*

En ce tems Flavien, archevêque de cette ville affligée, qui en étoit parti vers le commencement du carême, & qui n'avoit consideré ni la rigueur de la saison, ni les incommodités du voyage, ni sa

propre vieilleſſe , arriva à Conſtantinople. Il entra dans le palais où étoit le
prince , & s'arrêta aſſez loin de lui ,
comme retenu par la crainte , par la
honte & par la douleur. Il demeuroit
là ſans parler ; & tenoit les yeux baiſſés
contre terre , auſſi triſte & auſſi confus
que s'il eût été coupable, & que s'il eût
demandé grace pour lui-même.

L'AN
388.

Quelques-uns même ajoutent qu'il fit
chanter par des enfans de la muſique de
l'empereur, les cantiques lugubres dont
ſe ſervoit l'égliſe d'Antioche dans ſes
prieres publiques pour exprimer ſon af-
fliction , & que ces airs triſtes & languiſ-
fans amollirent l'ame du prince, & l'é-
murent ſi fort de compaſſion , qu'il
trempa de ſes propres larmes la coupe
qu'il tenoit entre ſes mains. Mais outre
qu'il y a peu de vraiſemblance dans cette
circonſtance , ſaint Chryſoſtôme qui a
écrit toutes les particularités de cette
hiſtoire , n'auroit pas manqué d'en être
informé , & de l'inférer dans la relation.

*Zozom. l. 7,
Hiſt. Eccl.
c. 23.*

Quoi qu'il en ſoit , cet archevêque
préparoit inſenſiblement l'eſprit de Théodoſe , & tâchoit de le toucher par ſes
ſoupirs & par ſes larmes, avant que d'entreprendre de le perſuader par ſes raifons. L'empereur s'approcha de lui, &
lui dit avec beaucoup de modération ,
Qu'il avoit de grands ſujets de plainte

O v

L' A N
388.
Chryfoft.
Hom. 20,
ad popul.
Antioch.

contre les citoyens d'Antioche : qu'il avoit préféré leur ville à toutes les autres de fon empire ; qu'après les graces & les faveurs qu'il leur avoit faites , il n'en avoit pas dû attendre un fi rude traitement ; qu'il ne croyoit pas leur avoir fait d'injuftice ; que s'il avoit été affez malheureux pour leur en faire , ils pouvoient s'en prendre à lui-même , plutôt qu'à des perfonnes mortes , qui n'avoient pas manqué à leur égard. Il s'arrêta à ces mots ; & l'archevêque , après avoir effuyé fes larmes , rompit enfin le filence.

LXXXIII.   Il commença fon difcours par un aveu fincere du crime qu'avoient commis ceux d'Antioche , confeffant qu'il n'y avoit point de fupplice qui pût l'égaler. Après avoir exagéré leur ingratitude , en la comparant avec l'extrême bonté de l'empereur, il lui repréfenta, que plus l'injure étoit grande , plus la grace qu'il accorderoit à ces criminels lui feroit glorieufe. Il lui propofa l'exemple de Conftantin , qui étant preffé par fes courtifans de fe venger de quelques féditieux qui avoient défiguré une de fes ftatues à coups de pierres, ne fit que paffer la main fur fon vifage, & leur répondit en fouriant, qu'il ne fe fentoit point bleffé. Il lui remit devant les yeux fa propre clémence, & le fit fouvenir d'une de fes loix, par laquelle, après avoir ordonné

L' A N
388.

qu'on ouvre les prifons, & qu'on faffe grace aux criminels dans le tems de la folemnité de pâque, il ajoute cette parole mémorable : *Plut à Dieu que je puffe même reffufciter les morts !*

Il lui montra qu'en cette occafion il ne s'agiffoit pas feulement de la confervation d'Antioche, mais de l'honneur de la religion chrétienne. *Les Juifs*, difoit-il, *les payens, les barbares mêmes, chez qui le bruit de cet accident s'eft répandu, ont tous les yeux fur vous, & ils attendent l'arrêt que vous allez prononcer. Si vous pardonnez aux coupables, ils rendront gloire au Dieu des chrétiens, en vous louant, & fe diront les uns aux autres : que cette religion eft puiffante qui donne un frein à la colere des empereurs, & retient les fouverains dans une modération d'efprit que nous n'avons pas même nous autres particuliers ; & que le Dieu des chrétiens eft grand, puifqu'il éleve les hommes au-deffus de la nature, & qu'il leur fait vaincre la violence de leurs paffions !*

Après cette réflexion, pour ôter de l'efprit du prince, les confidérations politiques du mauvais exemple, s'il laiffoit un fi grand crime impuni, il lui repréfenta que ce n'étoit pas par molleffe ou par impuiffance de fe venger qu'il pardonnoit, mais par bonté & par religion ;

O vj

& que la ville d'Antioche étoit plus punie par ses frayeurs & par ses remords, que si elle avoit été détruite par le fer ou par le feu. Enfin il protesta qu'il ne retourneroit plus à Antioche, jusqu'à ce qu'elle fût rentrée dans les bonnes graces de l'empereur, & il termina son discours en mêlant le respect & les prieres avec les menaces du jugement de Dieu.

LXXXIV.　　Théodose ne put résister à la force de ce discours. Il eut de la peine à retenir ses larmes, & dissimulant autant qu'il pouvoit son émotion, il dit ce peu de mots au patriarche : *Si Jesus-Christ, tout Dieu qu'il est, a bien voulu pardonner aux hommes qui le crucifioient, dois-je faire difficulté de pardonner à mes sujets qui m'ont offensé, moi qui ne suis qu'un homme mortel comme eux, & serviteur du même maître ?* Alors Flavien se prosterna, & lui souhaita toutes les prospérités qu'il méritoit par l'action qu'il venoit de faire ; & comme ce prélat témoignoit quelque envie de passer la fête de pâque à Constantinople, *Allez, mon pere*, lui dit Théodose en l'embrassant, *& ne différez pas d'un moment la consolation que votre peuple recevra par votre retour, & par les assurances que vous lui donnerez de la grace que je leur accorde. Je sais qu'il est encore dans la douleur & dans la crainte. Partez, & portez-lui pour la*

fête de pâques, l'abolition de son crime.
Priez Dieu qu'il bénisse mes armes ; &
soyez assuré qu'après cette guerre j'irai
moi-même consoler la ville d'Antioche.
Après cela il congédia ce saint vieillard,
& lui envoya même des couriers, après
qu'il eut passé la mer, pour l'exhorter
de nouveau à se hâter.

L'AN
388.

On peut voir, par le récit que je viens
de faire, la malignité de l'historien Zozime, qui tâche d'excuser l'emportement
de ceux d'Antioche, en rejettant la faute
de leur révolte sur la dureté du gouvernement. Il ne dit rien du voyage de Flavien, attribuant tout le succès de cette
négociation au sophiste Libanius, contre
la foi de l'histoire, & contre le témoignage des auteurs contemporains, & particuliérement de saint Chrysostôme, qui
reprocha publiquement aux philosophes
l'excès de leur lâcheté en cette rencontre. D'où l'on peut conjecturer que les
deux discours que nous trouvons encore
parmi les œuvres de ce sophiste, sur le
sujet des statues, n'ont été composés
qu'après sa mort, ou que s'il les a faits
lui-même, ce n'a été qu'après coup par
maniere de déclamation.

LXXXV.
Zoz. l. 4

Chrysost.
Hom. 17,
ad popul.
Antioch.

L'affaire d'Antioche étant ainsi heureusement conclue, le retour de son archevêque fut comme un triomphe. On
sema de fleurs la place publique ; on

Baron. An
ecclef. t. 4,

L'AN
388.

alluma par-tout des flambeaux ; on couvrit tous les chemins par où il devoit passer d'herbes odoriférantes ; & chacun, touché de la clémence de l'empereur, fit des vœux & des prieres pour lui & pour l'heureux succès de ses armes.

LXXXVI. En ce même tems Théodose, à la sollicitation d'un de ses parens, pressoit la veuve Olympias de se marier. Elle étoit fille du comte Seleuque, & petite fille d'Ablave, grand-maître de l'empire sous Constantin. Elle avoit été mariée à un jeune seigneur nommé Nébride. Plusieurs évêques avoient assisté à ses noces,

Greg. Naz.
epist. 57.

& saint Grégoire de Nazianze qui n'avoit pû s'y trouver, lui avoit envoyé quelques vers en forme d'épithalame. Elle étoit demeurée veuve au bout de vingt mois, & ne prétendoit plus s'attacher qu'à Dieu seul. Elpide, Espagnol de nation, & cousin de l'empereur, avoit une

Pallad. in
dial. de vit.
Chrysost.

extrême passion de l'épouser ; car outre qu'elle étoit d'une illustre naissance, & d'une grande beauté, elle possédoit encore des richesses extraordinaires. Quoiqu'il eût cherché tous les moyens de s'en faire aimer, il n'avoit pû réussir en son entreprise. Il eut recours à l'empereur, & le pria de l'assister de son crédit auprès d'Olympias. Théodose, très-sensible à tout ce qui regardoit sa parenté, & d'ailleurs persuadé que sa protection

& l'honneur de son alliance toucheroit cette jeune veuve, lui fit proposer ce mariage ; mais il ne gagna rien sur son esprit. Elle répondit avec beaucoup de modestie & de générosité tout ensemble : *Qu'elle recevroit toujours avec un très-profond respect tout ce que l'empereur lui feroit l'honneur de lui proposer ; mais qu'elle le supplioit de lui permettre de vivre sans engagement : que si le ciel l'eût voulue dans l'état du mariage, il ne lui auroit pas ôté son mari ; & que Dieu ayant rompu ses liens, elle étoit résolue de ne se donner plus qu'à lui, & de ne vivre que pour lui plaire & pour le servir.*

L'AN
388.

Pallad. ibid.

LXXXVII.

Théodose ne crut pas qu'il fût juste de la réduire par autorité à prendre le parti qu'il lui proposoit. Mais comme c'est le malheur des souverains, d'être sujets non-seulement à leurs propres passions, mais encore à celles des autres, il se laissa prévenir contr'elle. Les parens qu'on avoit gagnés se plaignirent, qu'étant demeurée maîtresse de ses biens avant l'âge porté par les loix, elle les dissipoit en présens & en aumônes indiscretes, par le conseil de quelques ecclésiastiques intéressés qui la gouvernoient. Sur cette plainte, l'empereur ordonna que le gouverneur de Constantinople auroit la garde & l'administration des biens d'Olympias, jusqu'à ce qu'elle eût

L'AN
388.

atteint l'âge de trente ans. Elpide fit exécuter cet ordre avec une extrême rigueur. On ôta à cette vertueuse dame
la disposition entiere de ses revenus; on
ne lui laissa pas même la liberté d'avoir
aucune communication avec les évêques,
ni d'entrer dans l'église, afin que ressen-
tant toutes les incommodités de la pauvreté & de la servitude, & n'ayant aucune consolation, elle fût obligée de
consentir au mariage qu'elle refusoit.
Mais elle ne put être ébranlée par un
traitement si injuste & si violent. Elle
le souffrit, non-seulement avec patience, mais encore avec joie; & après en
avoir rendu graces à Dieu, elle écrivit

Pallad. ibid. à l'empereur en ces termes. *Vous en avez
usé, Seigneur, envers votre très-humble
servante, non-seulement en empereur,
mais encore en évêque, lorsque vous m'a-
vez délivrée du soin de mes biens tempo-
rels, & de la crainte où j'étois de n'en
faire pas assez bon usage. Me voilà dé-
chargée d'un grand fardeau. La grace
seroit entiere, si vous ordonniez qu'on les
distribuât aux pauvres & à l'église. Il y
avoit déja long-tems que je craignois que
la vanité ne me fît perdre le fruit de mes
aumônes, & que l'embarras des richesses
temporelles ne me fît négliger les spiri-
tuelles.*

LXXXVIII.   Elle demeura en cet état jusqu'à ce que

la guerre contre Maxime fût heureufement terminée. Alors Théodofe, connoiffant qu'il avoit été furpris, & regret-
tant les maux qu'elle avoit foufferts fi
conftamment, la remit dans fes biens,
& la laiffa dans fa liberté. Elle exerça
depuis la charge de diaconiffe dans l'é-
glife de Conftantinople, donnant de
grands exemples de modeftie, de prudence, de piété, & d'un parfait renon-
cement à tous les foins & à tous les plaifirs du fiecle.

L'AN
388.

Dès que le printems fut arrivé, Théodofe qui tenoit encore en fufpens les ambaffadeurs de Maxime, déclara qu'il alloit lui faire la guerre, & partit de Conftantinople, où il laiffoit fon fils Arcadius fous la conduite de Tatien, homme
fage, fidele & intelligent, qu'il avoit
fait venir exprès d'Aquilée pour le faire
préfet du prétoire, & du philofophe
Thémiftius, qu'il lui donna pour précepteur. Ses ambaffadeurs avoient renou-
vellé par fon ordre les traités de paix
avec tous les princes voifins de l'empire.
Il avoit pris à fa folde les meilleurs foldats des Goths, des Huns, des Scytes
& des Alains, tant pour renforcer fon
armée, que pour affoiblir les barbares
qui pouvoient lui être fufpects. Arbogafte lui avoit amené un corps confidérable de François & de Saxons. Des gé-

LXXXIX.

Thémift.
Orat. 6.

néraux de grande réputation & de grande expérience qui devoient commander sous lui, entretenoient la discipline parmi tant de troupes différentes. Enfin il avoit pourvu à tout ce qui pouvoit faire réussir une entreprise si importante à sa gloire & au salut de l'empire.

Mais son principal soin avoit été d'attirer les bénédictions de Dieu sur son armée, & de se disposer à la victoire par la piété. Il fit faire des dévotions solemnelles, & il envoya prier les plus fameux solitaires d'Egypte, de recom-

Auguft. de civit. D. l. 5, c. 26.

mander à Dieu, dans leurs oraisons, le succès de cette guerre, & de lever les mains au ciel tandis qu'il combattoit. Sur-tout il consulta le saint abbé Jean, qui lui donna des assurances de la victoire qu'il devoit remporter. Cet homme

Evagr. vit. SS. PP. c. 1.

admirable, qui étoit comme l'oracle de son siecle, lui prédit depuis les principaux événemens de son regne, ses guerres, ses victoires, les irruptions même des barbares, dont il marquoit jusqu'aux moindres circonstances.

XC. Ce ne fut pas assez à l'empereur d'implorer le secours du ciel par des vœux & par des prieres, il essaya de le mériter par des actions; car avant que de sortir de Thessalonique, il renouvella ses anciens édits, & en fit de nouveaux contre les hérétiques, leur défendant de tenir des assemblées, de faire des ordinations, de donner ou de prendre le nom d'évêques ; ordonnant aux magistrats d'empêcher que ces religions profanes, qui sembloient avoir conspiré contre la véritable, ne célébrassent en public ou en particulier leurs mysteres sacriléges. Et parce que les ariens avoient supposé ou interprété quelques-uns de ses édits passés en leur faveur, il déclara, par une loi expresse, que tout ce qu'ils pourroient tirer à leur avantage seroit tenu faux & contre son intention. Il tâchoit ainsi d'engager Dieu à le protéger, en prenant avec tant de zele la protection de son église, & il alloit joindre ses troupes, animé d'une sainte confiance.

L'AN
388.
Leg. 14, 15
& 16, de
Hæret. cod.
Theod.

Maxime, de son côté, voyant qu'on n'avoit rendu aucune réponse positive à ses ambassadeurs, s'étoit mis en état, non-seulement de se défendre, mais encore d'attaquer, s'il le falloit. Pour s'assurer des Gaules en son absence, il y avoit laissé son fils Victor sous la conduite de Nannius & Quentin ses généraux. Une partie des peuples Germaniques qu'il avoit réduits à lui payer de grandes contributions, étoit accourue à son secours, & il avoit sujet d'être content du nombre & de la valeur de ses soldats. D'abord il divisa ses forces en

XCI.

trois corps d'armée. Il envoya le comte
Andragatius, avec ordre de fortifier les
Alpes juliennes, & d'en garder tous les
détroits. Il commanda à son frere Marcellin de se saisir des passages du Drave, avec une partie des troupes auxiliaires ; & lui, avec les légions romaines,
s'avança vers la Pannonie, & s'arrêta
sur le Save. Après s'être ainsi rendu
maître des montagnes & des rivieres,
il crut avoir fermé toutes les entrées de
l'Italie, & se posta en sorte qu'il pouvoit
en peu de tems se joindre avec son frere
quand il le jugeroit à propos.

XCII. Théodose étoit à peine parti de Constantinople, qu'il eut avis qu'il se tramoit
quelque trahison dans son armée, où Maxime avoit déja gagné quelques officiers,
& qu'il falloit promptement arrêter les
pratiques d'un ennemi plus accoutumé à
corrompre des troupes qu'à combattre.
Cet avis lui étoit donné par des gens
qui paroissoient très-bien informés, & la
conduite passée de Maxime ne le rendoit
que trop vraisemblable. L'empereur s'a-
vança donc en diligence vers son armée,
& fit chercher très-soigneusement les
agens de Maxime, & ceux qui avoient
eû quelque correspondance avec eux.

Le bruit se répandit aussi-tôt, qu'il
y avoit une trahison qui seroit bientôt
découverte, & les traîtres jugerent bien

qu'ils n'éviteroient pas le châtiment qu'ils avoient mérité, s'ils ne se retiroient promptement. Ils concerterent secretement le tems & le lieu de leur fuite, & sortant à petites troupes du camp, ils se rassemblerent la nuit, & coururent vers les bois & les marais de la Macédoine pour s'y cacher. Théodose, averti le matin qu'un bataillon de barbares avoit déserté, fut bien aise d'être défait de ces soldats infideles ; mais craignant qu'ils n'attirassent des troupes de leur pays, & qu'ils ne troublassent, pendant son absence, le repos de cette province, il détacha quelques escadrons qui les poursuivirent, en tuerent la plus grande partie avant qu'ils eussent gagné les marais, & contraignirent le reste de se jetter dans les bois & dans les montagnes.

L'AN 388.
Zo͞. ibid.

Théodose, délivré de cette inquiétude, fit embarquer Valentinien & l'impératrice Justine, & les fit conduire sûrement dans Rome, soit que l'Italie les eût redemandés, soit qu'il crût que leur présence rassureroit ces peuples qui leur étoient encore affectionnés, & qui ne pouvoient souffrir la tyrannie de Maxime. Après cela il fit des réglemens très-féveres touchant la discipline des troupes, & chargea tous les officiers d'y tenir la main, afin qu'on jugeât de la justice de sa cause par la retenue de ses sol-

XCIII.

Zo4. ibid.

L'AN 388.

Pacat. in Panegyr.

dats, & qu'on vît la différence qu'il y avoit entre l'armée d'un empereur & celle d'un tyran.

Ces ordres furent si exactement observés, qu'il n'y eut ni confusion, ni tumulte entre tant de nations accoutumées à vivre sans regle & sans contrainte. Les villes ni la campagne ne se ressentirent pas de leur passage ; & les vivres ayant manqué durant quelques jours, il n'y eut point de soldat qui n'aimât mieux souffrir la faim avec patience, que de faire aucun désordre qui pût déplaire à l'empereur.

XCIV.

Tout étant ainsi réglé, Théodose marcha à grandes journées, & crut que le bon succès de cette expédition dépendoit en partie de la diligence de sa marche. Promote commandoit la cavalerie ;

Philostorg. Oros. l. 7.

Timase étoit à la tête des légions, Arbogaste & Ricomer conduisoient la plupart des barbares auxiliaires, & l'empereur avoit l'œil à tout. Il divisa, comme Maxime, son armée en trois corps, pour lui cacher la route qu'il vouloit prendre, & sur-tout pour causer moins d'incommodité dans le pays qu'il traversoit, & pour tenir plus facilement ses gens dans l'ordre.

Comme il s'avançoit en cet état du côté de la Pannonie, il eut avis que Maxime s'étoit arrêté, & qu'il avoit

fait camper fon armée aux environs * de
Sifcia. C'étoit une ville qui n'étoit confidérable ni par fa grandeur, ni par fes
fortifications, mais par une fituation très-
avantageufe. Elle étoit fur le bord du
Save, qui, fe partageant en deux branches, forme une ifle vis-à-vis de cette
place, lui fert comme d'un double rem-
part, & la rend prefque inacceffible. Le
tyran Magnence s'en étoit autrefois faifi
comme d'un pofte très-important dans la
guerre qu'il fit à l'empereur Conftancius.

L' A N
388.
* Scifeg.

Théodofe raffembla tout d'un coup
toutes fes troupes, & fit tant de diligence, qu'il fut camper entre le Drave &
le Save, avant que les ennemis euffent
pû l'en empêcher, & leur coupa la communication de leurs deux armées. Alors
jugeant que Maxime fe tiendroit couvert, & qu'il feroit difficile de l'attirer
à un combat général, il réfolut de paffer le Save à quelque prix que ce fût,
& de l'aller forcer dans fon pofte. Il propofa fon deffein à fes généraux, qui en
trouverent d'abord l'exécution hafardeu-
fe. Néanmoins la préfence de l'empereur
qui encourageoit fes troupes, la valeur
& la prudence des officiers, la gaieté &
le courage des foldats, qui croyoient
que l'ennemi n'avoit ofé fe mettre en
campagne, faifoient croire que rien ne
leur étoit impoffible.

L'empereur profita de cette ardeur & de cette confiance qu'il remarqua dans ses troupes, & marchant à leur tête avec une diligence extraordinaire, il parut auprès de Siscia, & fut aussi-tôt prêt à passer le fleuve que les ennemis à le défendre. Il jetta la frayeur dans tout leur camp, & fit tenter en même tems le passage du fleuve en plusieurs endroits. Maxime qui, par un aveuglement étrange, avoit crû Théodose encore bien loin, fut d'abord surpris. Il tâcha d'animer ses légions, les fit avancer selon les besoins, & crut que si elles soutenoient ces premiers efforts, il lui seroit facile après cela de les rassurer. Cependant Théodose, qui s'étoit avancé sur le rivage pour observer la contenance des ennemis, connoissant par leurs mouvemens & par leur confusion qu'ils étoient ébranlés, eût bien voulu les aller charger, sans leur donner le tems de se reconnoître ; mais le Save étoit fort profond, & Maxime envoyoit toujours de nouvelles troupes, pour renforcer celles qui étoient déja sur le rivage. Alors voyant le moment fatal qui eût pû terminer cette guerre, & craignant de laisser échapper une occasion de vaincre, que la fortune ne lui renverroit peut-être plus, il faisoit chercher des gués, & faire des ponts avec une diligence incroyable.

Comme

Comme il étoit dans cette inquiétude, Arbogaste lui amena quelques officiers de fa nation qui s'offroient de paffer le fleuve. L'empereur loua leur réfolution, leur fit efpérer de grandes récompenfes, & les affura qu'il feroit le témoin de leur valeur, & qu'il les appuieroit lui-même avec tout ce qu'il y avoit de braves gens dans fon armée. Ces officiers allerent joindre leurs efcadrons, qu'ils animerent plus par leur exemple que par leurs paroles. Arbogaste lui-même fe mit à leur tête, & fe jettant tous enfemble dans le fleuve, encore tous poudreux & fatigués d'une longue marche, ils effuyerent une infinité de traits, & pafferent à cheval à la nage, à la vue de l'empereur qui les foutenoit en perfonne.

Les ennemis, effrayés d'une réfolution fi hardie, fe retirerent en défordre, & donnerent l'alarme à tout le refte de l'armée. Pendant qu'Arbogaste, après avoir gagné le rivage, tailloit en pieces tout ce qu'il rencontroit, les autres troupes que Théodofe faifoit paffer inceffamment, donnoient fur les ennemis d'un autre côté, & en faifoient un grand carnage. Plufieurs fe précipiterent eux-mêmes dans le fleuve.

Plufieurs furent foulés aux pieds des chevaux. La campagne étoit couverte de morts; les foffés de Sifcia étoient rem-

L' A N 388.
X C V.

Pacat. in panegyr.

P

plis des corps de ceux qui s'y refugioient.

Maxime, après avoir essayé plusieurs fois en vain de rallier ses troupes, ne pensa plus qu'à se sauver lui-même, & se retira comme il put vers Aquilée, où il prétendoit recueillir les débris de son armée, pendant que son frere Marcellin défendroit l'entrée de l'Italie.

XCVI.   Théodose, après avoir remercié Dieu de sa victoire, & récompensé sur le champ ceux qui s'étoient distingués en cette occasion, tourna promptement à droite, & marcha vers Marcellin avec tant de diligence, qu'il ne lui donna pas le loisir de gagner les détroits des Alpes, non pas même d'apprendre la défaite de son frere. Dès qu'il fut arrivé

* Pettam.   vers Pœtovium *, petite ville sur le Drave, où Marcellin étoit campé, il résolut de l'attaquer le jour même ; mais il étoit tard, & les troupes étoient fatiguées : ce qui l'obligea de remettre la bataille au lendemain. Chacun se prépara pendant la nuit ; & dès la pointe du jour l'empereur fit attaquer l'ennemi qui sembloit d'abord être résolu de se bien défendre. Le combat commença avec beaucoup d'ardeur de part & d'autre. D'un côté, le desir de vaincre, la gloire d'avoir déja vaincu, & le plaisir de servir un prince qui reconnoissoit les services qu'on lui rendoit ; de l'autre, l'ef-

pérance de piller toute l'Italie , & la crainte d'être puni, animoient les combattans. Mais Marcellin eut bientôt le même fort que fon frere. Après cette premiere réfiftance , quelques-unes de fes troupes furent mifes en déroute ; les autres baifferent leurs drapeaux , & demanderent quartier.

L'AN
388.

Théodofe, voyant cette guerre prefque achevée, détacha incontinent Arbogafte avec un corps de cavalerie , pour aller dans les Gaules arrêter le jeune Victor , à qui Maxime avoit donné le titre de Céfar. Après quoi il pourfuivit les fuyards avec une ardeur incroyable. Andragatius , qui s'étoit chargé de garder les Alpes , avoit eu ordre , au premier bruit de l'embarquement de Valentinien , de fe mettre en mer avec tous les vaiffeaux qu'il pourroit affembler , & de le prendre fur fa route. Mais il attendit en vain fur les côtes d'Ionie Valentinien qui avoit déja paffé le trajet, & il abandonna les détroits des montagnes à Théodofe.

XCVII.

Ce prince n'y trouva aucun obftacle. La ville d'Hemone , & les autres qui fe trouverent fur fon chemin, le reçurent avec des témoignages d'une joie extraordinaire , & fournirent à fon armée victorieufe tous les rafraîchiffemens dont elle eut befoin. Enfin il arriva aux en-

Pacat. in panegyr.

virons d'Aquilée , & mit le siége devant cette place Maxime qui , après plusieurs détours s'y étoit renfermé , au lieu de se retirer dans les Gaules , connut alors qu'il ne pouvoit éviter un malheur qu'il avoit dû prévoir , & se souvint que saint Martin lui avoit prédit qu'il périroit malheureusement en Italie , s'il y passoit. Il voulut faire quelque résistance ; mais ses soldats , voyant sa perte assurée , ouvrirent les portes aux assiégeans , & tous ensemble se saisirent de sa personne , le renverserent de son trône où il distribuoit de l'argent à quelques cavaliers Maures qui l'avoient suivi ; & après l'avoir dépouillé de tous les ornemens de sa dignité , le mirent entre les mains du vainqueur.

Théodose n'abusa point de sa victoire. Il parut plus touché du malheur de ce tyran , qu'irrité de ses crimes. Il lui reprocha sa perfidie , d'un air qui marquoit plus de compassion que de colére ; & faisant réflexion sur la justice des jugemens de Dieu , & sur l'inconstance des grandeurs humaines , il alloit couronner sa victoire par un acte de générosité chrétienne , en pardonnant à son prisonnier. Mais comme il tourna la tête pour cacher cette émotion de pitié qui paroissoit sur son visage , les soldats l'arracherent à sa clémence , & l'ayant tiré hors de fa tente , lui firent couper la tête à la vue de toute l'armée. Andragatius , apprenant peu de tems après cette nouvelle, & n'efpérant pas que le meurtrier de Gratien pût obtenir grace de Théodofe , aima mieux fe précipiter dans la mer , que de tomber entre fes mains.

L' A N
388.

Un fuccès fi heureux & fi prompt, qui regagnoit l'empire d'occident , & affuroit celui d'orient à Théodofe & à fes enfans, fut publié par tout le monde. Mais la bonté & la modération du vainqueur rendirent fon triomphe plus illuftre que n'avoient fait le gain de deux batailles , & la ruine entiere du tyran. Car il fe contenta de la mort de deux ou trois perfonnes indignes de pardon , & reçut tout le refte du parti , non comme vainqueur, mais comme pere. Il n'y eut ni biens confifqués , ni charges perdues , ni fang répandu. Chacun eut la liberté de retourner dans fa maifon ; & fous un prince auffi humain , aucun ne s'apperçut d'avoir été vaincu. Il donna même de grandes penfions à la femme de Maxime , dont il fit élever les filles avec beaucoup de foin , & n'oublia rien de ce qui pouvoit les confoler de leur malheur , ou les entretenir felon leur condition. Il eût fait la même grace à Victor leur frere , fi contre fon intén-

XCVIII.

*Orof. l. 7,
c. 35.
Pacat.*

*Ambrof. ep.
29, ad Théod.
Auguft. de
civit. Dei ,
l. 5, c. 25.*

L'AN
388.

tion, Arbogaste, pour s'assurer des Gaules, & pour y ôter tout sujet de révolte, ne l'eut fait mourir. Ce qu'il y eut de plus grand & de plus héroïque en cette expédition, ce ne fut pas d'avoir conquis tout l'empire d'occident ; ce fut de l'avoir rendu. Dès qu'il en fut le maître, il y rétablit le jeune Valentinien, ajoutant de nouvelles provinces à celles qu'on lui avoit usurpées, & ne se réservant pour prix de ses travaux que la gloire d'une protection désintéressée.

XCIX.

Le bruit de cette victoire étonna les ariens de Constantinople qui ne s'y étoient pas attendus, & qui ne l'avoient pas même souhaitée. Piqués des rigoureuses ordonnances qu'on avoit publiées contr'eux, ils semoient malicieusement de faux bruits dans la ville, & terminoient, selon leurs desirs cette guerre, avant même qu'elle eût été commencée. Ils assuroient que Théodose avoit perdu la bataille, qu'il étoit à peine échappé, & qu'il fuyoit devant Maxime. Ils rendoient ce mensonge vraisemblable par les circonstances qu'ils ajoutoient, jusqu'à marquer le nombre des morts & des blessés de part & d'autre. On eut dit qu'ils avoient été les spectateurs de ce qui n'étoit pas encore arrivé. Ceux mêmes qui avoient d'abord semé ces faux bruits, les recueilloient après comme vé-

Socrat. l. 5,
c. 13.
Zozom. l. 7,
c. 14.

ritables, perfuadés par de nouvelles particularités qu'on leur avoit racontées,
& croyoient la perte de l'empereur affurée, parce qu'ils la fouhaitoient. Comme
il y a toujours des efprits inquiets qui,
par une légéreté naturelle, ou pour des
intérêts particuliers, s'ennuyent du gouvernement préfent, tant de gens pu-
blioient cette nouvelle, que perfonne
n'en doutoit plus, ou n'ofoit la contre-
dire.

L'AN
388.

Les ariens fe fervirent de cette occafion, pour fe venger de ce qu'on leur
avoit ôté leurs églifes. Ils fortirent de
leurs maifons comme des furies, le flam-
beau à la main ; & portant par-tout le
tumulte & le défordre, ils allerent brûler le palais du patriarche Nectaire. Ils
fe feroient emportés à de plus grands excès ; mais les nouvelles de la victoire
de Théodofe étant arrivées prefque en
même tems, la crainte du châtiment arrêta le cours de cette fédition, que l'efpérance de l'impunité avoit excitée. Ces
hérétiques s'allerent jetter aux pieds
d'Arcadius, & le fupplierent avec tant
d'inftance d'intercéder pour eux auprès
de fon pere, que touché par leurs prieres,
par le repentir qu'ils faifoient paroître
de leur crime, & par les promeffes qu'ils
lui firent d'être plus foumis & plus retenus à l'avenir, il s'engagea à demander

C.

grace pour eux. Théodose qui ne desi-
roit rien tant que d'accoutumer son fils
à la clémence, & de l'encourager à lui
faire de semblables prieres, lui accorda
aussi-tôt ce qu'il demandoit.

Après quelque séjour que cet empereur fit dans Aquilée, afin de se délasser
des travaux de la guerre, & de donner
les ordres nécessaires pour la sûreté &
pour le repos de l'empire, il passa à
Milan, où il fit publier un édit, par lequel il cassoit toutes les ordonnances de
Maxime, voulant en abolir entiérement
la mémoire. Ce fut en ce tems que quelques évêques se plaignirent d'un jugement qu'il avoit rendu, & animerent contre lui le zele de saint Ambroise.

*L. g. 7, de
infirmand.
his quæ sub
tyran.*

C I.
C'étoit la coutume des églises d'orient,
de révérer tous les ans la mémoire des
saints martyrs, de s'assembler le jour de
leurs fêtes, & de faire des processions,
en chantant des pseaumes & des hymnes.
Le premier jour d'août quelques solitaires qui s'étoient assemblés pour célébrer
la fête des saints Macabées, alloient en
procession par la campagne, suivis de
quelques personnes dévotes de leur voi-
sinage. Ils passerent devant un village
nommé Callicin, où les juifs avoient une
synagogue, & les hérétiques Valenti-
niens un temple. Soit que ce chant des
pseaumes les eût importunés, soit qu'ils

*Poulin. in
vita D.
Ambros.*

euſſent pris cette cérémonie pour une
inſulte qu'on faiſoit à leurs religions, ils
ſortirent les uns & les autres, ſe jetterent
ſur les chrétiens, & les empêcherent de
paſſer outre, après les avoir outragés.
Le bruit de cette violence ſe répandit
d'abord : les ſolitaires s'en plaignirent ;
le peuple en fut ému ; & l'évêque, tranſ-
porté de zele, anima ſi bien les uns &
les autres à venger l'injure faite à Dieu
& à ſes martyrs, qu'ils allerent brûler
la ſynagogue des juifs & le temple des
hérétiques. L'empereur ayant été informé de l'affaire par le comte d'Orient,
ordonna que le temple & la ſynagogue
feroient rebâtis aux dépens de l'évêque,
& que ceux qui les avoient brûlés ſeroient punis.

L'AN
388.

Les évêques orientaux trouverent l'ordonnance trop rude, en avertirent ſaint
Ambroiſe, & le conjurerent d'employer
tout ſon crédit pour la faire révoquer.
Ce ſaint archevêque étoit alors à Aquilée, pour faire élire un ſucceſſeur à Valérien, évêque de cette ville, qui étoit
mort depuis peu. Ne pouvant donc aller
trouver Théodoſe, il lui écrivit une lettre pleine de cette généroſité avec laquelle il avoit accoutumé de prêcher la
vérité & la juſtice aux empereurs. Il lui
repréſenta, *que s'il n'écoutoit les prieres
que les évêques lui font, Dieu n'écoute-*

C I I.

P v

L'AN
388.
Ambrof.
ep. 29.

roit pas celles que les évêques faifoient
pour lui ; qu'il y avoit cette différence entre les bons & les mauvais princes, que
les uns vouloient des fujets libres, & les
autres ne fouffroient que des efclaves ; que
pour lui, il aimoit mieux paffer pour im-
portun, que pour lâche & pour inutile
lorfqu'il s'agiffoit de la gloire de Dieu,
& du falut de fon empereur ; qu'à la vérité il le reconnoiffoit pour un prince pieux
& craignant Dieu ; mais que les plus
pieux fe laiffoient quelquefois prévenir
par un zele indifcret, & par une fauffe
idée de la juftice ; qu'il étoit redevable à
fa Majefté d'une infinité de graces qu'il
en avoit reçues, & que ce feroit une cruelle
ingratitude de laiffer faillir fon bienfaiteur par une indigne complaifance.

Après cela il lui faifoit voir les conféquences de cette affaire ; qu'il réduifoit
un évêque à lui défobéir, ou à trahir fon
miniftere ; & qu'il alloit faire ou un pré-
varicateur ou un martyr, ce qui n'étoit
pas d'un regne comme le fien ; que les ennemis de l'églife triompheroient dans ces
édifices bâtis des dépouilles des chrétiens
& du patrimoine de Jefus-Chrift ; qu'il fuffifoit pour le détourner de rebâtir des fy-
nagogues, de lui dire que Julien l'avoit
voulu faire, & que le feu du ciel pouvoit
tomber aujourd'hui comme il fit alors ; que
le palais du patriarche de Conftantinople

venoit d'être brûlé, & qu'une infinité d'églises réduites en cendres fumoient encore sans qu'on les vengeât ; qu'on ne se mettoit en peine que de relever des temples profanes ; que *Maxime*, quelques jours avant que d'être abandonné de *Dieu*, avoit fait une pareille ordonnance. Il le prioit ensuite de prendre sa liberté pour une marque de son respect, & de croire que c'étoit une grande preuve du zele & de la tendresse qu'on avoit pour lui, que d'oser même le fâcher pour son salut. Il l'exhortoit enfin à changer d'avis & à n'avoir point de honte de se corriger, & lui faisoit entendre qu'il tâchoit de le redresser en particulier, de peur d'être obligé de lui parler en public dans l'église.

L' A N 388.

Cette lettre si forte & si pressante n'eut pas encore le succès qu'on en pouvoit espérer, & *Théodose* différoit toujours de répondre favorablement : ce qui fut cause que l'archevêque, étant de retour à Milan, lui en parla devant tout le peuple, comme il l'en avoit menacé. Car un jour que l'empereur étoit à l'église pour assister au sermon, le saint choisit un texte propre au sujet qu'il vouloit traiter ; & après s'être étendu sur le profit qu'on devoit faire des corrections, comme les auditeurs étoient dans leur plus grande attention, il tomba sur l'affaire de la synagogue brûlée. Il adressa

CIII.

Paulin. in vit. Ambros.

fon difcours à l'empereur, & fit parler Dieu même en ces termes. *C'eft de moi que tu tiens le diadême. Je t'ai fait empereur de fimple particulier que tu étois. Je t'ai livré l'armée de ton ennemi. J'ai fait paffer dans ton parti des troupes qu'il avoit levées contre toi. J'ai mis fa perfonne même entre tes mains. Je t'ai donné des enfans qui regneront après leur pere. Je t'ai fait triompher fans peine ; & par une ordonnance que tu viens de faire, tu vas faire triompher mes ennemis.*

CIV.　　Ces reproches toucherent fi fenfiblement Théodofe, qu'il s'approcha de l'archevêque, comme il defcendoit de la chaire, & lui dit, comme en fe plaignant de lui : *vous avez bien parlé contre nous, mon pere.* Le faint lui répondit que fon intention avoit été de parler pour lui, & qu'il auroit le même zele toutes les fois qu'il s'agiroit de fon falut. Alors l'empereur avoua que l'ordre qu'il avoit donné contre l'évêque étoit trop rude, & qu'il falloit le révoquer. Quelques feigneurs qui étoient préfens, foutenoient, pour faire leur cour, qu'il falloit au moins châtier les folitaires qui avoient été les auteurs de cette émotion. *Je parle maintenant à l'empereur,* leur répondit le faint prélat, *& je fais comme je dois parler à vous, quand il le faudra.* Ils n'oferent plus repliquer à un homme dont ils connoiſſoient la fermeté. Ainſi il obtint la révocation de l'arrêt, & après en avoir eu par deux fois des aſſurances de la bouche de l'empereur, il alla offrir à Dieu le ſaint ſacrifice.

L'AN 388.

Dans le tems que Théodoſe fut à Milan, tous les corps conſidérables de l'empire lui envoyerent des députés, pour lui témoigner la joie qu'ils avoient de ſa victoire. Le ſénat de Rome fut des premiers à s'acquitter de ce devoir. Symmaque, par ſon crédit & par ſes intrigues, fit nommer des députés payens comme lui, & leur recommanda de demander au nom du ſénat la conſervation de l'autel de la Victoire, que Maxime avoit rétabli.

Cet autel, depuis le regne du grand Conſtantin, avoit été une ſource de conteſtations. Il étoit élevé dans une chapelle qu'on avoit fait bâtir à l'entrée du ſénat. On y voyoit une ſtatue d'or qui repréſentoit la Victoire ſous la figure d'une jeune fille qui avoit des ailes, & qui tenoit en ſa main une couronne de laurier. Les payens, après avoir perdu la plus grande partie des temples conſacrés à leurs dieux, dont les noms mêmes étoient devenus inſupportables aux empereurs, avoient mis toute l'eſpérance de leur religion en une déeſſe dont le nom étoit ſi agréable. On juroit ſur ſon

C V.
Hérodian. prudent l. 2; in Symmach.

L'an
388.
*Symmach.
relat. ad imp.*

*D. Ambrof.
contra Sym-
mach.*

autel ; on lui offroit des facrifices, & l'on faifoit paffer ce refte de fuperftition & d'idolâtrie pour la religion de tout le fénat. Il étoit fâcheux aux chrétiens qui fe trouvoient au palais, de voir devant leurs yeux l'exercice d'un culte contraire au leur ; de fentir, dans le fénat même, l'odeur des facrifices ; & d'entendre les vœux qu'on faifoit à une divinité profane.

C V I.   Les empereurs abattirent ou releverent cet autel, felon qu'ils agiffoient par des principes de piété ou de politique. Conftantin l'avoit fouffert par prudence, jugeant cette condefcendance néceffaire dans le changement de la religion & de l'empire. Conftans fon fils le fit ruiner par un mouvement de religion. Le tyran Magnence le remit pour complaire à quelques fénateurs payens qu'il

*Ambrof.
ep. 31.
Symmach.
in relat. ad
Valent.*

vouloit attirer à fon parti. Conftantius le fit abattre par oftentation, voulant donner bonne opinion de fa foi aux Romains, à qui il avoit ôté le pape Libere. Julien, par l'inclination qu'il avoit pour l'idolâtrie, ou la haine pour les

*Socrat. l. 4,
c. 1.
Zozom. l. 6,
c. 6,*

chrétiens, commanda qu'on le rétablît. Jovien, & le grand Valentinien le laifferent en l'état où ils l'avoient trouvé, laiffant vivre chacun dans la créance qu'il avoit. Gratien détruifit l'autel avec toutes fes dépendances, & crut l'avoir renverfé pour jamais. Mais Maxime, foit pour n'avoir rien de commun avec un prince qu'il avoit fait mourir, foit pour gagner l'amitié des payens contre celui qu'il vouloit chaffer de fes états, permit de rebâtir tout ce qu'on voulut.

CVII. On voyoit ainfi changer fous chaque empereur la fortune de cette déeffe. Les députés du fénat étant donc arrivés à Milan, fe réjouirent avec Théodofe des profpérités de fes armes; & après avoir fait tous leurs complimens, ils négocierent fecrétement avec fes miniftres l'affaire de leur religion. Ils avoient fujet d'en bien efpérer. La crainte de laiffer un parti de mécontens dans Rome, l'humeur où l'on eft d'accorder des graces après une victoire, le peu de conféquence qu'il y avoit à diffimuler une chofe faite, fembloient déterminer Théodofe à leur laiffer l'autel qu'ils demandoient. Mais faint Ambroife qui s'étoit oppofé fi vigoureufement à Symmaque quelques années auparavant, s'oppofa de même à ces députés, & remontra fi bien à l'empereur, qu'il ne falloit pas abandonner les intérêts de Dieu par des confidérations politiques & de fauffes craintes, que ce prince aima mieux défobliger ces magiftrats, que de manquer à ce qu'il devoit à l'églife, & leur refufa ce qu'ils demandoient.

CVIII. Théodofe, après avoir paffé tout l'hi-

L'AN
389.

ver & une partie du printems à Milan, en partit pour aller à Rome y recevoir l'honneur du triomphe. Il y fit son entrée au mois de juin, avec toute la magnificence que méritoient les grandes actions qu'il avoit faites. Le plus grand ornement de ce triomphe fut la modestie de celui qui triomphoit. Il voulut que

Zozom. l. 7,
c. 14.

Valentinien, qui l'étoit venu trouver après la défaite de Maxime, partageât avec lui la gloire de cette journée ; & il le fit monter sur son char, avec le prince Honorius, qu'il avoit fait venir de Constantinople. On portoit devant lui les dé-

Claud. 3.
honor.
Conf.

pouilles & les représentations des provinces conquises. Il venoit ensuite entouré de tous les seigneurs de sa cour, richement vêtus. Son char étoit traîné par des éléphans que le roi de Perse lui avoit envoyés depuis peu. Le sénat, la noblesse, & tout le peuple suivoit avec des acclamations & des applaudissemens extraordinaires. Quoique la pompe de cette entrée fût très-magnifique, on n'y regarda que le vainqueur pour qui on la faisoit. Il parla au peuple sur la tribune dans la grande place, & au sénat dans le capitole avec beaucoup de grace & de majesté, & reçut très-favorablement les harangues qui lui furent faites par tous les corps, sur-tout le panégyrique que Pacat, orateur Gaulois, pro-

nonça devant lui avec l'applaudiffement
du fénat & de tous les ordres de la ville.

Durant le féjour que Théodofe fit
dans Rome, il gagna par fa civilité &
par fa franchife le cœur de ces peuples,
qui fe piquoient encore de maintenir un
refte de leur ancienne liberté. Il alloit
voir les ouvrages publics ; il rendoit des
vifites à des particuliers, & marchoit fans
gardes & fans fafte, plutôt en fénateur
qu'en empereur. Sur-tout il employoit
tous fes foins à abolir les reftes de l'idolâtrie, que fes prédéceffeurs avoient to-
lérée. Il interdit les fêtes payennes &
les facrifices : il fit dépouiller de leurs
ornemens, tous les temples qu'on avoit
laiffés dans le capitole, & brifer toutes
les idoles qu'on y avoit adorées. Il fauva
pourtant les ftatues qui avoient été faites par d'excellens ouvriers, & les tirant
des lieux où elles fervoient à un culte
profane, il voulut qu'elles fuffent mifes dans des galeries, ou dans des places
publiques pour fervir d'ornement à la
ville.

Ces chofes fe firent avec tant d'applaudiffement, que l'empereur ne vit
rien de fi touchant dans tout fon triomphe, que la joie qu'on fit paroître en
cette occafion. Chacun fecondoit fon
zele, & alloit louer Dieu & bénir Théodofe dans ces temples qui avoient été

L' A N
389.
CIX.

Pacat. ibid.

Auguft. de
civit. D. l. 5,
c. 26.
Prudent. adv.
Symmach.
l. 1, Hieron
ep. 7.

C X.

L' A N
389.
Socrat. l. 5,
c. 14.

fi long - tems profanés. Il n'y eut que Symmaque qui s'attira fa colere par des fupplications & des remontrances importunes en faveur de fes idoles. Cet homme qui avoit eu des liaifons étroites avec Maxime , & qui avoit prononcé une harangue en fon honneur remplie de flatteries indignes d'une perfonne de fa réputation & de fa qualité, craignit que Théodofe n'en eût du reffentiment. Accufé par quelques-uns de crime de leze-Majefté , & preffé des remords de fa confcience, il fe réfugia dans une églife, ne croyant pas la protection de fes dieux affez puiffante pour le fauver après tous les fervices qu'il leur avoit rendus.

Symmach.
l. 1, epift. 31.

Mais voyant que Théodofe ne faifoit pas grand cas de cette accufation, il fe raffura ; & pour réparer la faute qu'il avoit faite, il compofa un panégyrique en l'honneur de ce prince, qu'il récita dans le fénat en fa préfence. Mais comme les efprits fortement prévenus reviennent toujours au fujet de leur prévention, celui-ci, vers la fin de fon difcours, tomba adroitement fur la religion & fur l'autel de la Victoire. Théodofe s'offenfa de cette follicitation opiniâtrée ; & après l'avoir remercié de fes louanges, il lui commanda de fe retirer, & de ne plus fe préfenter devant lui. Il le rappella peu de tems après de fon exil, & lui témoigna la même amitié qu'auparavant, voulant gagner par fa douceur cet homme habile qu'il croyoit avoir affez corrigé par cette difgrace.

Il ne fe contenta pas de ruiner l'idolàtrie, il voulut encore chaffer tout ce qu'il trouva d'hérétiques dans cette ville, & ordonna fur-tout au préfet Albin de n'y fouffrir aucun manichéen. Il eut même plufieurs conférences avec le pape Sirice, après lefquelles il remédia à plufieurs abus dont il avoit été informé. Il fit des édits très-féveres contre les magiciens, & contre ceux qui entreprendroient de leur donner retraite, & de les fouftraire à la juftice. Il purgea la ville de plufieurs fortes de déréglemens, faifant démolir des lieux de débauche, & réprimant l'infolence des voleurs, qui attiroient dans leurs piéges des bourgeois, & particuliérement des étrangers qu'ils dépouilloient, ou qu'ils tenoienr fouvent renfermés dans des lieux fouterreins. Ainfi ce prince agiffoit fans relâche pour la juftice & pour la piété, & ne croyoit pas qu'un empereur chrétien dût être quelque tems dans une ville fans y laiffer plus de fûreté, de religion & de continence.

Théodofe reçut en ce même tems la nouvelle de la démolition du temple fa-

L'AN 389.

CXI.
Leg. 18, de Hæret. cod. Theod.

Prudent. adv. Symmach. l. 1.

CXII.
Ruffin. l. 2 C. 22.

meux de Serapis dans Alexandrie, qu'il avoit ordonnée pour punir les payens d'une fédition qu'ils avoient faite. Il y avoit dans Alexandrie un vieux temple ruiné que l'empereur Conftantius avoit autrefois donné aux ariens. Le nombre des catholiques croiffant tous les jours, le patriarche Théophile pria l'empereur de lui accorder cette églife déferte. Il l'obtint, il la vifita, & voulut y faire quelques réparations. En creufant, on trouva des grottes fombres, plus propres à cacher des crimes qu'à célébrer des cérémonies de religion. Les gentils qui ne vouloient pas qu'on révélât la honte de leurs myfteres, ni qu'on fouillât dans ces endroits fecrets où l'on trouvoit des reftes de corps humains découpés, qui avoient fervi à leurs abominables facri-fices, empêchoient les ouvriers de tra-vailler. Les chrétiens s'y obftinerent ; la chofe en vint à une fédition ouverte. Quoique les chrétiens fuffent en plus grand nombre, comme ils avoient plus de retenue que les autres, ils furent bat-tus en quelques rencontres. Il y en eut même qui furent pris & cruellement maf-facrés, pour n'avoir pas voulu facrifier aux idoles.

Les magiftrats allerent plufieurs fois au temple de Sérapis, où les féditieux s'étoient retranchés , & tâcherent de les remettre en leur devoir ; mais ne pouvant ni les forcer , ni les réduire par la raison & par les menaces , ils en donnerent avis à l'empereur , qui leur répondit , *que les martyrs qu'ils avoient faits , étoient plus à louer qu'à plaindre ; mais que pour éviter à l'avenir de semblables désordres , il en falloit retrancher la cause , c'est-à-dire , détruire les temples.* La lettre étant lue publiquement , les chrétiens témoignerent leur joie par des cris extraordinaires ; les gentils , effrayés , se cacherent , ou s'enfuirent. On commença à exécuter la sentence par la démolition du temple de Sérapis , & par le renversement de cette fameuse idole que le roi Sésostris avoit fait faire. On la fendit en plusieurs pieces , & on la traîna par les rues.

On fit le même traitement à toutes les autres divinités payennes. Leur foiblesse parut , les fourberies des prêtres furent découvertes ; & plusieurs se convertirent à Jesus-Christ. Théodose apprenant ces heureuses nouvelles , leva les mains au ciel , & s'écria : *Je vous remercie , mon Dieu , de ce que vous avez détruit les erreurs de cette ville superstitieuse , sans que j'aie été obligé de répandre le sang de mes sujets.* Il écrivit aussi-

L'AN 389.

CXIII.

Ruffin. l. 52 c. 28.

L'AN
389.
Socrat. l. 9,
c. 16.

tôt au patriarche, pour fe réjouir avec lui de la grace que Dieu venoit de faire à fon églife, lui envoya un ordre de ramaffer toutes les idoles d'or ou d'argent qu'on avoit abattues, & d'en faire diftribuer le prix aux pauvres de fon diocèfe ; ajoutant qu'il falloit montrer aux gentils que le zele des chrétiens n'étoit mêlé d'aucune avarice, & leur donner l'exemple d'une religion pure & défintéreffée. On vendit tous les morceaux

Socrat. ibid.

de ces précieufes ftatues. On fit des vafes de charité des autres métaux qui avoient fervi à la fuperftition. Théophile réferva feulement une idole, qu'il fit élever dans la place publique, afin que la poftérité fe moquât un jour des gentils, en voyant les reftes de leur culte ridicule ; ce qui leur parut plus injurieux que tout le refte. Ce patriarche fit bâtir une églife en l'honneur de faint Jean-Baptifte, à la place du temple de Sérapis. Tous les évêques d'Egypte fuivirent cet exemple ; & peu de tems après, cette province fi attachée à fes fuperftitions, en fut délivrée.

CXIV.
Zozom. l. 7,
c. 14.
Ambrof. ep.
& orat. de
obit. Théod.

Théodofe, plus fatisfait des fuccès heureux de la religion que de fes triomphes, partit de Rome le premier jour du mois de feptembre pour retourner à Milan, & delà à Conftantinople. Il rendit l'empire à Valentinien , & lui imprima fi bien dans l'efprit la religion catholique, par fes inftructions réitérées , que ce jeune prince, qui étoit naturellement porté au bien, devint le défenfeur de la foi, & fe mit entiérement fous la difcipline de faint Ambroife, qu'il honora jufqu'à fa mort comme fon pere.

l'an 389. *Ambrof. in fun. Valen.*

L'impératrice Juftine , qui avoit pris tant de foin de lui infpirer l'héréfie dont elle étoit infectée, n'eut pas la fatisfaction de voir fon triomphe & fon rétabliffement. Dieu permit qu'elle mourut dans le tems de la guerre. Elle étoit fille de Jufte, gouverneur de la Marche, fous l'empereur Conftantius. Elle avoit époufé en premieres noces le tyran Magnence, qui , après avoir perdu la bataille de Murfe en Pannonie, fe tua luimême , pour éviter le fupplice qu'avoit mérité fa révolte. Le grand Valentinien en étoit devenu amoureux , & l'avoit époufée après la mort de l'impératrice Sévéra, fa premiere femme. C'étoit une princeffe fiere , impérieufe , attachée à fon fens, & prévenue de toutes les impiétés des ariens. Le crédit qu'elle avoit eu fur l'efprit de fon mari, & l'autorité qu'elle avoit prife fur fon fils, avoient caufé de grands troubles dans l'églife : & fi Dieu ne lui eut oppofé un évêque auffi

Socrat. l. 4 *c.* 26.

Sulp. Sev. Dial. 2 , *c.* 6.

ferme qu'étoit saint Ambroise, les ariens fussent demeurés les maîtres dans Milan ; & l'on eut éprouvé ce que peut une princesse abusée, qui eut joint à la foiblesse de son sexe l'emportement de sa passion.

SOMMAIRE

SOMMAIRE

DU

LIVRE QUATRIÉME.

Q

HISTOIRE

DE

THÉODOSE

LE GRAND.

LIVRE QUATRIÉME.

L'EMPIRE jouiſſoit d'une paix profonde depuis la défaite de Maxime , &
Théodoſe rétabliſſoit à loiſir les affaires
d'occident avant que de repaſſer à Conſtantinople , lorſqu'il reçut les nouvelles
de la ſédition arrivée à Theſſalonique.
Le ſujet en avoit été peu conſidérable ;
mais les ſuites en furent ſi grandes , qu'elles font une des principales parties de
cette hiſtoire.

Bothéric , gouverneur de l'Illyrie , &
lieutenant général des armées de l'empereur , avoit eu ordre de demeurer
dans ſon gouvernement avec des troupes
qu'on lui avoit laiſſées , pour retenir les

L'AN
390.

I.
Zozom. l. 7,
c. 1j.

L'AN
390.

Théodoret,
l. 5 , c. 17.

Zoz. ibid.

peuples dans le devoir , ou pour s'opposer aux barbares , s'ils entreprenoient de
faire quelque irruption sur les terres de
l'empire de ce côté-là. Il se tenoit à
Thessalonique , ville très-riche & très-
peuplée , capitale non-seulement de la
Macédoine où elle étoit située , mais encore de plusieurs provinces voisines. De
là il observoit & régloit toutes choses
avec beaucoup de prudence & de probité , pendant que l'empereur étoit occupé à la guerre contre Maxime. Dès
qu'il eut appris la victoire que Théodose
avoit remportée , il ordonna des réjouissances publiques dans toutes les villes
de son gouvernement. Les habitans de
Thessalonique affectionnés pour la gloire
de leur prince , & naturellement portés
à toute sorte de spectacles , se signalèrent
en cette occasion. Ils célébrèrent durant
plusieurs jours des jeux publics avec une
magnificence extraordinaire.

Un cocher de Bothéric y acquit beaucoup de réputation , & parut si adroit
& si entendu à manier des chevaux , &
à conduire des chariots dans le cirque ,
que le peuple ne pouvoit se lasser de le
voir & de le louer. Il jouit peu de tems
de cette faveur populaire ; car ayant été
accusé , & convaincu de quelques débauches infames , Bothéric , homme sage &
austere , le fit arrêter , & le tenoit dans

une étroite prison pour le corriger, &
pour retenir tous ses gens dans la modestie par cet exemple de sévérité & de
justice.

L' A N
390.

Comme on préparoit encore des courses de chevaux à Thessalonique, le peuple prévenu de l'adresse & de la bonne
grace de cet homme, jugeant qu'il étoit
lui seul capable de faire l'honneur de
cette fête, résolut de demander sa liberté. Ceux qui s'étoient chargés de l'obtenir n'ayant pû toucher l'esprit du gouverneur par leurs très-humbles prieres,
le peuple courut en foule vers le palais,
& fit de nouvelles instances ; mais Bothéric ne voulut rien relâcher dans une
affaire où il y alloit non-seulement de
la discipline de sa maison, mais encore
de l'autorité de sa charge, pour laquelle
il sembloit qu'on n'eut pas assez de respect. Alors les plus séditieux commencerent à murmurer ; & prenant ce refus
pour une injustice qu'on leur faisoit, ils
demanderent la liberté du prisonnier,
non plus comme une grace, mais comme
une nécessité. Toute la ville s'émut insensiblement. Les uns coururent aux portes des prisons pour les enfoncer ; les
autres chasserent à coups de pierre les
magistrats qui vouloient s'y opposer ;
& comme il n'y a rien dont une popu-
lace ne soit capable, quand elle est une

Théodoret,
l. 5, c. 17.

Q iv

L'AN
390.

fois échauffée, ils forcerent les portes du palais, écarterent les gardes qui s'y trouvoient, & tuerent Bothéric même, qui venoit au-devant d'eux pour tâcher de les appaiser.

II.

L'empereur ayant appris ce désordre, en fut tellement irrité, qu'il résolut de perdre cette ville, & condamna cependant à la mort une partie de ses habitans. Saint Ambroise qui connoissoit l'humeur de ce prince, & qui s'intéressoit à sa véritable gloire, craignit qu'il ne s'abandonnât à ses premiers mouvemens, ou

Paulin in vit. Ambros.

aux conseils violens de quelques seigneurs de sa cour. Il lui parla avec tant de force, il lui inspira si à propos des sentimens de douceur & de piété, qu'il lui fit révoquer l'arrêt qu'il avoit prononcé dans la premiere ardeur de sa co-

August. de civit. Dei, l. 5, c. 25.

lere. Plusieurs autres prélats joignirent leurs remontrances & leurs prieres à celles de cet archevêque ; & ils obtinrent de l'empereur qu'il sauveroit la vie à tous ces coupables.

Mais ses principaux officiers, & surtout Ruffin, grand-maître du palais, qui avoit beaucoup de pouvoir sur son esprit, prirent leur tems pour lui remontrer, qu'il falloit enfin réprimer la licence des peuples, qui croissoit tous les jours par l'espérance de l'impunité ; qu'il n'avoit déja que trop pardonné,

L'AN 390.

puifqu'il ne reftoit plus de refpect pour les loix., ni de sûreté pour fes plus fideles ferviteurs ; qu'il fe trouveroit luimême expofé à l'infolence de fes fujets, s'il laiffoit affoiblir fon autorité , en diffimulant leurs révoltes ; qu'il y avoit de quoi s'étonner qu'un empereur , qui favoit fi bien vaincre fes ennemis , n'eût pas la force de punir quelques rebelles ; que les évêques étoient obligés de prêcher toujours la douceur ; mais que c'étoit aux princes à en ufer fuivant la néceffité de leurs affaires, parce qu'un empire ne fe gouvernoit pas comme un diocèfe , & que l'églife & l'état avoient des regles & des maximes bien différentes ; qu'il y avoit enfin de l'excès dans le pardon des crimes , comme il y en avoit dans le châtiment ; & qu'il étoit tems d'arrêter les défordres dont l'état étoit menacé, en puniffant rigoureufement celui qui venoit d'arriver.

Ils rappellerent enfuite dans la mémoire de l'empereur les ftatues de l'impératrice renverfées dans Antioche, le palais du patriarche brûlé par les ariens à Conftantinople , & la fynagogue de Callicin ruinée par le zele indifcret de quelques folitaires. Ils lui firent prévoir mille conféquences fâcheufes , & rallumerent fi bien fa colere par ces nouvelles remontrances, qu'il oublia la parole qu'il avoit donnée, & résolut d'abandonner Theſſalonique à la fureur des gens de guerre qu'il y envoyoit. Il ſortit même de Milan pour éviter les remontrances des évêques, & ſe plaignit dans ſon conſeil de ceux qui avoient ſoin d'informer ſaint Ambroiſe de toutes les réſolutions qu'on y prenoit.

III.

Aurel. Vict. in Théod.

Théodoſe étoit d'un tempérament prompt & ardent, & ſe laiſſoit aiſément emporter à la colere contre ceux qui l'avoient offenſé; mais après cette premiere émotion, dont il n'étoit pas toujours le maître, il revenoit tout d'un coup à lui-même, & pourvu qu'on ne détournât pas la bonté de ſon naturel par de mauvais conſeils, il pardonnoit d'autant plus volontiers, qu'il s'étoit

Ambroſ. in fun. Theod.

plus fort emporté. Il ſavoit bon gré à ceux qui le redreſſoient en ces rencontres; & ſoit qu'il eût honte de s'être laiſſé aller à ſa paſſion, ſoit qu'il voulût réparer ſa faute, ſoit qu'il crût que la colere des princes étoit un ſupplice aſſez rude à ſupporter, ſouvent il faiſoit grace à des criminels, par la ſeule raiſon qu'il les avoit repris trop aigrement. Mais il avoit, comme la plupart même des bons princes, une confiance dangereuſe en ceux qu'il croyoit être ſes amis, & qui animoient ſes paſſions, & couvroient les leurs ſous des apparences du bien public.

Ainsi il se laissoit quelquefois surprendre ; & quoiqu'il eût les intentions bonnes, il étoit capable de faire de grandes
fautes.

L'AN
390.

La résolution étant donc prise de faire
un exemple de sévérité sur cette ville,
l'affaire fut proposée dans le conseil ; il
fut résolu tout d'une voix, qu'il falloit
envoyer des troupes à Thessalonique, &
faire main-basse sur ce peuple séditieux.
On tint la délibération secrete. On envoya les ordres nécessaires pour l'exécution, & l'on ne craignit dans le crime
qu'on alloit faire, sinon que saint Ambroise en fût averti. Les officiers qui
avoient été chargés de cette sanglante
commission, s'en acquitterent avec toute
l'adresse & toute la cruauté qu'on leur
avoit recommandée. Ils amuserent, par
quelques préparatifs de courses & de
jeux publics, ce peuple, qui devoit plutôt s'attendre à des supplices qu'à des
spectacles ; & en ayant attiré un très-
grand nombre dans le cirque, ils se donnerent le signal dont ils étoient con-
venus.

IV.

Ambros.
ep. 28.

Ruffin. L. 2.
c. 18.

Alors on vit courir de tous côtés des
soldats qui se jetterent, les armes à la
main, dans les places, dans les rues,
dans les maisons, & sur-tout dans le
cirque, où le peuple étoit assemblé. Là
ils passoient tout au fil de l'épée, sans

Zozom. l. 7.
c. 24.

aucune diſtinction d'âge, de ſexe & de qualité. Le premier qui ſe rencontroit, étoit le premier immolé. Les innocens périſſoient avec les coupables. Des étrangers, qui n'avoient aucune part dans la faute, ſe trouverent enveloppés dans la punition; & les ſoldats échauffés au meurtre, ne cherchoient plus à punir un crime, mais à aſſouvir leur brutale fureur.

Ce fut en cette occaſion qu'un des plus riches marchands de la ville voyant ſa famille prête à être cruellement égorgée, ſe jetta aux pieds de ces meurtriers, eſſaya vainement de les émouvoir par ſes larmes & par ſes prieres, & les conjura de prendre ſon bien & ſa propre vie, pour celle de deux enfans qui lui étoient également chers. Alors, comme s'ils euſſent été touchés de quelque pitié, ils lui répondirent, que le nombre des morts, porté par leurs commiſſions, n'étoit pas encore rempli; qu'ils ne pouvoient diſpoſer que d'une ſeule grace, & qu'il choiſît promptement lequel de ſes deux enfans il vouloit ſauver. Mais ce miſérable pere réduit à la triſte néceſſité d'en livrer un pour ſauver l'autre, & ne ſe déterminant pas aſſez promptement ſur ce choix au gré de ces barbares, ils ne purent ſouffrir plus long-tems cette ſuſpenſion, & tuerent inhumainement les deux freres. La ville fut abandonnée à l'épée pendant trois heures, & il périt environ sept mille personnes.

L'AN
390.
Paulin. in
vitâ Ambros.
Théodoret,
l. 5, c. 17.

Quoiqu'on eût pû croire que Théodose n'avoit pas ordonné de son mouvement cette vengeance sans bornes ; néanmoins comme les princes doivent répondre de ce qui se fait en leur nom, & des excès qu'on commet en l'exécution de leurs ordres, chacun en jetta la faute sur lui. Le bruit s'en répandit par tout l'orient. La nouvelle en vint à Milan, où plusieurs évêques s'étoient rendus pour assister au concile qu'on y devoit tenir contre Jovinien & ses partisans. Ces prélats eurent horreur d'une action si cruelle, & blâmerent hautement celui qui en étoit l'auteur.

Ambros. ep.
28.

Saint Ambroise ayant appris que ce prince avoit dessein de le venir trouver, lui écrivit d'abord une lettre pour lui marquer la grandeur de son crime, & l'exhorter d'en faire pénitence. Il s'excuse de ce qu'il n'a pas l'honneur d'aller au-devant de lui. Il lui déclare avec respect, *qu'encore qu'il ait dans le cœur toute la reconnoissance qu'il doit avoir des témoignages de son amitié, & des graces qu'il a reçues de lui, il ne ressent plus la même joie qu'il auroit eue autrefois de son arrivée ; qu'il aime mieux le laisser en repos, & lui donner le tems de faire des*

V.

L'an
390.

réflexions sur sa conduite, que de l'impor-
tuner par ses corrections précipitées ; qu'il
le reconnoît pour un grand prince, crai-
gnant Dieu, zélé pour la foi, & plein
de bonnes intentions, mais prompt de
son naturel, & susceptible des impressions
qu'on lui donne, soit pour le pardon, soit
pour la vengeance.

Après avoir fait ainsi le portrait de
l'empereur à l'empereur même, il vient
à l'affaire de Theffalonique, & lui repréfente, que c'eft une maniere de punition inouie ; que fon crime eft d'autant
plus grand, qu'on lui en avoit fait voir
la grandeur avant qu'il l'entreprît ; que
les évêques affemblés en avoient gémi,
& avoient jugé néceffaire qu'il fe récon-
ciliât avec Dieu avant que d'être reçu
à la participation des facrés myfteres ;
qu'il falloit pleurer & expier fon péché
par les larmes & par la pénitence, &
n'avoir pas honte de faire ce que David
avoit fait, lui qui étoit un grand roi,
de qui Jefus-Chrift étoit defcendu felon
la chair, & qui n'étoit coupable que de
la mort d'un feul innocent ; qu'il ne lui
dit pas ces chofes pour le confondre,
mais pour l'exciter par cet exemple à
fe reconnoître, & à s'humilier devant
Dieu ; que tout homme, quelque grand
qu'il foit, eft fujet à manquer ; qu'il lui
confeille, & le conjure comme ami, &

qu'il l'exhorte & l'avertit, comme évêque, de réparer fa faute ; que ce feroit
une chofe déplorable, fi un prince qui
avoit donné de fi grands exemples de
piété & de clémence demeuroit endurci,
& fi, après avoir pardonné à tant de
criminels, il faifoit difficulté de fe repentir d'avoir fait mourir tant d'innocens ; que quelques grandes qualités qu'il
eût pour regner, & quelques batailles
qu'il eût gagnées, il avoit été plus efti-
mable par fa piété que par fes victoires ;
mais qu'il avoit perdu par une feule action la gloire qu'il s'étoit acquife par
tant d'autres.

Il lui déclare après cela que la reconnoiffance, l'eftime & le refpect qu'il a
dans le cœur pour lui, n'empêcheront
pas qu'il ne fuive les ordres de l'églife,
& qu'il n'a garde d'offrir en fa préfence
le divin facrifice jufqu'à ce qu'il ait fatisfait à Dieu ; qu'au refte il lui écrit
ceci de fa main, afin qu'il y faffe réflexion en fon particulier ; qu'il aime-
roit bien mieux gagner les bonnes graces de fon empereur par une complaifance honnête, que de lui faire de la
peine par des avertiffemens rudes ; mais
que lorfqu'il s'agit de la caufe de Dieu,
il faut facrifier fon inclination à fon devoir.

Enfin il l'exhorte à accufer & à condamner lui-même son péché, & finit par ces paroles, pleines d'une tendresse de pere : *Plût à Dieu, Seigneur, que j'eusse plutôt cru mon propre instinct, que l'expérience que j'avois de votre bonté ! Mais lorsque je m'imaginois que je vous avois vû si souvent pardonner, & revenir de votre colere, je me suis trop fié à votre coutume ; vous avez été prévenu, & je n'ai point empêché ce que je devois craindre, & que je ne pouvois presque pas prévoir. Dieu sçait la tendresse que j'ai pour vous, & la ferveur avec laquelle je lui demande votre salut. Si vous êtes persuadé que je vous dis la vérité, suivez les avis que je vous donne ; sinon, excusez mon zele, & ne trouvez pas mauvais que je veuille plutôt plaire à Dieu qu'à vous.*

VI. L'empereur ayant reçu cette lettre, se sentit touché d'une si libre & si sage remontrance. Les nuages de la prévention étant dissipés, il regarda l'action qu'il venoit de faire, dépouillée des prétextes & des raisonnemens d'une fausse politique. Son ame pressée des remords de son crime, fut saisie d'une crainte religieuse des jugemens de Dieu, & des censures ecclésiastiques. Dans cet état, ne pouvant presque se supporter lui-même, & n'espérant de solide consolation que du saint archevêque dont il n'avoit pas assez révéré les conseils, & dont il avoit éprouvé le zele inflexible, il partit tout d'un coup pour Milan.

Aussi-tôt qu'il y fut arrivé, il ne pensa qu'à donner des marques de sa piété, pour ôter les mauvaises impressions qu'il avoit données de lui. Pour cela, il voulut aller à la cathédrale assister aux prieres publiques, & participer aux sacrés mysteres. L'archevêque en fut averti, & sortant du cœur de l'église où il étoit, il marcha jusqu'au-delà du vestibule pour l'attendre. Dès qu'il le vit paroître, il s'avança quelques pas vers lui, & lui dit avec cette autorité que lui donnoit son caractere & la sainteté de sa vie :

Il est à croire, ô Empereur, que vous ne comprenez pas encore l'énormité de votre crime, puisque vous osez vous présenter ici. Peut-être que prévenu de la grandeur de votre dignité, vous vous cachez à vous-même vos foiblesses, & que votre orgueil aveugle votre raison. Songez que vous êtes d'une nature fragile, que vous avez été tiré d'un peu de poussiere comme les autres hommes, & que vous retournerez en poussiere comme eux. Ne vous laissez pas éblouir à l'éclat de cette pourpre, qui couvre un corps infirme & mortel. Ceux à qui vous commandez sont de la même nature que vous, & vous servez avec eux le même Dieu qui est le maître des sujets & des souverains. Comment donc entre-

Théodoret, l. 5, c. 17.

L'AN
390.

prenez-vous d'entrer dans son temple ? Oseriez-vous étendre vos mains encore teintes du sang innocent que vous avez répandu, pour prendre le corps sacré de Jesus-Christ ? Oseriez-vous recevoir son sang adorable en cette bouche, qui, dans l'excès de votre colere, a commandé tant de meurtres ? Retirez-vous donc, & n'ajoutez pas un nouveau crime à celui que vous avez déja commis : recevez plutôt avec soumission la sentence que je prononce sur la terre, & que Jesus-Christ approuve dans le ciel contre votre péché, puisque c'est pour votre salut.

Théodose, sensiblement touché de ce discours, demeura quelque tems les yeux baissés sans rien dire : après quoi il répondit à l'archevêque qu'il reconnoissoit son crime, mais qu'il espéroit que Dieu auroit égard à sa foiblesse ; & comme il alléguoit l'exemple de David, qui avoit commis un homicide & un adultere tout ensemble, l'archevêque lui répondit : *Vous l'avez imité en son péché, imitez-le donc en sa pénitence.* Alors ce prince qui étoit parfaitement instruit des maximes de la religion & du pouvoir de l'église, au lieu de s'offenser de cette résistance, la regarda comme un remede salutaire d'un mal dont il n'avoit pas connu jusqu'alors toutes les conséquences. Il se retira dans son palais les larmes

Paulin. in vit. Ambros.

aux yeux, & demeura huit mois entiers éloigné des facrés myfteres, vivant comme un pénitent, & ne s'appercevant prefque pas qu'il fût empereur.

L' A N 390.

Cependant la fête de la naiffance de Notre-Seigneur étant arrivée, Théodofe, pénétré d'une vive douleur, fe leva plus matin qu'il n'avoit accoutumé ; & comme il ne pouvoit avoir aucune part à la folemnité de ce jour., il fe difpofoit à le paffer dans une profonde trifteffe. Ruffin, grand-maître du palais, qu'il honoroit de fon amitié & de fa confidence, étant entré dans fa chambre, le trouva dans cet abatement, & lui en demanda la caufe. L'ayant fûe, il effaya de le confoler, en lui infinuant adroitement, qu'il falloit fe mettre au-deffus de certaines craintes qu'on couvroit du nom de religion ; qu'on devoit agir en maître quand on l'étoit ; qu'il y avoit du danger à s'affujettir aux cenfures de gens qui n'avoient jamais gouverné d'états ; que s'il avoit pourtant cette délicateffe de confcience, il pouvoit farisfaire fa piété, fans tomber dans l'abattement ; que le mal n'étoit pas fi grand qu'on le faifoit ; qu'après tout il avoit eu fujet de punir des criminels, & qu'il n'en avoit pas de s'affliger fi cruellement. Ainfi ce favori, après avoir porté fon maître à commettre une grande faute,

VIII.

Théodoret ; l. 5, c. 17.

tâchoit encore par ses flateries de lui en affoiblir le repentir.

Théodose, bien loin de recevoir ces consolations, parut plus touché qu'il n'étoit auparavant, & après avoir demeuré quelque tems sans pouvoir répondre : *Cessez, Ruffin*, lui dit-il avec indignation, *cessez de vous moquer de ma douleur ; je juge mieux que vous ne faites de l'état où je suis. N'ai-je pas sujet d'être affligé, quand je pense que les moindres de mes sujets vont aujourd'hui faire leur prière aux pieds des autels, & que je suis le seul à qui l'on interdit non-seulement l'entrée de l'église, mais encore celle du ciel, suivant cette parole de l'é-*

Matt. 10.

vangile : Tout ce que vous aurez lié sur la terre, sera lié de même dans les cieux !

IX.

Ruffin ne voyant plus d'apparence d'ôter de l'esprit de ce prince cette crainte religieuse que saint Ambroise y avoit imprimée par ses remontrances, s'offrit d'aller trouver ce prélat, & de l'obliger par ses prieres à lever la sentence de l'excommunication. Théodose lui répondit : qu'il avoit affaire à un homme inflexible, qui n'avoit nul égard au rang, ni à la puissance des empereurs, lorsqu'il s'agissoit des loix & de la discipline de l'église ; qu'il reconnoissoit que le jugement de l'archevêque étoit juste ; & qu'il valoit mieux achever d'expier son péché que de demander en vain la grace d'une absolution précipitée.

La pratique ordinaire de l'églife, de ne recevoir publiquement les pénitens que vers les fêtes de pâques, & de tenir les meurtriers volontaires plufieurs années en pénitence, faifoit croire à l'empereur que cette tentative feroit inutile. Toutefois Ruffin le preffa fi fort de fortir de l'accablement où il étoit, & lui donna de fi belles efpérances, que ce prince lui permit d'aller trouver l'archevêque, & réfolut de le fuivre lui-même peu de tems après. Ruffin s'acquitta de fa commiffion avec beaucoup d'adreffe ; mais faint Ambroife voyant qu'il faifoit une négociation d'état d'une réconciliation eccléfiaftique, lui répondit avec fa liberté ordinaire, *que lui, qui étoit le premier auteur du crime, n'étoit pas propre pour être l'entremetteur de l'abfolution ; & que pour peu qu'il lui reftât de honte & de crainte des jugemens de Dieu, il ne devoit penfer à l'affaire de Theffalonique, que pour pleurer les mauvais confeils qu'il avoit donnés à fon maître.* Ruffin ne fe rebuta point de ces reproches : il employa les follicitations & les prieres les plus touchantes, & n'oublia rien de ce qui pouvoit gagner l'efprit de l'archevêque. Comme il vit qu'il n'en pouvoit rien obtenir, il l'avertit que l'empereur arriveroit bientôt à l'églife. Le faint lui repliqua, fans s'étonner, *qu'il alloit l'attendre à la porte, pour lui en défendre l'entrée; que s'il venoit comme un empereur chrétien, il ne violeroit pas les loix de fa religion; que s'il vouloit devenir tyran, il pourroit ajouter la mort d'un évêque à celle de tant d'innocens qu'il avoit déja fait mourir.*

X.   Ruffin ayant oui cette réponfe, manda promptement à Théodofe que l'affaire n'avoit pas réuffi comme il l'avoit efpéré, & qu'il le fupplioit de ne point venir. L'empereur étoit déja bien avancé quand il reçut cet avis. Il s'arrêta, & après avoir fait quelques réflexions, il paffa outre, & réfolut de fouffrir la confufion qu'il croyoit avoir méritée. L'archevêque étoit dans une falle proche de l'églife où il donnoit ordinairement fes audiences, lorfqu'on vint l'avertir que l'empereur étoit à la porte. Il s'avança vers lui, & lui dit, qu'il ne faifoit pas l'action d'un empereur chrétien, s'il entreprenoit de forcer l'églife; que c'étoit fe révolter contre Dieu même, & fouler aux pieds les loix divines, que de vouloir affifter aux facrés myfteres avant que d'avoir fait pénitence de fon péché. Théodofe lui répondit avec beaucoup de foumiffion, que fon deffein n'étoit pas d'entrer par force dans la maifon de Dieu,

ni de violer les ordonnances eccléfiaftiques ; mais qu'il venoit le conjurer de
rompre fes liens, & de lui ouvrir la porte
du falut, au nom de Jefus-Chrift, qui a
ouvert celle de fa miféricorde aux pécheurs qui fe repentent fincérement.
Saint Ambroife lui demanda quelle pénitence il avoit faite, & quels remedes
il avoit employés pour guérir une plaie
fi dangereufe : *Je viens à vous comme au
médecin*, repliqua l'empereur ; *c'eft à
vous à ordonner ce que je dois faire.*

L' A N
390.

Alors le faint archevêque lui repréfenta le malheur d'un prince qui ne régloit pas fes paffions, & qui s'expofoit
à rendre des jugemens injuftes, & à
répandre un fang innocent, & lui ordonna de faire une loi qui pût fervir de
frein à fa colere & à celle de fes fucceffeurs. Cette loi portoit, que fi les empereurs, contre leur coutume, étoient
obligés d'ufer envers quelqu'un d'une
extrême févérité, après avoir prononcé
la fentence de mort, ils en feroient différer l'exécution d'un mois entier, afin
que les paffions, étant rallenties, ils puffent revoir leurs jugemens, & difcerner, fans préoccupation, l'innocent d'a-
vec le coupable. Soit que cette ordonnance fût dreffée alors, foit qu'elle eût
été publiée huit ans auparavant, comme
quelques hiftoriens l'ont remarqué, Théo-

X I.

*Théodoret,
ibid.
Zoz. l. 7,
c. 25.*

*Théodoret,
ibid.*

dofe la fit écrire fur le champ, la figna & promit de l'obferver.

Cela fait, il fut abfous, & ayant été admis dans l'églife, il fe profterna, & commença fa priere par cés paroles d'un

Pfal. 148. roi pécheur & pénitent comme lui, *Mon ame eft demeurée attachée en terre, Seigneur, rendez-moi la vie felon votre promeffe.* Il fe tenoit en cette pofture, frappant de tems en tems fa poitrine, élevant fa voix vers le ciel, pour demander grace, & pleurant fon péché à la vue de tout le peuple, qui en étoit attendri, & qui pleuroit avec lui. Lorfqu'il fallut aller à l'offrande, il fe leva, s'avança vers l'autel, où il offrit fes dons comme il avoit accoutumé, & vint fe ranger dans le chœur parmi les prêtres auprès du baluftre.

XII. L'archevéque l'ayant apperçu, & voulant abolir une coutume que la complaifance des évêques, & le relâchement de

Zoz. l. 7, la difcipline avoit introduit, envoya lui
c. 24. demander ce qu'il attendoit-là; & comme on lui rapporta de fa part, qu'il attendoit le tems d'être admis à la communion des facrés myfteres, il lui manda par un de fes diacres, *qu'il s'étonnoit de le voir ainfi dans le fanctuaire; que la pourpre le faifoit empereur, & non pas prêtre, & qu'il n'avoit de place dans l'églife que comme les autres laïques.* L'empereur répondit,

L'AN 390.

pondit, que ce n'étoit ni une entreprise contre l'ordre de l'église, ni une affectation de se distinguer de personne ; mais qu'il avoit cru que l'usage étoit le même à Milan qu'à Constantinople, où il se plaçoit dans le chœur ; & après avoir remercié l'archevêque de la bonté qu'il avoit de l'avertir de son devoir, il sortit hors du balustre, & se rangea parmi le peuple.

Cette leçon demeura si fort gravée dans son esprit, qu'étant de retour à Constantinople, & se trouvant dans l'église cathédrale le jour d'une grande fête, il sortit du chœur après avoir fait son offrande, & comme le patriarche Nectaire l'envoyoit prier d'y rentrer, & de reprendre la place qui étoit destinée à Sa Majesté, *Hélas*, dit-il en soupirant, *j'ai été long-tems à savoir la différence qu'il y a entre un évêque & un empereur ! Je suis environné de gens qui me flattent ; je n'ai trouvé qu'un homme qui m'ait redressé, & qui m'ait dit la vérité ; & je ne connois au monde de véritable évêque qu'Ambroise.* Depuis ce tems-là les empereurs se tinrent hors du balustre, un peu au-dessus du peuple, mais au-dessous des prêtres : tant la correction d'un prélat zélé & irréprochable fait d'impression sur un prince qui a quelque soin de son salut.

Théodoret.

Toute l'église est encore édifiée de la

R

docilité & de la foi de cet empereur. Les saints peres, dans leurs écrits, ont consacré la mémoire de sa piété ; & par cet exemple ils ont averti tous les souverains de régler leur autorité par la justice, & non pas par leurs passions ; de discerner les bons conseils d'avec les mauvais ; & d'avoir plus de honte des péchés qu'ils font, que de la pénitence qu'ils en devroient faire.

L'AN
390.
Auguſt. de
civ. D. l. 5,
c. 26.
Ambroſ. in
fun. Théod.
Paulin. &c.

XIII. Théodose après s'être soumis lui-même aux loix de l'église, employa son autorité pour les faire observer, & réprima l'insolence de Jovinien & de ses disciples, que le concile de Milan venoit de condamner. Jovinien avoit été religieux dans un monastere du faux-bourg de Milan, que saint Ambroise entretenoit par ses soins dans une exacte régularité. Cet homme volage & sensuel se lassa bientôt de mener une vie austere & pénitente. Il la quitta, & entraîna avec lui quelques esprits foibles, qu'il avoit infectés d'une doctrine contagieuse. Il eut quelque dessein de rentrer dans cette sainte société ; mais on jugea que son repentir n'étoit pas sincere, & que sa conversation seroit dangereuse, & l'on refusa de l'y recevoir. Il fut si piqué de ce refus, qu'il enseigna publiquement, que le jeûne & les autres exercices de pénitence n'étoient d'aucun mérite ; que la virginité n'avoit aucun avantage sur

Hieronym.
contra Jo-
vin. l. 2.

le mariage : que ceux qui font baptifés ne peuvent être abattus par les tentations ; qu'il n'y avoit qu'une même récompenfe pour tous les bienheureux ; & plufieurs autres maximes qui tendoient au relâchement des mœurs, & à l'affoibliffement de la difcipline. Outre que fa caufe étoit mauvaife, elle étoit encore mal foutenue, parce qu'il n'avoit ni netteté, ni éloquence dans fes écrits : mais comme elle flattoit les inclinations fenfuelles des hommes, elle étoit facile à perfuader. Ainfi en rabaiffant la gloire de la virginité, il féduifoit plufieurs vierges romaines ; & à force de déclamer contre le célibat, il portoit des gens de bien à la diffolution.

L'AN
390.

Auguft. de
Hæref. c. 81.

De faints & favans perfonnages écrivirent contre fa doctrine & contre fa vie, qui étoit très-conforme à fes opinions, & lui reprocherent même avec beaucoup d'aigreur fes délicateffes, fon luxe & fon incontinence. Le pape Sirice, après avoir condamné cet héréfiarque, envoya fes légats à Milan pour y convoquer un fynode, & pour étouffer ces nouvelles erreurs dans le lieu même où elles étoient nées. Ce fynode, qui commençoit à s'affembler quand la nouvelle de l'affaire de Theffalonique arriva, avoit jugé Jovinien & fes compagnons, conformément à la fentence de Rome ; il

Ambrof. de
Virgin.
Hieronym.
l. 2, contra
Jovin.
Auguft. de
bono conjug.

R ij

L'AN
390.

ne reftoit plus qu'à l'exécuter ; Théodofe s'en chargea lui-même ; & par un
refcrit donné à Veronne le deuxiéme
jour de feptembre, il chaffa de Rome ces
hommes déréglés, qui retenoient encore

Lcg. 1., de
Monach cod.
Theod.

le nom & l'habit de leur premiere profeffion, & les relegua dans des deferts
écartés, où ils euffent vécu en une continence forcée, fi les magiftrats euffent
été plus exacts à faire exécuter l'ordre
qu'ils avoient reçu.

XIV. Le zele de ce prince ne s'arrêta pas
là ; car ayant appris que cette héréfie
avoit introduit dans Rome d'étranges
défordres, il fit publier des ordonnances
très-féveres contre plufieurs fortes d'impuretés, & commanda très-expreffément
au lieutenant de la ville, d'arrêter cette
corruption par des fupplices proportion-
nés aux crimes, afin de remettre parmi

Aürel. Vict.
in Theod.
Ambrof.
sap. 66.

les Romains l'honnêteté des mœurs où
le grand Conftantin avoit autrefois commencé de les réduire. Ce fut environ ce
tems-là qu'il défendit, fous des peines
très-rigoureufes, le mariage entre les
coufins-germains, renouvellant les édits
anciens, qu'une licence effrénée avoit
entiérement abrogés. Il établit encore
plufieurs loix qui regardoient le repos
de l'état & la police de l'églife. Le réglement qu'il fit fur le fujet des diaco-
niftes, mérite d'être rapporté ici avec

toutes fes circonftances, tant parce que l'occafion qu'il eut de le faire, fit alors un grand éclat, que parce que les princes en peuvent tirer quelque inftruction pour leur conduite.

L' A N 350.

L'églife a toujours exigé des pénitens une confeffion publique ou particuliere de leurs péchés, comme une humiliation néceffaire, & une marque évidente de douleur & de repentir. Des miniftres commis pour la direction des confciences, entendoient les accufations que chacun faifoit contre foi-même, & ordonnoient des peines & des fatisfactions proportionnées aux péchés qu'on leur découvroit. L'évêque tenoit lui feul ce tribunal de pénitence, tant que les chrétiens vécurent dans la ferveur & dans la pureté des regles de l'évangile. Mais leur nombre s'étant augmenté, & la difcipline s'étant relâchée dès que les perfécutions eurent ceffé, les péchés devinrent fi fréquens, & les évêques fe trouverent chargés de tant de foins, qu'il fallut établir dans chaque églife un prêtre pénitencier. Celui-ci recevoit les confeffions des pénitens, leur prefcrivoit le tems & la maniere de la fatisfaction; & après les avoir éprouvés felon leurs befoins, par les pratiques de la pénitence, il les préfentoit à l'évêque pour être réconcilés.

X V.

Zoz. l. 7, c. 16.

Socrat. l. 5, c. 15.

R iij

L'AN
390.
XVI.
Zo{. ibid.

Cet office établi depuis long-tems dans Constantinople, y fut supprimé par le patriarche Nectaire, à l'occasion d'un désordre arrivé dans son église. Une jeune veuve de qualité, qui, vraisemblablement, par une dévotion peu solide, s'étoit élevée au rang de diaconisse, fit une confession de toute sa vie passée au pénitencier, qui lui imposa, pour l'expiation de ses fautes, des jeûnes & des prieres extraordinaires. Comme elle étoit obligée d'être long-tems à l'église pour s'acquitter des satisfactions qu'on lui avoit ordonnées, elle eut occasion de voir & d'entretenir plusieurs fois un jeune diacre, en qui elle eut trop de confiance. Ces entretiens fort sérieux au commencement, dégénérerent de part & d'autre en familiarités peu honnêtes, & ce commerce spirituel devint ensuite une passion criminelle. Cette veuve, pressée enfin des remords de sa conscience, alla déclarer son péché, & nomma imprudemment celui qui l'avoit séduite.

Le pénitencier voulut examiner la vérité du fait; le patriarche en fut averti; le diacre fut déposé. Le soin qu'on eut de cacher le sujet de cette déposition, fit que chacun s'en informa plus curieusement. On découvrit bientôt le crime que quelques-uns avoient déja soupçonné; le bruit s'en répandit dans toute la ville. Le peuple rejettant fur tout le clergé la faute d'un feul ecclésiastique, fut fur le point de fe foulever. Le patriarche Nectaire, pour faire ceffer cette émotion, & pour ôter à l'avenir toute occasion de pareils fcandales, fupprima l'office de pénitencier dans fon église, par le confeil d'un de fes prêtres nommé Eudémon. Soit qu'il n'eût fait qu'abolir cette charge, foit qu'il eût interrompu pour un tems la pratique de la pénitence publique, il fit un bréche notable à la difcipline.

L' A N
390.

Quoi qu'il en foit, Théodofe, touché du défordre qui venoit d'arriver dans Conftantinople, & voulant ôter aux payens tout fujet de décrier les mœurs de l'église, fit publier une ordonnance, par laquelle il régloit l'âge & les teftamens des diaconiffes. C'étoient des dames d'une piété reconnue, qui s'employoient à tout ce qui regardoit le foulagement, l'inftruction, ou la difcipline des perfonnes de leur fexe. Elles diftribuoient les charités des fideles, enfeignoient les principes de la foi, & les cérémonies du baptême ; prenoient tous les foins convenables à la pudeur & à la bienféance, dans les immerfions, dans les onctions, dans les fépultures ; & quoique leur emploi ne fût pas un ordre dans la hiérarchie, c'étoit pourtant un

XVII.

Clément l. 3 & 8.
Conftit.
Epiphan.
hæref. 79.
Bona. Rer.
Liturgic.
c. 25.

miniftere ancien & confidérable.

Il s'étoit gliffé deux fortes d'abus par-mi elles. Les unes, dans leur jeuneffe, par un defir impatient de fe diftinguer par leur dévotion, fe coupoient les cheveux, & s'introduifoient dans l'églife : il en arrivoit quelquefois du fcandale ; il y avoit toujours du danger. Les autres, par une libéralité indifcrete, fe piquoient de donner leurs biens aux églifes & aux hôpitaux, & ruinoient fouvent leurs familles pour fatisfaire l'avarice des eccléfiaftiques.

Théodofe, pour remédier à ces abus, ordonna qu'aucune veuve ne fût reçue au rang de diaconiffe, qui n'eût foixante ans, fuivant le précepte de faint Paul, & défendit à celles qu'on y recevroit, de donner, fous des prétextes de religion, leur or, leur argent, & leurs pierreries ; leur laiffant la difpofition entiere des revenus de leurs terres, mais ne leur permettant pas d'en diffiper, ou d'en aliéner les fonds au préjudice de leurs enfans, ou de leurs proches, ni de les laiffer par teftament aux clercs, aux pauvres, ni aux églifes.

La premiere partie de fon ordonnance fut généralement approuvée : mais on lui remontra qu'il n'étoit pas jufte d'arrêter les bonnes intentions des veuves mourantes, & de tarir une des principales

L'AN
390.
Paul. epift. ad
Rom. 16.

Leg. 27, de
epifcop. cod.
Theod.

fources de la charité ; que c'étoit entreprendre fur la liberté de l'églife , & fur les droits mêmes des pauvres, que de les exclure des héritages ou des aumônes des fideles ; & que la religion n'étoit déja que trop diminuée , & la charité trop refroidie , fans les borner encore par des loix injurieufes à l'une & à l'autre. L'empereur qui n'eut jamais honte de fe dédire quand on lui fit connoître qu'il s'étoit trompé , reçut fi bien cette remontrance , que deux mois après il fit publier à Véronne une révocation de cette loi. Il commanda qu'on la tirât de tous les regiftres, en forte qu'aucun plaideur ne pût l'alléguer , ni aucun magiftrat s'en fervir dans les jugemens.

Pendant qu'il s'occupoit ainfi à Milan , il reçut la nouvelle de la mort de l'impératrice Galla fa feconde femme qui étoit demeurée à Conftantinople. Il fut très-fenfiblement touché de la perte de cette princeffe qu'il avoit aimée avec paffion , & qu'il n'avoit poffédée que peu de tems parmi les troubles de la guerre , & les foins du rétabliffement de l'empire. Il l'avoit retirée des erreurs où l'impératrice Juftine l'avoit engagée dans fon enfance, & lui avoit fait part nonfeulement de fon trône , mais encore de fa piété. Elle mourut dans la fleur de fon âge, & ne laiffa qu'une fille nommée

L' A N 390.

XVIII.

Placidie, qui fut depuis fi fameufe par fa beauté, par fon efprit, par les aventures extraordinaires qui lui arriverent, & par les marques qu'elle donna de fa foi, & de fon zele pour la religion.

On lui fit de magnifiques funérailles. Arcadius, peu de tems après, fit élever dans la grande place de Conftantinople, proche l'églife, une colonne, où il fit mettre la ftatue d'argent de Théodofe, avec des infcriptions & des repréfentations de fes dernieres victoires, voulant que cet ouvrage fût un monument éternel & de la gloire du pere & de la piété du fils.

XIX. Enfin Théodofe réfolut de retourner en orient, & d'aller jouir lui-même parmi fes peuples des douceurs de la paix qu'il venoit d'établir dans tout l'empire. Il avoit paffé près de trois ans en Italie, & les avoit employés à remettre l'ordre dans ces provinces, & à inftruire le jeune Valentinien, qu'il aimoit comme fon fils propre. Sachant le crédit qu'avoit Symmaque dans le fénat, il l'avoit honoré de la dignité de conful, & n'avoit rien oublié de ce qui pouvoit gagner cet efprit remuant qui donnoit le mouvement aux affaires, & qui étoit à la tête d'un parti. Il avoit fait en même-tems des édits très-féveres contre le culte des faux dieux, montrant par cette conduite,

qu'il ne faifoit point de tort au mérite
des perfonnes dont il condamnoit la religion. Après cela il partit , laiffant l'empire d'occident paifible , & l'empereur
bien inftruit en l'art de regner.

L'AN
391.

Il avoit déja fait marcher une partie
de fon armée , afin de châtier , en paffant , des barbares ramaffés qui troubloient le repos des peuples. Ils avoient
été attirés dans les marais de la Macédoine par quelques-uns de ces déferteurs
dont nous avons parlé , qui s'y étoient
jettés , & qui s'étoient fauvés du fupplice
qu'avoit mérité leur trahifon. Ce fut
d'abord une troupe de voleurs plutôt
qu'une milice réglée ; mais le nombre
s'en étant augmenté par la déroute de
l'armée de Maxime , ils obferverent quelque ordre , & firent irruption dans la
Theffalie & la Macédoine. Leur licence
s'accrut par le peu de réfiftance qu'ils y
trouverent , & en peu de tems ils ravagerent toute la campagne. Dès qu'ils eurent appris que l'empereur revenoit avec
fon armée , ils fe retirerent dans les forêts qui étoient aux environs des étangs,
& ne fortirent plus en corps : ils fe contentoient de faire des courfes pendant
la nuit , & fe cachoient avec leur butin
dès que le jour paroiffoit. L'on eût dit
que c'étoient des fpectres plutôt que des
hommes , & chacun fe plaignoit de leur

XX.

Zoz. l. 4.

brigandage, sans que personne pût les forcer dans leur retraite.

Théodose étant arrivé à Thessalonique, fit avancer une partie de son infanterie vers les marais, sous la conduite de Timase, & s'avança lui-même peu de tems après. Il fit chercher les ennemis; & comme on étoit long-tems à lui en donner des nouvelles, il sortit sans bruit de son camp avec cinq officiers bien montés, pour aller reconnoître les lieux où ils pouvoient être cachés. Il découvrit heureusement ce qu'il vouloit savoir; car étant entré dans une petite maison de campagne, pour s'y délasser après une longue course, il y apperçut un homme dont le visage effaré, & la contenance embarrassée, lui donnerent quelque soupçon. Il s'informa secretement qui il étoit, & d'où il venoit; mais ne pouvant rien apprendre de particulier de cet inconnu, il commanda à ses gens de s'en saisir. Il voulut lui-même l'interroger; mais il n'en put tirer aucune réponse, ni par menaces, ni par douceur, jusqu'à ce que, pressé par des tourmens qu'on lui fit souffrir, il confessa qu'il étoit l'espion des barbares; qu'il couroit tout le jour la campagne pour leur marquer le butin qu'ils pouvoient faire pendant la nuit; sur-tout, qu'il avoit ordre de les avertir du passage de l'empereur, & de la

Zoz. L. 4.

marche de fon armée. Il déclara enfuite
le nombre, les forces & la retraite de
ces barbares.

L'AN
391.

Zoz. l. 4.

L'empereur partit promptement pour
aller joindre fon camp, marcha le lendemain avec quelques troupes, & fit attaquer fi vigoureufement ce corps de barbares, que malgré la difficulté des lieux,
& la réfiftance qu'ils firent, il les força
dans leurs marécages. Il y en eut un grand
nombre de tués, quelques-uns furent pris
& châtiés exemplairement ; on pourfuivit les autres le matin jufques vers le
foir. Timafe voyant les foldats fatigués,
pria l'empereur de prendre un peu de
repos, & d'en donner à ceux qui le fuivoient. On fonna la retraite ; on campa
dans une plaine voifine ; on permit à
chacun de fe réjouir comme après une
victoire ; & dans la confiance où l'on
étoit, on n'eut pas tout le foin qu'il falloit de la garde & de la difcipline du
camp.

Cependant les barbares s'étant ralliés,
& ayant appris par quelques-uns des
leurs qui s'étoient fauvés du camp, l'état
où étoient les troupes, vinrent à la faveur de la nuit, & firent un grand ravage
avant qu'on s'en fût apperçu. Enfin ceux
qui étoient les moins endormis, ayant
donné l'allarme de tous côtés, chacun
fe mit en défenfe. On courut à la tente

de l'empereur, qui s'étoit levé au premier bruit qu'il avoit oui. Il se fit un
combat dans le camp même, dont le succès eut été douteux, si ce prince n'eût
animé ses gens par son exemple, & si
Promote, un de ses lieutenans généraux,
qui n'étoit pas loin de là, ne fût arrivé heureusement avec quelques escadrons de cavalerie, qui acheverent de
mettre en fuite les ennemis.

Théodose avoit résolu d'aller en personne les poursuivre, pour délivrer ses
peuples des incommodités qu'ils en recevoient. Mais Promote lui représenta,
que ce n'étoient pas des ennemis dignes
d'arrêter un grand empereur; qu'il devoit se réserver pour les grandes expéditions, & laisser à quelqu'un de ses lieutenans, le soin de terminer une affaire
où il y avoit quelque fatigue à prendre,
& nulle gloire à acquérir. Il se chargea
lui-même de cette commission, & s'en
acquitta si fidélement, qu'il renferma
ces barbares dans leurs forêts, & en fit
un si grand carnage, qu'il n'y en eut pas
un seul qui échappât.

L'empereur cependant continuoit son
voyage. Tous les peuples alloient au-
devant de lui avec une affection extraordinaire, & chaque entrée qu'il faisoit
dans les villes, étoit un triomphe. Il arriva à Constantinople le neuviéme jour

de novembre, plus glorieux des marques d'amitié qu'il recevoit de ſes ſujets, que des victoires qu'il avoit remportées ſur ſes ennemis. Son fils Arcadius le vint recevoir, & tous les corps de l'empire lui témoignerent à l'envi, la joie qu'ils avoient de ſon heureux retour.

L'AN 391.

Les premiers ſoins qu'il eut, furent de rendre à Dieu des actions de graces pour toutes les proſpérités de ſon regne, de viſiter l'égliſe magnifique qu'il avoit fait bâtir à l'honneur de ſaint Jean-Baptiſte, & d'y faire apporter d'un bourg voiſin de Calcédoine, les reliques du même ſaint avec beaucoup de ſolemnité. Il s'informa de l'état des affaires de l'égliſe ; & ayant appris qu'Eunome avoit tenu des aſſemblées dans la ville, & publié quelques-unes de ſes erreurs, il le fit chaſſer de Conſtantinople. Il ordonna qu'on chaſſât de même tous les hérétiques des villes voiſines, afin de leur ôter les moyens d'étendre leurs ſectes, & de corrompre les peuples par leur communication contagieuſe.

XXI.

Leg. 22, de hæret. cod. Theod.

Après avoir ainſi réglé ce qui concernoit la religion, il s'appliqua à connoître les beſoins de l'état, & à ſoulager les provinces qui avoient été chargées, voulant relâcher, dans la paix, les tributs que la ſeule néceſſité de la guerre lui avoit fait impoſer : il arrêta ſur-tout les cabales qui s'étoient formées dans fa cour, tant par les intrigues de Ruffin, que par les jaloufies qu'on avoit conçues contre ce favori.

L'AN
391.
Zoz. l. 4.

XXII. Ruffin étoit Gaulois, de la province d'Aquitaine, d'une condition médiocre, mais d'un efprit élevé, fouple, infinuant, poli, propre à divertir un prince, & capable même de le fervir. Il vint à la cour de Conftantinople : il s'y fit des amis & des protecteurs ; il fut connu de Théodofe, il lui plut. Il ménagea fi bien ces commencemens de fortune, qu'il parvint en peu de tems à des emplois confidérables. L'empereur lui donna la charge de grand-maître de fon palais, le fit entrer dans tous fes confeils, l'honora de fon amitié & de fa confidence, & le fit enfin conful avec fon fils Arcadius.

Zoz. ibid.
Ambrof. ep.
83.

Cet homme fe maintint comme il s'étoit avancé, par fon adreffe plutôt que par fa vertu. Son ambition croiffoit avec fa fortune. Il cherchoit à s'enrichir des dépouilles de ceux qu'il opprimoit par fes calomnies. C'étoit affez, pour être fon ennemi, d'avoir un mérite extraordinaire, & de pouvoir lui difputer le rang qu'il tenoit. Comme il craignoit néanmoins de perdre l'amitié du prince, s'il ne confervoit fon eftime, il paroiffoit modefte & défintéreffé. Il couvroit fes mauvais confeils de prétextes de juftice

Claudian.
l. 1, contra
Ruff.

ou de politique, & favoit fi bien faire
valoir fes bonnes qualités, & cacher les
mauvaifes, que l'empereur, tout éclairé
& tout jaloux qu'il étoit de fon autorité,
étoit bien fouvent trompé & gouverné
fans s'en appercevoir.

L'AN
391.

Les principaux feigneurs de la cour
ne purent voir l'élévation de ce favori
fans en être piqués. Timafe & Promote,
qui venoient de commander l'armée, &
de rendre des fervices importans, avoient
prétendu lui être préférés dans les occafions. Tatien, qui avoit gouverné tout
l'orient en l'abfence de Théodofe, ne
pouvoit fe réfoudre de voir au-deffus de
lui un nouveau miniftre, qui n'avoit rien
de plus recommandable que le bonheur
de plaire au prince. Procule, fils de Tatien, gouverneur de Conftantinople,
jeune homme hardi & entreprenant, réfiftoit à Ruffin en toute rencontre. Ils
confpirerent enfemble contre lui, & réfolurent de le perdre. Ruffin, averti de
tous leurs deffeins, prévint l'efprit de
l'empereur, & lui repréfenta, *que les
graces qu'il recevoit tous les jours de fa
Majefté, le rendoient odieux à toute la
cour; que, quelque foin qu'il eût d'arrêter par fa retenue, les murmures de fes
envieux, il fe formoit tous les jours des
factions & des cabales contre lui; qu'il
fuccomberoit infailliblement, fi la main*

XXIII.
Zoz.

L'AN
391.

qui l'avoit élevé, ne le foutenoit ; qu'il reconnoiffoit fon peu de mérite, & qu'il ne s'eftimoit que par les bontés que fa Majefté avoit pour lui, & par la reconnoiffance qu'il en auroit toute fa vie.

XXIV. Après avoir engagé l'empereur à le protéger, il fongea non-feulement à fe garder des furprifes, mais encore à perdre fes ennemis. Ces haines, qui avoient été jufques-là fecretes, commencerent à éclater peu de tems après ; car s'étant trouvé dans le confeil avec Promote, ils y eurent diverfes conteftations. L'empereur en étant forti, leur difpute fe renouvella : l'un & l'autre vouloit foutenir fes avis ; ils s'échaufferent infenfiblement. Ruffin en étant venu à des paroles offenfantes, Promote s'emporta, & lui donna un foufflet. Le bruit de cette action fe répandit d'abord dans tout le palais. Chacun en jugea felon l'attachement qu'il avoit à l'un ou à l'autre ; mais l'empereur, à qui Ruffin alla fur le champ faire fes plaintes, en fut extrêmement irrité. Il protefta hautement, *qu'il étoit las de fouffrir ces divifions & ces intrigues, & ceux qui en étoient les auteurs ; qu'il leur apprendroit à vivre en paix, & à confidérer les perfonnes qu'il affectionnoit ; & que fi ces jaloufies qu'on avoit contre Ruffin ne finiffoient, il le mettroit fi fort au-deffus de fes envieux,*

Zoz l. 4.

*qu'ils seroient forcés de le respecter, &
peut-être de lui obéir.*

L'AN
392.
XXV.

Ce prince, qui parloit en maître, &
qui savoit se faire craindre quand il falloit, prononça ces paroles avec tant de
chaleur, que personne n'osa plus murmurer. Il chassa Promote de sa cour, &
donna presque en même tems à Ruffin
la charge de préfet du prétoire. La nouvelle dignité de ce favori, & la protection de l'empereur, dont il étoit assuré,
lui donnerent lieu de se venger plus facilement de ses ennemis. Promote ne sur-
vécut pas long-tems à cette disgrace ;
car ayant reçu ordre d'aller joindre l'armée, & de marcher contre les Bastarnes
qui pilloient la Thrace, il fut tué dans
une embuscade par un parti de ces barbares : plusieurs accuserent Ruffin de
cette trahison.

La mort de Procule ne fut pas moins
funeste. Ce ministre le fit accuser de plusieurs crimes, corrompit les commissaires qu'on lui avoit donnés, les obligea
sous main de le condamner à mort, &
fit en sorte que la grace que Théodose
lui envoyoit n'arrivât qu'après l'exécution. Il avoit traversé Tatien dans des
affaires de famille ; & Timase n'eut pas
été plus heureux que les autres, s'il n'eût
recherché l'amitié de ce favori, & s'il
ne se fût rendu complice de ses crimes.

Zoz. l. 4.

Ambros. ibid.

L'AN
392.

Telle étoit la conduite de Ruffin, qui abufoit de la bonté & de la confiance de fon maître ; & qui, cinq ans après, n'étant plus retenu par la crainte de Théodofe, & vivant fous des empereurs foibles & peu habiles, fut une des principales caufes de la défolation de l'empire par fon orgueil & par fon ambition démefurée.

XXVI. Les chofes étoient en cet état dans la cour de Conftantinople, lorfqu'on y reçut les nouvelles de la trahifon d'Arbogafte, & de la mort de Valentinien. Quelques foins que Théodofe eût pris de laiffer à ce jeune prince un empire paifible & bien policé, à peine fut-il retourné en orient, qu'il fe forma de nouveaux partis dans Rome & dans les Gaules.

Ambrof. in orat. fun. de obit. Valent.

Les fénateurs payens firent encore une députation folemnelle, pour demander le rétabliffement de leurs temples, & l'exercice libre de leur religion. L'affaire fut examinée dans le confeil ; & quoique tous les avis allaffent à leur accorder ce qu'ils fouhaitoient, Valentinien s'y oppofa, & renvoya les députés du fénat avec un refus qui ne leur laiffoit plus d'efpérance.

XXVII. Plufieurs qui s'étoient faits chrétiens par politique, cherchoient alors les moyens de renoncer impunément à leur religion. Théodofe avoit tâché de remédier à ce défordre pendant qu'il fut en occident ; car ayant fu que plufieurs perfonnes de qualité, pour s'accommoder au tems, & pour parvenir aux charges, quittoient le culte des dieux, & fe faifoient baptifer, il jugea que ceux-là ne feroient pas fermes dans la foi, qui s'y engageoient par des motifs fi foibles & fi humains. Pour leur ôter la liberté de changer de religion, il fit publier une loi très-févere contre les apoftats. Il les déclara incapables de rendre témoignage public, inhabiles à fuccéder, indignes d'être reçus dans la compagnie des gens de bien, privés du droit de fuffrages, déchus de toute charge, nobleffe ou dignité, fans pouvoir jamais prétendre d'être rétablis, voulant que ceux qui avoient profané les facrés myfteres, fuffent regardés non-feulement comme des gens égarés, mais encore comme des gens perdus, & qu'ils fuffent abandonnés des hommes, puifqu'ils avoient abandonné Dieu.

L'AN 392.
Leg. 4, de apoft. cod. Théodof.

Leg. 5, de apoft. cod. Theod.

Ceux-ci, qui fe trouvoient liés dans une créance qu'ils n'avoient embraffée que pour un tems, fongeoient à faire un empereur fous lequel ils puffent quitter leur religion fans perdre leurs dignités. En ce même tems Valentinien ayant appris qu'il y avoit à Rome une comédienne d'une excellente beauté, qui débauchoit toute la jeuneffe, il commanda

XXVIII.

Ambrof. orat fun. de obit. Valent.

L'AN
392.

qu'on la fît fortir de la ville, & qu'on l'emmenât à la cour. Celui qui fut chargé d'exécuter cet ordre fe laiffa corrompre par argent, & revint fans s'être acquitté de fa commiffion. Le prince dépêcha incontinent des gens plus fideles qui enleverent cette courtifanne, & la conduifirent jufques dans les Gaules où il étoit. Il l'y retint quelque tems ; mais il ne voulut pas la voir, de peur de tomber lui-même dans un déréglement dont il vouloit corriger les autres. Ceux à qui il venoit d'ôter une occafion de débauche, & de donner un exemple de continence, furent piqués de l'un & de l'autre, & fe liguerent contre lui, parce qu'il traverfoit leurs paffions, & qu'ils ne pouvoient lui en reprocher de femblables.

XXIX.

Flavien, préfet du prétoire, homme d'efprit & de grande expérience dans les affaires, mais fort adonné aux fuperftitions payennes, entretenoit fous main ces cabales. Il étoit à craindre, tant par le crédit qu'il s'étoit acquis, & par des prédictions étudiées qu'il faifoit courir parmi les gens du parti, que par les liaifons fecretes qu'il avoit avec le comte Arbogafte, qui étant accoutumé à faire le maître dans les Gaules, prenoit des mefures pour conferver malgré les jaloufies de l'empereur, l'autorité qu'il s'étoit donnée.

Zoz. c. 22.

Cet Arbogaſte étoit un capitaine François, qui s'étoit mis fort jeune au ſervice
des Romains. Il ſuivit Gratien dans ces
guerres d'Allemagne, & s'y acquit beaucoup de réputation. Après la mort de
ce prince il refuſa de reconnoître Maxime, & dans la révolte preſque générale
des officiers de l'armée, il tint ferme
pour le parti de Valentinien. Il parvint
à tous les emplois que méritoit ſa fidélité, jointe à la grande opinion qu'on
avoit de ſon courage & de ſa conduite.
Il gagna l'amitié des gens de guerre,
qui, de leur autorité, lui déférerent le
commandement de l'armée ſans que la
cour osât s'y oppoſer. Après la défaite
de Maxime, dont il fut la principale
cauſe, il fut envoyé dans les Gaules pour
s'en ſaiſir, & pour y commander. Il y
rétablit les affaires de l'empire, & gagna pluſieurs batailles contre les barbares, & même contre ceux de ſa nation, qu'il contraignit de lui demander
la paix.

Ces grands ſervices le rendirent ſi fier
& ſi abſolu, qu'il prit de lui-même l'ad-
miniſtration entiere des guerres de l'empire. L'armée ſuivoit aveuglément ſes
volontés ; car outre qu'il étoit vaillant,
heureux en toutes ſes entrepriſes, & très-
entendu dans le métier de la guerre, il
étoit ennemi du luxe, ne recevoit du

L' A N
392.
X X X.
Paulin. in vit.
Ambroſ.
Zozom. l. 4,
Suid. ver.
Arbog.

Zoz. l. 4.

Paulin. in vit.
Ambroſ.

bien de l'empereur que pour avoir le plaifir d'en faire aux foldats, leur partageoit tout le butin après fes victoires, ne fe réfervant que la gloire d'avoir vaincu, & menoit une vie fi frugale, fi modefte, & fi agiffante, qu'on eut dit qu'il n'étoit que le compagnon de ceux dont il étoit le général.

Théodofe, qui connoiffoit fes grandes qualités, & qui avoit eû deffein de l'emmener avec lui, jugea plus à propos de le laiffer en occident, comme un homme d'une fidélité reconnue, qui par fon crédit & par fon exemple, pouvoit retenir la cour de Valentinien dans le devoir, & affifter de fes confeils ce jeune empereur, qui avoit de très-bonnes inclinations, mais qui n'avoit pas affez d'expérience dans les affaires. Arbogafte crut alors qu'on ne pouvoit affez reconnoître fes grands fervices, & devint d'autant plus infolent, qu'il s'eftima plus néceffaire. Il difpofoit des charges de l'armée ; il régloit les troupes, & leur donnoit de nouvelles formes de difcipline : il faifoit la guerre, ou la paix, felon fes caprices, méprifant ou réformant les ordres de l'empereur, & ne voulant d'autres bornes de fon pouvoir que celles de fon orgueil & de fon ambition.

Valentinien étant venu dans les Gaules, ne put fouffrir qu'Arbogafte y commandât

mandât en fouverain : il entreprit de l'a-
battre fans le perdre , & s'il pouvoit
même fans l'irriter. Pour cela il donnoit
des ordres importans fans fa participation : il étoit fouvent d'un avis contraire
au fien ; quelquefois il rejettoit fes confeils , ou préféroit ceux des autres miniftres , efpérant par-là accoutumer infenfiblement à la dépendance cet homme
qui lui eut été très-agréable , s'il n'eût
affecté de lui être égal. Arbogafte , qui
n'aimoit pas à être contredit , & qui ne
vouloit rien perdre de l'autorité qu'on
lui avoit laiffé prendre , fe ligua fecretement avec tous les mécontens , & réfolut de tout entreprendre fi on le pouf-
foit. Cependant il s'affuroit des officiers
de l'armée , & s'oppofoit aux volontés
de l'empereur , lorfqu'il ne tomboit pas
dans fon fens.

En ce même tems on eut avis qu'une
armée de barbares s'avançoit vers les
frontieres de l'Italie. Valentinien , qui
étoit alors à Vienne dans les Gaules , fe
difpofa à paffer les Alpes , & à marcher
contre les ennemis à la tête de fes troupes. Mais avant que de s'engager à cette
guerre , il voulut pourvoir à fon falut
en fe faifant baptifer , & à fon repos , en
difgraciant Arbogafte , & lui ôtant le
commandement de l'armée.

Pour le baptême ; quoiqu'il y eût dans

L' A N
392.

S

L' A N
392.
XXXI.
Ambrof. ep.
34, ad Theod.

les Gaules des évêques d'une grande fainteté, il fouhaita de le recevoir de la main de faint Ambroife, qu'il appelloit fon pere & fon maître. Comme il alloit lui envoyer un de fes officiers, il apprit que le faint prélat venoit le trouver, dont il témoigna une joie extrême. Au premier bruit de la marche des ennemis,

Ambrof. orat.
in fun. Valen

les gouverneurs, & les magiftrats des villes les plus expofées s'étoient adreffés à cet archevêque, & l'avoient conjuré d'aller remontrer à l'empereur le danger où étoit l'Italie, fi elle n'étoit promptement fecourue. Il avoit accepté la députation, la jugeant néceffaire pour le repos, & pour la sûreté de fon pays. Il fe préparoit même à partir le lendemain, lorfqu'on reçut des nouvelles à Milan que le prince preffoit fon voyage, que fa route étoit marquée, que l'équipage étoit déja bien avancé, & qu'on donnoit ordre de tous côtés aux logemens de la cour, & aux quartiers des gens de guerre. L'archevêque qui, par charité, ne manquoit jamais aux chofes néceffaires, & qui par pudeur n'en entreprenoit point de fuperflues, fe crut alors déchargé de fa commiffion, & attendit l'empereur à Milan, pendant que l'empereur l'attendoit à Vienne.

XXXII.

Cependant Valentinien, tous les jours plus jaloux de fon autorité, & plus piqué de l'arrogance infupportable d'Arbogafte, entreprit de le ruiner. Il prit fon tems; & comme il étoit un jour fur fon trône, le voyant approcher, & le regardant avec indignation, il lui préfenta un billet dans lequel il lui ordonnoit de fortir de fa cour, & de quitter le commandement de fes armées. Arbogafte prit le billet de fa main; après l'avoir lû, il le déchira en fa préfence, & fe tournant infolemment vers lui, *Comme ce n'eft pas vous*, lui dit-il, *qui m'avez donné ce commandement, ce ne fera pas vous qui me l'ôterez.* Valentinien ne confultant que fon courage & fon reffentiment, fe jetta fur l'épée d'un de fes gardes pour tuer Arbogafte; mais le garde la retint, & on l'obligea de dire par-tout, que ce prince ennuyé de ne pouvoir faire tout ce qu'il vouloit, avoit eu deffein de fe tuer lui-même. Arbogafte après cela, jugea bien qu'il n'y avoit plus de fûreté pour lui, & qu'il falloit achever le crime de peur d'être prévenu. Sous prétexte que des perfonnes puiffantes avoient réfolu de le perdre, il affembla fes amis; il gagna les eunuques de la chambre, & mit des gens de guerre, dont il difpofoit, jufqu'aux environs du palais.

L'empereur envoya fes ordres au camp; on n'en fit point de cas: il parla lui-

L'AN
392.

Socrat. l. 5;
c. 25.

Zozom. l. 7;
c. 22.

XXXIII.

même aux principaux officiers ; ils n'oférent lui obéir : & se trouvant ainsi tout d'un coup presque abandonné, & renfermé dans son propre palais, il envoya promptement un de ses secrétaires à Théodose, pour lui demander du secours. Il délibéra même quelque tems s'il iroit encore une fois chercher un asyle dans la cour de Constantinople ; mais il crut que saint Ambroise pourroit le tirer de l'état malheureux où il étoit. Il lui écrivit aussi-tôt, pour le conjurer de venir promptement le baptiser, & terminer par quelque accommodement ses différends avec Arbogaste. Le saint qui avoit un grand ascendant sur l'esprit de l'un & de l'autre, partit sur le champ, résolu de les réconcilier, de répondre de la sincérité de leurs intentions, de se donner pour ôtage à l'un & à l'autre, ou de s'attacher auprès de l'empereur, & le défendre par ses vœux & par ses prieres, si Arbogaste eût été inflexible.

XXXIV. Il traversoit déja les Alpes, lorsqu'il apprit avec une douleur incroyable la mort de Valentinien. Les historiens ont parlé différemment de la fin tragique de cet empereur. Les uns rapportent que se divertissant après son dîner sur les bords du Rhône, Arbogaste le surprit & le tua. Les autres ont cru qu'après

L' A N
39².

Sulp. Alex.
apud Greg.
Tharon.

Philostorg.
l. 11.

Ambros. orat.
in fun. Valen.

Zoz. l. 4.
Philostorg.
lib. 11.

l'avoir fait étrangler par des affaffins, il le fit pendre à un arbre avec fon mouchoir, pour faire croire qu'il s'étoit tué lui-même. Ce qu'il y a de plus vraifemblable, c'eft qu'il fut trahi par les eunuques du palais, à la follicitation d'Arbogafte, & qu'on le trouva étranglé dans fon lit, la nuit du famedi quinziéme de mai, veille de la pentecôte. Saint Ambroife retourna à Milan, ne ceffant de pleurer le malheur de ce prince qu'il aimoit tendrement, & dont il connoiffoit le mérite extraordinaire.

L'AN
392.
Socrat. l. 5,
25.
Zozom. l. 7,
c. 10.
Epiph. l. de
menf. &
pond. idat.

Car à peine avoit-il atteint l'âge de vingt-cinq ans, qu'il avoit déja toutes les qualités qui pouvoient faire un grand empereur. Sa taille, fon air, fa vigueur, fon adreffe en toute forte d'exercices, & certaine grace naturelle qui accompagnoit toutes fes actions, le faifoient aifément diftinguer de tous fes courtifans.

Zoz. l. 7,
c. 22.
Ambrof. in
fun. Valent.

Il avoit l'efprit vif & pénétrant, & fes avis dans le confeil étoient fi juftes & fi graves, que tout jeune qu'il étoit, on eut dit qu'il étoit confommé dans les affaires. Il étoit chafte, libéral, humain, ferme dans la mauvaife fortune, & modéré dans la bonne. Quoiqu'il eût trouvé fes finances épuifées par le malheur des guerres civiles, il ne voulut jamais charger les peuples, & répondit à ceux qui lui confeilloient de créer de nouveaux

Ambrof.
ibid.

L'AN
392.

impôts, *qu'il valoit mieux songer à sup-primer les anciens.*

On accusa quelques personnes de qualité d'avoir eu dessein de lui ôter l'empire; il fit si peu de cas de ces accusations, qui sont d'ordinaire très-délicates, que personne sous son regne ne craignit l'envie, ni les calomnies. Il eut tant de considération pour ses sœurs, qu'il différoit de se marier, de peur que l'amour qu'il auroit pour sa femme ne diminuât celui qu'il avoit pour elles; & lorsqu'il se sentit attaqué par les meurtriers, il ne dit autre chose, sinon : *Que deviendront mes pauvres sœurs?* Cette tendresse pourtant ne fut pas capable de corrompre son jugement. Ces princesses jouissoient d'une terre que l'impératrice Justine leur mere leur avoit laissée, sans autre titre que celui de la possession. Ceux qu'elle en avoit dépouillés prétendirent rentrer en leurs droits, & se confiant en la justice de l'empereur, le prirent lui-même pour arbitre de ce différend. Il renvoya la cause aux juges ordinaires; mais en particulier il engagea les princesses à rendre généreusement la terre qu'on leur disputoit.

Jamais prince ne fut plus docile, & plus prêt à se corriger de ses défauts. On trouvoit d'abord qu'il se plaisoit trop aux spectacles, & à tous les divertisse-

Ambros. ibid.

mens du cirque. Il s'en abftint, & permit à peine ces jeux publics aux naiffances folemnelles des empereurs, & aux grandes réjouiffances de l'empire. Quelques-uns lui reprochoient que la paffion qu'il avoit pour la chaffe le détournoit du foin des affaires : il fit tuer incontinent toutes les bêtes qu'il faifoit nourrir dans fon parc, & s'appliqua entiérement à gouverner l'état par lui-même. Ses envieux n'eurent plus rien à dire fur fa conduite, finon qu'il avançoit quelquefois l'heure de fon repas par intempérance. Il profita de cet avis, & devint fi abftinent, qu'il jeûnoit très-fouvent, & mangeoit fort peu même dans ces feftins magnifiques qu'il faifoit à fes courtifans.

L' A N
392.
*Ambrof. in
fun. Valent.*

Il ne perdit aucune occafion de faire paroître fa piété envers Dieu, & fon zele pour la vraie religion, foit contre les hérétiques, foit contre les payens. Il fuivoit en tout les avis & les inftructions de faint Ambroife, l'honorant & l'aimant avec autant d'ardeur qu'il en avoit eu autrefois à le perfécuter, & à le haïr. En quoi il montroit que fes fautes paffées procédoient des impreffions qu'on lui avoit données, & non pas de fon naturel. Il regna environ dix-fept ans, & fut digne d'une vie & d'une mort plus heureufes.

*Ambrof.
epift. 34.*

L'AN
392.
Ruffin. l. 2,
c. 31.
Zozom. l. 7,
c. 2..

Ceux qui étoient coupables de fa mort, publierent qu'il s'étoit tué lui-même, & qu'ennuyé de ce qu'on s'oppofoit à fes paffions & à fes deffeins injuftes & déraifonnables, il avoit mieux aimé ceffer de vivre, que d'être empereur, & n'être pas maître de fes actions. Ils laifferent emporter fon corps, & ne voulurent rien faire qui pût leur attirer la haine publique.

XXXV.   Cependant il fallut pourvoir à l'empire. Arbogafte, par une modération affectée refufa cet honneur que perfonne ne lui eut difputé : & foit qu'il n'aimât pas le fafte, & qu'il fe contentât de gouverner l'empire fans être empereur ; foit qu'il craignît de paffer ouvertement pour le meurtrier de Valentinien, s'il venoit à lui fuccéder ; foit qu'il crût que les Romains n'obéiroient pas volontiers à un François, ni les chrétiens à un payen, il jetta les yeux fur un de fes amis nommé Eugene, & réfolut de le charger du nom & du titre d'une dignité dont il vouloit fe réferver toute la puiffance. Eugene étoit un homme d'une naiffance baffe, qui, après avoir profeffé la rhétorique avec quelque réputation, avoit quitté les écoles, & s'étoit mis à la fuite de la cour. Ricomer, général des armées de Gratien, l'avoit reçu chez lui en qualité de fecrétaire, & partant pour Conf-

Zoz. l. 4.

tantinople, l'avoit recommandé à Arbogafte, comme un homme d'efprit & de favoir, qui pouvoit le fervir utilement. Arbogafte le choifit donc comme une de fes créatures, qui, ne pouvant prétendre au trône, ni s'y maintenir fans fon affiftance, feroit entiérement à lui par reconnoiffance & par néceffité.

L'AN 392.

Flavien, au nom des payens, confentit à cette élection, parce qu'il efpéra que fous un empereur auffi foible, il auroit plus de part au gouvernement ; & que d'ailleurs il favoit qu'Eugene, encore qu'il fût chrétien, avoit beaucoup de penchant pour le paganifme. On eut quelque peine à faire accepter l'empire à cet homme timide, & qui aimoit fon repos : mais les uns lui promirent tant de fecours, les autres lui prédirent tant de bonheur, qu'il prit enfin la pourpre & le diadême, & fe laiffa proclamer empereur.

Zozom. l. 7, c. 22.

Les nouvelles de la mort de Valentinien furprirent extrêmement la cour de Conftantinople. Théodofe en fut trèsfenfiblement touché. Il écrivit incontinent aux princeffes affligées, des lettres de confolation fur la perte de leur frere, & pria faint Ambroife d'avoir foin de fa fépulture & de fes funérailles. Ce prélat, qui avoit déja fait préparer un magnifique tombeau de porphire, le fit

XXXVI.

Ambrof. ep. 53.

S v

L'AN
392.

dreſſer dès qu'il en eut reçu l'ordre, &
célébra ſolemnellement les obſéques de
ce pieux empereur, dont il fit l'éloge
funebre. Il en parla comme d'un parfait
fidele, quoiqu'il ne fût que cathécumene.
Il aſſura qu'il n'avoit pas manqué au baptême, quoique le baptême lui eût manqué ; que la foi & la bonne volonté l'a-
voient purifié, & qu'on devoit lui im-
puter une grace qu'il avoit ſouhaitée
avec ardeur, qu'il avoit demandée inſ-

'Ambroſ.
orat. in fun.
Valent.

tamment, & à laquelle il s'étoit diſpoſé
par une courageuſe confeſſion de ſa foi,
en refuſant hautement aux payens le rétabliſſement de leurs autels. Il proteſta
néanmoins qu'il ne paſſeroit aucun jour
ſans ſe ſouvenir de lui dans ſes oraiſons
& dans ſes oblations, ni aucune nuit ſans
lui faire part d'une partie de ſes prieres.

Tout le peuple touché des vertus &
des malheurs de ce prince, renouvelloit
la tendreſſe & l'eſtime qu'il avoit eues
pour lui. Les princeſſes à qui l'archevêque adreſſa une partie de ce diſcours,
fondoient en larmes. Elles avoient paſſé
plus de deux mois à pleurer, & à prier
dans la chapelle où l'on avoit mis en
dépôt les cendres de leur frere. On ne
pouvoit les empêcher d'y entrer ſouvent,
& elles en ſortoient toujours preſque
mortes. Elles voulurent aſſiſter à ſes funérailles ; & depuis, elles s'éloignerent

du monde, où elles ne trouvoient plus rien d'agréable, pour aller pleurer tout le reste de leur vie la perte qu'elles ayoient faite, & pour chercher en Dieu seul les consolations qu'elles ne pouvoient attendre des hommes.

Pendant qu'on rendoit ces devoirs funebres à la mémoire de Valentinien, Eugene, assisté des conseils d'Arbogaste & de Flavien, pensoit à s'affermir dans sa nouvelle dignité. Il s'avança promptement vers le Rhin avec son armée, & fit faire des propositions si avantageuses aux rois des François & des Allemands, qu'ils signerent un traité de paix, & renouvellerent leurs anciennes alliances avec l'empire. Arbogaste se reconcilia avec ces princes, qu'il avoit traités avec trop de hauteur dans les guerres passées. On raconte que dans un festin qu'il leur fit, ils lui demanderent s'il connoissoit l'évêque Ambroise, & qu'ayant sû qu'il avoit eu l'honneur d'être au rang de ses amis, & de manger souvent à sa table, ils s'écrierent qu'il ne falloit plus s'étonner s'il avoit remporté tant de victoires, puisqu'il étoit aimé d'un homme qui pouvoit même arrêter le soleil s'il eut voulu. Cette alliance, avec deux nations si aguerries, retint tous les autres barbares, & mit l'empire en sûreté.

L'AN 392.

XXXVII.

Sulpic.

Alex. apud Greg. Turon. l. 2, histor.

Paulin. in vit. Ambros.

S vj

L'AN
392.
XXXVIII.
Zoz. l. 4.

Ruffin.

Eugene envoya alors des ambassadeurs à Théodose, pour savoir de lui s'il vouloit le reconnoître pour collegue. Ruffin l'Athénien, chef de l'ambassade, eut ordre de ne faire aucune mention d'Arbogaste. On se contenta d'envoyer des prêtres pour le justifier du meurtre dont on le chargeoit. Théodose écouta paisiblement la proposition que lui fit l'ambassadeur; & comme il ne voyoit aucune lettre d'Arbogaste, & qu'on affectoit même de n'en point parler, il se plaignit de lui, & l'accusa de la mort de Valentinien. Les prêtres alors prirent la parole, & voulurent lui prouver qu'il en étoit innocent; mais leur discours étudié ne fit qu'augmenter les soupçons qu'on avoit déja de sa trahison.

Quoique cet empereur eût sujet de rebuter les députés d'un meurtrier & d'un tyran, néanmoins il leur parla avec beaucoup de modération. Il les retint quelque tems, afin de délibérer à loisir sur le parti qu'il avoit à prendre. Après quoi jugeant qu'on cherchoit à l'amuser par des propositions de paix, & qu'il n'y avoit ni honneur, ni sûreté de traiter avec des traîtres, il renvoya ces ambassadeurs chargés de magnifiques présens, sans leur rendre aucune réponse positive.

XXXIX.   Cependant Eugene, après avoir réglé les affaires de l'état, consentit à ruiner celles de la religion. Il fut réfolu dans fon confeil, que Flavien & Arbogafte demanderoient le rétabliffement des facrifices & de l'autel de la Victoire, & qu'après quelque difficulté on leur accorderoit ce qu'ils fouhaitoient, en forte que les payens fuffent contens, & que les chrétiens ne fuffent pas offenfés. Ils préfenterent donc leur requête. Eugene feignit d'abord de ne vouloir rien entreprendre contre les loix de fes prédéceffeurs, & contre fa propre confcience; mais enfin il confentit à tout ce qu'on voulut, proteftant néanmoins que c'étoit à fes amis, & non pas à leurs dieux, qu'il accordoit cette grace, & que s'il permettoit de relever cet autel, & de rétablir ces facrifices, ce n'étoit pas pour faire honneur à des idoles dont il fe moquoit, mais pour gratifier des perfonnes de mérite, à qui il ne pouvoit rien refufer. Il crut avoir trouvé un tempérament plaufible, & ménagé par ces vaines diftinctions une religion à laquelle il n'étoit pas fort attaché, & qu'il ne lui convenoit pas pourtant d'abandonner.

Saint Ambroife ayant appris, peu de tems après qu'il venoit à Milan en diligence, ne voulut pas l'y attendre, non pas par aucune crainte qu'il eût de fa puiffance, mais pour l'horreur qu'il avoit

L'AN 392.

Paulin. in vit. Ambrof.

XL.

L'AN
392.

Paulin. ibid.

de ses sacrileges. Il alla à Bologne pour assister à la translation des reliques de saint Agricole, martyr, où il avoit été prié de se trouver. Il s'avança jusqu'à Fayance, où il séjourna quelques jours. De là il descendit en Etrurie, pour satisfaire au desir pressant des habitans de Florence, qui vouloient l'entendre prêcher, & profiter de sa doctrine. Le saint archevêque n'avoit pas ignoré quels étoient les desseins d'Eugene, & quelles devoient être les délibérations de son conseil. Eugene, de son côté, ne doutoit pas que l'archevêque n'eût le courage de s'opposer à son impiété, ou pour le moins de la lui reprocher. Aussi dès qu'il fut maître de l'empire, il lui écrivit des lettres très-obligeantes, pour rechercher son amitié, à dessein de s'en prévaloir dans la suite. Le saint ne lui fit aucune réponse précise, de peur d'autoriser son usurpation par des civilités qui pouvoient être mal interprétées. Il ne laissa pas pourtant de lui écrire en faveur de quelques malheureux qui avoient eu recours à lui, montrant par cette sage conduite, qu'il ne savoit point flatter contre son honneur & sa conscience, & qu'il ne refusoit pas d'honorer & de prier ceux sur qui la providence de Dieu avoit fait tomber la puissance souveraine.

Mais aussi-tôt qu'il eut avis que cet

empereur étoit arrivé à Milan , il lui
écrivit une lettre pleine de zele & de
piété , où , fans toucher à fon élection ,
ni aux affaires d'état qu'il laiffoit à Théodofe à démêler , il lui dit entr'autres
chofes : *C'eft la crainte de Dieu , que je
prends autant que je puis pour regle de
toutes mes actions , qui m'a obligé de
fortir de Milan. J'ai accoutumé , Seigneur, de n'avoir égard qu'à Jefus-Chrift,
& de faire plus de cas de fa grace que de
la faveur des hommes. Perfonne ne doit
s'offenfer que je mette la gloire de Dieu
au-deffus de la fienne. Dans cette confiance , je prends la liberté de dire aux
grands du monde ce que je penfe. Je n'ai
pas flatté les autres empereurs , je ne vous
flatterai pas auffi. J'apprends que vous
avez accordé aux payens ce que vos prédéceffeurs leur avoient conftamment refufé.
Bien que la puiffance des empereurs foit
grande , fongez que Dieu eft encore plus
grand ; qu'il voit le fond de votre cœur ,
& qu'il pénetre les replis les plus cachés
de votre confcience. Vous ne pouvez fouffrir qu'on vous trompe , & vous voulez
cacher à Dieu , fous des bienféances humaines , l'injure que vous lui faites. N'y
avez-vous pas fait de réflexion ? Ne de-
viez-vous pas avoir plus de fermeté pour
refufer aux gentils un facrilege , qu'ils
n'en avoient pour le demander ? Faites-*

L'AN
392.

Apud Paulin.
in vit. Ambr.

leur toutes les autres graces qu'il vous plaira, je ne suis point jaloux de leur fortune. Je ne fais pas le censeur de vos libéralités, mais je suis l'interprête de votre foi. Aurez-vous le courage de présenter vos offrandes à Jesus-Christ ? Peu de gens s'arrêteront aux apparences ; chacun jugera de vos intentions. Vous répondrez de tous les sacrileges qui se vont faire, & il ne tient pas à vous que tout le monde n'en fasse. Si vous êtes empereur, montrez-le par la soumission que vous devez à Dieu & à son église. Enfin, après lui avoir témoigné qu'il a pour lui tout le respect qui est dû aux personnes de son rang, il ajoute ces paroles : *Mais, Seigneur, comme il est juste que je vous honore, il est juste que vous honoriez aussi celui que vous voulez faire croire être l'auteur de votre empire.*

Eugene, bien loin d'être touché de cette lettre, se flattoit des grandes espérances que lui donnoit Flavien, de la part des dieux, d'une protection infaillible. Il se disposoit même à la guerre, sur la prédiction d'une célebre victoire qui devoit lui conquérir un empire, & ruiner la religion chrétienne. Théodose eut plus de regret d'apprendre que Rome avoit ouvert les temples des dieux, & que les sacrifices qu'il y avoit abolis si heureusement y fumoient de tous côtés, que de la voir sous la puissance d'un usurpateur.

Il fit publier un nouvel édit dans tout l'orient, par lequel il défendoit à tous ses sujets d'immoler des victimes, de consulter les entrailles des animaux, d'offrir de l'encens à des figures insensibles, & de faire aucun autre exercice d'idolâtrie, sous peine d'être traités comme des criminels de leze-majesté ; voulant que les lieux où l'on auroit offert de l'encens aux dieux, fussent confisqués, & condamna à une amende considérable les magistrats qui ne tiendroient pas exactement la main à l'exécution de cette ordonnance.

Il fit encore une loi contre les hérétiques, & leur défendit de faire des ordinations, & de tenir des assemblées, condamnant pour la premiere fois à une amende de dix livres d'or les clercs & les évêques de chaque secte qui auroient manqué contre cette ordonnance. Par ces actions il attiroit sur lui les secours du ciel, pendant qu'Eugene se confioit en la force des hommes.

Après quoi il s'appliqua entiérement aux préparatifs de la guerre. Il déclara son fils Honorius empereur, & résolut de le laisser à Constantinople avec Arcadius, afin que leur présence entretînt la paix de l'orient, pendant qu'il iroit

L'AN
392.
Leg. 12, de
pag. cod.
Theod.

Leg. 21, de
hæret cod.
Theod.

XLII.

L'AN
393.
Zoz. l. 4.

en perfonne combattre fes ennemis. On leva des troupes dans les provinces. Ricomer un des plus anciens généraux, en devoit avoir le commandement ; mais il mourut avant l'expédition. Ruffin eut ordre de demeurer auprès des jeunes princes, pour les affifter de fes confeils. Tous les officiers généraux furent nommés, & partirent pour fe rendre à la tête des corps qu'ils commandoient.

XLIII.

Zoz. l. 7,
c. 22.

Evagr. vit.
SS. PP. c 1.
Théodoret,
l. 5, c. 24.

Théodofe étoit encore à Conftantinople, & fe préparoit à la guerre par fes jeûnes, par fes prieres, & par les vifites fréquentes des églifes. Il avoit envoyé au folitaire Jean, qui lui avoit autrefois prédit la défaite de Maxime, pour le confulter fur l'événement de cette guerre. Le faint homme avoit répondu que cette entreprife feroit plus difficile que la premiere ; que la bataille feroit fanglante ; que Théodofe remporteroit enfin une célebre victoire, mais qu'il mourroit peu de tems après au milieu de fa gloire & de fes triomphes. L'empereur avoit reçu ces deux nouvelles, l'une avec beaucoup de joie, l'autre avec beaucoup de fermeté.

XLIV.

Auguft. de
civit. Dei,
l. 5, c. 26.

Au lieu d'impofer de nouveaux tributs pour fournir aux frais de cette guerre, comme il avoit fait autrefois, il fupprima entiérement ceux que Tatien, grand-maître du palais avoit impofés deux ans auparavant. Ainsi ces provinces eurent la joie de se voir soulagées, pendant que celles de l'usurpateur étoient opprimées par des impositions nouvelles & excessives. Il ordonna même que tous les biens des proscrits, qui avoient été confisqués, & réunis au domaine impérial, durant la magistrature du même Tatien, seroient rendus, sans aucune opposition, ou aux coupables qui en avoient été dépouillés, ou à leurs plus proches parens.

L'AN 393.
Leg. 23, cod. Theod. de annon. & trib.
Leg. 12, cod. Theod. des annon. de bon. proscript.

Après cela, craignant que les désordres des gens de guerre n'attirassent sur lui la haine des peuples & la vengeance de Dieu, il résolut de réprimer la licence des troupes. Il envoya ordre à ses généraux de faire publier dans le camp de très-expresses défenses à tous les soldats de ne rien exiger de leurs hôtes, de ne leur demander aucun prix d'argent pour les especes de pains qu'on leur fournissoit, ni de prendre d'autres logemens que ceux qui leur seroient marqués par les fouriers ; enjoignant à tous les officiers de punir très-sévérement ceux qui feroient la moindre exaction, ou la moindre violence, & leur recommandant surtout d'avoir soin du repos & du bien des pauvres familles de la campagne, comme si c'étoit le leur propre.

XLV.

Leg. 3, cod. Theod de Salgam.
Leg. 18, 19, 20, de erog. mili annon. cod. Theod.
Leg. 4, de Metator. cod. Theod.

Il ne se contenta pas d'avoir donné de **XLVI.**

L'AN
393.

Leg. 1, Si
quis male.t.
imper. cod.
Theod.

fi grandes marques de juftice & de bonté,
il voulut encore faire un acte héroïque
de générofité chrétienne, & pardonner
quelque injure, comme il avoit pardonné, quelques années auparavant, la fédition du peuple d'Antioche. Il fit dreffer un refcrit dans ces termes : *Si quelqu'un contre toutes les loix de la pudeur
& de la modeftie, a entrepris de diffamer
notre nom, par quelque action, ou par
quelque médifance, & s'eft emporté jufqu'à décrier notre gouvernement & notre
conduite, nous ne voulons point qu'il foit
fujet à la peine portée par les loix, ni
qu'on lui faffe aucun mauvais traitement :
car fi c'eft par une légéreté indifcrete qu'il
a mal parlé de nous, nous le devons mé-
prifer ; fi c'eft par folie, nous devons en
avoir compaffion ; fi c'eft par une mauvaife
volonté, nous voulons bien le pardonner.*

XLVII.
Zozom. l. 7,
c. 24.

Après ces actions de clémence & de
piété, Théodofe partit de Conftantinople. A fept milles delà il s'arrêta pour
faire fa priere dans une églife qu'il avoit
fait bâtir en l'honneur de faint Jean-Baptifte. Après quoi il continua fon voyage
jufqu'à ce qu'il eût joint fes troupes,
& s'avança du côté des Alpes. Timafe
commandoit les légions romaines, qui
avoient combattu avec tant de gloire en
orient contre les barbares, & en occident contre Maxime. Stilicon, prince

Vandale, qui avoit épousé la princesse Seréne, niéce de l'empereur, conduisoit les troupes qu'on avoit tirées des frontieres depuis les derniers traités. Gaïnas étoit à la tête des Goths, qui s'étoient donnés à l'empire depuis la mort du roi Athanaric. Après eux marchoient Saules & Alaric avec un corps de barbares, accourus des bords du Danube pour assister à cette guerre. Ils étoient suivis de quelques compagnies de vieux Ibériens, commandés par Bacurius, capitaine de leur nation, aussi zélé pour la défense de la religion chrétienne, que pour le service de l'empereur. Gildon, gouverneur d'Afrique, avoit eu ordre d'emmener un puissant secours, mais il demeura armé, sans prendre parti, attendant sur qui tomberoit le sort des armes, & songeant plutôt à se révolter lui-même qu'à punir la révolte d'Eugene, Théodose animoit son armée par sa présence; & faisant porter devant lui le grand étendart de la croix, il espéroit, avec le secours du ciel terminer heureusement cette guerre, où il s'agissoit non-seulement de l'empire, mais encore de la religion.

Eugene, de son côté, avoit assemblé une puissante armée, composée des légions qui avoient servi sous Valentinien; d'une milice nombreuse que Flavien avoit ramassée en Italie, excitant les payens

Ruffin, liv. 1, c. 10.

Claud. de bel. Gildon.

Théodoret, l. 5, c. 14. Prudent. adverf. Symmach. l. 1.

XLVIII.

d'aller au fecours de leurs dieux ; & d'une infinité d'Allemands & de François, qu'Arbogafte, leur compatriote, avoit engagés à fon parti. Ces trois chefs avoient des vues différentes. Eugene cherchoit le repos, & croyoit pouvoir regner en paix après le gain d'une bataille. Arbogafte ne demandoit que des occafions d'acquérir de la gloire, & de fe fignaler dans les combats. Flavien ne vouloit que rétablir le culte des dieux, & fe rendre confidérable, en fe faifant le chef d'un parti. Ils convenoient pourtant tous en ce point, qu'il falloit vaincre Théodofe, & abolir la religion chrétienne. Eugene, felon quelques hiftoriens, y avoit déja renoncé, piqué de la retraite & de la liberté de faint Ambroife, & plus encore de la fermeté des prêtres de Milan, qui, par ordre de cet archevêque, l'avoient traité de facrilege, & n'avoient jamais voulu recevoir fes offrandes. Ils fortirent donc de la ville, & menacerent d'exterminer les eccléfiaftiques, & de faire de toutes les églifes de Milan des écuries pour leurs chevaux, après la défaite de Théodofe.

Arbogafte, qui étoit chargé de tous les foins de cette guerre, s'avança avec toute l'armée, & de peur de l'affoiblir en la divifant comme avoit fait Maxime, il marcha vers les Alpes avec toutes

L'AN
393.

Philoftorg.

Paulin. in vit.
Ambrof.

les forces d'occident, réfolu d'attendre Théodofe, & de lui fermer l'entrée de l'Italie. Il mit des troupes au pas des Alpes Juliennes, dont il donna la garde à Flavien ; il y fit conftruire des forts fur les hauteurs, & fe campa dans une grande plaine, le long du fleuve Frigidus, qui prend fa fource dans ces montagnes. Flavien, de fon côté, immoloit des victimes, produifoit de nouveaux oracles, & faifoit porter à la tête de l'armée, parmi les enfeignes, les ftatues d'Hercule, & celles de Jupiter foudroyant. On ne laiffoit à Eugene que le titre d'empereur, & le foin d'animer les troupes par fes harangues.

L'A N 394.

Auguft. de civit. Dei, l. 5, c. 26.

Cependant Théodofe arriva vers les Alpes, alla reconnoître les ennemis, & fit donner fi brufquement fur ceux qui gardoient les paffages, que la terreur & le défordre s'étant mis parmi eux, il fe rendit maître de leurs retranchemens, & emporta après quelque réfiftance ces forts qu'Arbogafte avoit crus non-feulement imprenables, mais encore inacceffibles. Flavien qui s'étoit promis d'arrêter l'armée ennemie, ou de la faire périr dans les détroits de ces montagnes, s'y voyant forcé, aima mieux mourir en combattant, que de furvivre à fon malheur, & de fouffrir la honte d'avoir donné de fauffes efpérances, & de s'être trompé

Zoz. l. 4. Socrat. l. 5. c. 24. Ruffin. l. 1, c. 33.

dans ſes prédictions. Théodoſe paſſa promptement avec toute ſon armée par ce chemin qu'il s'étoit ouvert, & s'alla préſenter en bataille devant les ennemis.

L' A N
394.

En deſcendant des Alpes vers Aquilée, on découvre une grande plaine, capable de contenir pluſieurs armées, coupée d'un côté par le fleuve Frigidus, & bornée de l'autre par des montagnes, qui ſont comme de ſeconds remparts, que la nature ſemble avoir faits pour la ſûreté de l'Italie. Ce fut-là qu'Arbogaſte attendit Théodoſe pour le combattre. Il

Zoz. l. 4.

apprit ſans s'émouvoir, que les paſſages étoient forcés, & raſſura ſes troupes qu'une action ſi réſolue avoit un peu ébranlées. Il étendit dans la plaine cette armée de barbares qu'il avoit emmenés des Gaules, laiſſant Eugene ſur des hauteurs avec les légions romaines pour les ſoutenir. Après avoir donné ſes ordres

Zozom. l. 7,
c. 24.
Victor.
Socrat. l. 5,
g. 24.
Oroſ. l. 9,
c. 31.

par-tout, & repréſenté aux troupes la confiance qu'il avoit en leur valeur, la néceſſité de vaincre, l'importance de la victoire, & les récompenſes qu'elles devoient eſpérer, il ſe mit à la tête de quelques bataillons françois, auxquels il avoit donné l'avant-garde, & attendit quel mouvement feroit l'ennemi.

L.   Théodoſe ne perdit point de tems; & pour garder le même ordre de bataille, il fit deſcendre dans la plaine, avec une

diligence

diligence incroyable, toutes ses troupes étrangeres, & se réserva avec le corps des soldats romains sur les éminences voisines. Quelque ardeur qu'on remarquât dans les deux armées, elles se donnerent le tems de se mettre en ordre, & de prendre leurs avantages, jusqu'à ce que Théodose fît donner le signal pour marcher. Gaïnas fut le premier à la charge avec les Goths qu'il commandoit. Arbogaste leur opposa des troupes françoises qui les reçurent avec beaucoup de courage & de fermeté. Le combat s'échauffa : les deux partis, assistés des corps qu'on avoit détachés pour les soutenir, disputerent long-tems la victoire ; mais enfin les Goths furent ébranlés, & se voyant affoiblis par la perte de leurs principaux officiers, & de leurs plus vaillans soldats, & accablés par le nombre de troupes qui leur tomboient à tous momens sur les bras, ils commencerent à plier, & se renversant les uns sur les autres, mirent toute l'armée en désordre.

Arbogaste profitant de la confusion où ils étoient, les poursuivit avec quelques escadrons de réserve, & en fit un horrible carnage. Dix mille Gohts y furent tués sur la place ; le reste fut presque mis hors de combat, & toute cette multitude de barbares alloit être entiérement défaite. Théodose, qui d'une

T

L' A N
394.
Zoz. l. 4.

Théodoret,
l. 5, c. 24.

L'AN
394.

hauteur découvroit la déroute de ſes gens, & voyoit ſa perte inévitable, ſi Eugene venoit fondre ſur lui avec ſes légions romaines, eut recours à Dieu en cette extrêmité, & levant les mains au ciel, il fit cette priere : *Vous ſavez, mon Dieu, que j'ai entrepris cette guerre au nom de Jeſus-Chriſt votre fils. Si mes intentions ne ſont pas auſſi pures que je penſois, que je périſſe. Si vous approuvez la juſtice de ma cauſe, & la confiance que j'ai en vous, ſecourez-moi, & ne permettez pas que les gentils diſent, où eſt le Dieu des chrétiens?*

Ruffin. l. 2, c. 33.

LI.   A peine eut-il achevé ces mots, qu'il deſcend dans la plaine avec les Romains, qu'il excitoit par ſa piété & par ſon courage, & s'avance pour arracher aux ennemis une victoire qu'ils croyoient aſſurée. Cependant Bacurius donnoit des marques d'une fidélité & d'une valeur extraordinaire ; car après avoir rallié les fuyards, & s'être mis à la tête avec les Ibériens, il ſoutenoit tout le poids du combat, eſſuyant tous les traits des ennemis qui le chargeoient de tous côtés, & arrêtant leur furie juſqu'à ce que Théodoſe fût arrivé.

Ruffin. ibid.

LII.   Alors le combat recommença. L'un & l'autre parti s'efforçoit de vaincre ; les uns enflés de leurs premiers ſuccès, les autres animés par la préſence de l'empe-

reur. On attaquoit, on réfiftoit fans craindre le péril, fans reculer de part ni d'autre. Mais quelque effort que pût faire
Théodofe, il ne put jamais remporter
aucun avantage fur Arbogafte, qui fe
foutenoit par fa valeur, par fa conduite,
par la multitude & par le courage de fes
troupes. Enfin la nuit termina le combat,
& chacun fut obligé de fe retirer dans
fon camp. La perte ne fut pas confidérable du côté d'Eugene, & Théodofe
perdit plufieurs officiers, & fur-tout le
brave Bacurius, qui, après avoir écarté
plufieurs fois les ennemis, & percé leurs
efcadrons l'épée à la main, fatigué du
travail de cette journée, affoibli par les
bleffures qu'il avoit reçues, vint tomber
enfin, à la vue de l'empereur, fur un tas
de barbares qu'il avoit tués de fa propre
main.

Les deux empereurs pafferent la nuit
bien différemment. Eugene fit allumer
des feux par tout fon camp, diftribua des
récompenfes à ceux qui s'étoient diftin-
gués par quelque action éclatante, &
crut avoir remporté une entiere victoire.
Il ne douta pas même que Théodofe ne
fe fauvât à la faveur de la nuit avec les
troupes qui lui reftoient. Théodofe de
fon côté, ayant regagné fon camp fur
la montagne, affembla les principaux
chefs de fon armée, & tint confeil de

L' A N
394.

Zoʒ. lib. 4,
Ruffin. l. 2,
c. 33.

LIII.

L'AN
394.
Theodoret,
l. 5, c. 24.

guerre. Timafe & Stilicon furent d'avis
de céder au tems, & de pourvoir promptement à la sûreté de la retraite. Ils repréfenterent, qu'après la perte qu'on venoit de faire, il ne falloit penfer qu'aux
foins de fe rétablir; que c'étoit affez d'avoir été vaincus; qu'il falloit fe garder
d'être entiérement défaits; que ce feroit
facrifier les reftes de l'armée, que de
l'expofer au hazard d'un fecond combat;
& qu'il y auroit de la témérité à vouloir
forcer, avec un petit nombre de foldats
rebutés, des ennemis qui fe confioient
en leur multitude & en leur valeur, &
qui venoient de remporter un avantage
fi confidérable; qu'il valoit mieux fe renfermer dans les bonnes places de l'empire, afin d'affembler de nouvelles troupes pendant l'hyver, & de fe remettre en
campagne au commencement du printems, pour recommencer la guerre à forces égales.

L'empereur rejetta leur confeil, & les
regardant avec quelque indignation, *A
Dieu ne plaife*, leur dit-il, *que la croix
de Jefus-Chrift qui paroît dans mes drapeaux fuye devant les ftatues d'Hercule &
de Jupiter qu'on porte parmi les enfeignes
des ennemis!* Ces paroles, dites avec une
grande confiance, infpirerent à fes capitaines la conftance qu'il leur fouhaitoit. Il donna les ordres néceffaires pour

le lendemain, & fe retira dans une chapelle proche du lieu où il étoit campé,
pour y paffer le refte de la nuit en priere.

On rapporte que s'étant endormi vers
le matin, il vit en fonge deux cavaliers
montés fur deux chevaux blancs qui l'en-
courageoient à combattre, & lui répon-
doient du fuccès de la bataille, affurant
qu'ils étoient Jean l'évangélifte, & Philippe, apôtre de Jefus-Chrift, envoyés
de Dieu pour marcher devant fes enfeignes, & pour marquer à fes foldats le
chemin qui devoit les conduire à la victoire. Soit que ce fonge ne fût qu'un effet de l'imagination de ce prince encore
échauffée du dernier combat, & d'un nouveau defir de vaincre avec l'affiftance du
ciel ; foit que ce fût un témoignage fenfible de la protection de Dieu fur lui ; il
raconta, en s'éveillant, ce qu'il avoit vu,
& fortit de la chapelle accompagné d'une
partie de fes officiers, pour aller mettre
fon armée en bataille. On lui préfenta
dans ce même tems un foldat qui avoit
eu la même nuit une vifion femblable à
la fienne. Il l'interrogea, lui fit redire
plufieurs fois toutes les circonftances de
ce fonge, & prenant de là occafion d'encourager fon armée, il dit à fes capitaines, *qu'ils ne pouvoient plus douter du*
fuccès de la bataille, après ce nouveau
témoignage ; qu'il l'avoit réfolue contre

L'AN
394.

LIV.
Théod. l. 5,
c. 24.

Théod. ibid.

T iij

L'AN
394.

leurs avis , mais que c'étoit par un ordre secret de Dieu, qui leur envoyoit des chefs invisibles pour les conduire ; que toutes les forces humaines n'étoient plus à craindre, puisque le ciel étoit pour eux ; qu'ils combattissent vaillamment sous de si puissans auspices ; & qu'ils regardassent leurs protecteurs, & ne comptassent point leurs ennemis.

Cette nouvelle s'étant répandue par toute l'armée, releva le courage des soldats ; & comme il n'y a point de plus forte confiance que celle qui est fondée sur la religion, ils ne demanderent plus qu'à combattre. Ils croyoient voir tout le ciel armé pour leur défense, & s'attendoient, non pas à un combat douteux, mais à une victoire certaine. Théodose profita de cette ardeur, & les fit descendre promptement dans la plaine.

LV.

Zozom. l. 7, c. 24.

Comme il achevoit de donner ses ordres, il reçut des lettres de quelques officiers de l'armée ennemie qu'on avoit postés sur les montagnes, qui lui promettoient de se ranger de son parti, s'il vouloit leur accorder les mêmes honneurs & le même rang qu'ils avoient sous Eugene. L'empereur ayant pris des tablettes de quelqu'un de ceux qui étoient auprès de lui, leur marqua les emplois qu'il leur destinoit, s'ils s'acquittoient de leurs promesses ; après quoi il marcha droit à

Oros. l. 7, c. 11.

l'ennemi , fe muniffant du figne de la croix qui fut le fignal de la bataille.

L' A N
394.
LVI.

Cependant Arbogafte fe difpofoit à le recevoir , & ne fachant d'où pouvoit venir cette affurance à des gens vaincus , à qui il ne reftoit que peu de troupes , il détachoit à tous momens des efcadrons pour fe faifir des poftes avancés , & rangeoit fon armée en forte qu'il pût l'étendre dans la plaine pour envelopper l'ennemi. Eugene , du haut d'une colline , où l'on avoit dreffé fon pavillon , haranguoit fes foldats , & leur remontroit qu'ils n'avoient plus que cette fatigue à effuyer ; qu'il étoit aifé de rompre ce gros de défefpérés , qui venoient plutôt pour mourir que pour combattre ; qu'ils verroient plier à la premiere attaque ce refte d'armée qu'ils avoient défait le jour précédent , s'ils vouloient le charger courageufement , & achever une victoire qui étoit déja bien avancée : il leur promit à tous des récompenfes , & donna ordre aux officiers de prendre Théodofe , & de le lui amener vif & chargé de fers.

Théod. ibid.

Comme les armées furent en préfence , Théodofe remarqua que fon avant-garde , à la vue d'une fi grande multitude d'ennemis , marchoit un peu trop lentement ; & craignant qu'Arbogafte ne profitât de cette lenteur , il defcendit de cheval , s'avança lui feul vers les premiers

LVII.
Ambrof. orat.
in fun. Theod.

L'AN
394.

rangs, & s'écriant avec une fainte confiance : *Où eft le Dieu de Théodofe?* il
ranima fes troupes, & les mena lui-même au combat.

Il fe déchargea d'abord de part & d'autre une grêle de fleches & de traits, qui
obfcurcirent l'air. On fe mêla peu de
tems après. L'exemple du prince, & l'efpérance du fecours du ciel, excitoient
les uns ; la colere & l'indignation pouf-
foient les autres à faire des efforts extraordinaires. L'ardeur étoit pareille dans
les deux partis, & il n'y avoit encore
aucun avantage confidérable. Les chofes
étoient en cet état dans l'aile droite où
Théodofe combattoit, lorfqu'on vint lui
donner avis que fes troupes auxiliaires,
qui compofoient l'aile gauche, étoient
vigoureufement attaquées par Arbogafte, & qu'elles commençoient à s'ébranler, fi elles n'étoient foutenues.

LVIII.   Théodofe monta promptement à cheval, & courut, fuivi de quelques-uns des
fiens, vers ces barbares, pour fe mettre
à leur tête, & les encourager par fa préfence. Mais il apperçut un gros de cavalerie ennemie, qui, s'étant avancé par les
détroits des montagnes, s'étoit jetté dans
la plaine, & venoit fondre par derriere fur
fon armée. Il s'arrêta, & fe mit en état de
fe défendre avec le peu de gens qui l'accompagnoient. Le comte Arbetion, qui

Orof. l. 7,
c. 35.

commandoit ces efcadrons ennemis, étoit prêt à tomber fur Théodofe, & l'auroit infailliblement accablé avant qu'il pût être fecouru ; mais foit que la contenance fiere & majeftueufe de ce prince lui eût infpiré du refpect & de la vénération pour fa perfonne ; foit qu'il fût venu dans le deffein de fuivre le meilleur parti, il baiffa les armes, & fe rangea avec fes troupes près de l'empereur, pour le fui-vre & pour lui obéir.

Théodofe fe voyant non-feulement délivré d'un grand danger, mais encore renforcé d'un fecours confidérable, tour-na du côté de fon aile gauche, qu'il raf-fura par fa préfence. Mais quelque ef-fort qu'il fît dans ce combat fanglant & opiniâtre, où la valeur étoit fi grande dans les deux partis, & le nombre fi iné-gal, le courage & la prudence d'Arbo-gafte, la vigueur & l'obftination de fes troupes, les reffources qu'il trouvoit dans la multitude de fes foldats, alloient fans doute ruiner l'armée de Théodofe. Elle s'affoibliffoit infenfiblement, & al-loit être finon vaincue, du moins fati-guée par la longueur de la bataille, lorf-que le ciel fe déclara pour cet empereur, par une merveille que les payens mêmes n'ont pu diffimuler.

Il fe leva du fommet des Alpes un vent impétueux entre l'orient & le fepten-

L' A N
394.

Paul. dia.
hift.

LIX.

LX.

T v

L' A N
394.
Claudian. in
paneg. Conſt.
Honor.
Oroſ. ibid.
Auguſt. l. 5,
de civit. Dei,
c. 26.
Socrat.
Theodor.
Zozom.

trion, qui, foufflant tout-à-coup fur les efcadrons d'Eugene, les mit dans un étrange défordre. Ils étoient ébranlés, quelque effort qu'ils fiffent pour demeurer fermes. Leurs boucliers leur étoient comme arrachés des mains. Les fleches qu'ils tiroient, ou perdoient leur force en l'air, ou retournoient contre ceux qui les avoient tirées. Les fleches qu'on décochoit contr'eux, pouffées par des tourbillons rapides, portoient dans leur fein de profondes & mortelles bleffures. Des nuées de pouffiere, que l'orage avoit élevées, donnoient dans le vifage des foldats, & leur ôtoient l'ufage de la vue & de la refpiration même. Ainfi ils demeuroient comme immobiles, & comme liés par une puiffance invifible, fans pouvoir ni attaquer, ni fe défendre, expofés aux dards & aux javelots qu'on leur lançoit de toutes parts.

Alors les troupes de Théodofe reconnoiffant le fecours du ciel qui combattoit fi manifeftement pour elles, enfoncent les ennemis l'épée à la main, & font un horrible carnage de ces barbares, qui, le jour précédent, avoient remporté tant d'avantages. Arbogafte, après s'être roidi inutilement contre le ciel & contre la terre, ne voyoit plus de falut pour lui que dans la fuite. Les chefs des légions d'occident demandoient quartier, & im-

Theod. ibid.

ploroient la clémence du vainqueur à qui Dieu les avoit foumis, & Théodofe fe voyoit pour la feconde fois dompteur des tyrans, & maître abfolu des deux empires.

Il fit fur le champ ceffer le carnage. Il accorda à tous les officiers la grace qu'ils demandoient, & leur ordonna, pour preuve de leur fidélité, de lui amener Eugene. Les principaux d'entr'eux partirent d'abord pour exécuter cet ordre. Ils trouverent fur une hauteur ce tyran, qui, fe confiant aux premiers fuccès de la bataille, & n'ayant pu difcerner la défaite de fes troupes parmi les orages & la pouffiere qui les couvroit, attendoit à tous momens des nouvelles d'une pleine victoire. Il apperçut ces hommes qui couroient vers lui à toute bride ; & commençant à triompher en lui-même, il leur demanda dès qu'il put être entendu, s'ils lui amenoient Théodofe, comme il leur avoit commandé. Toute la réponfe qu'on lui fit, ce fut de l'enlever lui-même, de le dépouiller de fes habits impériaux, & de le traîner aux pieds du vainqueur.

Théodofe le regardant avec un air de L X I. mépris, mêlé pourtant de quelque pitié, lui reprocha le meurtre de Valentinien, l'ufurpation de l'empire, les défordres de la guerre civile, & fur-tout le ren-

L'AN
394.

verfement de la religion, & les honneurs rendus aux ftatues d'Hercule & de Jupiter; & comme ce miférable, fans autre juftification, demandoit lâchement la vie, l'empereur fe tournant, l'abandonna aux foldats, qui lui trancherent la tête la troifiéme année de fon regne, le fixiéme jour de feptembre. Le malheureux Arbogafte,

Socrat.
Zozom.

après avoir erré deux jours par les montagnes, abandonné de Dieu & des hommes, & défefpérant de pouvoir échaper à ceux qui le cherchoient pour le mener à Théodofe, fe chargea lui-même de fon fupplice, & fe paffa deux épées l'une après l'autre au travers du corps.

Claudian.
in 5 conf.

LXII. L'empereur, fatisfait de la mort de ces deux coupables, pardonna à tous ceux qui avoient fuivi leur parti. Jamais prince ne fut plus modéré dans fes victoires. Il n'infultoit jamais aux vaincus, & fouvent il les plaignoit. Sa fierté ceffoit d'ordinaire avec la guerre. Il favoit pardonner, & ne favoit prefque pas punir; & oubliant qu'il eût eu des ennemis, dès qu'il avoit achevé de vaincre, il faifoit du bien à ceux mêmes qui avoient porté les armes contre lui.

Il apprit que les enfans d'Eugene & de Flavien s'étoient réfugiés dans les églifes d'Aquilée: il envoya promptement un tribun, avec ordre de leur fauver la vie. Il eut foin qu'on les élevât dans la religion chrétienne. Il leur laissa des biens & des charges, & les traita comme s'ils eussent été de sa famille. Après avoir mis ordre à la sûreté de ses ennemis, il fit de grandes largesses aux troupes, & leur distribua tout le butin; & comme il faisoit emporter ces statues de Jupiter, que les payens avoient dressées sur les montagnes, ayant oui quelques soldats qui disoient plaisamment, qu'ils voudroient bien être foudroyés de ces foudres d'or, il les leur fit donner sur le champ. Mais comme cette victoire étoit la victoire de Dieu plutôt que la sienne, son principal soin fut d'en faire rendre par tout son empire de solemnelles actions de grace. Il dépêcha des couriers à Constantinople, pour donner avis aux jeunes princes qu'il y avoit laissés, de l'heureux succès de ses armes. Il en écrivit sur-tout à saint Ambroise, pour le prier de remercier Dieu de sa victoire.

Ce saint archevêque étoit retourné à Milan aussi-tôt qu'Eugene & Arbogaste en furent sortis; & quelque terreur qu'ils eussent répandue dans l'Italie, il avoit toujours espéré que Dieu favoriseroit le bon parti, & prendroit la protection de Théodose. Lorsqu'il apprit que ce prince avoit gagné la bataille, & qu'il eut reçu ses ordres, il offrit en son nom le saint

L'AN 394.

August. de civit. D. l. 5 c. 20.

August. ibid.

Paulin. in vit. Ambros.

LXIII.

sacrifice, mettant sa lettre sur l'autel, & la préfentant à Dieu comme un gage de la foi de ce pieux empereur. Après s'être acquitté de ce devoir, il lui envoya un de ses diacres avec des lettres, par lesquelles, après s'être réjoui de la profpérité de ses armes, il lui repréfentoit, qu'il devoit en donner à Dieu toute la gloire ; que sa piété y avoit plus contribué que sa valeur ; & qu'il manquoit encore quelque chofe à sa victoire, s'il n'avoit pardonné à ceux qui se trouvoient enveloppés dans le malheur plutôt que dans les crimes des tyrans. Peu de tems après il partit lui-même de Milan, pour aller trouver l'empereur à Aquilée.

Paul. ibid.

LXIV. Leur entrevue fut pleine de joie & de tendreffe. L'archevêque se profterna devant ce prince, que la piété & la protection vifible de Dieu fur lui, avoient rendu plus vénérable que fes victoires ni fes couronnes, & lui fouhaita que Dieu le comblât de toutes les profpérités du ciel, comme il l'avoit comblé de toutes celles de la terre. L'empereur, de fon côté, se jetta aux pieds de l'archevêque, attribuant à fes prieres les graces qu'il venoit de recevoir de Dieu, & le conjurant de faire des vœux pour fon falut, comme il en avoit fait pour fa victoire. Ils s'entretinrent enfuite des moyens de remettre la religion dans l'état où elle étoit avant cette guerre, & ne se quitterent plus.

L'AN
394.
LXV.

Cependant les couriers qu'on avoit dépêchés à Constantinople, y arriverent; & le bruit de la défaite d'Eugene s'étant d'abord répandu dans toutes les provinces de l'empire, il s'y fit des réjouissances publiques. Quelques historiens racontent que cette nouvelle avoit été déja annoncée par des voies extraordinaires : & qu'au moment que Théodose forçoit le passage des Alpes, un démon, qu'on exorcisoit dans l'église de saint Jean-Baptiste, que ce prince avoit fait bâtir, s'écria pitoyablement : *Faut-il donc que je sois vaincu, & que mon armée soit en déroute ?* La prédiction du saint abbé Jean fut encore plus remarquable. Evagre & ses compagnons, qui visitoient alors les monasteres de la Thébaïde, s'arrêterent quelque tems auprès de ce merveilleux solitaire ; & comme ils prenoient congé de lui, après avoir reçu ses instructions, & admiré sa sainteté, il leur dit en les bénissant : *Allez en paix, mes chers enfans, & sachez qu'on apprend aujourd'hui dans Alexandrie que l'empereur Théodose a défait le tyran Eugene ; mais ce prince ne jouira pas long-tems du fruit de sa victoire, & Dieu le retirera bientôt de ce monde.* La vérité de ces prédictions

Zozom. l. 7.
c. 24.

Evag. p. 1.
c. 1.

Pallad. in
Lausiaq. c. 4.

fut reconnue dans les tems que ce faint homme avoit marqués.

- Les jeunes empereurs n'oublierent rien de ce qui pouvoit rendre cette victoire plus célebre. Ils firent de grandes largeffes au peuple, donnerent des fpectacles magnifiques; & fur-tout rendirent à Dieu des actions de graces avec une pompe que leur préfence & celle des principaux évêques d'orient, rendirent très-folem-nelle.

LXVI. Ruffin, qui gouvernoit abfolument l'empire en l'abfence de Théodofe, avoit convoqué ces prélats à Conftantinople pour une cérémonie eccléfiaftique. Ce miniftre avoit long-tems couvert fa vanité & fon ambition fous les apparences d'une modeftie affectée; & foit pour donner bonne opinion de foi à l'empereur qui l'aimoit, foit pour donner moins d'ombrage aux courtifans qui lui envioient fa fortune, il devenoit tous les jours plus puiffant, fans paroître plus orgueilleux. Il cherchoit fourdement les moyens de s'enrichir; & quoiqu'il fût naturellement porté au fafte & au bruit, fon avarice retenoit fon orgueil. Mais lorfqu'il fe vit affuré de la faveur de fon maître, & comblé des biens qu'il en avoit reçus, ou qu'il avoit lui-même injuftement ac-quis, il s'abandonna à fon naturel, & de-vint infolent dès qu'il crut pouvoir l'être

impunément. Il se fit grand nombre de
créatures, marcha avec un train plus superbe qu'il n'étoit séant à un particulier,
& fit bâtir des maisons plus magnifiques
que les palais mêmes des empereurs.

L'AN
394.

Un de ses principaux soins avoit été
de faire bâtir près d'un fauxbourg de
Calcédoine, appellé le fauxbourg du
Chêne, une maison de plaisance si vaste
qu'on l'eût prise pour une ville, & si
riche en ornemens & en meubles précieux, qu'on avoit peine à croire qu'un
particulier eût pu fournir à ces dépen-
ses excessives. D'un côté s'élevoit une
grande église en l'honneur des apôtres
saint Pierre & saint Paul ; de l'autre paroissoit en perspective sur une éminence
voisine, un monastere qui devoit servir
pour suppléer au défaut du clergé de
cette église. Dès que ces bâtimens furent
achevés, Ruffin résolut de se faire baptiser, & de célébrer en même tems avec
tout l'appareil imaginable la dédicace de
cette nouvelle église.

LXVII.

Zozom. l. 8
c. 17.

Les empereurs avoient rendu cette
sorte de cérémonie très-solemnelle, en
y appellant un grand nombre d'évêques,
& formant ensuite, de ces assemblées de
bienséance & de piété, des conciles réglés & des assemblées canoniques. Le
grand Constantin en avoit usé ainsi pour
la dédicace du temple du saint Sépulcre

Euseb. lib. 4.
de vitâ Const.
c. 44.
Socrat.

à Jérusalem, & son fils Constantius l'a-
voit imité dans la consécration qu'il fit
faire du temple d'or à Antioche.

Ruffin se proposa ces grands exemples,
& mêlant avec un peu de religion beaucoup d'ostentation & de faste, il convo-
qua les évêques de toutes les parties de
l'orient, sur-tout ceux qui occupoient
les premiers siéges. Il supplia même, par
des lettres réitérées, les plus fameux solitaires d'Egypte, de quitter leur solitude
pour venir assister à cette célebre cérémonie. Le rang qu'il tenoit dans l'empire,
dont il avoit la principale direction sous
le prince Arcadius, fit qu'un grand nombre d'évêques partirent au premier avis
qu'ils reçurent, & emmenerent avec eux
les plus saints personnages de leurs provinces. L'assemblée fut très-nombreuse.
Il s'y trouva trois patriarches, Nectaire
de Constantinople, Théophile d'Alexandrie, & Flavien d'Antioche. Grégoire, évêque de Nysse, Amphiloque
d'Icogne, Paul d'Héraclée, Dioscore
d'Hélénope, & plusieurs autres célebres
prélats s'y étoient rendus des premiers.
Les principaux de la noblesse & du clergé, & une multitude infinie de peuples
y accoururent, les uns pour honorer cette
fête, les autres pour faire leur cour à
ce favori, plusieurs, pour satisfaire leur
curiosité.

L'AN
394.
Théodoret,
c. 31.
Socrat. l. 2,
c. 5.
Pallad. in
Lausiaq. c. 4.

Ce fut dans le mois de feptembre que fe fit cette cérémonie. L'églife étoit tendue de riches tapifferies , l'autel éclatoit d'or & de pierreries. La confécration fe fit avec tout l'ordre & toute la magnificence qu'on pouvoit fouhaiter. Après que les offices furent achevés , on procéda avec la même pompe au baptême de Ruffin. Le patriarche Nectaire le lui adminiftra, & le fameux Evagre de Pont, qu'on avoit fait venir d'Egypte avec le folitaire Ammone , reçut au fortir des fonts cet homme régénéré , qui ne conferva pas long-tems fon innocence. Ainfi fe termina cette folemnité , qui auroit été des plus faintes & des plus magnifiques de l'églife d'orient , fi elle n'eût été accompagnée d'un luxe profane, & fi ce miniftre par fes actions & par fes injuftices, n'eût voulu regagner fur les peuples les fommes exceffives qu'il fembloit avoir employées pour Dieu en cette occafion.

L'AN 394.

Pallad. in Laufiaq.

Les évêques repafferent la mer avec lui , & fe raffemblerent à Conftantinople le vingt-huitiéme jour de feptembre, pour juger le différend d'Agapius & de Gebadius, touchant les prétentions qu'ils avoient l'un & l'autre fur l'évêché de Boftres. Ce fut dans ce même fynode qu'il fut arrêté qu'un évêque ne devoit être dépofé ni par un feul , ni par deux

LXVIII.

Zonar. Théod. Balfam.

L'AN
395.

de ſes confreres ; mais que pour une dé-
poſition dans les formes, il falloit une
aſſemblée générale de tous les évêques
de la province. Théophile d'Alexandrie
avoit ouvert cet avis, & ce fut lui qui
viola le premier cette regle, en dépoſant
de ſa propre autorité Dioſcore, évêque
d'Hélénope.

Ces prélats qui ſe trouvoient alors à
Conſtantinople, prirent part à la joie
publique, & après avoir célébré en préſence d'Arcadius & de toute ſa cour les
ſacrés myſteres en actions de grace de la
victoire que l'empereur avoit gagnée ſur
les tyrans, ils ſe retirerent dans leurs
diocèſes, pour annoncer à leurs peuples
les merveilles de Dieu, & la protection
qu'il venoit de donner à l'empire.

L X I X.

Cependant Théodoſe, par les avis de
ſaint Ambroiſe, s'appliquoit à abolir les
ſuperſtitions du paganiſme, défendant,
ſous des peines très-ſéveres, l'exercice
de toutes les religions profanes, & montrant que s'il avoit vaincu par le ſecours
de Dieu, il n'avoit auſſi vaincu que pour

Ambroſ. in
fun. Theod.

ſa gloire. Il nomma conſuls les deux fils
d'Anyce Probe, autrefois préfet du prétoire ſous le grand Valentinien, & ſi célebre, non-ſeulement dans l'empire romain, mais encore dans les royaumes

Paulin. in vit.
Ambroſ.

étrangers, que deux des plus ſages & des
plus puiſſans ſeigneurs de Perſe vinrent

en Italie pour y voir comme deux miracles du monde, à Milan, faint Ambroife, fameux entre les évêques, & à Rome, Anyce Probe, illuftre entre les fénateurs romains. Cet homme avoit élevé fes enfans dans la pureté de la foi, & dans tous les exercices de la piété chrétienne ; & Théodofe, qui, dans le choix des magiftrats, avoit égard au mérite des perfonnes, & à l'honneur de la religion, paffa pardeffus les regles ordinaires, & mit tout le confulat dans cette vertueufe famille.

Après avoir donné ordre aux affaires les plus preffantes, foit qu'il fe fentît affoibli, foit qu'il eût fait de férieufes réflexions fur la prophétie du faint abbé Jean, au lieu de fes triomphes, il fe difpofa à la mort. Quelque jufte que fût la guerre qu'il avoit entreprife contre des ennemis de Dieu & de l'état, toutefois, comme il s'y étoit répandu beaucoup de fang, ce prince voulut bien s'abftenir durant quelque tems de l'ufage de l'Euchariftie, fe jugeant indigne, felon l'efprit de la loi de Moyfe, & de quelques canons pénitentiaux, de participer à ces myfteres de paix, jufqu'à ce qu'il eût purifié fon cœur & fes mains, & qu'il eût effacé par fa pénitence ces impreffions groffieres, que donnent aux plus grandes ames les coleres & les vengeances, même légitimes.

L'AN 395.

Claud. de conf. Olib. & Probi.

LXX;

Ambrof. in fun. Théod.

Num. c. 51; Bafil. ad Amphiloc. c. 13, canon. pænit. 11.

L' AN
395.

Il partit d'Aquilée avec ces difpofitions, & fe rendit à Milan, pour penfer plus tranquillement à fa confcience fous la direction de faint Ambroife, qui étoit parti ce jour avant lui, & pour recevoir

Socrat.
Zozom.

le plus commodément Arcadius & Honorius fes enfans, qu'il faifoit venir de Conftantinople. A peine y fut-il arrivé, qu'il fe trouva plus foible & plus indifpofé qu'il n'avoit été auparavant. Il ne relâcha rien pourtant de fes foins ordinaires, affiftant à tous fes confeils, écoutant lui-même les plaintes des peuples, fignant les graces qu'il avoit accordées à fes ennemis, travaillant à rétablir l'ordre qu'Eugene avoit troublé dans tout l'occident, & fe croyant obligé d'agir ainfi jufqu'à l'extrêmité, & de facrifier encore ce peu de vie qui lui reftoit, au bien & au repos de fon empire.

LXXI. Les jeunes empereurs le trouverent en cet état lorfqu'ils arriverent à Milan ; & la joie de revoir leur pere fut bientôt

Paulin. in vit.
Ambrof.

modérée par la douleur qu'ils eurent de le voir attaqué d'une hydropifie mortelle. Théodofe voulut les recevoir dans l'églife où il s'étoit fait porter pour participer aux facremens qu'une délicateffe de confcience & un profond refpect lui avoient fait différer de recevoir jufqu'a-

Ambrof. in
fun. Téod.

lors. Là il les embraffa avec tendreffe, & après avoir remercié Dieu de la confola-

tion qu'il lui donnoit de revoir ces deux
princes, il les prit par la main, & les
préfenta à faint Ambroife, le conjurant
devant les autels de prendre le foin de
leur confcience, d'entretenir dans leurs
efprits ces principes de religion & d'é-
quité qu'on avoit tâché de leur infpirer,
& de leur fervir de pere après fa mort.

L' A N
395.

Au fortir de l'églife, il fut obligé de
fe mettre au lit, & la fievre étant augmentée, il ne penfa plus qu'à donner ordre pour la derniere fois aux affaires de
l'églife, de l'empire & de fa maifon. Il
fit affembler dans fa chambre les députés
du fénat, & les feigneurs de fa cour,
qui étoient encore payens, & leur remontra, *qu'il ne lui reftoit en mourant
que le feul regret de les voir encore idolâtres ; qu'il s'étonnoit que des hommes fi
fages & fi éclairés ne reconnuffent pas l'erreur où ils étoient, ou qu'ils aimaffent
mieux fuivre la coutume que la vérité ;
que la défaite d'Eugene étoit une preuve
convaincante de la vanité de leurs oracles, & de l'impuiffance de leurs dieux ;
que ces dieux avoient été des hommes im-
purs & déréglés dans leur vie, & qu'il
n'étoit pas jufte de les adorer, puifque leur
pouvoir n'étoit pas à craindre, ni leurs
actions à imiter ; qu'ils devoient fe laiffer toucher par la force de la vérité, par
l'exemple des premiers magiftrats de l'em-*

LXXII.

Zoz. l. 4.

Orof. l. 7.
c. 36.

pire, & même par les derniers fentimens de leur empereur mourant, qui interrompoit pour quelques momens la penfée de fon falut, pour les avertir du leur ; qu'à la vérité fa grande paffion avoit été d'abolir pendant fon regne toutes les fauffes religions, & de faire de tous fes fujets de fideles ferviteurs de Jefus - Chrift ; que Dieu ne l'avoit pas jugé digne de cette grace, mais qu'il efpéroit que fes enfans feroient plus heureux que lui, & qu'ils acheveroient ce qu'il avoit commencé.

LXXIII.
*Ambrof. in
fun. Theod.*

Après avoir congédié les fénateurs, il fit fon teftament, dans lequel il ordonna qu'on déchargeât le peuple des augmentations de tribut, que la néceffité des affaires paffées avoit fait impofer ; voulant que fes fujets jouiffent du fruit de la victoire, à laquelle ils avoient contribué par leurs vœux ou par leurs travaux, & recommandant à fes fucceffeurs de foulager les provinces, fans groffir leur épargne de la fubftance des pauvres,

*Claud. in
Conf. Ho-
nor.*

& fans la diffiper en dépenfes vaines & fuperflues. Cet ordre, après fa mort, fut ponctuellement exécuté.

Il joignit à cet acte de bonté un acte de générofité & de clémence. Il avoit accordé un pardon général à tous les rebelles qui s'étoient remis dans l'obéiffance. Il entendoit qu'ils fuffent rétablis dans leurs biens & dans leurs dignités,

&

& qu'ils repriſſent dans la cour le même rang qu'ils y tenoient avant leur révolte. Mais comme il n'avoit pas eû le tems d'exécuter toutes ſes intentions, il craignoit qu'après ſa mort, les nouveaux empereurs, par le mauvais conſeil de leurs amis, n'arrêtaſſent le cours des réconciliations qui reſtoient à faire. Il confirma donc par une loi qu'il fit inférer dans ſon teſtament, l'amniſtie qu'il avoit déja fait publier, fondant ſes eſpérances en la miſéricordé de Dieu, ſur celle qu'il faiſoit lui-même à ſes ennemis. Il chargea ſes enfans d'obſerver religieuſement cet ordre qu'il leur donnoit, & leur laiſſa des exemples & des commandemens dignes d'un empereur chrétien.

L'AN 395.

Ambroſ. in fun. Theod.

Il partagea l'empire à ces deux princes, donnant l'orient à Arcadius, & l'occident à Honorius. Il leur recommanda ſur toutes choſes la piété envers Dieu, & le zele pour la religion. Il les fit reſſouvenir de ce qu'il leur avoit dit pluſieurs fois: *Qu'ils devoient ſe diſtinguer de leurs ſujets, plus par la ſageſſe & par la vertu, que par l'autorité; que c'étoit un grand aveuglement de prétendre donner des loix à tout le monde, ſi l'on ne ſavoit s'en donner à ſoi-même; qu'on ne méritoit pas de commander aux hommes, ſi l'on n'avoit appris à obéir à Dieu; qu'ils devoient fonder la félicité de leurs regnes,*

LXXIV.

Ambroſ. in fun. Theod.

V

non pas fur la prudence de leurs confeils, ni fur la force de leurs armes, mais fur la fidélité qu'ils garderoient à Dieu, & fur le foin qu'ils prendroient de fon églife; que c'étoit la fource des victoires, du repos, & de tout le bonheur des fouverains. Alors fe tournant vers faint Ambroife, qui étoit préfent: *Ce font-là*, lui dit-il, *des vérités que vous m'avez apprifes, & que j'ai moi-même éprouvées; c'eft à vous à les faire paffer dans ma famille, & à inftruire, comme vous avez accoutumé, ces jeunes empereurs que je vous laiffe.* Le faint archevêque lui répondit, qu'il auroit foin de leur falut, & qu'il efpéroit que Dieu donneroit aux enfans ce cœur docile, & cet efprit droit qu'il avoit donné au pere.

LXXV.   Après cela Théodofe déclara Stilicon, tuteur de fon fils Honorius, & lieutenant général des armées des deux empires, & lui recommanda même fes deux enfans. Il crut devoir témoigner cette confiance à un homme qui l'avoit fervi très-fidélement dans les plus importantes affaires de fon regne, & qui avoit eû l'honneur d'époufer la princeffe Sérene fa niéce. Stilicon étoit grand homme de guerre & grand politique; fage dans le confeil, hardi dans l'exécution; adroit à ménager les efprits; propre à découvrir les momens heureux, & à s'en fervir, foit dans les traités, foit dans les

Claudian.

combats ; habile à démêler les intérêts des grands de l'empire, & à pénétrer les desseins des nations étrangeres ; aimé des troupes ; capable de soutenir le poids des affaires, de former un jeune empereur dans les exercices de la paix & de la guerre, & de détourner les troubles par sa prudence, ou de les arrêter par son courage & par sa valeur.

Ces grandes qualités le rendirent digne du choix que Théodose avoit fait de lui, jusqu'à ce qu'engagé par les jalousies de Ruffin & par sa propre ambition, enflé de son crédit & du succès de plusieurs batailles gagnées, réduisant toutes les affaires publiques à ses desseins & à ses intérêts particuliers, rallumant lui-même les guerres qu'il avoit étouffées, & rappellant les ennemis qu'il avoit chassés, afin de s'en servir dans l'occasion, il s'ennuya de n'être que le tuteur, le beau-pere, le favori, & le maître même de l'empereur, & entreprit de mettre l'empire dans sa maison.

Depuis que l'empereur étoit à Milan, cette ville se disposoit à lui dresser un magnifique triomphe, & à célébrer par toute sorte de réjouissances une victoire qui l'avoit rendu maître absolu des deux empires. Sa maladie avoit retardé les jeux publics, qui faisoient la principale partie de cette fête. Mais enfin, après avoir mis

L'AN 395.

LXXVI.

V ij

L'AN
395.
Zozom.
c. ult.

ordre à fes affaires, il fe fentit beaucoup foulagé ; & foit qu'il ne voulût pas que la ville eût fait en vain une dépenfe confidérable, foit qu'il eût deffein de confoler le peuple, en fe montrant encore une fois en public, il fit avertir les magiftrats qu'il fe trouveroit le lendemain au cirque, pour y recevoir l'honneur qu'ils lui vouloient faire. Il s'y fit porter le matin, & affifta quelque tems à une courfe de chevaux ; après quoi il fe retira, plus rempli des preffentimens de fa mort, que des images de fon triomphe.

LXXVII. A peine fut-il arrivé au palais, qu'il fe trouva plus mal qu'auparavant. Il commanda à fon fils Honorius d'aller tenir fa place au cirque. Pour lui, il paffa le refte du jour à s'entretenir avec faint Ambroife de la vanité des grandeurs humaines, ou à donner à fon fils Arcadius les avis qu'il crut les plus importans pour fa conduite & pour celle de fon empire. Cette même nuit fon mal s'étant notablement augmenté, il fentit que fes forces diminuoient, & quelques heures après

Profper.
Marcellin.
Socrat. l. 5.
c. 25.

il rendit doucement l'efprit le dix-feptiéme de janvier de l'année trois cent quatre-vingt quinze, l'an feiziéme de fon empire, & la cinquantiéme de fon âge.

Cette mort fut pleurée de tous les peuples de l'empire & des nations même les plus barbares. Arcadius retourna promptement à Conftantinople, pour prévenir les défordres qui pouvoient arriver dans ces changemens. Ruffin, alors préfet du prétoire, l'y accompagna, piqué de dépit & de jaloufie contre Stilicon qu'on venoit d'élever au-deffus de lui, & roulant déja dans fon efprit le deffein d'ábufer de la foibleffe de fon maître, de perdre tout ce qui feroit obftacle à fa puiffance, de brouiller les empires & les empereurs par fes intelligences fecretes avec les Huns, les Goths, & les Alains, & de fe rendre fouverain, ou pour le moins indépendant & de fes maîtres & de fes ennemis.

Honorius demeura auprès du corps de fon pere, pour lui rendre les derniers devoirs de la piété chrétienne. Il affifta aux magnifiques funérailles qu'on lui fit à Milan quarante jours après fa mort. Saint Ambroife y prononça l'oraifon funebre, dans laquelle il repréfente à fes auditeurs, *qu'ils viennent de perdre un empereur, mais que Dieu l'ayant retiré dans fes tabernacles éternels, on pouvoit dire qu'il n'avoit fait que changer d'empire ; que fa piété vivoit encore ; qu'il avoit par la fermeté de fa foi, aboli toutes les fuperftitions des gentils ; que n'ayant plus rien à donner à fes enfans qu'il avoit fait empereurs, il n'avoit penfé en mourant*

LXXVIII.

V iij

qu'à laisser la paix & l'abondance à ses sujets, en remettant les injures qu'on lui avoit faites, ou les tributs qu'on leur avoit imposés; que ses dernieres volontés avoient été des regles de charité & de miséricorde, & que c'étoient plutôt des loix que des articles d'un testament.

Il proteste ensuite, qu'il conservera toujours dans son cœur toute la tendresse qu'il avoit eue pour ce prince, qui, dans ses guerres avoit toujours espéré le secours du ciel, & n'avoit jamais présumé de ses propres forces; qui avoit plus aimé ceux qui l'avoient repris que ceux qui l'avoient flatté; & qui étant presque à l'agonie, étoit plus en peine de l'état où il laissoit l'église, que de celui où seroit sa maison après sa mort.

Il ne put se lasser sur-tout de louer sa clémence. *Que c'est un grand & rare bonheur*, disoit-il, *de trouver un prince pieux & fidele, qui, étant porté par sa puissance à se venger de ses ennemis, soit retenu par sa bonté! Théodose, d'auguste mémoire, croyoit recevoir une faveur, lorsqu'on le prioit de pardonner quelque offense qu'on avoit commise contre lui. Plus il avoit fait paroître d'émotion, plus il étoit disposé à accorder le pardon qu'on lui demandoit. La chaleur de son indignation étoit un préjugé qu'il pardonneroit. Au lieu qu'on craint dans les autres prin-*

L'AN
395.

ces, qu'ils ne se mettent en colere, on souhaitoit au contraire qu'il s'y mît. Nous
avons vû des gens convaincus par lui de
leur crime, effrayés & abattus des reproches qu'il leur faisoit, obtenir tout d'un
coup leur grace. Il les vouloit vaincre, &
non pas les punir. Il se rendoit arbitre
d'équité, & non pas juge de rigueur. Il
n'a jamais refusé de pardonner à ceux qui
confessoient leur faute. Pour ceux qui lui
cachoient quelque chose qu'ils retenoient
dans le fond de leur conscience, il leur
disoit qu'il en laissoit le jugement à Dieu.
On appréhendoit plus cette parole de lui
que le châtiment, parce qu'on voyoit cet
empereur si modéré & si retenu, qu'il aimoit mieux attacher les hommes à son
service par la religion que par la crainte.

Enfin ce saint archevêque s'adresse au
jeune empereur qui l'écoutoit, & qui fon-
doit en larmes. Il le loue de sa tendresse,
& de sa piété, & du regret sensible qu'il
avoit de ne pouvoir conduire lui-même
le corps de son pere jusqu'à Constantinople. Il le console, en lui représentant
les honneurs qu'on rendra à la mémoire
de ce prince dans toutes les villes de
l'empire ; & après lui avoir donné une
vive idée de la gloire dont jouissoit le
grand Théodose, il l'encourage à imiter
ses vertus, & à profiter de ses exemples.

Le corps de cet empereur fut porté LXXIX.

L'AN
395.

cette même année à Conſtantinople ; & ſoit dans l'Italie qu'il venoit de délivrer des tyrans, ſoit dans l'orient qu'il avoit gouverné avec beaucoup de ſageſſe & de bonté, on lui fit des honneurs qui reſſembloient plutôt à des triomphes qu'à des pompes funébres. Arcadius, ſon fils ainé, le reçut le huitiéme de novembre, & le fit mettre avec une magnificence digne d'un ſi grand empereur, dans le ſépulcre de Conſtantin.

LXXX.
Auguſt.
Ambroſ.
Socrat.
Zozom.

Themiſt.
Symmach.
Aurel. Vic-
tor, &c.

　　Les auteurs eccléſiaſtiques, & les payens mêmes, demeurerent d'accord que ce fut un prince très-accompli. Ceux qui avoient lû les hiſtoires, ou vû les portraits des anciens empereurs, trouvoient qu'il reſſembloit à Trajan, de qui il tiroit ſon origine. Il avoit, comme lui, la taille haute, la tête belle, l'air grand & noble, le tour & les traits du viſage réguliers, & tout le corps bien proportionné.

　　Pour les qualités de l'ame, il poſſéda toutes les perfections de cet empereur, & n'eut aucun de ſes défauts. Il étoit, comme lui, bienfaiſant, juſte, magnifique, humain, & toujours prêt à aſſiſter les malheureux. Il ſe communiquoit à ſes courtiſans, & ne ſe diſtinguoit d'eux que par la pourpre dont il étoit revêtu. Sa civilité pour les grands de ſa cour, & ſon eſtime pour les gens de mérite &

de vertu, lui acquirent l'amitié des uns
& des autres. Il aimoit les efprits francs
& finceres, & il admiroit de plus tous
ceux qui excelloient dans les lettres ou
dans les beaux arts, pourvû qu'il n'y remarquât ni de l'orgueil, ni de la malignité. Tous ceux qui mériterent d'avoir
part à fes libéralités, en reffentirent les
effets. Il faifoit de grands préfens, & les
faifoit avec grandeur. Il fe plaifoit à
publier jufqu'aux moindres offices qu'il
avoit reçus des particuliers dans fa premiere fortune, & n'épargnoit rien pour
leur témoigner fa reconnoiffance. L'ambition ne lui fit pas entreprendre de conquérir les provinces de fes voifins ; mais
il fut châtier ceux qui ufurpoient les
fiennes, ou celles de fes collegues. Auffi
ne fe fit-il point d'ennemis durant fon
regne, mais il vainquit ceux qui le devinrent. Il avoit affez de connoiffance
des belles-lettres, & s'en fervoit fans
affectation. La lecture des hiftoires ne lui
fut pas inutile, & il s'appliqua à former
fes mœurs fur les vertus des grands princes qui l'avoient précédé. Il déteftoit
fouvent en public l'orgueil, la cruauté,
l'ambition & la tyrannie de Cinna, de
Marius, de Sylla, & de leurs femblables, afin de s'impofer une heureufe néceffité de fuivre une conduite oppofée à
celle qu'il blâmoit ; fur-tout il étoit en-

L' A N
395.

V v

nemi déclaré des traîtres & des ingrats.

L'AN
395.

On peut lui reprocher qu'il se laiſſoit emporter quelquefois à la colere, mais il falloit qu'il en eût de grands ſujets, encore étoit-il bientôt appaiſé. Son abord étoit agréable & facile ; & ce qui eſt rare parmi les grands, ſes proſpérités & ſes victoires, au lieu de l'enfler & de le corrompre, ne firent que le rendre plus doux & plus obligeant. Il eut ſoin qu'on fournît des vivres en abondance aux provinces que la guerre avoit ruinées, & il reſtitua de ſon argent des ſommes conſidérables, que les tyrans avoient enlevées à des particuliers. Dans la guerre il marchoit toujours à la tête de ſes armées, s'expoſant au péril, & partageant toutes les fatigues avec les moindres ſoldats.

Il étoit chaſte, & par des loix ſéveres il abolit les coutumes qui étoient contraires à la bienſéance & à la pudeur. Quoiqu'il fût d'une complexion aſſez délicate, il entretenoit ſa ſanté par un exercice modéré & par la diéte. C'étoit pourtant un de ſes plaiſirs de donner à manger à ſes amis, & de cultiver l'amitié par toute ſorte d'honnêtes réjouiſſances. Dans ces feſtins particuliers où il vouloit plus de propreté & de politeſſe, que de luxe & de profuſion, il jouiſſoit des douceurs de la ſociété, & ſe communiquoit avec

L'AN
395.

une familiarité raisonnable, qui donnoit de la confiance, & qui ne diminuoit pas le respect qu'on avoit pour lui. Ses principaux divertissemens étoient la conversation & la promenade, lorsqu'il vouloit se délasser des soins qu'il prenoit des affaires.

Jamais prince ne vécut si bien dans son domestique. Il honora son oncle comme son pere. Après la mort de son frere, il eut autant de soin de ses enfans que des siens propres. Il avança dans les charges ceux qui s'attachoient à son service, & servit de pere à tous ses parens. Ainsi, après avoir réglé pendant le jour les affaires de l'empire, & donné des loix à tout le monde, il se renfermoit avec joie dans sa famille, où par ses soins, ses tendresses & ses bontés, il montroit aux siens qu'il étoit aussi bon ami, aussi bon parent, aussi bon maître, aussi bon mari, & aussi bon pere, que sage & puissant empereur.

C'est-là le portrait que nous ont laissé, du grand Théodose, des auteurs payens qui ont vécu de son tems, quoique prévenus contre lui pour l'intérêt de leur religion. Le philosophe Thémistius, & Symmaque même, ce grand défenseur du paganisme, avouent de bonne foi, que les vertus de ce prince sont au-dessus de toutes les louanges qu'on lui a don-

Themist. orat. 5. Symmach. l. 2, epist. 13.

V vj

nées. Il n'y a que l'historien Zozime,
qui, par des fauffetés étudiées, cherche
à décrier les empereurs chrétiens qui ont
ruiné le culte des idoles. Il déguise la
vérité felon fon caprice & fa paffion, &
s'efforce à faire des vices de toutes les
vertus de cet empereur. Il nomme fes
libéralités des profufions, fa modération
fainéantife, fes feftins d'amitié des diffo-
lutions, & cette vie agréable & douce
qu'il menoit durant la paix, une vie
molle & voluptueufe. Il eft pourtant contraint par la force de la vérité, d'avouer
que durant la guerre il fe faifoit en lui
un renverfement de mœurs extraordinaire ; qu'il oublioit tout d'un coup fes
amufemens & fes plaifirs, pour prendre
les foins & les vertus néceffaires à la fûreté de l'empire, & que d'un prince foible & voluptueux, il s'en formoit un
prince vaillant & laborieux, par une efpece de prodige.

Zoz. l. 4.

    Ce n'eft pas que Théodofe n'ait eu
des défauts. Ses emportemens de colere,
fa facilité à croire ceux en qui il avoit
quelque confiance, & fa prévention en
faveur de ceux qu'il avoit choifis pour
fes principaux amis, font des taches qui
terniroient un peu la vie de cet empereur, fi elles n'étoient confondues dans
une infinité d'actions éclatantes, ou ef-
facées par une pénitence très-fincere.

Les faints peres qui l'ont mieux connu, ne peuvent fe laffer de louer fa piété.
Saint Ambroife & faint Auguftin en ont
laiffé des éloges en plufieurs endroits de
leurs écrits ; & faint Paulin s'étant retiré
à Nole, fit, en l'honneur de ce prince,
une éloquente & docte apologie, que
faint Jérôme appelle un excellent panégyrique, dont on ne fauroit affez régret-
ter la perte.

L' A N,
395.

Hieron. 13.

F I N.

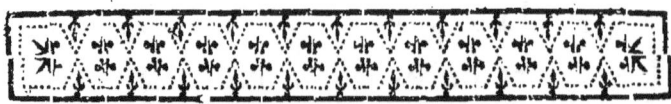

TABLE
DES MATIERES.

C

F

G

H

I

 fes

L

M

X

N

O

Q

.R

S

T.

X iv

V

Z

Fin de la Table des Matieres.

APPROBATION

du Cenfeur Royal.

J'A I lu , par l'ordre de Monfeigneur le Garde des Sceaux , *l'Hiftoire de Théodofe le Grand, pour Monfei-gneur le Dauphin* , par M. *Fléchier.* L'intérêt du fu-jet , & le ftyle de l'Auteur ont fixé , il y a long-tems, l'opinion publique fur cet ouvrage, que je crois mé-riter , à tous égards, d'être réimprimé. Donné à Paris, ce 17 Septembre 1775.

Signé, PHILIPPE DE PRÉTOT,

des Académies d'Angers & de Rouen.

Le Privilege fe trouve à la fin de l'Hiftoire de Henri le Grand , par M. de Péréfixe.

De l'Imprimerie de CHARDON, rue Galande.

www.ingramcontent.com/pod-product-compliance
Lightning Source LLC
Chambersburg PA
CBHW052350020726
47503CB00001B/184